人民日报学术文库

大学生经典诵读指南

张　炜◎编著

Daxuesheng Jingdian Songdu Zhinan

人民日报出版社

图书在版编目（CIP）数据

大学生经典诵读指南 / 张炜编著．—北京：人民日报出版社，2015.1

ISBN 978－7－5115－3009－7

Ⅰ.①大… Ⅱ.①张… Ⅲ.①世界文学—文学欣赏—高等学校—教学参考资料 Ⅳ.①I106

中国版本图书馆 CIP 数据核字（2015）第 011763 号

书　　名：大学生经典诵读指南
编　　著：张　炜

出 版 人：董　伟
责任编辑：陈　红
封面设计：中联学林

出版发行：人民日报出版社
社　　址：北京金台西路 2 号
邮政编码：100733
发行热线：（010）65369527　65369846　65369509　65369510
邮购热线：（010）65369530　65363527
编辑热线：（010）65369844
网　　址：www. peopledailypress. com
经　　销：新华书店
印　　刷：北京天正元印务有限公司

开　　本：710mm × 1000mm　1/16
字　　数：357 千字
印　　张：18. 5
印　　次：2016 年 9 月第 1 版　　2016 年 9 月第 1 次印刷

书　　号：ISBN 978－7－5115－3009－7
定　　价：55. 00 元

序

经典是人类文明的精华。经典诵读是传承人类文明的重要途径。中华文化源远流长，积淀着中华民族最深层的精神追求，代表着中华民族独特的精神标识，为中华民族生生不息、发展壮大提供了丰厚滋养。从秦汉至清末，经典诵读一直是中国最基本的教育方式和学习方式，也是传统教育中最基本的甚至于是唯一的课程。

今天，我们该如何继承中国优秀的传统文化？习近平总书记指出："对历史文化特别是先人传承下来的价值理念和道德规范，我们要坚持古为今用、推陈出新，有鉴别地加以对待，有扬弃地予以继承，努力用中华民族创造的一切精神财富来以文化人、以文育人。""我们要认真汲取中华优秀传统文化的思想精华和道德精髓，大力弘扬以爱国主义为核心的民族精神和以改革创新为核心的时代精神，深入挖掘和阐发中华优秀传统文化讲仁爱、重民本、守诚信、崇正义、尚和合、求大同的时代价值，使中华优秀传统文化成为涵养社会主义核心价值观的重要源泉。"

今天，我们又该如何借鉴学习其他民族的优秀经典文化？习总书记也早已明确指出："我们不仅要了解中国的历史文化，还要睁眼看世界，了解世界上不同民族的历史文化，去其糟粕，取其精华，从中获得启发，为我所用。""每一种文明都延续着一个国家和民族的精神血脉，既需要薪火相传、代代守护，更需要与时俱进、勇于创新。""让中华文明同世界各国人民创造的丰富多彩的文明一道，为人类提供正确的精神指引和强大的精神动力。"

改革开放以来，尤其是进入21世纪以来，随着信息传播系统的日益开放，人们的价值观念和审美取向都发生了变化。社会大众的价值观呈现出多元化的趋势：拜金主义、享乐主义和极端个人主义等不良思潮在悄然滋生，从而使整个社会呈现出情感浮躁、精神困顿、信仰缺失、道德淡化的现状。社会主义现代化的发展进程出现了很多亟待解决的问题,例如价值观的选择和重塑等等。当代受众对"红色经典"的价值缺乏必要的了解,所以我们必须用革命传统也就是红色经典文化来引领社会风潮,促进整个社会的健康发展。

2004 年 5 月 25 日,国家广电总局发出了《关于"红色经典"改编电视剧审查管理的通知》。通知中对"红色经典"的含义进行了说明:"曾在全国引起较大反响的革命历史题材文学名著。"这是在国家机关文件中第一次正式使用"红色经典"这一概念。

红色经典涵盖了我国民族解放、民族独立和民族振兴的全部进程,是建设社会主义先进文化的重要途径,更是我国文化产业的重要组成部分。"红色经典"作品中蕴含着丰富的人文精神内涵,包含着热爱祖国、服务人民、崇尚科学、辛勤劳动、团结互助、诚实守信、遵纪守法、艰苦奋斗等道德品质。"红色经典"所反映出来的价值取向为社会主义核心价值体系建设提供了丰富的资源。今天我们开展红色经典诵读活动,可以拓展"红色经典"的传播渠道,充分挖掘和传播"红色经典"所包含的人文精神内涵和道德品质,有利于丰富大学生们的精神文化生活,更有利于我们把"两学一做"学习教育活动推向深入。

习近平总书记告诫我们:一个国家的综合实力最核心的还是文化软实力,最根本的自信是文化自信。大学生是建设社会主义和谐社会、和谐校园的重要力量,以社会主义核心价值体系培育大学生的和谐文化精神,是当前高职高专院校经典诵读课程的重要内容和任务。作为经典的传播者,我们首先要辨证地认识传统文化的精华与糟粕,正确处理传统文化继承与革新的关系问题;其次应注意营造良好的诵读经典的氛围,从古今中外经典作品中发掘出更多的自由、民主、平等、宽容等内容,做到去伪存真,去粗存精,构筑符合现代社会的人文环境与精神资源。

中华民族的文化经典是经过历史自然筛选而沉淀下来的最有价值的文化精髓,是反映中华民族智慧与情感的代表性作品,其中蕴含着华夏民族五千年悠久灿烂的文化,源远流长且博大精深。"进德修业,成就智仁勇。"如何把传统文化中的精华承继下来并有所创造和发展,让古老的民族始终保持鲜明的文化个性和独特的文化品格,是当代高等教育也是经典诵读课程教学研究义不容辞的历史责任。诵读是学习经典诗文的传统做法和有效做法,当代大学生诵读经典,可以"为往圣继绝学,为万世开太平",正如刘勰在《文心雕龙》中所云:"吟咏之间,吐纳珠玉之声;眉睫之前,卷舒风云之色。"

经典诵读是一种有声语言的艺术表达活动，是指用抑扬顿挫的声调有感情地吟咏，熟读成诵，并在此过程中精思熟虑，深刻领会优秀作品的内涵与情感。这一方法包括朗读、诵读、吟诵甚至歌唱等艺术表现形式。时至今日，许多经典篇目尚在人们口中吟唱不绝，正是因为吟诵具有明显的抒情言志及怡情励志的强效作用。

作为一种“悠扬亦婉转，铿锵复有力”的传统教育方式，吟诵是当前我们应大力保护并巧妙传承的国粹之一。近几年，我们把经典诵读作为学生民族精神教育的重要途径和抓手，作为培养学生道德情操、文明习惯的重要工程，全校上下统一了思想，达成了共识。首先，校党委制定了《诵读经典诗文活动方案》。在方案中，既有学校党委布置的总目标，又有各系部设置的分目标。我们狠抓以“经典诗文诵读”为特色的校园文化建设和布置，突出传统文化气息，注重厚德载物、大气沉静的校园文化建设。其次，各部门科学协调安排，营造浓厚书香氛围，校园内外飘出阵阵悦耳的读书声。最后是开展形式多样的诵读经典活动。校领导亲自上台与师生齐声诵读经典美文，真切感悟经典文章之美，品味与书为友的乐趣，更加激发了热爱祖国文字和中华优秀文化的思想感情。全体师生都在“雅言传承文明，经典浸润人生”的各项活动中，获得了美的体验与感受。

诵读经典是我们阅读生命中的一片神奇的绿洲，也是学生精神世界中的一道亮丽的风景，更是师生心灵世界中的一股甜美的甘泉。为避免古人机械式读书法“多读、死读、苦读”的盲目性，我们建议重点句段“理解读”，难点部分“引导读”，精彩片断“入情读”，指定时间“按时读”。每天早晚一次，每次10分钟。如此含英咀华，定能体悟真善美。长此以往，不仅能积淀我们的传统文化素养，还可训练高度灵敏的思维和极好的口才。那么，就让我们手持经典，用中国式读书法高声吟哦，一起进入“风檐展书读，古道照颜色”的生命状态；进入“采菊东篱下，悠然见南山”的诗意美景，共同享受经典之美吧！

我们将继续努力，把经典诵读活动更进一步地推向深入。

欧阳永红

（作者为亳州师范专科学校党委书记）

体系化，传统文化教育的出路

——《大学生经典诵读指南》代序

国学经典教育既是一种人文教育，更是一种博雅教育，能影响学生的价值观和生活方式。学生接受优秀传统文化的熏陶，能积淀文化底蕴，养成“礼义廉耻、天人合一、浩然正气”等理想人格，而国学经典教学，可以作为语文教学的重要补充，不仅提升学生的语文素养，还可以提升语文教育本身。

一、当前国内国学教育实践有六大流派

目前，国学教育实践主要是大批的学校、私塾、家长和国学爱好者在做，其主要的做法大致有六类。

最大的一类是中华经典诵读，主要是全国大多数的体制学校在做，主要形式是利用早读、晚读，少量学校有专门的诵读课的时间，进行中华经典的诵读活动。第二类是学院派，主要是各大学、研究机构和部分社会团体所做的国学研究工作。第三类是礼教，其中最大的是弟子规派，以力行《弟子规》为特色，上及政府官员，下及普通农民，影响所及达数百万人。第四类是儿童读经派，遵循大量读经的理念，其教育对象主要是少年儿童，教育活动以大量背诵儒家经典为主。第五类是性情教育，包括乐教、诗教，还有各种专业教育如书法、武术、中医、汉服、茶道、珠算等等。第六类是吟诵教育。在现有的国学教育模式中，吟诵教育是比较晚起、影响力比较小的一个。现在应该有一万名左右的中小学和私塾老师在做吟诵教育实践，但是大部分还处于起步阶段。但是，吟诵教育也有它的特点，它是做形式的，其他国学教育几乎都是做内容的，所以吟诵也可以跟所有的国学教育门类相融合。还有一点，就是我们做吟诵教育的时候，尽量保证它的学术性、传统性，同时注意当代性和实用性，所以吟诵是目前发展最快的，也是得到政府支持力度最大的。这说明吟诵教育的方向是可以得到大多数

中国人认可的。吟诵，是中国传统的读书法，汉诗文固有的声音形式，是整个古代教育体系的基础。在吟诵里，含有整个中国文化教育的理念和方法。今天，由于抛弃了吟诵，传统文化教育失去了最底层的基础，不得不以西方方式进行传承，这就造成了传统文化传承举步维艰而且经常变形的局面。恢复吟诵，发展与时俱进的普通话吟诵，就一下子回到了传统文化传承的正路，为整个传统文化教育的复兴提供了利器。

中华经典诵读，这项活动最早是在1996年由山东省教育杂志发起，2008年中央文明办等六部委联合下文进行组织的。每年各地都有各种形式的中华经典诵读活动和比赛，最著名的有国家语委的“中华诵”、中宣部和中央文明办的“我们的节日——中华长歌行”等。这一类教育普及面广，做的工作比较基础，影响力大，给全国的传统文化教育开了一个好头。

但是，中华经典诵读活动还不系统，不深入。不系统，是指诵读的经典不系统，多为零散的片段，而且多偏重诗词文赋，还有现代作品，而且多不背诵；不深入，是指经典诵读仅仅是国学教育中最基础的部分，其上还有庞大的教育内容，中华经典诵读活动基本上还没有涉及。

二、习总书记的重要讲话为我们指明了方向

2013年12月30日，中共中央政治局就提高国家文化软实力问题进行了集体学习。中共中央总书记习近平主持学习并发表了重要讲话，他指出：

提高国家文化软实力，要努力展示中华文化独特魅力。在5000多年文明发展进程中，中华民族创造了博大精深的灿烂文化，要使中华民族最基本的文化基因与当代文化相适应、与现代社会相协调，以人们喜闻乐见、具有广泛参与性的方式推广开来，把跨越时空、超越国度、富有永恒魅力、具有当代价值的文化精神弘扬起来，把继承选编优秀文化又弘扬时代精神、立足本国又面向世界的当代中国文化创新成果传播出去。要系统梳理传统文化资源，让收藏在禁宫里的文物、陈列在广阔大地上的遗产、书写在古籍里的文字都活起来。要以理服人，以文服人，以德服人，提高对外文化交流水平，完善人文交流机制，创新人文交流方式，综合运用大众传播、群体传播、人际传播等多种方式展示中华文化魅力。

提高国家文化软实力，要努力提高国际话语权。要加强国际传播能力建设，精心构建对外话语体系，发挥好新兴媒体作用，增强对外话语的创造力、感召力、公信力，讲好中国故事，传播好中国声音，阐释好中国特色。对中国人民和中华民

族的优秀文化和光荣历史,要加大正面宣传力度,通过学校教育、理论研究、历史研究、影视作品、文学作品等多种方式,加强爱国主义、集体主义、社会主义教育,引导我国人民树立和坚持正确的历史观、民族观、国家观、文化观,增强做中国人的骨气和底气。

这是习总书记第一次就传统文化政策做深入和系统的阐述。习总书记的思想重点,最终落脚在使人民树立民族自信心,文章中不断地出现一个词——“中国”,意味着要让文化整体上从西方文化体系中解放出来,从西方理论、西方视角、西方话语中摆脱出来。这是百年以来中国领导人发出的文化最强音。

习总书记讲到三点与传统文化教育密切相关。一是对中国文化和历史的宣传,首先是“通过学校教育”实现。这意味着学校将大力加强中国历史文化教育,强调了中国理论、中国视角、中国话语。二是传统文化当代化的问题,尤其是“活起来”这个提法,强调了传统文化要融入和直接作用于现实生活。这里面尤其提到了“书写在古籍里的文字活起来”,这就是吟诵的任务。古人留下来的不仅仅是文字,本来就是声音,有一套固有读法,所以古籍才没有标点符号。现在把经史子集、诗词文赋统统只当文字看待,当然是“死”了。只有吟诵,才能恢复古籍汉诗文的无穷魅力。三是强调了对外宣传和文化传播的重大意义,要求突出中国形象,还是中国理论、中国视角、中国话语。传统文化教育不仅仅是面对国内的,而且是整个华人圈,甚至是汉文化的事情。做传统文化教育,要有面对世界,走向世界,而且是去阐释西方文化的志向,也只有这样,对内的传统文化教育才会真正做好做到位。所以习总书记的这番讲话,高屋建瓴,我们一定要认真对待。

新一届政府对于传统文化教育是空前地重视,给传统文化教育提出的目标是建设完善的体系。这项工作的重点将放在学校,在学校教育中建立一贯性的传统文化课程以及相关的活动。政府将为此出台一系列政策。最近教育部在拟定《大中小学传统文化教育发展纲要》文件,其中提出了把传统文化作为国家级课程并进行考试的目标,还提出了语文课中古诗文将占一半比重的目标。如果把语文课、传统文化课、综合素质测评中的传统文化内容加在一起,在高考时传统文化的比重将超过现在的语数英,成为所有科目中最大的一块。这意味着,体制学校的传统文化教育热潮即将到来。

但是,做传统文化教育的我们,做好准备了吗?

三、国学教育必须走出现有的模式，互相协作，取长补短，实现体系化

大家可以看到，现有国学教育的各个流派模式，都存在各种各样的问题，回避不是儒家的态度。出现问题的原因，除了经验不足、条件不具备以外，很多都是因为不系统而造成的。比如吟诵教育需要老师们会吟诵，吟诵需要依字行腔、依义行调。依字行腔还好学会，依义行调，则需要对作品有深入的理解。可是，即使是理解一首唐诗七绝，也需要从读经读史开始。对经史毫无印象，是不可能读懂任何一句唐诗的，匆论吟诵了。所以吟诵教育如果没有读经，没有礼教，没有历史教育，也是不可能真正做好的。再比如有的学生对国学产生了厌学抗拒的情绪，这往往是因为只进行了读经和礼教，而缺失志向、性情教育的缘故。所以体系化，也是解决国学教育现有问题的阳关大道。

即将到来的全国学习传统文化的热潮，对于国学教育是一个挑战，也是一个机遇。要应对和引导这场文化教育运动，国学教育必须走出现有的各个模式，互相协作，取长补短，实现体系化。教育的主要阵地在学校，学校的特点也决定了国学教育必须体系化。

国学教育在古代本来就是一个完整的系统。现在我们要做的工作，就是在当代的形势下复兴这个系统。这样既要坚持国学教育本身的性质，又要从实际出发进行变革发展，最终形成一套在当地社会可以传承和发展中国文化的教育体系。这也许是几代人的工作，但是要从我们做起，从当下做起来。这也是当下的国学教育必须做的事情。

国学教育的体系化，是从内容到形式，从层级到门类，从核心到外围，从现在到未来都要体系化。我们不是要做西方科学那样的精密的系统，而是说要有互相关联互相合作的方方面面。我试着说一下我的想法。

传统文化教育、国学教育，首先都要分成学校教育（包括从胎教到幼儿园教育，只要是有国家组织的教育系统）和社会教育（机关、企业、社区、社团和个人所组织和进行的教育）两大块。前者是主体，后者也要以前者为依据和参考。我这里想讨论的也主要是前者。

学校教育又分为校内教育和校外教育，两者是相配合的。校外教育又分为家庭教育和社会教育。在这里，社会教育与学校教育有一个交汇的地方。校内教育要对校外教育有一个统筹。家庭教育非常重要。现在中国大部分家庭的家庭教育都是有缺陷甚至缺失的。家庭教育的问题，还要依靠社会教育和学校教育解决。社会教育改造家长，学校教育培养新一代的好家长。高中和大学应

该开设婚姻和家庭教育相关课程。

下面主要说说校内教育。首先要对传统文化教育和国学教育有一个定位。我认为,国学教育应该是所有中国国民必须获得的基础教育,传统文化教育就不一定,因为传统文化是个广义,对于绝大多数学生来说,其中很多民俗内容不是非学习不可的,很多宗教内容是不适合在未成年时学习的。在传统文化之中,只有国学内容是必须要学习的,因为这是中国之所以是中国的根基,也是中国未来立足于世界的根基。所以学校的传统文化教育应该以国学内容为主体,结合当地实际,可以配有一些非国学的传统文化内容。

所以,问题的焦点就是国学教育在学校应该如何成体系。

古代教育的地基部分是国学教育,基本上等同于蒙学教育。古代在法律上是规定每个儿童都要接受蒙学教育的。蒙学结束之后,大部分儿童会各奔前程,务农的务农,经商的经商,做手艺活儿的学手艺,各拜各的师傅。只有极少数儿童会进学馆,正式“上学”。这部分儿童的人生目标是成为一名儒士。只有儒士才有系统读经解经的学习内容。今天情况已经有所不同,九年义务教育比古代的蒙学两三年的普及教育要深入广泛得多,所以国学教育也要比古代蒙学的内容多,但是,普及教育和精英教育的区分还是要有的。

先说精英教育,就是国学专门人才的培养。这些人才又分三种,一种是国学学术研究人才,一种是国学教师,一种是各项专门人才,如中医、古琴师等等,其实都是专门人才。其中需求量最大的是国学教师。如果要传统文化教育发展起来,国学师资的培养一定是最急需的。现在国学师资的供需差已经非常突出了,全国学校、机关、企业、社区等等对国学师资的需求至少有几十万人,但供给量几乎为零。目前主要是靠短期培训其他科目的师资凑合,几乎没有系统的培养。国学师资将成为近期最热门的专业之一。国学师资的培养主要靠大学,所以预计未来几年之内,各大学尤其是师范类大学的国学教育专业方向将迅速出现并升温。国学教育师资培养,是整个国学教育发展的必备条件。

精英教育开始的年龄因不同的专业而异,但是,一般都是在九年义务教育之后开始,或者说,系统地培养国学专门人才一般会在高中以后开始。之前因人因家庭因专业而异,可能有一些零散的专业教育,那是没有问题的,但是,系统的精英教育,主要依靠大学教育,以及各个专门学校的教育,就像现在的职业教育一样。国学教育体系,在其上层必须有这些精英教育存在,才能给国学教育的提升发展,以及后备人才的培养提供保证。

普及教育则以九年义务教育阶段为主,上可辐射到高中和大学的通识课程,下可延伸到幼教和胎教。国学普及教育的目标是让中国所有的孩子都初步了解和掌握中国的历史和文化,并融进他们的人生态度和生活能力中。

国学普及教育的这个目标很重要,这里面要分三个层次,就是态度第一,能力第二,知识第三。国学教育首先是养成学生的中国式人生态度,也就是万物一体、同生共荣的世界观,修身立德、求仁求义的人生观。

态度第一,意味着对于教师来说,教学态度比教学内容更重要,对于学生来说,校风班风比学习成绩更重要。培养学生如何正确处理人和事,是国学教育的首要目标。仅这一点,就要求国学教育的方法有充分的个别教育。个别教育是中国古代教育的基本模式,因为每个孩子都是不一样的。知识的传授还勉强可以用集体教学的方式,人生态度的培养是不可能大规模使用集体教学的。

其次是养成良好的学习能力和生活能力。学习能力往往决定一个人的人生高度和幸福感。培养学习能力需要把教学过程改为自学为主,并在教学过程中首先关注和传授学习方法。生活能力更是当今教育的一大缺失。国学教育必须在自己的范围内重视生活能力,从健身养生到饮食起居,都应该系统培养学生的基本能力。

最后才是中国历史文化知识的教学。这个顺序非常重要。中小学的国学教育属于普及教育,不要那么专业化。王阳明曾说:“古之教者,教以人伦。后世记诵词章之习起,而先王之教亡。今教童子,惟当以孝悌忠信礼义廉耻为专务。”只有把国学教育的重心放在修身养德上,国学教育才能真正做下去,越做越快乐。

四、我们在国学教育方面应该怎么做?

我想,有几件事是应该做的。

第一件事就是联合起来。体系化的国学教育不是现在任何一个模式能够涵盖的。各门各派需要联合起来,在组成体系化的国学教育过程中,提供自己的经验,发挥自己的力量,并在联合的过程中改掉自己的痼疾。这首先需要大家都认识到国学教育本来就是一个复杂丰富的系统,我们都只是开发了其中的一个方面,而且往往是基础教育的一个方面。若没有这个认识,前途堪忧。所以希望国学教育界的朋友们能够有所行动,大家尽快联合起来。

第二件事就是把国学教育课程化,或者说模式化。就是各个层级、方面的国学教育,在充分考虑互相关心和充分联合的情况下,把教材、教法完善起来,把教师培训完善起来。这方面看起来已经做了很多,实际上还很不够。现在是要在体制学校做国学教育,要分年级做九年以上。应该怎么做?教师、教材、教法都要重新考虑,做细做好做系统。

第三件事就是培养国学师资。所有的事情最终都要靠人去落实,首先就是教师去落实。短期培训现有师资是肯定不行的,我们需要系统培养国学师资。这些师资出来,实际上系统国学教育就基本上执行下去了。所以我们要在大学尽全力争取国学教育专业的设立和发展。

第四件事是树立典范。事情都是以点带面开始的,大家都需要榜样的力量。传统文化教育、国学教育尽管在今后几年会遍地开花,但是,体系化的国学教育不可能一开始就很多,因为它是成体系的,绝大多数地方和学校是一时间不具备这个条件的。我们需要在某几个地方先行配备条件,建立传统文化教育基地,实行体系化的传统文化教育,以给全国做出典范和探索经验。这样的传统文化教育基地,需要地方政府和民众的支持。

传统文化教育基地必须有大学、中学、小学、幼儿园,都是体制内教育,都以传统文化教育为特色,此外还要有一批专业的传统文化学堂(如中医、武术、书法、古琴、茶道、手工等)环绕在周围。有大学才有旗帜,也才有人才和人气。有专业学堂才有专业性和丰富性。这些在一起才有规模效益。这样的一个基地,会很快在全国造成影响,形成长久的典范。目前也只有这样集中力量做出榜样的方法,才是最快捷的推广办法。

总之,在体制教育开始重视传统文化的时候,国学教育和以其为核心的传统文化教育只有体系化才有出路,才有成功的未来。

徐健顺

2015 年 1 月写于首都师范大学

(作者为中华吟诵学会秘书长,首都师范大学国学教育培训中心主任,多年来一直坚持“用生命去挽救和弘扬中华吟诵”)

目　录
CONTENTS

第一章

经典导航

第一节　感悟经典

一、“经”“典”释义

經中国古代一般称圣人之书为经。《说文解字》这样解释：“经，织也。从糸，巠声。”“巠”是“经”的本字。表示在织机上精心布置众多纵线，以便横线穿织；三条纵线上的三点指事符号表示功用所在，再加“糸”（丝），另造“经”代替，强调“布线”的工序。造字本义就是精心布置织机上的纵线，以便横线穿织有所依据。

经的含义有多种：一指丝线、线绳，线延绵不断，绳连续不断。古圣先贤的言论犹如一颗颗宝珠，线绳有将其贯穿起来的作用，故称之为经。它可以贯通今古，是连接前后的根本，如一贯而下，一贯如此。人类历史长河中一切的优秀文化之所以能一代又一代继承保留下来，就是通过经典来传承延续的。二指路径、道路、规则之义，是指某个门派或学说指导修学之人的思想和行为等方面的方法、准则和法规，以及通往其所修学有成的途径和必经之路，所谓有典可依，有法可据，有路可循。三指被读书人历代尊奉的典范性著述；“经”者，本义与“纬”相对，是指古代人工编织物上的纵线。经线为纵线，是不动的，纬线乃横线，是不断变化的。所以，经典有亘古不变的特性，是讲世间最根本、最本质的东西。古代有经书、纬书之分，有经论之别。如对于有才华道德能力的人称其有“经天纬地”之才。四指契机契理之义，“经”字在梵语当中被称为“修多罗”，译成中文为“契合”，经典可以契合不同根性的人，令其学有所获，诵有所得，读有所悟。

𥴮，标准也，法则也。用文字结撰的著述，只有经历了时间和空间的洗礼，得到了一代又一代读书人的接受和认可，才能成为“经典”。

典，是个典型的会意字，早期甲骨文字形：上面是“册”字，下面是大。册，代表权威书籍；双手，表示捧着。造字本义是：主持事务的官吏双手恭敬地捧着古哲先贤的著作，以之为据进行判断和评价。典的本义是重要的文献、典籍。

许慎《说文》曰：“典，五帝之书也……庄都说，典，大册也。”

《易·系辞》曰：“不可为典要。”

《左传·昭公十二年》曰：“是能读三坟、五典、八索、九丘。”

丘迟《与陈伯之书》曰：“不远而复，先典攸高。”

《后汉书·张衡传》曰：“自书典所记，未之有也。”

综上所述，“典”是春秋战国以前的公文体制。今天的“典”也指庄重高雅，文章、言辞有典据，高雅而不浅俗。

《尔雅·释言》曰：“典，经也。”“经”通常被当作经典的简称，如《道德经》《易经》《诗经》《心经》《黄帝内经》等。中国传统文化包括儒、释、道、医、武及诸子百家等。儒家有儒家的经典，医家有医家的经典，道家有道家的经典，佛家有佛家的经典……每个学说门派都有自己特定内涵的经典。学儒之人，一定要习研以四书五经为主的儒家十三经和以孔孟为代表的各家学说，否则就不能称其为一个真正的“儒生”。学道之人，一定要精研以《道藏》为主的道家典籍和深入了解以老庄、全真、正一为代表的后世诸家门派，否则就不能称其为一个真正的“道人”。从事中医的人一定要精通以《黄帝内经》《难经》《伤寒杂病论》《神农本草经》为主的经典和以金元四大家为代表的诸家学说，否则即难为良医。因为各种经典均属各个行业、各个宗门中的文化精粹，所以古今中外，对于所著言论能称得上为经典的一定都是圣人，不是任何一个人所著的书籍都可以随随便便被称之为经典。儒家的学问，只有孔子的著述，或经他删定的《诗》《书》《礼》《易》《春秋》才能够称之为经，而后世其他著述同样也不能称之为经。所以世间所有的学问，只有某个门派德行克备的开山祖师所述言论或所著之作才能称之为经。开山祖师亦称圣人，像儒家学说，只有孔子才可称为圣人，所以，孔子又被后世之人称为“大成至圣先师”。后世之人对上述各学派的这些圣人所立的经典进行诠释、发挥的言论著述就只能称之为论。论与经是相对的概念，经论乃体用之别，没有经就没有论。

古人云：诵经一句，受益一生。意思是，今人若诵读经典一部，足以胜过阅杂书万卷。

文言文字少而意思深，单音而韵味长，需要通过放声诵读，才会记得牢靠，有利于进一步理解。《三国志·吴志·阚泽传》载:“〔泽〕常为人佣书,以供纸笔,所写既毕,诵读亦遍。”诵读是一种审美欣赏性的有声语言的阅读活动,主要是通过视觉的扫描,眼、耳、口、脑多种生理机能共同参与,动情运气、情景交融地将感知的文学形象通过抑扬顿挫的诵读独具感染力地表达出来。诵读贵在“精思”,精思就是在诵读的过程中,不断地思考,“寻言以明象”。

诵读时的声调就像是一种无形的“笔”。它不用线条、色彩,而是通过声调的轻重疾徐、抑扬顿挫来绘形绘色,凸显诗文深邃的意境和鲜明的节奏这两个特征,达到感人的艺术效果。比如我们读“北风卷地白草折,胡天八月即飞雪”,就要读得重些,有气势些。只有这样读才能使人感到大雪下得很大,风刮的很猛。而接下来读“忽如一夜春风来,千树万树梨花开”时就要轻轻地读,让人听了好像感觉到春天到来梨花悄然绽放时的那种优美的状态,给人一种身临其境的感觉。

誦,篆文意思是:言,说,朗读。《说文解字》:诵,讽也。从言,甬声。甬,既是声旁也是形旁,是“通”的省略,表示从头到尾。造字本义:通读全文。《周礼·大司乐》:兴道讽诵言语。《礼记·文王世子》:春诵夏弦。

讀,朗诵诗书经文。《说文解字》:读,诵书也。从言,卖声。卖,既是声旁也是形旁,是“牍”的省略,表示木简,借代书籍、文书。读,篆文(言,言说)(卖,“牍”,书籍、文书),表示有声念书。造字本义:将书籍、文书上的文字念出声来。古书没有提供停顿的明确标点,念书人判断作者的表达意图,在完整的表达单位结束处略作停顿,叫作“断句”。以句子为单位的语法停顿也叫“句”,句子中的语气停顿叫“读”。

“诵”是指一种声情并茂有节奏的吟咏,“读”则不仅包括“诵”,它还尤其注重内容的理解和含义的推敲。可见,诵读是一种目视其文、口发其音、耳闻其声、心通其情、意会其理的综合阅读活动,是语文学习中从字词句段到篇,从文字到语音、语义,从表层意思到潜在情味的全面感知,是通过对文本的眼观口诵心惟耳听,熟读精思成诵,达到对文本全面深入理解的一种读书方法。

已故国学大师吴宓告诫我们:“汉字文言断不可废,经史旧籍必须诵读。”

吴宓认为,孔教是中华文明的支柱,是中国文化的中心,是中国道德理想和人格标准的寄托。他说:“孔子者,理想中最高之人物。其道德智慧,卓绝千古,无人能及之,故称为圣人。圣人者模范人,乃古今人中之第一人也。”“其前数千年之文化,赖孔子而传;其后数千年之文化,赖孔子而开;无孔子,则无中国文化。”所以,真正的尊孔应注重两条途径:一是实行,“孔子教人,首重躬行实践,今人尊孔的要务”;二是理论,“融汇新旧道理,取证中西历史,以批语之态度,思辨之工夫,博考

详察，深心体会，造成一贯之学说，洞明全部之真理”。（《孔子之价值及孔教之精义》）

经典是圣人的所言所著，是人类智慧和文明的结晶，其功用不受时间和空间的限制，具有亘古不变的特性，其理论能指导古今，无论是其时历经何朝何代，无论是其人所居何处何地，或所处何职何位，或所从何行何业，各个层面、时空的人只要能细心品读、认真领悟均可受益。经典之理的功用，愈是随着时空的推移，就愈会大放光芒，照烁古今。

林语堂在《读书的艺术》中告诫我们："最好的读物是那种能够带我们到这种沉思的心境里去的读物，而不是那种仅在报告事情的始末的读物。我认为人们花费大量的时间去阅读报纸，并不是读书，因为一般阅报者大抵只注意到事件发生或经过的情形的报告，完全没有沉思默想的价值。"这里"最好的读物"就是经典，就是圣人之言。

经典的这一特性启示我们，人求知学习，教育施教，需要从人类文化最精粹、最原始、最根本的经典学习开始，只有这样才能事半功倍。我们人类现在的一切知识都是由经典所延续变化出来的，所以无论什么人，无论什么行业，若要有所成就，都一定要先从学习研究其经典入手，只有如此才能下手有功，受用有地，学有所依，行有所止，正如定海金针、指路明灯。

新教育创始人朱永新先生也说："一个人的精神发展史实质上就是一个人的阅读史，而一个民族的精神世界，在很大程度上取决于全民族的阅读水平。"因此，他倡导道："一切凝聚着人类文化精华的读物都应进入学生的视野，让他们在阅读的过程中鉴赏文化精品，提高审美情趣，充实精神营养，完善人格塑造，最终将这些文化精华转化为自己人生的火炬，使自己也成为人类文明之火的传薪者。唯有这样，我们的学生才能真正成为新世纪的精神巨人。"

二、"小学""大学"

（一）"小学"概说

古人的"小学"即中国的"传统语言文字学"。"传统"二字，是和现代的语言文字学相区别。现代人把古人的"小学"分成文字、音韵、训诂三部分其实不够恰切，因为小学的这"三门"原本是"浑然一体"，不是孤立存在的。

古人的"小学"和我们今天常提的"小学"含义不太相同。"小学"二字最早并不专门指学校。西汉时称"文字学"为"小学"，唐宋以后又称"小学"为"字学"。读书必先识字，掌握字形、字音、字义，方能学会使用。周朝儿童入学，首先学六甲六书(“六甲”指儿童练字用的笔画较简单的六组以甲起头的干支。“六书”即指事、象形、形声、会意、转注、假借),所以从前把“文字学”称“小学”,“小学”之名即由此而得。

“小学”初见于《大戴礼记·保傅》:“及太子少长,则入于小学,小者所学之宫也。……古者年八岁而出就外舍,学小艺焉,履小节焉。”西周是奴隶社会的全盛时期,人分等级,当时能够接受教育的只是贵族。《周礼·保氏》上说:“保氏掌谏王恶而养国子之道,乃教六艺:一曰五礼,二曰六乐,三曰五射,四曰五驭,五曰六书,六曰九数。”又:“乃教之六仪:一曰祀祭之容,二曰宾客之容,三曰朝廷之容,四曰丧纪之容,五曰军旅之容,六曰车马之容。”可见在周代教育中,小学本指学习六艺(小艺)和六仪(小节),后来小学含义逐渐缩小,仅指六艺之一的“书”了,即专指关于语言文字的学习。

东汉崔寔《四民月令》上记载:“正月:农事未起,命成童以上入太学,学五经,不见冰释,命幼童入小学学篇章。”“小学”含文字之义始于此。可见古代“小学”是指语言文字方面的学习。

古代小学,先教授六书,所以把研究文字训诂音韵方面的学问叫小学。每个文字具有三个部分——字形、字义、字音,在汉代,分别不很显著。宋末王应麟《玉海》已分成三种:体制、训诂、音韵。清代的《四库全书》把小学书分为训诂、字书、韵书三类。

古时候小学附庸于经学。古人以经学为大学,故称语言文字之学为小学。章太炎在《国故论衡·小学概说》里这样说道:“盖小学者,国故之本,王教之端,上以推校先典,下以宜民便俗,岂专引笔画篆、缴绕文字而已。苟失其原,巧伪斯甚。”

(二)“大学”内涵

古代人生教育大致有如下四个阶段:第一阶段:幼儿养性——奠定优美人格;第二阶段:童蒙养正——陶冶圣贤智慧;第三阶段:少年养志——鼓舞理想抱负;第四阶段:成人养德——拓展真实生命。

古人的“大学”和我们今天的大学学制意思也不完全相同。

“大学”一词在古代有两种含义:一是“博学”的意思;二是相对于小学而言的“大人之学”。古人八岁入小学,学习“洒扫应对进退、礼乐射御书数”等文化基础知识和礼节;十五岁入大学,学习伦理、政治、哲学等“穷理正心,修己治人”的学问。后一种含义其实也和前一种含义有相通的地方,同样有“博学”的意思。

“大学”是对“小学”而言,是说它不是讲“详训诂,明句读”的小道理,而是讲治国安邦的大学问。

“大学”是大人之学,即士大夫之学,讲的是修身、齐家、治国、平天下的道理。

程子曰:“大学,孔氏之遗书,而初学入德之门也。于今可见古人为学次第者,独赖此篇之存,而论、孟次之。学者必由是而学焉,则庶乎其不差矣。”意思是,大学是孔子留传下来的书,是初学者进修德行的门径,到如今还能够看出古人做学问先后次序的,全靠这本书的存在;至于《论语》和《孟子》,研读的顺序应在其后。学习的人必须从这本书学起,那就差不多不会有错了。“大学”是儒家知识分子修身养性、积极进取、建功立业的人生追求。

古时的《大学》是一篇短小精悍的文章,原是《礼记》中的一篇,后来经学家将它单独分出,编排章节。朱熹将《大学》《中庸》《论语》《孟子》合编注释,称为“四书”。

《大学》着重讨论了个人修养和社会的关系,提出了“明德、亲民、止于至善”的修养目标,和治理天下的八个步骤:格物、致知、诚意、正心、修身、齐家、治国、平天下,简称“三纲八目”。

大学的宗旨在于弘扬光明正大的品德,在于使人弃旧图新,在于使人达到最完善的境界。知道应达到的境界才能够志向坚定;志向坚定才能够镇静不躁;镇静不躁才能够心安理得;心安理得才能够思虑周详;思虑周详才能够有所收获。每样东西都有根本有枝末,每件事情都有开始有终结。明白了这本末始终的道理,就接近事物发展的规律了。古代那些要想在天下弘扬光明正大品德的人,先要治理好自己的国家;要想治理好自己的国家,先要管理好自己的家庭和家族;要想管理好自己的家庭和家族,先要修养自身的品性;要想修养自身的品性,先要端正自己的心思;要想端正自己的心思,先要使自己的意念真诚;要想使自己的意念真诚,先要使自己获得知识;获得知识的途径在于认识、研究万事万物。通过对万事万物的认识、研究后才能获得知识;获得知识后意念才能真诚;意念真诚后心思才能端正;心思端正后才能修养品性;品性修养后才能管理好家庭和家族;管理好家庭和家族后才能治理好国家;治理好国家后天下才能太平。上自国家元首,下至平民百姓,人人都要以修养品性为根本。若这个根本被扰乱了,家庭、家族、国家、天下要治理好是不可能的。不分轻重缓急,本末倒置却想做好事情,是不可能的。

两千多年来,一代又一代中国知识分子“穷则独善其身,达则兼善天下”(《孟子·尽心下》),把生命的历程铺设在这一阶梯之上。所以,它实质上已不仅仅是一系列学说性质的进修步骤,而是具有浓厚实践色彩的人生追求阶梯了。2014 年 5 月 4 日,习近平主席到北京大学考察,在参加师生座谈会时指出,古人说:“大学之道,在明明德,在亲民,在止于至善。"《大学》铸造了一代又一代中国知识分子的人格心理,时至今日,仍在发挥着潜移默化的作用。

三、诵读可以调益身心

诵读法是我国古诗文教学最基本的方法,古人云:"熟读唐诗三百首,不会作诗也会吟。"现代人对这两句话耳熟能详、老少皆知,但很少有人去体悟其中的深刻道理,也很少有人能天天坚持做到。

传统的经典学习,古人提倡以大声诵读为佳。大声诵读时音波震动传递,通过心念耳闻,都摄六根,净念相继,返闻于心,生发智慧,使学有所获,乃至常学常新,从而达到苟日新,又日新,日日新。

"六根"是身体的六种感觉器官,也指六种认识能力,即眼根、耳根、鼻根、舌根、身根、意根。佛家所说的"根"即能生之义,前五根是物质上的存在之色法,意根则是心之所依生,能起心理作用之心法。六根能生六识。这种方法与现代医学所讲的在锤骨和镫骨上制造体内振动音,形成新的听觉回路,从而刺激大脑,开启智慧是一个道理。传统的经典诵读法认为,大声念诵,一则可以通过耳闻摄心,二则有利于自性返闻,三则有利于防止混沉。总而言之,心无杂念、若即若离、心念耳闻、净念相继是取得诵读成效的关键。

大声诵读最好是每天坚持,所谓绵绵不绝,连续不断。这样可以摄守六根,令心无杂念,所谓心到、眼到、口到、耳到、意到。朱熹说:"读书之法无他,惟是笃志虚心,反复详玩,心到、眼到、口到。"这样,通过每天的出声读诵,坚持不懈,日久躬行,人的记忆力就会发生质的变化。一般经过三个月左右,人的大脑就会开通、启用、建立一条和以前完全不同的记忆回路。此时很多东西就会过目不忘,此即不为读诵而读诵,不求记忆而记忆。

科学的诵读法对于人类心智发展的好处体现在以下方面:

1. 强化呼吸,增强大脑氧气吸入

呼吸是诵读的基础,长期进行诵读锻炼,能让呼吸变得深长有力,由此加大肺活量与氧气吸收,促进生命活动进行。

2. 宣泄情感,释放心身压力

诵读产生的声波,是一种波性能量。诵读的发声方式,既具有能量释放特性,又具有能量运用特性。其能量释放特性,可以诱导内心情感的宣泄,由此释放内心压力,就像人在烦恼痛苦状态自发地喊叫一样,长期进行诵读,可以有效缓解心身的紧张状态。

3. 振动声波，消除内循环障碍

诵读所产生的波性能量具有穿透性，能够有效渗入人体的内部，促进微循环。有效运用声波的震荡作用，不仅能广泛激活细胞的生化功能，同时也能冲击与消除人体循环障碍，改善人体的气血循环。这种声波的震荡冲击作用，与现代医学的超声治疗，基本原理相同。人类的声波中具有极为丰富的信息内涵，尤其是一些能够与人体产生共鸣的发声，其信息含量往往能够直接影响人的心身状态，产生极为深刻的调节效果。就像“摇篮曲”的哼唱原理一样，同时深入心身两个方面，达到催眠效果。

4. 形成中脉共鸣，达成身心和谐

古印度瑜伽与传统中医学的研究发现，人的肌体对一定的声音具有相关共振现象。尤其是一些本能性的发声，往往能够在人体的特定部位形成强烈的震荡，并且迅速建立相应的和谐感觉。佛教密宗认为，人体之所以能够产生这种声音调节现象，其关键就是人体中本来具有这种声音的潜能。比如密宗的根本咒——嗡、阿、吽这三种声音，就分别代表着人体顶、喉、心三处的内在潜能。许多人哼小调时的自然发音，以及唱“摇篮曲”时有意识的发音，也就是因为与“嗡”字潜能相应，能够进入中脉共鸣状态。西方宗教的唱诗也有这种共鸣发声特征。由于人体的圆筒结构，以及体内气血的不断循环，人体的中脉就像各种气流的漩涡中心，具有和谐与空灵的自然特性。因此，采用中脉共鸣的方式进行诵读，其所产生的声波极为和谐，具有极强的穿透性。通过这种震荡，可以有效控制紊乱的气脉循环，帮助心身进入和谐状态。

5. 使人耳聪目明，提高情商和智商

在人的眼、耳、鼻、舌、身、意六种感知系统中，听觉的感知具有超越方向、空间及意识障碍的特性，并且能够深入无形之中。感觉产生障碍就会影响智力发展。在诵读过程中，声音有节律地激发与诱导，可以使人的意识自然与听觉相合，逐渐形成以听觉为本位的感知习惯。这种以听觉为本位的感知习惯，可以有效引导自心意识突破原有的感觉障碍进入身心的自在，由此提高自控力。

四、诵读的基本条件要求

诵读的目的是调整身心的和谐与平衡，要想长期坚持并有所获，日常诵读必须满足以下几个基本条件：

1. 相对清静的环境

诵读的地点要相对封闭、清静、整洁，较少感觉刺激以及心理诱惑因素，既要能够避免外来的干扰，又要避免干扰以影响他人，防止不必要的矛盾产生。其实，林语堂在《读书的艺术》中早就告诉我们了："一个人有读书的心境时，随便什么地方都可以读书。如果他知道读书的乐趣，他无论在学校内或学校外，都会读书，无论世界有没有学校，也都会读书。他甚至在最优良的学校里也可以读书。"曾国藩在一封家书中，谈到他的四弟拟入京读较好的学校时说："苟能发奋自立，则家塾可读书，即旷野之地，热闹之场，亦可读书，负薪牧豕，皆可读书。苟不能发奋自立，则家塾不宜读书，即清净之乡，神仙之境，皆不能读书。"

2. 恰如其分的时间节点

要保证专门诵读与零散诵读的巧妙结合。专诵每天保证半小时，诵读时应尽量避免纷乱杂事干扰，其具体时间安排，可以选在烦恼乍起之时，或者晨起、午后和就寝之前。散诵指的是手持袋装书或手抄本，在傍晚或娱乐活动之间进行。

3. 理性而认真的态度

专诵时，应该凝神静气，保证注意力的持久专一，理智避免情绪冲动，克服昏沉状态，具体可以采用打拍子与计数的方式配合，以期集中精力，并保持高效诵读效果。金圣叹认为雪夜闭户读禁书，是人生最大的乐趣。陈继儒（眉公）描写读书的情调，最为美妙：古人称书画为丛笺软卷，故读书开卷以闲适为尚。在这种心境中，一个人对什么东西都能够容忍了。此位作家又曰："真学士不以鲁鱼亥豕为意，好旅客登山不以路恶难行为意，看雪景者不以桥不固为意，卜居乡间者不以俗人为意，爱看花者不以酒劣为意。"

4. 轻松愉悦的诵读内容

诵读内容的意义必须愉悦祥和，语句应该朗朗上口，不宜选择那些拗口而晦涩的内容，以便较好地暗示和引导自己进入愉悦状态。

5. 自然平和的语气

诵读的发声要注意平和，其节奏的快慢、音调的高低、音量的大小等，都应讲究自然顺畅，以便使声波的震荡不疾不徐，不紧不慢，恒久保持，深入心灵。

6. 合理适度的中脉共鸣

人体的中脉，指气出丹田。丹田穴是人体气脉流转的涡心部位，具有自然的平衡特性。采用中脉共鸣发声诵读，不仅能够有效避免不必要的紧张反应，而且容易产生最为和谐的震荡效果。因此，诵读时的发声，应该尽量采用中脉共鸣方式。

7. 悠扬、富于变化的旋律

悠扬的旋律，是达成持续共振的方式；音调的变化，是与潜能调谐共振的前提。因此，采用悠扬而富有变化的旋律进行唱诵，不仅能够更好地与人体的潜能相应,产生良好的感化力,而且能够有效避免声波的僵持作用,从而把人带入更加轻松的境界。

8. 坚持不懈的顽强意志

孔子曰:“学而时习之,不亦说乎?”经典诵读,贵在坚持,不是三天两天、三年五年的坚持,而是十年、二十年甚至一生的长期坚持。要想成功,就得付出一定的时间、热情和精力,专家称作“愿力”。当你忙碌没有时间静下心来诵读时,不妨多放一些 CD,在无意中听记。“听觉记忆法”是一种非常重要的记忆力训练方法。我们不妨学习日本盲人学者高保己一的学习方法。高保己一以超群的记忆力精通和汉两学,写出了《群书类丛》666 卷。他小时候的学习方法就是请别人给他念书,从而渐渐形成深刻的记忆。

我们的古人也有类似的经历。《王阳明全集·卷二·年谱》中有这样一段:“先生五岁不言。一日与群儿嬉,有神僧过之曰:‘好个孩儿,可惜道破。’竹轩公悟,更今名,即能言。一日诵竹轩公所尝读过书。讶问之。曰:‘闻祖读时已默记矣。’”说的是王阳明五岁才会说话,一会说话便出口成章,家人都很惊讶,王阳明说:“我听祖父读,自然就记在心里了。”真可谓“风声雨声读书声声声入耳,家事国事天下事事事关心”。

明代哲学家、思想家、政治家、文学家、军事家,心学唯心主义集大成者王阳明,在他的《传习录》中还有这样两段话,可以给我们一些启示:

“大抵童子之情,乐嬉游而惮拘检,如草木之始萌芽,舒畅之则条达,摧挠之则衰痿。今教童子,必使其趋向鼓舞,中心喜悦,则其进自不能已。譬之时雨春风,霑被卉木,莫不萌动发越,自然日长月化;若冰霜剥落,则生意萧索,日就枯槁矣。故凡诱之歌诗者,非但发其志意而已,亦以泄其跳号呼啸于泳歌,宣其幽抑结滞于音节也;导之习礼者,非但肃其威仪而已,亦所以周旋揖让而动荡其血脉,拜起屈伸而固束其筋骸也;讽之读书者,非但开其知觉而已,亦所以沈潜反复而存其心,抑扬讽诵以宣其志也。凡此皆所以顺导其志意;调理其性情,潜消其鄙吝,默化其粗顽,日使之渐于礼义而不苦其难,入于中和而不知其故。是盖先王立教之微意也。”

“凡授书不在徒多,但贵精熟。量其资禀,能二百字者,止可授以一百字。常使精神力量有余,则无厌苦之患,而有自得之美。讽诵之际,务令专心一志,口诵心惟,字字句句绸绎反覆,抑扬其音节,宽虚其心意。久则义礼浃洽,聪明日开矣。”

王阳明自幼在家,于耳濡墨染、不经意之间,接受了“非功利性学习”。所谓

“非功利性学习”，指的是学习一些和自己的切身利益看似没有什么关系，但是普世大众一直都认为是好的或有用的知识技能。据报载，居于时尚之都上海的大学生们，目前都追求非功利性的情趣阅读，诵读经典也成为一种时尚。所以在此建议大家采用“非功利诵读”的学习态度。所谓的“非功利诵读”，就是不把诵读当作目的本身而是作为一种手段的诵读；再说得通俗点，就是“不为什么”的诵读。一句话简言之，就是不能急于求成。这样的经典诵读才能为你以后的文化积累和实践运用带来意想不到的广度、厚度和深度。

五、坚定诵读信心，打消畏难情绪

诵读是用抑扬顿挫的声调有节奏地大声读，以达到背诵程度的一种学习方法和教学方法。

徽州自古以来便盛行“十户之村，不废诵读”的优良传统。歙县西北部至今已有1500年历史的古村落许村，当地的望族许氏家族便以诗书传家、尊师重教的家风闻名于世。据许氏族谱记载，元、明、清三代，许村先后建有4个藏书楼、5座私塾，培养出一大批高官重臣和鸿儒硕士。至今仍然为人们津津乐道的，有三朝元老许国和“一门五博士”等。

中华吟诵学会秘书长徐健顺在他的《我所理解的中国古代教育》一文中这样说道：“古代的教育，其目的是树人。把高洁的品格和文化的特质注入一个人的生命。从诵读经典到诗词文赋、琴棋书画，从理性到感性，从内容到形式，都是在进行人格教育。教育出来的人，可能成绩不好，但人品首先要好。这样的人，为世所敬重，并不在于做了多大的官。这样的教育的结果，是绝大多数文人的身上，有一种气节，一种精神。在任何地方，中国人都会团聚在这样的人的周围。

“在古代，文人儒士，就是一方民众的主心骨，一方水土的保护神。识字的人就是精神文化的集中所在。读书的人就比不读书的人要更有品格、更有气节。……我们今天要发扬的是文化，而且是传统文化中最优秀的部分。

“中国古代的教育，向来是以民间私人教育为主流。县学、府学、太学，有时兴盛，有时衰微，而且名额有限，大部分文人出自民间，并不是官学培养的。儒家私人教育，以求道行道、济世安民为目的，用之则行，舍之则藏，所谓君子不器！君子是修身求道的，不是为考试而生的……自孔子开创此传统，因此他被尊称为‘至圣先师’。”

诸葛亮《诫子书》云：“夫君子之行，静以修身，俭以养德，非淡泊无以明志，非宁静无以致远。夫学须静也，才须学也，非学无以广才，非志无以成学。淫慢则不能励精,险躁则不能冶性。年与时驰,意与日去,遂成枯落,多不接世,悲守穷庐,将复何及!"可见,古代教育的最终理想是培养君子。君子,是比圣贤低一级的人,但是可以进而为圣贤。君子,是一种人生态度、世界观、生活方式,它是真诚的、健康的、积极的、快乐的、安详的、高远的、用世的、实在的。

20世纪30年代初,夏丏尊和叶圣陶两位先生用故事的形式为中学生合写了一本书《文心》,书中借"王先生"的口对中学生们说:"读,原是很重要的,从前的人读书,大多不习文法,不重解释,只知在读上用死功夫。他们朝夕诵读,读到后来,文字也自然通顺了,文义也自然了解了。近来学生们大家虽说在学校里'读书'或'念书',其实读和念的时候很少,一般学生只做到一个'看'字而已。我以为别的功课且不管,如国文英文等科是语言学科,不该只用眼与心,须于眼与心以外,加用口及耳才好。读,就是心、眼、口、耳并用的一种学习方法。"所以说,诵读之事,不可稍废。原因并不难理解。

(一)记忆力是人类的一项重要能力,是理解力形成和发展的坚实基础

记忆力(哪怕是死记硬背)本身是人类的一项重要能力,而且记忆力不但不妨碍理解力的发展,而且成为理解力发展的坚实基础。问题在于背什么、怎么背。只要内容适当、方法适当(绝不体罚),背诵也可以一件很愉快、很有益的事情。《论语·子路》篇有"子曰:'诵诗三百。'"的记载,春秋时期的孔子教弟子就用诵读法。

台湾林助雄博士从左右脑开发的角度,肯定了儿童经典诵读的效用。他说,读经可以使脑波从β波转换至α波,可以使左右脑同步运作,从而增进脑力(包括记忆力、注意力、理解力和创造力等)的开发。他说:"其实,单从左右脑平衡的目的来讲,儿童除了读经之外,就是读其他的东西也会有效果,只要把握住轻松并有韵律感地重复念唱即可。然而,一再重复地念唱,即使没有刻意去理解,所读唱过之内容不只是会存入大脑记忆,它更会烙印在潜意识里,而潜意识的妙用就是无须经过意志的运作,能直接地、默默地、自然地影响了人类的思维与行为,所以儿童读经,选择古圣先贤的智慧精华是正确的,因为假以时日,有读经的人多少会受到经典的潜移默化、陶冶性情。"

严复在《读经当积极提倡》一文中这样说道:"夫群经乃吾国古文,为最正当之文字。自时俗观之,殊不得云非艰深;顾圣言明晦,亦有差等,不得一概如是云也。且吾人欲令小儿读经,固非句句字字责其都能解说,但以其为中国性命根本之书,欲其早岁讽诵,印入脑筋,他日长成,自渐领会。且教育固有缮便记性之事,小儿读经,记性为用,则虽如《学》、《庸》之奥衍,《书》、《易》之浑噩,又何病焉?况其中

自有可讲解者，善教者自有权衡，不至遂害小儿之脑力也。”

美国著名心理学家米哈里·契克森米哈赖在《幸福的真意》这本书里，就说到背诵式学习对一个人幸福的意义。他认为，一个人通过记住故事、诗词歌赋、化学方程、数学运算、《圣经》章节、名人格言等等，可以获得一套“象征体系”，从而在心灵中建造一个随时与他同在、自给自足的世界。腹有诗书、满腹经纶的人是有福的，因为他的生命有着更大意义的自主性，而不是总被外在的东西左右。

诵读的最终目的是背诵，读的时候注重声调节奏，要读得自然流畅，要一心一意、专心致志，心到音才到。有时候，诵读者不一定要懂文章的意思，也无须讲究诵读技巧，只要能流畅地读，用心地读，记住文字就可以。如古代私塾，孩子启蒙课就是诵读《三字经》，只要读得朗朗上口，会背就可以，老先生不会做更多的要求，很少让学生分析某句的深刻含义、自己从中获得的感受等。不可否认，诵读的过程比较乏味，但就是因为在诵读上下苦功夫，古代的文人学者小时就颇显天才之相。如司马迁十岁，诵古文；曹植年十岁余，诵读《诗》《论语》及辞赋数十万言；东汉延笃用了十天功夫就能背诵《左传》；蔡文姬应曹操之请把四百多篇文章全部默写下来，没有疏漏（见于《后汉书》），等等，举不胜举。

科学研究成果表明：一个人的大脑，大约由 150 亿个神经元组成，这些神经元可以贮藏 1000 万亿信息单位，也就是说一个人的大脑可以把全世界最大的图书馆——美国国会图书馆的 1000 多万册藏书的 50 倍装进去。学生正处于记忆能力旺盛的青少年时期，这个时期大脑的神经元吸收、运用信息的功效尤其显著，只要我们充满信心，就一定能把自己记忆的潜能充分挖掘出来。

现代科学已经证明，记忆是智力的最重要的因素之一。任何的学习都不可能只凭理解而不依靠记忆，尤其是语言。清人张潮说：“藏书不难，能看为难；看书不难，能读为难；读书不难，能用为难；用书不难，能记为难。”背诵量往往决定了一个人运用语言能力的强度。所以，好文章背诵得多，美妙的词采、晓畅的章句、铿锵的声律、精密的谋篇，就不自觉地内化为自己能力的一部分。加上日后的泛观博览，慎思笃行，人情历练，就常于不经意间更上一层楼。

（二）科学的诵读必须精读、品味、理解并内化于心，不能简单机械地死记硬背

对于古文诵读，南宋朱熹的看法是：“要读得字字响亮，不可误一字，不可少一字，不可多一字，不可倒一字，不可牵强暗记，只要多诵数遍，自然上口，久远不忘。”朱熹教人以读书之法，提倡应循序渐进，熟读而精思，如此坚持，自然可以做到举一而反三，闻一而知十，乃至于融会贯通。所以，今人诵读经典一定要有耐心，就如同庖丁解牛一般，去尽皮，才能见到肉；去尽肉，才可见到骨；去尽骨，才能

见到骨髓,一切皆是功到自然成。朱熹也曾引用《礼记》之语录说:“读书如锯木头相似,先其易者,后其节目。”他告诉我们,一切皆应循序渐进,持之以恒。所以我们教孩子诵读经典,千万不要被其不懂之处、不明之理拘绊束缚而畏惧不前。不懂才读,不明才诵,读多了就会懂,诵久了自然就会明白,循序渐进,水滴石穿,只要功夫深,铁杵磨成针,纵若十有八九不明,尚有十之一二可懂,此即“易者”。

经典诵读和学习其他知识性的书籍不同:知识性的书籍,其章节内容是有机械结构的,其前后义理相贯,前面能明,后面始懂,因其连贯,所以不能断章取义。经典之作,是圣人天授智慧的自然流露,其字字珠玑,句句珍宝,灵光遍照,若能明晓一句,悟透一字,即可受益终身,其前后义理,既可彼此通贯,又可单独为用。所以诵读之时,虽前句不明,但于后句却未必不懂。其理其义,无论前后左右,抑或中间,从何诵起,从何懂起,均无妨碍。一部经典,诵读千遍,若非全明,悟通一句,亦可受益终生。况且通过诵读,还能开启智慧,由此知彼,由点达面,由面达体,闻一知十,乃至一通百通。所以对于经典,行持诵读,若能明白通晓其中十句、八句,甚至一句、两句,心有所得,便不枉费,亦可获益无穷。随着孩子年龄的不断增长和持续诵读,其文字义理则会自显,渐而达到不教自知、无师自通的境界。

韩愈日记数千百言,口不绝吟于六艺之文,手不停披于百家之编。刘勰在《文心雕龙·知音》中写道:“夫缀文者,情动而辞发。观文者,披文以入情。”所以朱熹说,不入情,则所读之书“决不能记,记亦不能久也”。可见,只有对材料充分地理解,方能很好地去背诵。因为只有经过自己的分析,对材料进行重新编码、加工,才更有益于记忆。唯有理解,方能坚持不懈,方能喜爱之日渐笃厚。

晚清桐城派文学大师兼教育家吴挚甫说:“声音之道,尝以意求之;才无论刚柔,苟其气之既昌,则所谓抗坠、曲直、断续、敛侈、缓急、长短、伸缩、抑扬、顿挫之节,一皆循乎机势之自然。”“以意求之”即要求声音能达文意,所有的机巧都要“循乎机势之自然”运用,因此,我们首先要读懂文章,搞清楚作者要表达的中心思想,确定诗文的情感特点,才能适当地运用朗诵技巧予以表达。否则,就难以达到感染自己、感染听众的效果,甚至会贻笑大方。

由上可见,经典诵读的学习方式并不复杂,可以用“读”“悟”“背”“用”四个字来概括。《说文解字》云,悟,觉也,从心吾声。从字义看,“悟”是内心的觉醒,是智慧的开启;从字形看,“悟”从“心”从“吾”。显然,“悟”的过程中需要用“心”,需要专心致志、心无旁骛。然而,“悟”又离不开“吾”,以自我心灵的开悟,方能打开智慧之门,而过多的道理说教与观点强塞都只会堵塞“觉悟”之门。

“经典”的概念是开放的,多元的;经典的标准可以是大众的,也可以是个人的;可以是磅礴的诗词,也可以是美丽的散文;可以是成语故事,也可以是山水楹联;可以是格言警句,也可以是寓言童话;可以从诗文中领略经典,也可以在生活中体悟经典;可以从艺术中欣赏经典,更可以在实践中创造经典,如鲁迅先生经典名言所说,必须如蜜蜂一样,采过许多花,这才能酿出蜜来。

林语堂在《读书的艺术》一文中这样说道:“我认为一个人发现他最爱好的作家,乃是他的知识发展上最重要的事情。世间确有一些人的心灵是类似的,一个人必须在古今的作家中,寻找一个心灵和他相似的作家。他只有这样才能够获得读书的真益处。一个人必须独立自主去寻出他的老师来,没有人知道谁是你最爱好的作家,也许甚至你自己也不知道。这跟一见倾心一样。人家不能叫读者去爱这个作家或那个作家,可是当读者找到了他所爱好的作家时,他自己就本能地知道了。关于这种发现作家的事情,我们可以提出一些著名的例证。有许多学者似乎生活于不同的时代里,相距多年,然而他们思想的方法和他们的情感却那么相似,使人在一本书里读到他们的文字时,好像看见自己的肖像一样。以中国人的语法说来,我们说这些相似的心灵是同一条灵魂的化身,例如有人说苏东坡是庄子或陶渊明转世的,袁中郎是苏东坡转世的。苏东坡说,当他第一次读庄子的文章时,他觉得他自从幼年时代起似乎就一直在想着同样的事情,抱着同样的观念。当袁中郎有一晚在一本小诗集里,发现一个名叫徐文长的同代无名作家时,他由床上跳起,向他的朋友呼叫起来,他的朋友开始拿那本诗集来读,也叫起来,于是两人叫复读,读复叫,弄得他们的仆人疑惑不解。”

朱自清先生在《经典常谈》一书中曾经精辟地指出:“在中等以上的教育里,经典训练应该是一个必要的项目。经典训练的价值不在实用而在文化。”经典的传承与文化的认同,乃是保持中华民族和谐发展的重要思想保障。

目前,经典诵读活动正在全国各地各级各类学校中蓬蓬勃勃地开展着,且已经取得了丰硕的成果和经验,但我个人认为,经典诵读也要注重区分层次,对小学低年级学生,要求只需熟读会背,可以不求甚解;对小学高年级学生,要求熟练背诵,简单理解;对中学生要求全面理解,学以致用;对于高职高专类大学生则要求做到熟读于心,自然成诵,知行合一。如何让学生被经典吸引,真正做到乐读、爱读、深读、广读,甚至“美读”,使他们在诵读中最大限度地汲取营养?这既是我们每个热爱祖国传统文化的人、每个从事教育工作的人应该思考的问题和努力的方向,也是我们义不容辞的责任。

第二节 国学内涵

一、"国学"简介

"国学"原指国家学府,如太学、国子监。"国学"指学问一说,产生于西学东渐、文化转型的20世纪初,20年代始盛。《国粹学》的作者邓实在1906年撰文说:"国学者何?一国所有之学也。有地而人生其上,因以成国焉,有其国者有其学。学也者,学其一国之学以为国用,而自治其一国也。""文革"结束后,大陆思想学术自由逐步有所恢复,中华传统文化学术的空间逐步扩大,因而20世纪80年代后"国学"复起,至今愈加蓬勃。而关于"国学"的定义,严格意义上,到目前为止,学术界还没有做出统一明确的界定,名家众说纷纭,莫衷一是。

国学,究其实质,乃一国所固有之学术,并非单指"国家之学"或者"治国之学"。一般来说,国学是指以儒学为主体的中国传统文化与学术,也包括了医学、戏剧、书画、星相、数术等等,这些都属于国学范畴,是国学的外延。

国学是中国传统文化与学术的统称。它是一个集合的概念,又称为中国学,也称为汉学。当然汉学又有广义和狭义之分。广义说就是国学;狭义说就是国学里面的"小学"部分,这个"小学"指的是孩子的童蒙养正、洒扫应对以及学术上的文字学、考据学,是"大学"的根基。

国学大体上包括儒、道、佛、诸子学说、中医、诗文、戏曲、书画、星象、术数、园林、饮食、茶艺、武术、围棋等等,是中国独有的学术和艺术的统称。当然,这样的表述不太好记。能不能把它概括得很简单?能不能很方便地告诉人们什么是国学呢?能。可用四个字概括,按照《四库全书》的分类,就是"经史子集"。中国的学问就分四个部分:经、史、子、集。经,主要是儒家的经典,若是理解得宽泛,也包括道家、佛家的经;史,就是历史;子,就是诸子的学术,不管是先秦的诸子,还是以后的一些思想家,都属于子部;集,主要是文学艺术的作品。

国学的划分标准很多,常见有以下四大类。

(一)以学科分,应分为哲学、史学、宗教学、文学、礼俗学、考据学、伦理学、版本学等,其中以儒家哲学为主流。

(二)以思想分,应分为先秦诸子、儒道释三家等。

（三）以《四库全书》分，有经、史、子、集四部。

经部主要是儒家经典和注释研究儒家经典的名著。学者经常提到的《十三经》是儒家文化的基本著作。《周易》《尚书》《周礼》《礼记》《仪礼》《诗经》《春秋左传》《春秋公羊传》《春秋谷梁传》《论语》《孝经》《尔雅》《孟子》。往下又分为“易类”“书类”“诗类”“礼类”“春秋类”“孝经类”“五经总义类”“四书类”“乐类”“小学类”等。

史部包括各种体裁的历史著作，分为正史、编年、纪事本末、别史、杂史、诏令奏议、传记、史钞、载记、时令、地理、职官、政书、目录、史评十五类。

子部收录的主要是诸子百家及释道宗教著作，分为儒家、兵家、法家、农家、医家、天文算法、术数、艺术、谱录、杂家、类书、小说家、释家、道家十四类。

集部收历代作家一人或多人的散文、骈文、诗、词、散曲等的集子和文学评论、戏曲等著作，分为楚辞、别集、总集、诗文评、诗词五类。

经史子集的排列要特别注意，经是排在第一位的。也就是说，经是根基，假如离了经，国学就没有根基了。我们现在有些人之所以犯错误，就是因为没有明经。研究历史的人如不读经，没有以经为依据，就很难找到历史的规律。不可否认的是，许多人提到国学，往往首先想到诗文歌赋，想到琴棋书画。其实诗文歌赋、琴棋书画等在国学里面是排在最后面的。国学好比一棵参天大树，枝繁叶茂，最引人瞩目的、最漂亮的、最吸引人的是什么呢？是枝叶花果。琴棋书画很美，诗文歌赋很美，一如枝叶花果之美，然而根本的东西却比较朴实，一如真理。

（四）国学以国学大师章太炎《国学讲演录》所分，则分为小学、经学、史学、诸子和文学。由上可见，国学指的就是中国古代学说。其中的代表是先秦诸子，孔子是国学的奠基人。先秦诸子的思想及学说对中国的传统文化具有深远的影响，它们形成了兵家思想、法家思想、墨家思想、儒家思想及道家思想等。这些思想从各个不同的方面论述如何治理国家。

凡是中国的学问都可叫“国学”，中国国学的内容包罗万象。从内容上再进一步分类，国学又包括五个方面的精髓：义理之学——讲道理的，也就是哲学；考据之学——从事历史考据的，就是史学；辞章之学——怎样写好文章的，就是文学。这三个方面的排列顺序是哲、史、文，现在我们颠倒了，习惯称作文、史、哲。后来又有人认为分三类还不够，还可以再加两个：经世之学——就是政治、经济、法律，相当于现在的社会科学，治理世界的；科技之学——包括中国的科技，如四大发明、《本草纲目》、《天工开物》、《农政全书》等。

二、“三教九流”

中国的国学还可以用另外四个字来做通俗的概括，就是“三教九流”。中国文化特点是三教合一、三世齐修，三教九流就是经史子集的简称。民间认定经史子集就是三教九流。“三教九流”一词也在无声地告诉我们：三教在前面，三教是根本。

“三教”就是儒、道、佛。这是三种教育，而不仅仅是三种信仰。现代人一听到儒教、道教、佛教，就以为是一种信仰。这是一种误解。儒家以仁爱精神为基础；道家以天地为中心，讲究天人合一；佛家以慈悲为中心，宣扬因果报应。如果没有接受过这方面的教育，就难免陷入迷信。

“九流”，有广义的说法和狭义的说法。一般狭义的说法就是按照《汉书·艺文志》划分的：儒家、道家、阴阳家、法家、名家、墨家、纵横家、杂家、农家。到了明朝以后，民间又有更详细的说法，分所谓“上九流”“中九流”“下九流”。这些我们接触一下就可以了，没有必要去背。按照最广义的说法，“九”代表多，代表一切。所谓九流，就是代表许许多多的乃至所有的学术。然而，不论九流包括多少门类，一定要以三教为根本。

后来“三教九流”演变成了一个成语典故。宋代赵彦卫《云麓漫钞》卷六云：“（梁武）帝问三教九流及汉朝旧事，了如目前。”今天，三教九流（亦作九流三教）泛指古代中国的宗教与各种学术流派，是古代中国对人的地位和职业名称划分的等级。在古代白话小说中，甚至往往含有贬义。

三、君子六艺

中国的“六艺”成型于商周，暗淡于清末，前后三千余年。在中国，“六艺”之说有二：第一种说法指“六艺”，即六经，谓《易》《书》《诗》《礼》《乐》《春秋》也。另一说指的是，礼、乐、射、御、书、数。《周礼·保氏》有云：“养国子以道，乃教之六艺：一曰五礼，二曰六乐，三曰五射，四曰五御，五曰六书，六曰九数。”六艺是中国古代君子的六门必修课，其内容包括五礼、六乐、五射、五御、六书、九数。关于六艺教育的实施，是根据学生年龄大小和课程深浅循序进行的，并且有小艺和大艺之分。书、数为小艺，系初级课程；礼、乐、射、御为大艺，系高级课程。

“乐者，圣人之所乐也，而可以善民心，其感人深，其移风易俗，故先王导之以礼乐而民和睦。”古六艺为礼、乐、射、御、书、数，春秋后的六艺为诗、书、礼、乐、易、春秋。

周礼有五种，即“吉”礼，用于祭祀；“凶”礼，用于丧葬；“军”礼，用于田猎和军事；“宾”礼，用于朝见或诸侯之间的往来；“嘉”礼，用于宴会和庆贺。吉礼即祭祀天神、地祇、人鬼等的礼仪活动。

六乐即“云门大卷”“大咸”“大韶”“大夏”“大濩”“大武”等古乐名。《乐记》云：“是故清明象天，广大象地，终始象四时，周旋象风雨。五色成文而不乱，八风从律而不奸，百度得数而有常。小大相成，终始相生。倡和清浊，代相为经。故乐行而伦清，耳目聪明，血气和平，移风易俗，天下皆宁。”意思是，因此，这样的乐，其清澈明朗像天，其无所不载像地，其终而复始像四时，其周回旋转像风雨。虽然乐器的色彩五彩缤纷，但却井然有序。虽然八音杂奏，但也不互相干扰；乐舞虽富于变化，但也像百刻计时那样有一定之规。高音与低音相辅相成，十二律互相配合，或倡或和，或清或浊，轮番为主。所以，这样的乐流行就能使伦类向善，耳聪目明，心气平和，移风易俗，天下皆宁。

五射即“白矢”“参连”“剡注”“襄尺”“井仪”。“白矢”即箭穿过鹄的，要用力适当，恰中目标，刚刚露出白色箭头。“参连”即先发一矢，后三矢连续而去，矢矢中的，看上去像是一根箭。“剡注”即箭射出，箭尾高箭头低，徐徐行进的样子。“襄尺”即臣与君射，不与君并立，应退让一尺。“井仪”即连中四矢，射在鹄的上的位置，要上下左右排列，像个井字。

五御即驾车的技巧，包括“鸣和鸾”“逐水曲”“过君表”“舞交衢”“逐禽左”。鸾、和都是车上的铃铛，车走动时，挂在车上的铃铛要响得谐调。“逐水曲”即驾车经过曲折的水道不致坠入水中。“过君表”即驾车要能通过竖立的标杆中间的空隙而不碰倒标杆。“舞交衢”即驾车在交道上旋转时，要合乎节拍，有如舞蹈。“逐禽左”即在田猎追逐野兽时，要把猎物驱向左边，以便坐在车左边的主人射击。

六艺中的“书”，即识字，为古人学文化的基础课之一。现在流传下来的“六书”指六种制造汉字的方法，即象形、指事、会意、形声、转注、假借。东汉许慎在《说文解字》中说：“周礼八岁入小学，保氏教国子先以六书。一曰指事，指事者视而可识，察而见意，上下是也。二曰象形，象形者画成其物，随体诘诎，日月是也。三曰形声，形声者以事为名，取譬相成，江河是也。四曰会意，会意者比类合谊，以见指㧑，武信是也。五曰转注，转注者建类一首，同意相受，考老是也。六曰假借，假借者本无其字，依声托事，令长是也。”许慎的解说，是历史上首次对“六书”定义的正式记载。现在对“六书”的解说，仍以许慎的解释为核心。

九数即九九乘法表，古代学校的数学教材。六艺中的“数”同样是一门基础课，蕴含着十分深奥的学问。在古代中国，“数”之学和阴阳风水等“迷信”活动一起被归入术数类。它的主要功能除了解决日常的丈量土地、算账收税等实际问题外，就是要计算天体，推演历法。在这方面，古代中国人有着惊人的成就。

梁实秋在晚年所写的《漫谈读书》中说："读书，永远不恨其晚。晚，总比永远不读强。有一个原则也许是值得考虑的：作为一个道地的中国人，有些书是非读不可的。这与行业无关。理工科的、财经界的、文法门的，都需要读一些蔚成中国文化传统的书。经书当然是其中重要的一部分，史书也一样的重要。盲目的读经不可以提倡，意义模糊的所谓'国学'亦不能餍现代人之望。一系列的古书，是我们应该以现代眼光去了解的。"

"艺者，天地之灵迹也；艺之根，术也；艺之身，君子也；艺之花，纯美也；艺之果，真善也；艺之气，佛道也。术同技，技应勤而习之。身应修，正气常存之。"

国学是中华民族优秀传统文化的核心价值体系，是数千年来中国人思维方式、行为方式、生活方式的高度总结，浸润着每个中华儿女的血液和灵魂。目前，中华国学教育工程正面向社会各界、企事业团队等广大国学爱好者，开展国学教育等级资格认证培训。我们应继承和发扬中华优秀传统文化，坚持"以人为本"，积极建构社会主义和谐社会价值体系，正本清源、扬清激浊、革故鼎新，传承中华美德，增强民族文化认同，树立民族文化自信，维护国家文化安全，打造中华民族精神家园，塑造国家和民族软实力，积极应对全球化竞争与挑战。

四、"阳春白雪"与"下里巴人"

追本溯源，阳春白雪和下里巴人本来都是指音乐，不过《阳春白雪》相传是春秋时期晋国的乐师师旷和齐国的刘涓子所作，为古琴十大名曲之一。《下里巴人》则是指战国时代楚国的民间乐曲，后来泛指通俗的、普及的文学艺术，与《阳春白雪》对举。

经常在报纸杂志上看到许多作者自称为"下里巴人"，以示自谦，这其实是一种误用。"下里巴人"中虽有一个"人"字，但并非是指人，而是指歌曲。《文选》中记载："客有歌于郢中者，其始曰《下里》《巴人》，国中属而和者数千人。其为《阳阿》《薤露》，国中属而和者数百人。其为《阳春》《白雪》，国中属而和者，不过数十人。引商刻羽，杂以流徵，国中属而和者，不过数人而已。是其曲弥高，其和弥寡。"李周翰注曰："《下里》、《巴人》，下曲名也。《阳春》、《白雪》高曲名也。"由此可知，《阳春白雪》与《下里巴人》都是古代楚国的歌曲名。（参考论文：陈正平《巴渝古代民歌简论》）后来，"阳春白雪"演变为成语，比喻高深、高雅、精湛的文学艺术；成语"下里巴人"则喻通俗的文学艺术。

巴渝民歌因曲调流畅、曲风明快活泼和富有浓郁的地方风情，从而被人们广为喜爱。大家所熟悉的《竹枝词》就是在《下里》《巴人》这样的歌曲上衍变而来的。“竹枝词”，又名“竹枝”“竹枝子”“竹枝曲”“竹枝歌”。在唐《乐府》中以地名命名而将“竹枝”称为“巴渝歌”。杜甫在夔州有诗说：“万里巴渝曲，三年实饱闻。”《薅草锣鼓》是巴渝、巴楚一带薅草时节以锣鼓伴奏的传统民歌演唱形式。《薅草锣鼓》的起源很早，起源于农事，人们祭拜农神田畯，驱邪避害，与巴楚先民信巫尚鬼的民俗有密切关系。

“下里巴人”“竹枝词”“薅草锣鼓”是巴渝古代民歌中最具有代表性和影响力的样式，它们之间有着明显的传承关系。“竹枝词”和“薅草锣鼓”是不同时代的“下里巴人”，是对“下里巴人”的丰富和发展。一方面是艺术形式、艺术风格的传承，一方面又是形式和内容随着历史和社会生活的变迁而变易。

“阳春白雪”与“下里巴人”虽然一个高雅清丽，一个活泼灵动，但都是表达真实感情的思之声，因而得以丰富和发扬至今，两者可以相辅相成，有机统一。在现代文艺的发展过程中，“通俗”与“高雅”并不矛盾，两者是基础与提高、精神与灵魂的关系。时代需要高雅的文化，也需要通俗的文化。一味地强调通俗，有时难免流于粗俗、鄙俗、恶俗，会让高雅逐渐失却了发展势头；一味地强调高雅，则会让文艺“束之高阁”，不接地气，难以真正得到传扬和传承。文艺为民，就是通过满足人民的文化需求，将“阳春白雪”与“下里巴人”统一在传统文化的升华中。我们需要“阳春白雪”式的高雅文化来延续文化精粹，我们更需要广为发展“下里巴人”式的文艺。丰富文艺形式，丰富文艺内涵，创新时代精神，让“大俗”成“大雅”，让短暂变永恒，于通俗文艺中提炼出时代精神，于高雅文化中体现梦想追求。这既是中国传统文化继续传承的需要，也是中国传统文化发扬光大的需要。

五、“伯牙绝弦”与“八拜之交”

约成书于公元前三世纪的《吕氏春秋》和春秋战国时代的《列子》中，都记载有战国时期伯牙与钟子期互为“知音”的故事。《列子·汤问》记载的非常短小：“伯牙善鼓琴，钟子期善听。伯牙鼓琴，志在高山，钟子期曰：‘善哉，峨峨兮若泰山！’志在流水，钟子期曰：‘善哉，洋洋兮若江河！’伯牙所念，钟子期必得之。伯牙游于泰山之阴，卒逢暴雨，止于岩下，心悲，乃援琴而鼓之。初为霖雨之操，更造崩山之音。曲每奏，钟子期辄穷其趣。伯牙乃舍琴而叹曰：‘善哉，善哉！子之听夫志，想象犹吾心也。吾于何逃声哉？’”

世上如伯牙与钟子期的知音实在是太少了。

孟浩然在《夏日南亭怀辛大》一诗中叹曰:“欲取鸣琴弹,恨无知音赏。感此怀故人,中宵劳梦想。”

岳飞于无眠之夜也写道:“欲将心事付瑶琴,知音少,弦断有谁听?”

苏轼自比孤鸿,写下了“拣尽寒枝不肯栖,寂寞沙洲冷”的句子。

贾岛却是“二句三年得,一吟双泪流。知音如不赏,归卧故山秋”的辛酸。

冯梦龙话本小说《警世通言》开卷第一篇《俞伯牙摔琴谢知音》用生动的笔触描写了乐官俞伯牙与汉阳樵夫钟子期的“知音之交”。这个千百年来引起无数人共鸣的动人故事,一直为后世所传诵。现在,《伯牙绝弦》已进入小学语文教材,写出了俞伯牙和钟子期之间情谊深厚、重情重义的情感和知音难觅的现象。人生苦短,知音难求;云烟万里,佳话千载。“伯牙绝弦”,是交朋结友的千古楷模,它流传至今并给人历久弥新的启迪。正是这个故事,确立了中华民族高尚人际关系与友情的标准,说它是东方文化之瑰宝也当之无愧。教材编选者这样定位编入该故事的意图:一是让学生借助注释初步了解文言文大意;二是积累中华优秀经典诗文,感受朋友间相互理解、相互欣赏的纯真友情;三是体会音乐艺术的无穷魅力。

后来,这个感人故事频频出现在诗词里。宋代王安石《伯牙》诗:“千载朱弦无此悲,欲弹孤绝鬼神疑。故人舍我闭黄壤,流水高山心自知。”这些诗都是写琴曲的高妙、听琴的乐趣,或者比喻高妙的作品或知音、知己等。用“高山流水”来比喻知音难觅或乐曲高妙,中国古代“天人合一”“物我两忘”的文化精神在这段佳话中得到了充分的体现。明代朱权的《神奇秘谱》对此做了精当的诠释:“《高山》、《流水》二曲,本只一曲。初志在乎高山,言仁者乐山之意。后志在乎流水,言智者乐水之意。”仁者乐山,智者乐水,《高山流水》蕴涵天地之浩远、山水之灵韵,是中国古乐主题表现的最高境界。然而,伯牙的《高山流水》琴曲并没有流传于世,后人无从领略伯牙所弹之曲的绝妙之处,这就更加令人“心向往之”。成语“高山流水”,比喻知己或知音,也比喻音乐优美。

山东泰山“经石峪”有一座高山流水亭,传说是伯牙抚琴的地方。此地风景恰切地诠释了古琴曲《高山流水》的大神韵。在今湖北武汉境内,东对龟山、北临月湖,也有一座古琴台,又名俞伯牙台,湖景相映,景色秀丽,幽静宜人,文化内涵丰富,是武汉著名的音乐文化古迹,也是湖北省、武汉市重点文物保护文物之一。位于湖北省石首市调关镇之西的荆江南大堤与八一大堤交汇处,也有一处“调弦亭”。上有伯牙题诗曰:“今日重来访,不见知音人。但见一抔土,惨然伤我心!伤心伤心复伤心,不忍泪珠纷。来欢去何苦,江畔起愁云。此曲终兮不复弹,三尺瑶琴为君死!”

“八拜之交”这一成语典故出自宋代邵伯温《闻见前录》。书中记载:“公至北京,李稷谒见,坐客次,久之,公着道服出,语之曰:‘而父吾客也,只八拜。’稷不获已,如数拜之。”文彦博听说李稷待人十分傲慢,心中非常不快,他对人说:“李稷的父亲曾是我的门人,按辈分他应该是我的晚辈,他如此傲慢,我非得教训他不可。”有一次,文彦博任北京守备,李稷听说后,便上门来拜谒。文彦博故意让李稷在客厅坐等,过了好长时间才出来接见他。见了李稷之后,文彦博说:“你的父亲是我的朋友,你就对我拜八拜吧。”李稷因辈分低,不敢造次,只得向文彦博拜了八拜。文彦博以长辈的身份挫了李稷的傲气。

伯牙和子期的“知音之交”是“八拜之交”典故中的第一拜,这个知音故事感动了后世的中国人,此后中国历史上又相继出现了管仲和鲍叔牙的“管鲍之交;廉颇与蔺相如的刎颈之交;角哀与伯桃的舍命之交;陈重雷义的胶漆之交;元伯、巨卿的鸡黍之交;孔融和祢衡的忘年之交;刘备、张飞和关羽的生死之交。合在一起就是中国历史文化中有名的“八拜之交”。“八拜之交”旧时也称异姓结拜的兄弟,是汉族社会的交际习俗,表示世代有交情的两家弟子谒见对方长辈时的礼节。

六、“137”线程学习法

朱自清先生在《论诗学门径》中说:“偶然的,随意的吟诵是无用的,足以消遣,不足以受用成果。得下一番切实的功夫,便是记诵。学习文学而懒于记诵是不成的,特别是诗,与其囫囵吞枣或是走马观花地读十部诗集,不如仔仔细细地背诵三百首诗。这三百首虽少,是你自己的,那十部诗集虽多,看过了就还了别人,读了还不和没读一样!”上下五千年,中华传统文化经典枝繁叶茂,卷帙纷繁,穷尽一生的时间也读不完。我们必须抓住主干,理清经络,科学诵读,不要迷信权威。世上本无权威,所有的理论和经典,都是帮助我们更好地到达彼岸,圣人也是这番苦心,为后世立一方便法门而已,只是后人不理解,过度执着于法门而忽略了究竟,困于其中而不自知,误人误己。

有的国学专家从功能的角度对经典做了线程梳理。或许该分类法有失科学,或不免交叉,但有益于我们最大限度地阅读经典。

第一线程:经史类。该类属主干经典,相当于人的骨骼,如《易经》《孝经》《诗经》《金刚经》《道德经》《黄帝内经》等。

第二线程:诸子百家类。该类属基础经典,相当于人的血肉,如《三字经》《百家姓》《千字文》《弟子规》,也包含《论语》《大学》《中庸》《孟子》等。这一类经典都是教做人。做人才是基础,学知识、学做事都是后面的事。

第三线程:诗词文赋类。该类属中华经典文化丰硕的花朵,如先秦的诗文、唐诗、宋词、《古文观止》、《史记》、《资治通鉴》等。

将这个三线程串在一起,科学合理地安排诵读进度,就是"137"线程学习法,快的一年时间可以学完;一年不够,可再加一年,进行加强;如果感觉还不够,可以再加一年,进行巩固。这样大学生利用在校三年时间就可以打下较为坚实的传统文化基础。

"137"学习法中的"1"是读经的时间及次数,每天至少读一篇,至少读一遍,一遍大约 10 分钟。

"3"是读经的内容,每天最少读三样,三线程各一样,各 10 分钟,三样 30 分钟,所以要大家付出的时间是每天半小时。

"7"是读经的周期,同样的内容读 7 天,即连续读 7 天,正好一周。

"137"是可以变化的,各人的情况不一样,文科生时间比较多,可以变成 737,一天应该读 7 遍,建议不要超过 7。3 也可以变,假如你读 3 样感觉不够,最多可以读 7 样,这样就变成 777。777 最少要四五个小时,也不过是半天时间。这种累积法是可以灵活变化的。推荐使用 737,每天半小时左右。

古人说,读书有三味:读经味如稻粱,读史味如肴馔,读诸子百家味如醯醢。意思是说,阅读经书犹如吃稻米,很实在,因为经书中教授的都是人生哲理;阅读史书犹如吃美味,因为史书包罗万方,无所不有,五味杂陈;阅读诸子百家犹如喝美酒,因为不同学者的思想都姿态汪洋。一句话,读书既是生活的需要,又富有各种情趣。诵读具有开发右脑的作用,具有开智的意义。

诵读经典,古人强调"少成若天性,习惯成自然",诵读时一定要做到"口诵心惟"。"诵"决不仅仅是"口"的发音活动,同时包含了丰富的思维活动和情感活动,是一种艺术的再创造。它在使无声的书面语言变成有声有色的口头语言的过程中,眼、口、耳、心、脑等多种感官并用。"读书法,有三到,心眼口,信皆要","书读百遍,其义自见"。现代人诵读更需声情并茂、一心一意、不疾不徐、字字清楚、轻松愉悦、恭敬认真地读出经典中蕴含的思想感情。只要我们每天坚持不懈,读圣哲之言,体圣哲之心,发圣哲之语,熟读而后能悟,悟而后能用,用而后能生巧,巧而后则出新。随着时间的推移,书上的就能变成自己的,累积在自己的大脑智慧库里,随用随取。用多了,自然心灵手巧,会有神来之笔、天造之功。

第三节 吟诵简介

吟诵是中国古代私塾官学里最基本的教学方法,被誉作“中国式读书法”。它是中国古代文人创作古诗词文赋的一种艺术表达方式,能够巧妙地展现诗词文赋的艺术魅力。吟诵通过私塾和官学教育体系口传心授,流传至今,体现着大雅君子风范。它是中国汉族传统文化尤其是儒家礼乐文化的重要组成部分,更是中华文明精神的结晶。

作为有声语言的艺术表现形式,吟诵是吟和诵的合称。吟,即吟咏;诵,即诵读。作为传统文化的有声传承方式,吟诵既不同于朗诵,又不同于一般的歌唱。

一、“诵读”和“吟诵”的区别

从词源上分析,誦和讀的含义有差别。

《说文解字》:“诵,讽也。从言,甬声。”“讽,诵也。从言,风声。”许慎是将二字互训的,段玉裁作注时,依据《周礼·大司乐》对二字做了精辟独到的辨析,他说:“倍文曰讽,以声节之曰诵。倍同背,谓不开读也。诵则非直背文,又为吟咏以声节之。”对“吟”的解释,《说文》谓之:“吟,呻也。从口,今声。”而对“呻”的解释则是:“呻,吟也。从口,申声。”段玉裁注:“按呻者,吟之舒;吟者,呻之急。浑言则不别也。”“呻吟”联用有“诵读”之义。《庄子·列御寇》:“郑人缓也,呻吟裘氏之地,只三年,而缓为儒。”可见“吟”的急促声音活动,与“呻”的舒缓声音活动的配合,可以形成“诵读”“缓急”的情态。所谓“吟咏”,实际上是一种情感的抒发。《诗·周南·关雎序》:“吟咏情性,以风其上。”孔颖达疏:“动声曰吟,长言曰咏。作诗必歌,故言吟咏情性也。”“长言”,是汉代注家譬况字音的用语,意思是发音舒缓,为字调中的舒调,可理解为曼声长吟。由此可见,“诵”,是一种有情态,而又寓情于声、以声传情的表达方式。

“读”,清代陈昌治刻本《说文》解释为“诵书也。从言卖声。徒谷切”,段注则解释为“抽绎其义,蕴至于无穷,是之谓读”,进而他又解释:“讽,诵亦可云读,而读之义不止于讽、诵。讽诵止得其文辞,读乃得其义蕴。”可见“读”,不仅包括“诵”,它还特别侧重于内容的理解。

先秦典籍中,多把“诵”和“读”分开运用。《孟子·万章下》:“又尚论古之人。

颂(同诵)其诗,读其书,不知其人,可乎?"《周礼·春官·大司乐》中记载:"以乐语教国子:兴、道、讽、诵、言、语。"《礼记·文王世子》记载:"春诵、夏弦……秋学礼……冬读书。"《左传》中记载:"公读其书。"一般说来,对韵文是"诵",对散文是"读",因为古人对二者强调的侧重点不同。后来,随着诵读实践的加强,人们对"诵读"结合的重要性逐渐重视,在读书中将二者结合起来运用就成了一种行之有效的读书方法了。司马迁在《史记·留侯世家》中记载:"旦日视其书,乃《太公兵法》也。良因异之,常习诵读之。"其实,"诵"是"读"的一种表达方式,"读"是"诵"这种"吟咏以声"的理解基础,二者是难以截然分开的。所以"诵读"和"读诵"成为一个整体,经常出现在汉以后的一些典籍著作中。

(一)"吟",低声唱诵

,《説文解字》云:吟,呻也。从口今声。,或从音,或从言。卢延让《苦吟》:吟安一个字,捻断数茎须。"吟"的本字是"今"。"今"的本义为低头吟语;吟的造字本义:低声自言自语。《庄子·德充符》里有"倚树而吟"。唐成玄英《南华真经注疏》:"行则倚树而吟咏。""吟"和"泳"同义。《增韵·侵韵》:"吟,哦也,咏也。"故"咏"亦作歌唱讲。

"吟"字早在先秦文献中就已出现,其义训为"歌",即歌唱。《战国策·秦策二》:"臣不知其思与不思。诚思,则将吴吟,今轸将为王吴吟。"东汉高诱注曰:"吟,歌吟也。"所谓"吴吟",就是指吟唱吴歌。班固《东都赋》:"今论者但知诵虞夏之《书》,咏殷周之《诗》。"

"吟"和"咏"合成一个词用,自然仍是歌唱的意思,如《毛诗序》:"在心为志,发言为诗。情动于中而形于言。言之不足故长言之,长言之不足故嗟叹之,嗟叹之不足故咏歌之,咏歌之不足,不知手之舞之,足之蹈之也。"概括以上诸家的解释,"吟"即"咏",就是拉长了声音歌唱。

,歌吟。《说文解字》:詠,歌也。从言,永声。《虞书》:搏拊琴瑟以咏。永,既是声旁也是形旁,表示水长流。咏,金文(永,水长流)(口,说、读),比喻诵读如流。有的金文以"言"代"口",进一步明确造字主题。造字本义:像流水一样流畅而持续地诵读。篆文将金文的上下结构调整成左右结构。有的篆文承续金文字形。古籍中"咏"与"詠"通用。古人称拼出字音为"读";称自言自语为"念";称配乐而唱为"歌";称大声宣告为"唱";称背书为"诵";称节奏和缓地诵读为"咏"。

(二)"歌",和曲念词

《说文解字》:(歌),詠也。从欠哥声。謌或从言。

哥,既是声旁也是形旁,是"歌"的本字,表示吹笙唱歌。当"哥"的"对唱情歌”本义消失后,再加“言”或“欠”另造“歌”代替。歌,金文(言,倾诉)(可,古代男女以吹笙唱歌方式求偶),表示倾诉衷情求偶。篆文(言,倾诉)(哥,对唱情歌);有的篆文(哥,对唱情歌)(欠,感叹),表示欢唱咏叹。造字本义:求偶男女对唱恋曲,咏叹衷情。在汉语中常“诗歌”并称,但“诗”与“歌”有明显不同:“诗”将浪漫、神秘的心与灵外化为文字,但阅读欣赏者限于少数知识阶层;“歌”将诗句咏叹为便于传播的曲子,任何不识字的百姓都可以听可以唱。

先秦时代的歌唱有两种不同的情况。

一是在琴瑟等乐器伴奏下的歌唱,这就是《诗经·魏风·园有桃》“我歌且谣”句,毛传所谓“曲合乐曰歌”。如《孔子家语·困誓》中记载了这样一则故事:孔子之宋,匡人简子以甲士围之。子路怒,奋戟将与战。孔子止之,曰:“恶有修仁义而不免世俗之恶者乎?夫《诗》《书》之不讲,礼乐之不习,是丘之过也。歌予和汝!”子路弹琴而歌,孔子和之。曲三终,匡人解甲而罢。显然,子路当时是弹着琴歌唱《诗经》中的某一诗篇。

二是不用琴瑟等乐器伴奏的歌唱,即所谓徒歌,也就是今天所说的清唱。《庄子·让王》记载孔子弟子曾子歌《诗经·商颂》的情景:

“曾子居卫,缊袍无表,颜色肿哙,手足胼胝,三日不举火,十年不制衣。正冠而缨绝,捉襟而肘见,纳屦而踵决。曳纵而歌《商颂》,声满天地,若出金石。”(曾子住在卫国,破旧的袍子连面也没了,颜色浮肿,手和脚上都长满了老茧。三天不做饭,十年不做衣,整理帽子而帽缨断绝,提起领子而袖裂露肘,穿着麻鞋而后跟裂开,高唱《商颂》,声音洪亮满天地,像出自金石那样清脆。)

《韩诗外传》亦有类似的记载:“原宪乃徐步曳杖歌《商颂》而反,声满于天地,如出金石。”原宪也是孔子的弟子,他会徒歌《商颂》。

后来《艺文类聚》卷五五引晋束哲《读书赋》曰:“原宪潜吟而忘贱,颜回精勤以轻贫。”可见“吟”非合乐而歌,而是徒歌。

沈括在《梦溪笔谈》卷五中指出:“古诗皆咏之,然后以声依咏以成曲,谓之协律。”大意是,古代的诗歌都可用来吟咏,然后用宫、商、角、徵、羽五声依照吟咏的调子谱成曲子,称之为协律。这也说明,诗歌的吟咏是一种并不严格讲究合乐的随口歌唱。

《诗经》三百零五篇经孔子“弦歌之”,诗乐合一,每篇皆可入乐歌唱,当然也可随口吟咏。《诗经》以后的诗歌,除楚辞、汉乐府、唐声诗、宋词以外,其余的绝大多数诗乐分家,不能入乐歌唱,而那些原来可入乐歌唱的《诗经》、楚辞、汉乐府、唐声诗、宋词,其乐谱大多先后失传。在这种情况下,人们赏读诗词主要是随口吟咏。不仅读诗读词喜欢吟,读文也喜欢吟。所谓“吟”,就是拉长了声音像歌唱似的读。古人的吟咏是口耳相传、世代赓续的,后人的吟法虽有所新变,总有一点儿前人吟咏的影子。由于古时候一不可能录音,二没有留下吟谱,所以我们或是依据古书推测,或是采录民间吟诵高人的吟诵调。

(三)吟”“诵”的异同

南京师范大学的陈少松先生在他的《古诗词文吟诵研究》中这样阐述道:“吟”和“诵”有共同之处,也有区别。相同之处:

訡“吟”和“诵”誦都要用抑扬顿挫的声调有节奏地读;都是“乐语”,即表现出一定音乐美的有声语言。

“吟”和“诵”都按一定的腔调进行,行腔使调时又都表现出一定的随意性。相异之处:

1. 吟”重音乐的节奏;“诵”重语言的节奏。

2. 吟”时旋律往往鲜明,比“诵”悦耳动听;“诵”时旋律一般不太鲜明,比“吟”表意明晰。

3. “吟”时声音拉得较长,听起来好像歌唱;“诵”时声音相对较短,听起来不像歌唱,颇类似和尚念经。

4. “吟”腔比较复杂,故学起来难些;“诵”腔比较简单,故学起来易些。所谓“诵”,就是用抑扬顿挫的声调有节奏地读。

(四)对“诵”的两种不同解释

《周礼·春官宗伯下》:“以乐语教国子,兴、道、讽、诵、言、语。”东汉郑玄注曰:“倍文曰讽;以声节之曰诵。”在同书“讽诵诗,世奠系,鼓琴瑟”下,郑玄又注曰:“讽诵诗,谓暗读之,不依咏也。”又《礼记·文王世子》:“春诵,夏弦。”“诵谓歌乐也;弦谓以丝播诗。”孔颖达《正义》曰:“诵谓歌乐者,谓口诵歌乐之篇章,不以琴瑟歌也。”概括郑玄的看法,所谓诵,就是不用琴瑟等乐器伴奏,而以抑扬顿挫的声调有节奏地歌咏。据这样的解释,诵与徒歌和吟咏没什么区别。后代有些学者也持这种看法。如清人段玉裁在《说文解字注》中解释说:“诵则非直背文,又为吟咏以声节之。”又如近人顾颉刚先生认为“歌与诵原是互文”,朱谦之先生赞同此说,指出两者是同义的;林尹先生注《周礼》中的那个“诵”字更直截了当:“唱也,谓记背诗歌之文而以抑扬顿挫之声调唱之也。”

第一种意见是将“诵”解释为歌唱或吟咏。古代一些诗人也有将歌诗称作诵诗的,如明初诗人高启有首诗题为“夜闻谢太史诵李杜诗”,开头几句描写的却是谢太史歌李杜诗的情景:“前歌《蜀道难》,后歌《逼仄行》。商声激烈出破屋,林鸟夜起邻人惊。我愁寂寞正欲眠,听此起坐心茫然。高歌隔舍与相和,双泪迸落青灯前。李供奉,杜拾遗,当时流落俱堪悲。严公欲杀力士怒,白首江海长忧饥。二子高才且如此,君今与我将何为?"高启认为诵诗就是歌诗。

另一种意见则认为诵与歌是有区别的。东汉班固在《汉书·艺文志》中引毛传曰:"不歌而诵谓之赋。"又《国语·晋语》:"舆人诵之。"三国吴韦昭注曰:"不歌曰诵。"这就明确指出,诵是诵,歌是歌,两者不是一回事。后代的一些学者接受了这种看法,有的还进一步指出两者的区别。如清程廷祚认为:"古者之于诗也,有诵有歌,诵可以尽人而学,歌不可以尽人而能也。"又刘熙载在《艺概》中通过比较,将诵与歌的不同说得更明白:"赋不歌而诵,乐府歌而不诵,诗兼歌诵。"

近代学者黄仲苏先生也注意到了诵与歌、吟的区别,他把朗诵的方法分为以下四大类:

一曰诵读。诵,就字义言,则为读之而有音节者,宜用于读散文。……如四书、诸子、《左传》、四史以及专家文集中之议论、说辨、序跋、传记、表奏、书札等等,皆属于诵读之类也。

二曰吟读。吟之为言,呻也,哦也,唱也。……吟读宜用于读绝诗、律诗、词曲及其他短篇抒情韵文如诔、歌之类。

三曰泳读。泳者,歌也,与咏通,亦作永。……宜用于读长篇韵文如骈赋、古体诗之类。

四曰讲读。讲者,说也,谈也。按说乃说话之说,谈则为对话也。宜用于读语体文。

中国古代的文学艺术中有许多概念没有严格的界说。由于吟好像歌唱,所以古人有时将吟诗吟文称作吟唱,称作歌或歌咏。

吟诵的概念历来不甚统一,没有固定的指称,有吟唱、吟咏、吟哦等多种说法。我们根据专家提供的文献考证和采访调研得出如下结论:吟诵是吟和诵的合称。在古代人的概念里,吟,即吟咏;诵,即诵读。吟咏的对象多是诗词,诵读的对象多是文赋。吟咏一般有音阶曲调,但是也有个别的没有音阶曲调。诵读很多没有音阶曲调,但是也有相当部分是有音阶曲调的。为此,我们现在按有无音阶曲调来区分吟和诵。

汉语古代诗词文赋的创作、传承、学习的语音方式,主要有唱、吟、诵、念四大类。念,就是用口语读;诵,是艺术化的念,强调清晰准确和语气情感,但没有音阶;吟,有音阶,是像唱歌一样地诵读。吟和唱的区别是:唱是音乐为主,语言为辅,目的在于欣赏曲调;吟是语言为主,音乐为辅,目的在于更准确地表达语言内容。

“吟咏”或叫“吟诵”，也就是古人常用的摇头晃脑、慢条斯理，或大声或小声地自言自语式的读书法。这种读书法适合于对诗词曲赋、艺术小品等美文的阅读，它往往不是一遍两遍，而是多次反复吟咏，重在品味作品的思想感情和艺术情味。对于语文教学来讲，这几种诵读方法都非常重要，往往是配合使用的。

“诵”是没有音阶，在口语基础上艺术化的处理，清晰准确，突出语气。“唱”是有音阶的，以音乐为主，语言为辅。吟是有音阶，像唱歌一样地诵读，语言为主，音乐为辅。由此对“吟诵”做出定义：吟诵是吟咏和诵读的合称，吟咏有音阶，诵读没有。

参考诸位专家的观点，按照一般的狭义的定义，个人认为，诵是一种语言表达的大类形式，“背”“默”“吟”“唱”都是诵的不同表现形式，属于“小类”。“吟诵”是一种绘声绘色的有声语言的表达艺术活动。

（五）吟诵，中国古人的高效读书法

吟诵有三千年以上的历史，代代相传，文人皆能，丰富多彩，精美绝伦，有重大的文化价值。汉语的诗词文赋，大部分是使用吟诵的方式创作的，也只有通过吟诵的方式，才能深刻体会其精神内涵和审美韵味。古人早就将吟和诵两字合在一起组成一个词使用，比如：

《晋书·儒林传·徐苗》：苗少家贫，昼执锄耒，夜则吟诵。

《隋书·薛道衡传》：江东雅好篇什，陈主尤爱雕虫，道衡每有所作，南人无不吟诵焉。

吟诵作为一个词使用，泛指用抑扬顿挫的声调有节奏地读。它既可指吟，也可指诵；或者既指吟，又指诵。从接受美学的角度来看，吟比诵好听，也更能激起学习者的兴味。吟诵产生于魏晋之后，并通过古代教育系统（私塾和公学）传承。民国后吟诵推出教育系统，但在二三十年代引起热烈讨论。到了 20 世纪 80 年代一度回温，而终归沉寂。

吟诵是我国优秀的非物质文化遗产代表作，是中国文化独特魅力的代表，在国际上享有很高的声誉。不仅华人吟诵，在日本、韩国、越南等很多国家中，吟诵汉诗的传统也一直流传不衰。但是，作为吟诵之根，丰厚璀璨的中华吟诵却面临失传的危险！

百年以来，许多前辈学者都曾为光复这一中华优秀传统而大声疾呼，身体力行。为此，许多有志之士开展了初步的抢救、研究、传承和推广吟诵的工作。近年来，在中央文明办、国家语委、教育部的支持下，首都师范大学率先筹建吟诵文化志愿者组织——中华吟诵学会。学会里的一群仁人志士以徐健顺为代表，立志把吟诵保存下来，传承下去，使吟诵重新回到教育体系之中，回到中国人的生活之中。中华吟诵学会在各地推广普通话吟诵，受到了学校和社会的热烈欢迎。普通话吟诵的魅力和巨大的社会作用已经初步展现了出来，对普通话吟诵的学理研究已成为社会迫切的需求，亟待深入开展。

二、吟诵特征简介

吟诵的定义有广狭之分。

广义的吟诵，指世界上所有语言中的吟诵现象。吟诵不是汉语独有，日本、韩国、英国、法国、德国等国家都有体现自己民族特色的吟诵，或称朗诵。

次广义吟诵，指各民族对于汉语古典诗词文赋的吟诵。比如日本、朝鲜、越南以及中国多个少数民族都有汉诗文吟诵。

狭义的吟诵，是指次广义吟诵中的"私塾调"，即通过私塾、家学等教育系统代代相传的吟诵，而非直接用民歌、戏曲等方式来吟诵诗文。狭义吟诵即"中华吟诵"，是中华吟诵学会的主要工作内容。我们也用这个概念申报世界级和国家级非物质文化遗产。

吟诵的语音，与当地方言有密切的关系。但是，没有全部用方言口语语音吟诵的。吟诵使用的是文读系统的语音。在北方更接近官话，在南方更接近当地方言。文读与方言口语的差异，在北方可在10%—30%左右，在南方更大，最多者甚至可达到80%。

（一）吟诵有着明显的地域特征。吟诵的腔调，旧称为吟诗调、读书调等，我们统称吟诵调，在音乐学上的分类属于民歌的小调类，此前学界关注极少。古时候，各地的吟诵有着明显的地域特征，与汉族其他声乐有同有异，但总的来说，是一种自然和自由的发声。

（二）吟诵讲究以气驭声，依字行腔，腔音特征比较明显。吟诵调与当地的音乐体系相近，与当地的宗教、音乐、民歌、琴歌、戏曲、说唱等都有互相影响的关系。吟诵调各地都不一样。一个地区也有相对固定流行的吟诗调，但是细究起来，则代代不同、人人不同、次次不同。吟诵调和吟诵的方法，对于中国音乐，尤其是声乐的影响非常大。中国音乐体系的很多特点，都与吟诵有密切的关系。

一般吟诵是拖长腔的，所谓曼声长吟。古代的诗词文赋，本来每个字之间的间隔就是比较长的，并非如今口语的快速读过。音长超过口语常规，自然会让人联想其深意，是为言外之意。诗词文赋的涵义，就是建立在每个字拖长的语音形式之上的。但古人的吟诵没有均分律动的节奏,节拍感不明显。吟诵跟着感情走,感情的变化是没有节拍的。大多数吟诵者根据自己的理解,控制着声音的高低、强弱、疾徐、曲直变化。

(三)吟诵具有鲜明的文人特征。吟诵是文人自娱自乐的作诗法和念诗法。吟诵一篇诗文的过程,也就是理解这篇诗文的过程。每次吟诵,吟诵者对作品的理解以及自己的感情都会有变化,因为古代的吟诵具有鲜明的文人特征,其审美趣味也是文人的。

(四)吟诵的方法分两大类:有格律者(近体诗词曲、律赋、骈文、时文等)为一类,依格律而吟诵;无格律者(古体诗、古文等)为一类,多有上中下几个调,吟诵时每句或做微调,组合使用,以求体现诗情文气。

吟诵专家各有一些祖传的基本调。这些调相互之间有一定的联系。这些调来自师承家传,或旁人之调,或自采别调,都经自己的语感改造过。这些调一般为古体诗的几个调(有上中下之分),近体诗的平起、仄起各数调,读文则与此接近。吟诵者可以用基本调吟诵任何诗词文赋,只依字句和情绪做微调而已,但是,这不是好的吟诵。真正好的吟诵是吟诵自己喜欢的诗文,因为吟诵是自娱,没有感觉的诗文是不去主动吟的。这些喜爱的诗文经过反复吟诵,琢磨烂熟,在基本调的基础上会又有改进,形成独特的曲调。

三、吟诵的声韵之美

古诗文用来表达语义情感的声音手段有很多,徐健顺主任在他的《吟诵之美》讲座里做了如下介绍:

1. 平和仄

格律诗文是平仄相间的,平就是现在汉语的一声、二声;仄就是现在汉语的三声、四声。但是一声、二声在古代都读阴平,也就是都读一声。平和仄就是平和不平的关系,所以古代的诗平仄相间,读起来是一动一静的。

2. 长和短

普通话的语音只有一种长度,古代的音有三种长度:平声是长的,仄声的上声和去声居中,入声是短的。所以古诗读出来是长长短短、短短长长,长短错落有致的。

3. 清和浊

现在普通话没有浊音了,但是长江以南很多方言中还是有浊音的。清音声带不振动,浊音声带振动,清浊相间,发音有对比之美。

4. 高和低

这个比较简单,因为有声调。

5. 轻和重

这个也简单,朗诵也讲轻和重。

6. 开口与合口

a是开口,i是齐齿,u是合口,y是撮口。写诗的时候不可以乱用韵,高兴时用a这样的韵,不高兴时用i这样的韵。情诗、情词大都是i、u这样的韵,如:红豆生南国,春来发几枝。愿君多采撷,此物最相思。

7. 声母表情

声母是非常有用的,古时候写诗是讲究这些的。韦庄有句诗“到死誓相寻”,连续用了s、sh、x、x四个唇齿音声母,多狠啊!这就是中国人的山盟海誓,用语音来表达。李商隐有诗句“刘郎已恨蓬山远,更隔蓬山一万重”,古人都说写得好,为什么?“更隔”两个字用得好,好在哪里?两个字都是舌根音,这就是哽咽。

8. 韵母表情

古人写诗押30个平声韵,每个韵都有自己独特的表情:豪放的、消淡的、缠绵的……写诗不能乱用韵,诗是什么意思就得用什么韵,因为诗是吟诵的。吟诵的时候,韵母会拉得很长。我们看到诗印在书上,每个字之间的距离很近,就以为每个字读出来距离也很近。古时候没有标点,古人讲究句读。大部分字音都会拖得很长,相当于今天的破折线。押韵的字尤其拉得长。一拉长,这个音的情绪就得到了加强,所以韵很重要。

9. 声调表情

声调也是非常有用的,不同的声调表达着不同的情绪。陆游的《钗头凤》上半阕都用上声韵,为什么啊?因为上声婉转,表达珍爱之意。下半阕转去声韵,因为去声决绝,表达无奈的痛苦。入声字的作用就更大了。古人说杜甫的诗歌“沉郁顿挫”,什么是“顿挫”?就是说他爱用入声字,而且用得好。

10. 叶韵

叶(xié,同“协”,和谐之意)韵,一作“谐韵”“协韵”,诗韵术语。谓有些韵字如读本音,便与同诗其他韵脚不和,须改读某音,以协调声韵,故称。南北朝有些学者按当时语音读《诗经》,感到好多诗句韵不和谐,便将作品中某些字临时改读某音。明陈第始用语音演变的原理,认为所谓叶韵的音是古代本音,读古音就能谐韵,不应随意改读。叶韵或称叶句。

普通话吟诵,在韵字因古今音之变而不押韵时,一定要文读,尽量押韵。“远上寒山石径斜”,一定要读“xiá”,不能读“xié”。“天似穹庐,笼盖四野”,一定要读“yǎ”,不能读“yě”,否则“麻”韵的开朗感觉就没了。不过,不在韵的字就可以不必文读,如“斜风细雨不须归”,“斜”就可以读“xié”。

11. 破读

破读就是用改变字词的读音以区别该词不同的意义或词性的一种方法。

古代汉语中,同一个字由于意义和词性的变化造成读音不同,表示两个不同的词,如同是“王”字,在《左传·齐桓公伐楚》“王祭不共,无以缩酒”中,用作名词,读平声,而在《孟子·齐桓晋文之事》“德何如,则可王矣”中,用作动词,则要读去声。名词转用作动词,古书里叫“破读”。由于后一种意义和读音是由前一种意义和读音演变而来的,因此,古人一般把前一种读音叫“本音”,而把后一种变音叫“破读”或“读破”。

某些及物动词在使动用法情况下也要破读。如“晋侯饮赵盾酒”(《左传·宣公二年》)中的“饮”字,要破 yǐn 为 yìn。“杀鸡为黍而食之,见其二子焉”(《论语·微子》)句中的“食”,要破 shí 为 sì;“见”,要破 jiàn 为 xiàn。这类破读比名词用如一般动词的情况要复杂一些。既有变声调的,如“饮”字变上声为去声,又有变声母的,如“见”字读如“现”,还有声韵调全变的,如“食”读如“饲”。

总之,破读,就是用本字来改读古书中的假借字。即“破其假借字而读以本字”(见王引之《经义述闻·序》)。经传中声同声近的字往往假借,这给读古书造成很大障碍。因此指出假借字的本字,成了古注解词的内容之一。古注破读,常用语为“读如”“读为”“读曰”,有时也用“读若”。

12. 倒字(dǎo zì)

关于“倒字”,有两种不同的解释:

(1)倒文。宋人孙奕《履斋示儿编·文说·倒用字》云:“诗中倒用字独昌黎为多,《醉赠张秘书》曰‘元凯承华勋’,《赴江陵》云‘所学皆孔周’……《和盘谷子》云‘推书扑笔歌慨慷’,皆倒字类也。”杜甫《敬简王明府》诗“骥病思偏秣”,清人仇兆鳌注:“思偏秣,犹言‘偏思秣’,乃倒字法。谓唱戏不辨尖团音而误读。”马叙伦《古书疑义举例校录·倒句例》:“《庄子》原文云:‘一不成而万有余丧矣。’……此句如今语‘一不成而坏万有余’,则亦倒字,非倒句。”

(2)因抄刊古书而误倒的文字。参见“倒文”。

第四节 一本九法

吟诵是祖国的一门绝学,面临失传危险。今天我们学习和研究吟诵就具有抢救祖国遗产、弘扬民族优秀文化的特殊意义。中华吟诵学会秘书长、首都师范大学国学培训中心的徐健顺主任是推广和传承吟诵的一员主将,也是当代吟诵界的专家。他说:从先秦开始,诗词文赋都是吟诵的:创作时吟诵,欣赏时吟诵,学习时吟诵。吟诵是汉文化圈中的文人们对汉诗文的传统的唯一的诵读方式,同时也是主要的创作方式。它发端于先秦,在教育系统(私塾和官学)中,口传心授,代代相传,流传至今。徐健顺多年致力于吟诵的采录、研究和普通话吟诵的推广工作,颇有心得。在此转述精要,以利于吟诵绝学的流传和推广。

徐健顺主任认为:普通话吟诵以传统吟诵为根基,两者除了在读音上存在古今音的细微差异,其他并无本质区别。但最关键的是今天的普通话吟诵也要遵循古人吟诵的一般规则。这些规则,徐健顺具体总结为“一本九法”。

“一本”,吟诵的根本是巧妙地传达诗文的声韵涵义。

古汉语有平、上、去、入四个声调。平声经常表示一般平常的意义;上声表达细小、亲密、婉转、温柔、强烈等意义;去声多半表达坚决的意义;入声表达短促、顿挫、痛苦、决绝、快速、轻灵等意义。吟诵的目的是调动自身的发声潜能,采用特定的声韵手段,力求完整、准确、深入地传达出诗文的声韵涵义。

“九法”具体是指依字行腔、依义行调、模进对称、入短韵长、平长仄短、平低仄高、虚实重长、文读语音、腔音唱法等一些吟诵技巧。

一、依字行腔

就是不倒字,指字音的声调与乐音音程方向一致。

依字行腔具体是指准确地发出声母和韵母,而且依声调的方向来走旋律。声调平的就平着吟,声调向上就往上吟,声调拐的就曲折着吟,声调下降就往下吟,和汉字平直、上扬、曲折、下降四个基本字调保持一致,这就是依字行腔。吟的旋律走向跟字音声调的走向不符,就是“倒字”。戏曲、说唱、民歌、宗教歌曲等,行腔的时候带有很多夸张的成分,腔重于词,存在很多倒字现象。

在汉语音乐中,每个字的声调,在听感上取决于两点:前字末音与本字首音的走向关系、本字的音程走向。如"春阳",只要"春"是平着唱,"阳"是往上唱就行。可用的乐音和音程很多。那么,是到底用哪个?是由什么决定的呢?由两者决定,一是个人的语感,二是个人的理解。每个人的语感不同,尤其受方言的影响比较大,此外还有社会人群、环境、家庭和个人因素等等。语感不同,就会选择不同的乐音和音程。此外,个人对诗文的理解不同,也会导致不同的选择。比如,如果认为"春阳"在这首诗中是快乐的意思,可能就会选择高一点儿的乐音;如果认为是悲伤的意思,可能会选择低一点儿的乐音。两者相合,就是个人最后的选择。依字行腔的自由空间很大。

中国所有的传统音乐都称依字行腔,而唯有吟诵最严。吟诵力求把每个字的含义表达得最清楚,所以与字音最贴近。因此,吟诵调一般也是比较简单的结构,易学易记。

汉语字音分三个因素:声母、韵母、声调。吟诵时要把字的声母、韵母表达清楚。这就是古人所谓的"咬字"。其他声歌形式也讲究"咬字"的。吟诵的"咬"的感觉就不那么突出了,只要表达清晰就行,不一定那么夸张。古体诗文的依字行腔,表现在根据字音对基本调的调节上。近体诗词的依字行腔,就表现为格律了。因为近体诗文,二四六字平仄相间,词曲则规定更严,所以句子中重要点儿的字调都是固定的,因此,同样格律的诗词,其吟诵调依字行腔,就非常接近。比如,近体诗按照第一句第二字的平仄,分为平起与仄起两式。吟诵调也相应分为平起调和仄起调两种。传统的吟诵,是每个吟诵者都掌握平起数调和仄起数调,以适应不同的情绪、风格的作品。

二、依义行调

就是依据自己对作品的理解来组织旋律。

旋律反映了作品的含义,而每个乐音的走向又反映了字音的声调。依义行调,很简单,就是根据"义"来定"调",该降还是该升,都是词义决定。依义行调就是整体旋律节奏体现出诗文的含义与结构。

义:字义、音义(音义最重要的在于韵脚、韵部)。

汉诗文的"义"有三个层次。第一个是字义,字义是一般人都可以掌握的,上百度或是查字典即可;第二个层次是音义,因为我们的汉诗文是用声音创作的,是声音的作品。吟诵是讲音义的,现在只有通过吟诵才能了解音义;第三个层次是文化的含义。依义行调的文化内涵是按照诗文的含义来安排曲调的轻重缓急、长短高低,根据情绪和事情的好坏大小来确定语气语调。如,ai 的特点,开口然后缩小，开阔而深远；an 的特点，也是打开又合上，n 韵尾是哭音，如月落乌啼霜满天，江枫渔火对愁眠；ao 的特点，逍遥或是喊叫，奔放，如毛泽东的《沁园春·雪》。

调，是中国音乐的"主旋律"。每一种文体都有自己的基本调，也就是基本的旋律。吟诵诗文的基本调是按照文体和风格来分类的，各不相同。譬如律诗有仄起、平起之分，五古、七古、四言诗、骚体诗、骈文、古文的吟诵调也是各有各的基调。一般情况下，一个文人，每种文体至少有两个基本调，一个偏阴柔，称"阴调"；一个偏阳刚，称"阳调"。阴调，节奏慢、旋律平缓；阳调，节奏快、旋律起伏。也有的文本可以用五个不同的调子来表现，各有名称，如豪放、消淡、柔媚等等，这也是风格类型的划分。

以前的文人大都是自己作词，自己作曲，自己吟唱，自己听。有的文人先是从老师那里学到一套基本调。当拿到一首诗，或者一篇文时，第一步，就是花一秒钟的时间，判定文体和风格。如果是仄起七律，豪放的，那么就是仄起七律的阳调，定下这个基本调就可以张口吟诵了，而且婉转如意，恰合词意。

依字行腔和依义行调，实际上是一种中国古代文人的即兴作曲法。今天，我们吟诵时可以按照个人的理解，选择不同的宫调、乐音和音程。

三、模进对称

对称、模进，本来是两个音乐术语。

所谓模进，就是同样的旋律，向上或者向下推进；所谓对称，就是把旋律翻转。借用在吟诵中，指古体诗文乐句旋律之间的关系以模进为主，近体诗文乐句旋律之间的关系以对称为主。

模进，就是主旋律整体地上移或下移。当然，不是百分之百的模进，但是以模进关系为主。古体诗的吟诵调，其每联的旋律之间以模进关系为主。词曲文赋的吟诵，如同诗。有格律者对称，无格律者模进；有格律者平长仄短，无格律者快吟快进。

举例分析：《春晓》的吟诵调简谱。

5 5 3 1 | 5-- - | 5 5 5 3 31 | 2---|
春 眠 不 觉 晓， 处 处 闻 啼 鸟。
5 5 3 1 | 5--- | 5 5 5 3 31 | 2---|
夜 来 风 雨 声， 花 落 知 多 少 。

这就是由两个曲调构成的吟诵调。两个曲调之间的关系是模进，后一个曲调是前一个同音模进。整首诗两句，两个曲调组合为一句，就这样反复两遍。

老子说:一生二,二生三,三生万物。吟诵的基本调的规律是:古体模进,近体对称。古体的诗文,其基本调多由三个旋律构成,可以分别称作上、中、下调。它们之间主要是模进关系。上调和下调的模进成分通常能达到80%以上,中调和下调的模进成分通常能达到60%以上。下调常常向上翘,为的是连接上调,通常下调叫"钩连调"。

近体的诗文,其基本调多由两个旋律构成,相互之间主要是对称关系。这两个旋律,又会通过模进变为四个、八个。

近体诗的吟咏,其旋律关系跟平仄格律是完全一致的。比如平起七律,其每句的旋律起伏一定是:

二 四 六	旋律
平 仄 平	低 高 低
仄 平 仄	高 低 高
仄 平 仄	高 低 高
平 仄 平	低 高 低
平 仄 平	低 高 低
仄 平 仄	高 低 高
仄 平 仄	高 低 高
平 仄 平	低 高 低

这就是对称规则。

以前中国人唱歌,多是一句调。京剧有西皮、二黄、高拨子、四平等腔。比如西皮,就是一套基本调,通过不同的板式、依字行腔、依义行调,就变化出了成千上万的唱段。西皮这套基本调,其实也就是一句旋律,模进对称、变化发展。民歌也是这样,就那么几句旋律,但是通过不同的节奏、花腔、模进对称地一变化,就出来了成千上万的歌曲。

四、入短韵长

这是所有汉诗文的所有声音形式都遵守的规则:入声读短、韵字读长。入声实际上原来是读促、读塞的,因为有塞音尾,当然也读短。现在想在普通话中恢复是不可能了。而短是最重要的特征,普通话可以做到,所以只强调短。而且,一旦短,你想刹住读音,就自然要紧喉加上塞尾,自己就加上了,不用教。入声之短是有意义的。因为当初哪些字是入声字,也是有规则的。入声是感情最激烈的一类,有急促、快速、决绝、痛苦等意。在诗文中,当别的音都拖长的时候，它拖不长，只能还是短，所以对比更加突出，它的语音的涵义也就更加突出了。

韵字之长（不包括入声韵）也是统一的，不长不叫韵。韵字拖长也是有意义的。而且，押韵是汉诗最重要的事。押韵的字一定要读押韵，但是，有的可以读为宽韵。就是说，语感上是押韵就可以了，不一定非严格押韵不可。比如，“清明时节雨纷纷，路上行人欲断魂”，前句是“en”，后句是“un”，但是感觉是押韵的，就可以了。在当时，在杜牧那里，“文”韵到底是“en”还是“un”，其实也是说不清楚的。中国所有的传统音乐都称依字行腔，而唯有吟诵最严。吟诵力求把每个字的含义表达得最清楚，所以与字音最贴近。因此，吟诵调一般也是比较简单的结构，易学易记。哪些字读入声，在上古都是有道理的，有原因的。也就是说，入声的短音顿挫、辅音韵尾等特征都是有含义的，这些含义在古诗文中起到了很重要的作用。古文吟诵，入声读短，韵字读长，其余按照文意定抑扬顿挫；格律文吟诵，按照近体诗规则进行。

五、平长仄短

这是指吟诵格律体诗文的时候，在二、四、六等节奏点上，平声长而仄声短，加上平声的韵脚也长，这样就形成了一种变化丰富而又错落有致的长短规律。

明朝释真空的《玉钥匙歌诀》及《康熙字典》前面载有同一首歌诀——《分四声法》：平声平道莫低昂，上声高呼猛烈强，去声分明哀远道，入声短促急疏藏。

区别平仄的要诀是“不平就是仄”。

在口语中，平、上、去都是长音，入声是短音。而吟咏是“长言之”，比口语“长”得多，平声可以拖无限长，上、去就拖不了那么长，所以就形成了平声长音、上去中音、入声短音的局面。汉语是单音节语言，偶数音步，两个音节为一个节奏单位，所以一、三、五字不能拖长，拖长就破坏音步韵律了，“平长仄短”的具体规则是：偶位平声字和韵字（都是平声字）长音，奇位平声字和上去声为中音，入声字短音。

平长仄短是吟诵时音长方面的规则，而且仅限于吟诵格律诗文。具体指格律诗文的音步所在，即二、四、六字（词中一字逗不计）中的平声长。此外，平声韵脚当长，其余的字，原则上都是短的。其中平声指1、2声，仄声是3、4声。五言诗歌以四行为一组，若为平起诗（第一行第二个字为平声），则第一、四行第二个字拖长，第二、三行第四个字拖长；若为仄起诗，则相反。七言诗歌以四行为一组，若为平起诗,则第一、四行第二、六字拖长,第二、三行第四个字拖长;若为平起诗,则相反。

吟诵的时候,音长分长、中、短三种:诗文句子中的第二、四、六等偶位字,如果是平声字,则是长音;句尾的韵字,是长音;入声字一律读短音;其余的字是中音。比如:

朝—辞——白帝—彩—云——间——

千—里—江—陵——一日还——

两—岸—猿—声——啼—不住—

轻—舟——已—过—万—重——山——

其中"白、一、日、不"为入声字,读短音;"间、还、山"为韵字,读长音;"辞、云、陵、声、舟、重"为偶位字的平声字,读长音;其他的字,读中音。偶位字的平声字读长音,会形成二——四、六——四、六——二不断重复的规律,这就是格律。现代人朗诵这首七言律诗,一律是上四下三,忽略了汉语诗歌的格律规则和声韵之美。

近体诗文的韵字、格律位置的字拖长,入声字读短,其余的字大体为中等长度。

六、平低仄高

普通话口语是平高仄低。仄,从人在厂下,会意字,本义为"倾斜",人走到凸出的岩石下,怕碰头,就要把头倾斜,故有倾斜义。所以诵读时,我主张近体诗要平低仄高。平低仄高,是汉语的特性造成的。上古音、中古音都是平低仄高的。平低仄高出现在近体诗词,尤其是近体诗中。因为近体诗有固定的格律,总是在重复,就容易形成旋律的反复,结果在一句之中,句调即句旋律,很容易形成平调,或者近似平调。在平调中,自然按语音高低,平低仄高,整首诗的旋律也就对称了。实际上,平低仄高一般是基本调,平低仄高在近体诗中是有涵义的,也就是说,诗人在创作的时候,因为也是平低仄高的,所以有些含义进入了平低仄高之中,声音的高低也是有意义的。

比如"白日依山尽",白日比山高;"黄河入海流",黄河在地下流;"黄河远上白云间",黄河在地下,流到上面去了,而白云就下来了;"两个黄鹂鸣翠柳",柳树很高,黄鹂也很高,很小,而"鹂"音之长是它们的鸣叫声长;"帘外雨潺潺",雨往下流;"春意阑珊",春意往下走,没有了;"春花秋月何时了",春花在下面,秋月在上面,春花一大片,秋月只一个。

不过,高低的意义比起长短来,还是差了一些。长短的意义,几乎是百分百的;高低的意义,大概只有一半。这大概还是因为平低仄高并不是一个必须遵守的规则吧。

这没有问题。吟咏时就麻烦一些了,弄不好要倒字。所以我主张,吟咏时如果做不到,就把平声韵压低。那是没有问题的。任何字拖长都是平声,不会倒字,而诗的韵味也能回来一大半。

七、虚实重长

虚实重长,这是文赋的读法。字分实、虚、入,音分短、重、长。我们的汉诗文,历来就是长长短短、高高低低、轻轻重重、快快慢慢的,而且一般是长中短、上中下这样三分的。现在我们的朗读都给读没了。

入声字读短。实字和虚字各分平、重、长三种读法。常见的处理方法是:入促仄短虚平长;读尾虚平则长长(读尾遇到平字或者虚字就要长长);句尾虚平长长长(句尾遇到平字或者虚字就要长长长)。

平读,就是平常地读;重读,就是用力地读。实字的逻辑重音、语法重音要重读;虚字的副词一般要重读。长读,就是比重读还重读。实字的特别重音的字,尾字、重读字等等,会长读;虚字一般语气词、代词、连词会长读。组合到一起,读一篇文章,像打一套拳,长长短短、高高低低、轻轻重重、快快慢慢,中有气韵流动,如游龙灵动,而又连绵不绝。这就是因声求气。所谓文以气为主,只有这样吟诵才能体会到。关于虚实重长,详见徐健顺先生《声音的意义》。

八、文读语音

《论语》记载:“子所雅言,诗、书、执礼,皆雅言也。”《论语》不仅仅是孔子的言行记录,还是他的弟子和后世儒士们的学习读本和行为范本。自此以后,儒士读书皆用雅言。“雅言”在周代指首都的语音,在后代则指“文读”。

五代以后,北方语音再变,至平分阴阳,入派三声。近古音与诗文创作使用的中古音差异比较大,而更接近今天的普通话。

北方雅音是民族共同语。所以古代文人创作用雅音,诵读也就用雅音。乐府用雅音,诗文也同样用雅音。普通话吟诵,不仅是合理的,而且是必需的。

某些古音的平声字,现在变成了仄声字,特别是格律体二、四、六这些偶位字的,要文读,读回平声。因为这里是体现格律的地方,不如此,格律就乱了,读没了,而格律是有含义的。不仅长短有意义,而且高低也有意义,所以格律必须读出来。这些平声变仄声的字并不多,死记硬背可以记住。常见的只有看、叹、论、场、俱、禁、胜、教等不多的几个。比如,“执手相看泪眼”,一定要读“kān”,不能读“kàn”,才能体现“仄平仄”的格律。但是,不在格律位置上,即不是格律体,或格律体而不在二、四、六位置上的,不必非文读不可。

吟诵是必须文读的,这样才能最接近诗文的原貌。南方方言各有文读语音系统,北方也有,而又以入声字的处理最为突出。

综上所述,今天我们正在研究并即将要大力推广的“普通话新吟诵”也须文读。主要是入声字要吟短,尤其是音步所在和重要的入声字要吟短音。押韵的字要尽量按平水韵发音,不可不使押韵。平仄不可混,如看、叹等字,要吟平声。其余如“车”读如“驹”等,因与吟诵调关系不大,可以不必太严。

九、腔音唱法

腔音唱法就是在字音平调的基础上增加旋律,从字调出发形成曲调。任何旋律都可以吟唱,而且吟唱任何字而不倒字。它与“直音唱法”相对应。直音的开始和结束是突然的,音线是平直的,中间也没有力度高度等的变化,语图形状基本上是一个长方形,而腔音的音高、音强、音质、音长的四个元素都在变化,且表达一定含义,语图形状可以是橄榄形、枣核形等等。

腔音唱法也就是中国民歌中常用的自然发声法。主要是使用腹式呼吸运气发声,以丹田气发声,因而气度平和,意蕴深广,有彬彬君子之风。吟诵的唱法,在原则上是中国式的腔音,即音高、音强、音长不固定,始终以情而定,随时在飘动。如用腔音唱法吟“霜”,一点点唱出来,就是 sh——shu——shuang——ang——eng——。有前腔音,也有中腔音、后腔音。吟诵者不可僵立不动,感情到处,自然有体态。摇摆不是匀速的,而是体现着吟诵者对声音的高低、强弱、疾徐、曲直的控制,如声音大时向后,声音小时向前。因为是腔音唱法,所以体态的变化多是柔和的,因而以摇为主。如《上邪》的吟诵就是腔音唱法。

古代戏曲中的腔音唱法表现形式很多:正腔,是发表达字原来声调的腔音;花腔,在句中表达字乐音的多重变化;尾腔,有结束之意。分句尾腔和字尾腔。句尾腔多固定,是其类音乐的特色;字尾腔多表达情绪,韵味十足。

陈少松先生这样总结:“唱”有谱可依,歌唱者对乐谱不能随意改动;“吟”则无谱可依,吟时带有一定的随意性。腔音唱法,即汉语传统的唱法,包括以橄榄型发音为主、咬字完整、字正腔圆、圆转雅正、自由节奏、自由体态等。

中华吟诵学会秘书长徐健顺特此总结了以下歌诀,帮助大家记忆——

一二声平三四仄,入声归仄很奇特。
平声吟长仄声短,韵字平仄皆回缓。
依字行腔不变调,节律有定快慢有情。

吟诵作为一门有声语言艺术,具有很强的实践性。虽然专家学者已将吟诵的"一本九法"的规则设定好,但并没有将每个人的行腔语调框死。不同的作品在内容和形式上总有差别,即使是同一篇作品,不同的人对其意境的赏玩也不尽相同。这种作品鉴赏的差异性的存在,为吟诵者行腔用调时充分发挥独创性提供了宽阔的余地。我们完全可以在某种吟诵调的框格之内,在节奏、旋律处理和技巧的综合运用上各显神通,表现新意;不仅出自同一师门的学生吟诵风格可以不同,而且学生的吟诵风格也可有异于先生。

(以上内容根据2014年初春首都师大吟诵培训班听课笔记整理,不足和疏漏之处在所难免,敬请专家指正)

第五节　涵泳体察

朱熹一生酷爱读书，对于如何读书有深切的体会，并提出了许多精辟的见解。他的弟子将其概括为“朱子读书法”六条，即循序渐进、熟读精思、虚心涵泳、切己体察、着紧用力、居敬持志。这些也是朱熹教育思想的重要组成部分。

曾国藩一生也重视读书，他推崇朱熹教人读书的方法：“虚心涵泳，切己体察。”曾国藩这样解释“涵泳”：“涵者，如春雨之润花，如清渠之溉稻，过小则枯槁，过多则伤涝，适中则涵养而渤兴；泳者，如鱼之游水，如人之濯足。程子谓鱼跃于渊，活泼泼地；庄子言濠梁观鱼，安知非乐？此鱼水之快也。左太冲有‘濯足万里流’之句，苏子瞻有夜卧濯足诗，有浴罢诗，亦人性乐水者之一快也。善读书者，须视书如水，而视此心如花、如稻、如鱼、如濯足，则涵泳二字，庶可得之于意言之表。”这些话语表达了他独潜书中，或高声诵读，或低声吟咏，如鱼乐水般而为外人所难以体会的那种快意与乐趣。

左思《吴都赋》有“涵泳乎其中”之句。李善注云：“涵，沉也。”扬雄《方言》曰：“南楚谓沉为涵。泳，潜行也。”从以上引文可以看出，“涵泳”不是一般的读书或理解书中之意，而是深入体察、玩味。

泳，在词源学上的固有之义是：自由而从容地优游于大泽深渊之中。换言之，“涵泳”所标示的是一种自由和谐、愉悦平和的心理状态，不是一般的读书或理解书中之意，而是深入体察、玩味。“涵泳”的过程本身就是审美的过程，也是学生审美能力提高的过程。其目的并不是要获得某种客观知识，而是要达到一种心灵的境界，使自身的精神境界或审美趣味跃升到一个新的高度。

美读涵泳：指诵读中主体全身心投入其中、浸润其中，是感觉、情感、想象、联想、感受、体验等心理因素的综合运动，这要求主体沉潜于文章中去体察玩味。这一过程中，主体心理上不是感受到紧张，而是感受到和乐愉悦。

“涵泳”作动词，还是古代文论术语，指对文学艺术鉴赏的一种态度和方法，对文学艺术作品的鉴赏应该沉潜其中，反复玩味和推敲，以获得其中之味。其次还可以作为名词使用，是品味、内涵、内蕴的意思。“涵泳”承载着五千年的灿烂文化，也从根本上体现着汉民族重感悟与直觉的思维方式，因为西方人重逻辑和实证。

切己体察,就是说将自身置进去来体验观察。曾国藩这样告诫自己的儿子曾纪泽:“好比《孟子·离娄》首章‘上无道揆,下无法守’,年轻时读这两句话无甚心得。近年来在地方办事,乃知在上之人必遵循于道,在下之人必遵守于法。若每个人都以道揆自许,从心而不从法,则下将凌上了。我想你读书无甚心得,可能在涵泳、体察二语上注意不够。”

曾国藩在《复邓寅皆书》中说:“看者涉猎,宜多宜速;读者讽咏,宜熟宜专。看者‘日知其所亡’,读者‘月无忘其所能’。看者如商贾趋利,闻风即往,但求其多;读者如富人积钱,日夜摩挲,但求其久。看者如攻城拓地,读者如守土防隘。二者截然两事,不可缺亦不可混。”

“读书切戒在慌忙,涵泳工夫兴味长;未晓不妨权放过,切身须要急思量。”越经典的书,越要讽诵吟咏,而且宜熟宜专,日夜摩挲,但求其久。

现代理论认为:作者与读者的关系,就其本质而言,体现了人与人之间的精神联系。诵读经典的过程也就是阅读理解乃至背诵的过程,这一过程的主要目标是搜集处理信息、认识世界、发展思维、获得审美体验,为进一步认识世界积累认知素材。可以说,诵读的过程也是在人与作品之间确立一种对话和交流关系的过程。这种对话和交流是双向的、互动的、互为依存条件的。诵读文学作品的过程,是一种共同参与以至共同创造的过程,是读者和作者思维碰撞和心灵交流的动态过程,通过读,加深对课文的理解;通过读,提高遣词造句的能力;通过读,强化记忆,培养语言思维能力;通过读,最终提高感悟语言的能力;同时,通过读,使学生受到情感的熏陶和思想的教育。

古典文学作品,尤其是诗词,之所以久为传诵,主要是因为这些作品用美的语言创造了一个情景交融、能把读者引入想象空间的美好意境。学会了吟诵,首先可使我们在鉴赏时更充分地领略作品的意境美。清初钱谦益在《历朝诗集小传·吴山人扩》中有这样一段记载:“扩,字子充,昆山人。以布衣游缙绅间,玄冠白恰,吐音如钟,对客多自言游览武夷、匡庐、台宕诸胜地,朗诵其诗歌,听之者如在目中,故多乐与之游。”

吴扩这个小有名气的布衣诗人,其实还是位吐音如钟的诵诗专家。他有很高的诵诗艺术,能通过纵声朗诵再现自己在游览诗中创造的意境,使听之者因声入境,产生如在目中的感觉,从而获得极大的审美满足,故多乐与之游。为什么吴扩的诵诗会产生如此大的艺术效果呢?显然由于他朗诵时作品语言的声音在起着奇妙的作用。

刘勰指出:“声画妍蚩,寄在吟咏,吟咏滋味,流于字句。”元人刘绩指出:“唐人诗一家自有一家声调,高下疾徐皆为律吕,吟而绎之,令人有闻《韶》忘味之意。”

诵读一般要经历理解、感悟、鉴赏、记忆的复杂过程。理解就是明白语言含着的意思,把握住它内在的说法;感悟,就是通过熟读成诵,引发自己的感想,悟出自己的收获;鉴赏,就是通过欣赏性的阅读、感受、品味,揣摩表达的方法,汲取艺术营养;记忆就是将自己学习的收获加以整理归纳,存入自己的经验库,并与自己已有的知识建立联系,它最终决定着积累是否有效。

读书……不可牵强暗记,只是要多诵遍数,自然上口,久远不忘。古人云,“读书千遍,其义自见”。谓读得熟,则不待解说,自晓其义也。(朱熹《训学斋规》)

古人说“书读百遍,其义自见”,苏轼有诗句“旧书不厌百回读,熟读深思子自知”——读多了自会理解。

钱穆先生在《师友杂忆》中有这样一段回忆:余以半日力读英文……始苦其难,每一行必遇生字,逐一须翻字典,苦不堪言。如是者有日,乃竟不翻字典即可知其大义。即忽略生字不问,遇历史上特有名字,初不解其义,但续读屡见,亦复心知其意,乃大喜悦。不识之字渐成熟识,口虽不能言,心中已领略,所谓心知其意者,余在此始悟。乃念读中国书,如读《论语》《孟子》,仁、义、礼、智、性、命、情、气,屡读多读,才能心知其意,岂读字典而可知,亦岂训诂所能为功。所谓英文历史书中之特有名字,较之此等,岂不易知易晓,难相比论。余读此西洋通史原文仅到三分之一,即感大愉快。竟在一年内,此书通读无遗。无论读英文还是读文言文(对大多数人来说,文言文和英文一样,也是一门外文),如果我们觉得某些词不好理解,不要停下来,继续往下读,屡读多读,自然而然会心知其意。

古人又说:“熟读唐诗三百首,不会作诗也会吟。”杜甫有诗句:“读书破万卷,下笔如有神。”读多了,自会作文。清人唐彪在《读书作文谱》中说:“文章读之极熟,则与我为化,不知是人之文,我之文也。作文时吾意欲所言,无不随吾所欲,应笔而出,如泉之涌,滔滔不竭。”

诵读,读在先,要读正确、读流利、读出滋味。读文言文,读准字音是基础,读清句读是根本,读出语气和语势是提高。总的来说,古文诵读要遵循以下步骤:

一、抓住“诗眼”

文似看山不喜平。中华古典诗文含蓄蕴藉,意味深长,开头往往点题,交代写作缘由,或者创造氛围,或者奠定基调。要读懂一篇诗文的开头,一是要努力联系诗题,抓取“诗眼”。二是要突出五“何”:何人、何时、何地、何事、何景,抓住了这五“何”,也就抓住一首诗词的源头,后续的内容多是承此而来。三是要体会感情基调。如:

猎猎南风拂驿亭，五更牵缆上空泠。
惯行不解愁风水，瀑布滩雷只卧听。

（王闿运《晓上空泠峡》）

这首借景抒情的小诗，写沿空泠峡溯流而上的所见所感。拂晓时分，在猎猎南风的吹拂中，诗人在离开驿亭乘船向空泠峡溯流而上。前两句描写拂晓时猎猎的风声和客中行船溯流而上的艰难，为抒写情怀铺垫。第三句表面上写诗人惯于常年旅途奔波，已经不知道因风浪发愁为何事，表现出久历沧桑后从容自信的心态，读罢第四句后才发现，其意真的如此吗？第四句"卧听""瀑布滩雷"，这个典型场景更将诗人对一切艰险都无所畏惧的傲岸气度充分展现了出来。狄葆贤《平等阁诗话》认为此诗"只二十八字，而傲岸之气溢下言表"。此诗表达了作者历遍世事沧桑的疲累感，和盼望生活平淡、回归自然的愿望。

二、虚实对比

近体诗的第三句或第三联往往在内容或写法上与前面有所变化。内容上，往往由前面的叙述或描写转为议论或抒情。如：

野次小峥嵘，幽篁相倚绿。
阿童三尺棰，御此老觳觫。
石吾甚爱之，勿遣牛砺角。
牛砺角犹可，牛斗残我竹。

（黄庭坚《题竹石牧牛》）

这是宋代诗人黄庭坚所作五言古诗，是黄庭坚作品中影响较大的一篇。这首诗分为两层：前两联为一层，描写画面内容，分述石、竹、牧童与牛；第三联侧重写景，在写法上富于变化，主要表现有高与低、动与静、远与近、形与声、虚与实、正面与侧面等。

后两联为一层，是写意，主体是牛。作者眼光落在牛好磨角、争斗的特点，对画面内容发表议论。所以体会后四句的主旨必须关合画面的竹石，这样静态的画面才变得活泼生动，作者爱竹爱石的心情才能得以体现。而爱竹石，正是当时文人对自己超尘脱俗的情操的寄托。

又如：

边城暮雨雁飞低，芦笋初生渐欲齐。
无数铃声遥过碛，应驮白练到安西。

（张籍《凉州词·其一》）

中唐张籍这首绝句，写景叙事，远近交错，虚实相生，给读者的联想是丰富的。一、二两句实写目见的近景，以荒凉萧瑟的气氛有力地暗示出边城的骚乱不安、紧张恐怖，这是寓虚于实；三、四两句虚写耳闻的远景，从铃声的“遥过”，写到应驮安西的“遥思”，以虚出实。丝绸之路的萧条深深地渗透到读者想象的艺术空间。这首诗运用了衬托对比和虚实相生的艺术手法。所谓的“对比”“虚实”其实就是“变化”。第三句所写之景与前两句相比，一是所闻与所见的对比，二是虚与实的对比；前两句所写之景，又形成了高与低、动与静的对比。

三、移情入景

古代诗歌中的景物描写往往不是单纯孤立的，而是和作者所抒发的感情有着密切的联系。因此，读景物，要善于读出景中之情。而景与情之间其关系的表现形式也是多样的，有情景交融、借景抒情、移情入景、触景生情、借景物反衬感情等。如：

雨洗东坡月色清，市人行尽野人行。
莫嫌荦确坡头路，自爱铿然曳杖声。

（苏轼《东坡》）

诵读时要抓住诗中主要景物再现画面，从而体会诗人的思想情感。“月色清”“野人行”可看出东坡清幽、寂静的环境特点。第一句写景，描绘了一幅雨后东坡的月夜图，创造了一种清净自然的幽雅氛围，表现了作者宁静的心情，为下面的抒情做了铺垫。

中国古代文人的诗词，寓意和感情一般比较隐晦，有时体现在一个词（有时是“诗眼”）上，有时体现在一个意象里，有时也体现在一个句子里，有时还可以是一个情节。如：

横冈下瞰大江流，浮远堂前万里愁。
最苦无山遮望眼，淮南极目尽神州。

（戴复古《江阴浮远堂》）

这是南宋诗人戴复古创作的一首七言绝句。诗的前两句写登上横冈俯视大江，又在浮远堂上远望万里山河，只觉得忧愁郁结无法排解。后两句说望有山遮住视线，免得见到中原，更加深了自己的沉痛，诗人通过不想看而更深沉地表达对中原的怀念。

因为看不到想看的景色而心生怨恨，这是人之常情，但“最苦无山遮望眼”一句却描绘了一种特殊心态——抱怨无山遮挡视线。这是因为看到沦入敌人之手的大好河山却无力收复，只能更添悲愤之情。这样一来，作者就把山河破碎之感表达得更为曲折与深沉。

四、体察意象

诗歌中所写之“景”、所咏之“物”为客观之“象”；借景所抒之“情”，借物所言之“志”为主观之“意”。在诗歌中，很多景物往往用来表现特定的感情，这就是所谓的“意象”。如“菊花”常表示坚强清高，“梧桐”常表示凄凉冷清，“日暮”多表示惆怅伤感等。如：

溪边小径舟横渡，门前流水清如玉。
青山隔断红尘路，白云满地无寻处。
说与你寻不得也么哥，寻不得也么哥，
却原来侬家鹦鹉洲边住。

（无名氏《正宫·叨叨令》）

本曲前四句运用丰富的意象勾勒出一幅美丽的自然图景，其中“流水”意象体现出温润柔美的特征，而“白云”意象则给人以飘逸渺远的感受。古人风雅，喜欢交往唱和，唱和于心灵之间，唱和于山水之间。折柳送别，是诗词唱和的主题。柳，谐音留字，“折柳”赠别既蕴含着一种对离别之人“春常在”的美好祝愿，也喻意离别友人就像离枝的柳条，希望他到了新的地方，能很快适应，像柳枝那样可以插地存活、随处生根、可喜发芽。此外，一个意象在不同的诗词中也可以表示多种感情。如“登高”意象，既可表“怀远”，也可表怀才不遇、壮志难酬的感慨。诵读时一定要细心涵泳。

五、知人论世

古代诗歌中，常常有咏怀古人古事古迹的内容，也有引用或化用前人诗句的写法。这就要求我们在诵读时、理解时切不可“只见树木，不见森林”。理解时，应将古人古事与诗人的现实状况进行多角度对比，以便准确地把握作者的感情。“借他人之酒杯，以浇自己之块垒”是这类诗歌的一个共同特点。

《念奴娇·赤壁怀古》中作者写到了周瑜，其实是借古人古事抒发自己的心情。想当年，周瑜年轻有为，建立了伟大的功业，而自己华发早生，却功业未就，既表达了对古代英雄的赞美之情，也表达了自己渴望建功立业的豪情壮志，同时抒发了自己壮志难酬的感慨。此外，周瑜能够建立功业，还得力于孙权的重用，而自己呢？在政治上却屡遭排挤打压，因而又流露出了对现实的不满。

常言说，鉴赏诗歌要能"知人论世"，即鉴赏诗歌要结合诗人生活的时代背景。所有的诗歌其实都是诗人的所见所闻、所感所思。诗人的审美情趣、人格理想、时代影响等往往体现在其诗歌创作中。如杜甫的忧国忧民、李白的飘逸豪迈、李煜从一国之君沦为阶下之囚的人生剧变、南宋诗人的山河破碎之感，等等。上文所引《东坡》诗中的作者苏轼一生坎坷多磨难，但不论处于怎样的逆境，他都能坦然面对，旷达开朗。而结合原诗及相关注释，不难发现，这首诗正表达了作者这样的情怀。

六、再现主旨

对诗歌主旨的理解需要整体把握，吃透内容间的关系，理清思路，切不可孤立看待。除此以外，还要多留心诗歌中抒情议论的语句，尤其是诗歌的结尾。如南宋王炎的《南柯子》：

> 山冥云阴重，天寒雨意浓。数枝幽艳湿啼红。莫为惜花惆怅对东风。
> 蓑笠朝朝出，沟塍处处通。人间辛苦是三农。要得一犁水足望年丰。

作者上阕先写大雨将至，再写花瓣上沾着水珠、楚楚可怜的鲜花，但这并非为了惜春伤怀，下面的一个"莫为"已清楚表明了这一点。下阕作者将笔触转移到了辛勤劳作的农民身上——"人间辛苦是三农"，表现了对农民的同情，而结尾一句也解释了上阕中"莫为惜花惆怅对东风"的原因。这首词描述了农民的劳动生活，流露出与之声息相通的质朴向上的感情。由此可见，本词主旨是表达对辛勤劳作的农民的同情的。

七、读懂典故技法

在诵读古典诗文时，还要树立"技法"意识。要了解相关概念，并吃透其特点。诗歌中的"技法"有很多，主要分为如下三个方面：

表达方式：描写、议论、抒情。尤其要了解正面描写与侧面描写、直接抒情与间接抒情的不同特点。

修辞方法：常见的有比喻、拟人、对比、双关、设问、反问、夸张、对偶、借代等，要吃透其特点，在回答问题时正确运用。

表现手法:范围极为广泛,如烘托、反衬、铺垫、伏笔、照应、悬念、象征、抑扬、虚实、借景抒情、情景交融、融情于景、触景生情、以乐景写哀情、篇末点题、卒章显志、托物言志、借古讽今等。

情景交融包括三种形式,一是景中寓情,二是以景结情,三是缘情写景。在我国古代诗歌中,松竹梅兰、山石溪流、沙漠古道、边关落日、夜月清风、细雨微草、芭蕉残荷、梧桐细雨、飞蓬浮萍、鸿雁闲鹤、长亭短亭等等,常常是诗人借以抒情的对象,这些景物也就不再是纯粹的自然之物了,而是承载传递了人们极为丰富复杂的思想情感。

诗歌中只要有景语,就一定与作者的情感有关,一切景语皆情语。以乐景写哀情或以哀景写乐情,可以起到倍增其哀乐的效果。是否情景交融,是判断古典诗歌有无意境的标志,而是否有意境,又是判断古典诗歌是否为上乘之作的标志。如:

江碧鸟逾白,山青花欲燃。
今春看又过,何日是归年?

(杜甫《绝句》)

全诗抒发了羁旅异乡的感慨,诗人借清新美好的春光景色的描写,透露出了思归的感伤,以乐景写哀情。

八、读出风格类别

诗人千千万,诗歌万万千,但不论有多少变化,诗歌仍可以归为不同的类别。而每一类别的诗歌各有其特点,把握了这些特点则有助于更好地诵读诗歌。

1. 诗按音律分,可分为古体诗和近体诗两类。古体诗和近体诗是唐代形成的概念,是从诗的音律角度来划分的。

(1)古体诗:包括古诗(唐以前的诗歌)、楚辞、乐府诗。"歌""歌行""引""曲""吟"等古诗体裁的诗歌也属古体诗。古体诗不讲对仗,押韵较自由。

古体诗的发展轨迹:《诗经》→楚辞→汉赋→汉乐府→魏晋南北朝民歌→建安诗歌→陶诗等文人五言诗→唐代的古风、新乐府。如《敕勒歌》、《木兰诗》、《短歌行》(曹操)。一般来说,乐府诗的标题上有的加"歌""行""引""曲""吟"等。

(2)近体诗:与古体诗相对的近体诗又称今体诗,是唐代形成的一种格律体诗,分为两种,其字数、句数、平仄、用韵等都有严格规定。一种称"绝句",每首四句,五言的简称五绝,七言的简称七绝;一种称"律诗",每首八句,五言的简称五律，七言的简称七律，超过八句的称为排律(或长律)。

律诗格律极严，篇有定句(除排律外)，句有定字，韵有定位(押韵位置固定)，字有定声(诗中各字的平仄声调固定)，联有定对(律诗中间两联必须对仗)。例如，起源于南北朝、成熟于唐初的律诗，每首四联八句，每句字数必须相同，可四韵或五韵，中间两联必须对仗，二、四、六、八句押韵，首句可押可不押。如果在律诗定格基础上加以铺排延续到十句以上，则称排律，除首末两联外，上下句都需对仗，也有隔句相对的，称为“扇对”。再如，绝句仅为四句两联，又称绝诗、截句、断句，平仄、押韵、对偶都有一定要求。

(3)词：又称为诗余、长短句、曲子、曲子词、乐府等。其特点：调有定格，句有定数，字有定声。字数不同可分为长调(91 字以上)、中调(59 至 90 字)、小令(58 字以内)。词有单调和双调之分，双调就是分两大段，两段的平仄、字数是相等或大致相等的；单调只有一段。词的一段叫一阕或一片，第一段叫前阕、上阕、上片，第二段叫后阕、下阕、下片。

(4)曲：又称为词余、乐府。元曲包括散曲和杂剧。散曲兴起于金，兴盛于元，体式与词相近。特点：可以在字数定格外加衬字，较多使用口语。散曲包括有小令、套数(套曲)两种。套数是连贯成套的曲子，至少是两曲，多则几十曲。每一套数都以第一首曲的曲牌作为全套的曲牌名，全套必须同一宫调。它无宾白科介，只供清唱。

2. 按内容来分类：可分为叙事诗、抒情诗、送别诗、边塞诗、山水田园诗、怀古诗(咏史诗)、咏物诗、悼亡诗、讽谕诗等。

咏史怀古诗往往将史实与现实扭结到一起，或感慨个人遭遇，或抨击社会现实。苏轼《念奴娇 · 赤壁怀古》，感慨个人遭遇，揭示理想和现实的矛盾，年过半百，功业无成。辛弃疾《永遇乐 · 京口北固亭怀古》表达对朝廷苟且偷生的不满，抨击社会现实。也有的咏史怀古诗只是对历史做冷静的理性思考与评价，或仅是客观地叙述，诗人自身的遭遇不在其中，诗人的感慨只是画外之音而已。如刘禹锡的《乌衣巷》，今昔对比，表达了诗人的历史沧桑之感。

咏物诗内容上以某一物为描写对象，抓住其某些特征着意描摹。思想上往往是托物言志，由物到人，由实到虚，写出精神品格。常用比喻、象征、拟人、对比等表现手法。

南朝谢灵运开山水诗先河，东晋陶渊明开田园诗先河，发展到唐代，有山水田园诗派，代表人物是王维、孟浩然。山水田园诗以描写自然风光、农村景物以及安逸恬淡的隐居生活见长，诗境隽永优美，风格恬静淡雅，语言清丽洗练。

从先秦就有了以边塞、战争为题材的诗，发展到唐代，由于战争频仍，统治者重武轻文，士人邀功边庭以博取功名比由科举进身容易得多，加之盛唐那种积极用世、昂扬奋进的时代气氛，于是奇情壮丽的边塞诗便大大发展起来了，形成一个新的诗歌流派，其代表人物是高适、岑参、王昌龄。

古人或久宦在外，或长期流离漂泊，或久戍边关，总会引起浓浓的思乡怀人之情，所以这类诗文就特别多，他们或写羁旅之思，或写思念亲友，或写征人思乡，或写闺中怀人。写作上或触景伤情，或感时生情，或托物传情，或因梦寄情，或妙喻传情。

每一类别的诗文都有其突出特点，把握了这些特点有助于我们更好地诵读理解诗文作品。边塞诗，悲凉慷慨；讽喻诗，沉郁激愤；咏史诗，雄浑壮阔；宫廷诗，缠绵宛转；怀古诗，幽深绵长；送别诗，意蕴深远；山水诗，清新优美；田园诗，恬淡宁谧。不同的诗人，甚至同一诗人的不同作品往往表现出不同的风格。大部分山水田园诗人，像王维、孟浩然的诗相对比较清新，而陶潜的诗在清新的基础上，又体现出平淡的主体风格。

风格是多种多样的。屈原的诗雄浑悲壮；曹操的诗豪放磅礴；苏轼、辛弃疾的词"豪放"；谢朓、谢灵运的诗灵动自然；陶渊明的诗淡远闲静；王维的诗恬淡优美；李煜、刘禹锡的词"隽永"；李白的诗清新飘逸；杜甫的诗沉郁顿挫；杜牧的诗旷达俊爽；王昌龄的诗雄壮豪迈。

由上可见，所谓风格，是指诗人在长期的创作实践中逐渐形成的独特的语言艺术个性，是诗人的个人气质、诗歌美学观念在作品中的凝结，是具有恒定性的区别于其他诗人的艺术特色。婉约派的诗词语言清丽含蓄，抒情婉转缠绵；柳永、姜夔、李清照的词是杰出的代表。豪放派的诗词气势豪放，意境雄浑；高适、岑参等边塞诗人的诗是杰出的代表；

以"雄浑"为例，雄浑指力的至大至刚，气的浑厚磅礴。其特点是：骨力挺健，气壮山河，气吞宇宙，气度豁达，气概恢宏，气宇轩昂，气势浩瀚，气魄雄伟。在具体作品中，有的壮志凌云、刚毅雄健，如刘邦《大风歌》；有的慷慨悲歌、视死如归，如项羽《垓下歌》；有的胸襟豁达，豪情横溢，如曹操的《观沧海》。雄浑是盛唐诗歌的时代风格，它反映了盛唐欣欣向荣的景象和朝气蓬勃的活力。王昌龄的《出塞》（秦时明月汉时关）气势浩瀚，雄伟壮丽；王之涣的《出塞》（黄河远上白云间）想象丰富，境界辽阔；孟浩然的"气蒸云梦泽，波撼岳阳城"（《临洞庭》）气魄宏大，气势壮观；王维的"大漠孤烟直，长河落日圆"（《使至塞上》）高远壮丽。以高适、岑参为代表的边塞诗人更多地体现出"雄浑"的风格特征。

再如“绚丽”,其特点是既讲究辞藻华丽,又讲究对仗工整。有富丽的词藻、绚烂的色彩、奇幻的情思。如李商隐的《锦瑟》诗:“沧海月明珠有泪,蓝田日暖玉生烟。”又如杜甫《观山水图》中的“红浸珊瑚短,青悬薜茀长”,辞藻华丽,对仗工整,每句开头的“红”“青”颜色词语构成一幅色彩鲜明的画面。华美绚丽就像一朵富丽堂皇的牡丹,明净绚丽就像一株静静开放的月季。

经典总是比一般畅销书难懂,这是不争的事实。古今中外,凡是可以称得上“经典”的作品,都不可能是“一目了然”的,英国作家、历史学家卡莱尔说:“凡是伟大的作品,初看时必让人觉得不十分舒服。”读一遍就一览无余,再没有什么可以进一步深研体味的,不可能是经典,而是一次性的快餐读物。

经典总是蕴藏着无穷无尽的可能含义,常读常新,“仰之弥高,钻之弥坚”,每一遍读,都可以有不同的感受;不同的人读,会有不同的感受,正所谓“一千个人心中有一千个哈姆雷特”;同一个人在不同的心境下读,在不同的年龄读,也会有不同的感受。

曾国藩云,人生有“三乐”:“读书声出金石,飘飘意远,一乐也;宏奖人才,诱人日进,一乐也;勤劳而后憩息,一乐也。”吟诵诗书为三乐之首,而功名富贵不在其中,“虽南面王不为也”。他又说:“李杜韩苏之诗,韩欧曾王之文,非高声朗诵,则不能得其雄伟之概;非密咏恬吟,则不能探其深远之韵。”汉语是音义结合体,随着金石一般的声响,心思跟着诗人的想象无远不到,无微不达,妙不可言!朗诵的妙处就在这里。曾纪泽做五古、七古不得其法,曾国藩教导说:“余所选抄五古九家,七古六家,声调皆极铿锵,耐人百读不厌。尔欲作五古、七古,须熟读五古七古各数十篇。先之以高声朗诵以倡其气,继之以密咏恬吟以玩其味,二者并进,使古人之声调拂拂然若与我之喉舌相习,则下笔为诗时,必有句调凑赴腕下,诗成自读之,亦自觉琅琅可诵,引出一种兴会来。”

经典所蕴含的能量是潜在的。经典的作品,常常由于时间的久远,不容易读。但神奇的是,即便难懂,我们却能在懵懵懂懂地反复诵读中,不知不觉获得一种领悟、一种力量、一种快乐。宋儒朱熹有一句诗:问渠那得清如许,为有源头活水来。读经典,就是为了接通那个源头活水,而流出自己的清泉来。

诵读,可以加深对课文的理解;诵读,可以提高遣词造句的能力。通过诵读,可以强化记忆,培养语言思维能力;通过诵读,可最终提高感悟语言的能力;同时,通过诵读,使学生受到情感的熏陶和思想教育。当年曹雪芹为著《红楼梦》用了10 年时间;司马迁为写《史记》耗时达 18 年之久;达尔文著述《物种起源》用了 28 年;李时珍为了《本草纲目》,穷其毕生精力,亲力实践,跋山涉水,行程万里,历尽艰辛，广收博采，尝遍百草，实地考察，三易其稿，共计历时 27 年，呕心沥血，所以才有了这部被誉为“东方医药巨典”和“中国古代百科全书”的传世巨著；西晋文学家左思为写《三都赋》，闭门谢客，从收集资料、构思创作直至苦写成稿，历经 10 年，所以才有了后来的这篇千古名赋，成就“洛阳纸贵”的佳话。

学习母语主要靠语感，而培养语感古今公认的最佳策略是“诵读”。

第六节　蒙学必诵

古代教育经历七个阶段：家学、蒙学、学馆、官学、学专业交游、出仁做官、告老还乡（以身作则、著书立说、兴学讲学）。

古时候，儿童两岁到三四岁，在家接受长辈的教育，识记简单汉字，是谓“家学”。这一阶段主要是开启智力，又谓“开蒙”。主要任务是健康成长，学习基本生活常识和礼仪规范。三岁至八岁，是“蒙学”阶段，是以“宽为限，紧用功，功夫到，滞塞通”。蒙学的主要任务有礼教和乐教两部分。古人教育儿童的原则是：幼儿养性，童蒙养正。所以，蒙学也叫“蒙馆”，是中国旧时对儿童进行启蒙教育的学校，教育内容主要是识字、写字和伦理道德教育。儿童读经的最佳时机是零至十三岁，是记忆力的黄金期。主要是诵读“蒙学十三经”。

蒙学十三经具体是指：识字类的《三字经》《百家姓》《千字文》，曾被并称为三大国学启蒙读物。；训诫类的《小儿语》《弟子规》《朱子家训》《名贤集》和《论语》；韵语类的《千家诗》和《声律启蒙》；典故、知识类的《蒙求》《龙文鞭影》和《幼学琼林》。

我们常见的读书方式有朗读、默读、速读、浏览、品读等等，而诵读是读书方式的一种。在我国传统蒙学中，“诵读”是先生教给蒙童的主要读书方式。宋人郑侠有《教子孙读书》诗：“淡然虚而一，志虑则不分。眼见口即诵，耳识潜自闻。神焉默省记，如口味甘珍。一遍胜十遍，不令人艰辛。”朱熹：“大凡读书，须是熟读，读熟了自精熟，精熟后理自见得。”“如吃果子一般，劈头方咬开，未见滋味便吃了；须是细嚼嚼烂，则滋味自出，方始识得这个是甜，是苦，是辛，始为知味。”（见《朱子语类》）

“诵读”与“朗读”都是读书出声；朗读更强调声音清晰、响亮；诵读更强调多遍、精思、抑扬顿挫。

“诵读”与“朗诵”也都是读书出声，但“朗诵”是表演给别人看的，可以配合表情、手势，是一种艺术方式；“诵读”不是表演给别人看的，而是对内容自我感受、自我体验、自我欣赏的一种读书方式。

明末大儒陆世仪《思辨录》中这样说道：“凡人有记性，有悟性。自十五以前，物欲未染，知识未开，则多记性，少悟性。十五以后，知识既开，物欲渐染，则多悟性，少记性。故凡有所当读之书，皆当自十五以前使之读熟。”古人诵读的最佳方法就是大声地反复地诵读，熟读成诵，会背就行，可以不求甚解，只求多读熟读。

一、《千字文》节选

〔梁〕敕员外散骑侍郎　周兴嗣　撰

天地玄黄，宇宙洪荒。日月盈昃，辰宿列张。
寒来暑往，秋收冬藏。闰馀成岁，律吕调阳。
云腾致雨，露结为霜。金生丽水，玉出昆冈。
剑号巨阙，珠称夜光。果珍李柰，菜重芥姜。
海咸河淡，鳞潜羽翔。龙师火帝，鸟官人皇。
始制文字，乃服衣裳。推位让国，有虞陶唐。
吊民伐罪，周发殷汤。坐朝问道，垂拱平章。
爱育黎首，臣伏戎羌。遐迩一体，率宾归王。
鸣凤在竹，白驹食场。化被草木，赖及万方。
盖此身发，四大五常。恭惟鞠养，岂敢毁伤。
女慕贞洁，男效才良。知过必改，得能莫忘。
罔谈彼短，靡恃己长。信使可复，器欲难量。
墨悲丝染，诗赞羔羊。景行维贤，克念作圣。
德建名立，形端表正。空谷传声，虚堂习听。
祸因恶积，福缘善庆。尺璧非宝，寸阴是竞。
资父事君，曰严与敬。孝当竭力，忠则尽命。
临深履薄，夙兴温凊。似兰斯馨，如松之盛。
川流不息，渊澄取映。容止若思，言辞安定。
笃初诚美，慎终宜令。荣业所基，籍甚无竟。
学优登仕，摄职从政。存以甘棠，去而益咏。
乐殊贵贱，礼别尊卑。上和下睦，夫唱妇随。
外受傅训，入奉母仪。诸姑伯叔，犹子比儿。
孔怀兄弟，同气连枝。交友投分，切磨箴规。
仁慈隐恻，造次弗离。节义廉退，颠沛匪亏。
性静情逸，心动神疲。守真志满，逐物意移。
坚持雅操，好爵自縻。

【诵读提示】《千字文》在中国古代的童蒙读物中，是一篇承上启下的作品。它不仅是启蒙和教育儿童的最佳读物，更是一部生动优秀的小百科。全文每四字一句，250 句，一千个字。总括分成九节，涵盖了天文、地理、自然、社会、历史等多方面的知识，这里仅选录前五节。第一节讲述的是天文地理，自然常识；第二节介绍的是天上古先皇贤明治理国家之道；第三节告诫皇族弟子要谦逊做人，虚心学习，立德建名；第四节告诫皇族弟子对内要孝忠于父母和国家，处理好国事和家事；第五节告诫皇族弟子对外要懂得为人处世之道；养成高雅的道德修养情操。《千字文》文笔优美，辞藻华丽，通篇用韵，共用七韵，朗朗上口。诵读时要字正腔圆，三读成诵。

二、三字经全文（传统版，章太炎增订本）

人之初，性本善。性相近，习相远。苟不教，性乃迁。教之道，贵以专。
昔孟母，择邻处。子不学，断机杼。窦燕山，有义方。教五子，名俱扬。
养不教，父之过。教不严，师之惰。子不学，非所宜。幼不学，老何为。
玉不琢，不成器。人不学，不知义。为人子，方少时。亲师友，习礼仪。
香九龄，能温席。孝于亲，所当执。融四岁，能让梨。弟于长，宜先知。
首孝悌，次见闻。知某数，识某文。一而十，十而百。百而千，千而万。
三才者，天地人。三光者，日月星。三纲者，君臣义。父子亲，夫妇顺。
曰春夏，曰秋冬。此四时，运不穷。曰南北，曰西东。此四方，应乎中。
曰水火，木金土。此五行，本乎数。曰仁义，礼智信。此五常，不容紊。
稻粱菽，麦黍稷。此六谷，人所食。马牛羊，鸡犬豕。此六畜，人所饲。
曰喜怒，曰哀惧。爱恶欲，七情具。匏土革，木石金。与丝竹，乃八音。
高曾祖，父而身。身而子，子而孙。自子孙，至元曾。乃九族，而之伦。
父子恩，夫妇从。兄则友，弟则恭。长幼序，友与朋。君则敬，臣则忠。
此十义，人所同。

凡训蒙，须讲究。详训诂，名句读。为学者，必有初。小学终，至四书。
论语者，二十篇。群弟子，记善言。孟子者，七篇止。讲道德，说仁义。
作中庸，子思笔。中不偏，庸不易。作大学，乃曾子。自修齐，至平治。
孝经通，四书熟。如六经，始可读。诗书易，礼春秋。号六经，当讲求。
有连山，有归藏。有周易，三易详。有典谟，有训诰。有誓命，书之奥。
我周公，作周礼。著六官，存治体。大小戴，注礼记。述圣言，礼乐备。

曰国风，曰雅颂。号四诗，当讽咏。诗既亡，春秋作。寓褒贬，别善恶。三传者，有公羊。有左氏，有谷梁。经既明，方读子。撮其要，记其事。五子者，有荀扬。文中子，及老庄。

经子通，读诸史。考世系，知终始。自羲农，至黄帝。号三皇，居上世。唐有虞，号二帝。相揖逊，称盛世。夏有禹，商有汤。周文王，称三王。夏传子，家天下。四百载，迁夏社。汤伐夏，国号商。六百载，至纣亡。周武王，始诛纣。八百载，最长久。周辙东，王纲坠。逞干戈，尚游说。始春秋，终战国。五霸强，七雄出。嬴秦氏，始兼并。传二世，楚汉争。高祖兴，汉业建。至孝平，王莽篡。光武兴，为东汉。四百年，终于献。魏蜀吴，争汉鼎。号三国，迄两晋。宋齐继，梁陈承。为南朝，都金陵。北元魏，分东西。宇文周，与高齐。迨至隋，一土宇。不再传，失统绪。唐高祖，起义师。除隋乱，创国基。二十传，三百载。梁灭之，国乃改。炎宋兴，受周禅。十八传，南北混。辽于金，皆称帝。太祖兴，国大明。号洪武，都金陵。迨成祖，迁燕京。十六世，至崇祯。阉乱后，寇内讧。闯逆变，神器终。清顺治，据神京。至十传，宣统逊。举总统，共和成。复汉土，民国兴。

廿二史，全在兹。载治乱，知兴衰。读史书，考实录。通古今，若亲目。口而诵，心而惟。朝于斯，夕于斯。昔仲尼，师项橐。古圣贤，尚勤学。赵中令，读鲁论。彼既仕，学且勤。披蒲编，削竹简。彼无书，且知勉。头悬梁，锥刺股。彼不教，自勤苦。如囊萤，如映雪。家虽贫，学不辍。如负薪，如挂角。身虽劳，犹苦卓。苏老泉，二十七。始发愤，读书籍。彼既老，犹悔迟。尔小生，宜早思。若梁灏，八十二。对大廷，魁多士。彼既成，众称异。尔小生，宜立志。莹八岁，能咏诗。泌七岁，能赋棋。彼颖悟，人称奇。尔幼学，当效之。蔡文姬，能辨琴。谢道韫，能咏吟。彼女子，且聪敏。尔男子，当自警。唐刘晏，方七岁。举神童，作正字。彼虽幼，身已仕。尔幼学，勉而致。有为者，亦若是。犬守夜，鸡司晨。苟不学，曷为人。蚕吐丝，蜂酿蜜。人不学，不如物。幼而学，壮而行。上致君，下泽民。扬名声，显父母。光于前，裕于后。人遗子，金满嬴。我教子，惟一经。勤有功，戏无益。戒之哉，宜勉力。

【诵读提示】《三字经》成书于宋末元初，历代有增补。作者王应麟是南宋末年的政治人物和经史学者。南宋灭亡以后,他隐居乡里二十载,闭门谢客、著书立说。所有著作,只写甲子不写年号,以示不向元朝称臣。王应麟晚年,为教育本族子弟读书,编写了这本融会中国文化精粹的"三字歌诀"。它是中国古代历史文化的宝贵遗产,千百年来,家喻户晓,是学习中华传统文化不可多得的儿童启蒙读物。其内容涵盖了历史、天文、地理、道德以及一些民间传说,所以古人说熟读《三字经》,可知天下事。基于历史原因,《三字经》不可避免的含有一些迂腐思想,有的已被岁月证明谬误,不能原封不动生搬硬套,否则幼童可能朱墨均受,易为其误。我们应当去其泥沙,存其烁金。全文仅1145字,每小句三字,两小句表达一个相对独立的意思,四小句构成一个完整的意群。句式短小精悍、朗朗上口。列举了自然、社会、人伦、历史、为政、为学多种知识,介绍了46位历史人物,讲了22个成语故事,浓缩了从三皇到明清五千年历史。其独特的思想价值和文化魅力为人们所公认,被历代人们奉为经典而不断流传。诵读时要把握经文的韵律特征,大声唱诵。

三、弟子规全文

总叙

弟子规　圣人训　首孝弟　次谨信　泛爱众　而亲仁　有余力　则学文

入则孝

父母呼　应勿缓　父母命　行勿懒　父母教　须敬听　父母责　须顺承
冬则温　夏则清　晨则省　昏则定　出必告　反必面　居有常　业无变
事虽小　勿擅为　苟擅为　子道亏　物虽小　勿私藏　苟私藏　亲心伤
亲所好　力为具　亲所恶　谨为去　身有伤　贻亲忧　德有伤　贻亲羞
亲爱我　孝何难　亲憎我　孝方贤　亲有过　谏使更　怡吾色　柔吾声
谏不入　悦复谏　号泣随　挞无怨　亲有疾　药先尝　昼夜侍　不离床
丧三年　常悲咽　居处变　酒肉绝　丧尽礼　祭尽诚　事死者　如事生

出则弟

兄道友　弟道恭　兄弟睦　孝在中　财物轻　怨何生　言语忍　忿自泯
或饮食　或坐走　长者先　幼者后　长呼人　即代叫　人不在　己即到
称尊长　勿呼名　对尊长　勿见能　路遇长　疾趋揖　长无言　退恭立
骑下马　乘下车　过犹待　百步余　长者立　幼勿坐　长者坐　命乃坐
尊长前　声要低　低不闻　却非宜　近必趋　退必迟　问起对　视勿移
事诸父　如事父　事诸兄　如事兄

谨

朝起早 夜眠迟 老易至 惜此时 晨必盥 兼漱口 便溺回 辄净手
冠必正 纽必结 袜与履 俱紧切 置冠服 有定位 勿乱顿 致污秽
衣贵洁 不贵华 上循分 下称家 对饮食 勿拣择 食适可 勿过则
年方少 勿饮酒 饮酒醉 最为丑 步从容 立端正 揖深圆 拜恭敬
勿践阈 勿跛倚 勿箕踞 勿摇髀 缓揭帘 勿有声 宽转弯 勿触棱
执虚器 如执盈 入虚室 如有人 事勿忙 忙多错 勿畏难 勿轻略
斗闹场 绝勿近 邪僻事 绝勿问 将入门 问孰存 将上堂 声必扬
人问谁 对以名 吾与我 不分明 用人物 须明求 倘不问 即为偷
借人物 及时还 后有急 借不难

信

凡出言 信为先 诈与妄 奚可焉 话说多 不如少 惟其是 勿佞巧
奸巧语 秽污词 市井气 切戒之 见未真 勿轻言 知未的 勿轻传
事非宜 勿轻诺 苟轻诺 进退错 凡道字 重且舒 勿急疾 勿模糊
彼说长 此说短 不关己 莫闲管 见人善 即思齐 纵去远 以渐跻
见人恶 即内省 有则改 无加警 唯德学 唯才艺 不如人 当自砺
若衣服 若饮食 不如人 勿生戚 闻过怒 闻誉乐 损友来 益友却
闻誉恐 闻过欣 直谅士 渐相亲 无心非 名为错 有心非 名为恶
过能改 归于无 倘掩饰 增一辜

泛爱众

凡是人 皆须爱 天同覆 地同载 行高者 名自高 人所重 非貌高
才大者 望自大 人所服 非言大 己有能 勿自私 人所能 勿轻訾
勿谄富 勿骄贫 勿厌故 勿喜新 人不闲 勿事搅 人不安 勿话扰
人有短 切莫揭 人有私 切莫说 道人善 即是善 人知之 愈思勉
扬人恶 即是恶 疾之甚 祸且作 善相劝 德皆建 过不规 道两亏
凡取与 贵分晓 与宜多 取宜少 将加人 先问己 己不欲 即速已
恩欲报 怨欲忘 报怨短 报恩长 待婢仆 身贵端 虽贵端 慈而宽
势服人 心不然 理服人 方无言

亲仁

同是人 类不齐 流俗众 仁者希 果仁者 人多畏 言不讳 色不媚
能亲仁 无限好 德日进 过日少 不亲仁 无限害 小人进 百事坏

余力学文

不力行　但学文　长浮华　成何人　但力行　不学文　任己见　昧理真
读书法　有三到　心眼口　信皆要　方读此　勿慕彼　此未终　彼勿起
宽为限　紧用功　工夫到　滞塞通　心有疑　随札记　就人问　求确义
房室清　墙壁净　几案洁　笔砚正　墨磨偏　心不端　字不敬　心先病
列典籍　有定处　读看毕　还原处　虽有急　卷束齐　有缺坏　就补之
非圣书　屏勿视　蔽聪明　坏心志　勿自暴　勿自弃　圣与贤　可驯致

【诵读提示】《弟子规》原名《训蒙文》,原为清朝康熙年间的秀才李毓秀(公元1662年至1722年)所作,后经清代贾存仁修订改编并更名为《弟子规》。《弟子规》是儒学教育的基础。以《论语·学而》中"弟子入则孝,出则弟,谨而信,泛爱众,而亲仁,行有余力,则以学文"为中心编写而成。全文300多句,只有千余字,分为总叙、入则孝、出则弟、谨信、爱众、亲仁、余力学文几个部分,体现了儒家以仁孝为先、以谨信为本、以泛爱为要的基本理念。儒家的爱是有层次的,先用"见人善,即思齐"、"非圣书,屏勿视"的方式提高个人修养,然后从爱亲人开始,进而爱国家、爱整个天下。当爱推己及人,当朴素的爱亲人的情感发展为爱他人、爱国家、爱世界的情感时,爱的境界就得到了提升,人的精神境界也得到了升华。《弟子规》是古代圣贤对年幼学子的训诲,是从儒家文化中提炼出来的做人规范,有些文义虽已"时过境迁",但其思想核心价值观却是千古不变。诵读时要注意韵律、节奏,并品味其中蕴含的儒家思想文化精华。

四、声律启蒙(节选)

[上卷]一东

云对雨,雪对风,晚照对晴空。来鸿对去燕,宿鸟对鸣虫。三尺剑,六钧弓,岭北对江东。人间清暑殿,天上广寒宫。两岸晓烟杨柳绿,一园春雨杏花红。两鬓风霜,途次早行之客;一蓑烟雨,溪边晚钓之翁。

沿对革,异对同,白叟对黄童。江风对海雾,牧子对渔翁。颜巷陋,阮途穷,冀北对辽东。池中濯足水,门外打头风。梁帝讲经同泰寺,汉皇置酒未央宫。尘虑萦心,懒抚七弦绿绮;霜华满鬓,羞看百炼青铜。

贫对富,塞对通,野叟对溪童。鬓皤对眉绿,齿皓对唇红。天浩浩,日融融,佩剑对弯弓。半溪流水绿,千树落花红。野渡燕穿杨柳雨,芳池鱼戏芰荷风。女子眉纤,额下现一弯新月;男儿气壮,胸中吐万丈长虹。

[下卷]五歌

山对水,海对河,雪竹对烟萝。新欢对旧恨,痛饮对高歌。琴再抚,剑重磨,媚柳对枯荷。荷盘从雨洗,柳线任风搓。饮酒岂知欹醉帽,观棋不觉烂樵柯。山寺清幽,直踞千寻云岭;江楼宏敞,遥临万顷烟波。

繁对简,少对多,里咏对途歌。宦情对旅况,银鹿对铜驼。刺史鸭,将军鹅,玉律对金科。古堤垂亸柳,曲沼长新荷。命驾吕因思叔夜,引车蔺为避廉颇。千尺水帘,今古无人能手卷;一轮月镜,乾坤何匠用功磨。

霜对露,浪对波,径菊对池荷。酒阑对歌罢,日暖对风和。梁父咏,楚狂歌,放鹤对观鹅。史才推永叔,刀笔仰萧何。种橘犹嫌千树少,寄梅谁信一枝多。林下风生,黄发村童推牧笠;江头日出,皓眉溪叟晒渔蓑。

【诵读提示】《声律启蒙》作者车万育(1632—1705 年),字双亭,号鹤田,湖南邵阳人。幼年家境贫寒,父亲迷信风水。一天请了一位阴阳先生来选择墓地,阴阳先生指着某地说:“此地甚佳,但需五百年后始可发迹。”当时车万育年幼,随在父侧,插嘴说道:“那就把五百年前的祖宗,改葬到这里来,不就发迹了吗?”阴阳先生见其聪慧,说道:“此子日后,必定发迹。”此后,车万育发奋攻读,参加科考,一帆风顺,由秀才而举人,康熙三年甲辰进士,官至兵科给事中。常直言面对皇上,专拣当务之急、他人咋舌难言之事上奏,同僚为他担心,他说:“进言是我职责,竭尽忠诚,哪顾个人安危?”后升掌印。他学问广博,性刚纯笃。据称“在谏垣二十余年,拒请谒,发积弊,当路严惮之”,声震天下。

《声律启蒙》是训练儿童应对、掌握声韵格律的启蒙读物。按韵分编,包罗天文、地理、花木、鸟兽、人物、器物等方面的知识。从单字对到双字对,三字对、五字对、七字对到十一字对,虚实应对,层层属对,声韵协调,朗朗上口,熟读成诵可以记韵部,知对偶,广辞藻,识典故。诵读时一划韵字,二找入声,三断平仄,如唱歌般反复吟诵,可以收到短时高效的学习效果。

五、朱子家训

君之所贵者,仁也。臣之所贵者,忠也。父之所贵者,慈也。子之所贵者,孝也。兄之所贵者,友也。弟之所贵者,恭也。夫之所贵者,和也。妇之所贵者,柔也。事师长贵乎礼也,交朋友贵乎信也。见老者,敬之;见幼者,爱之。有德者,年虽下于我,我必尊之;不肖者,年虽高于我,我必远之。慎勿谈人之短,切莫矜己之长。仇者以义解之,怨者以直报之,随所遇而安之。人有小过,含容而忍之;人有大过，以理而谕之。勿以善小而不为，勿以恶小而为之。人有恶，则掩之；人有善，则扬之。处世无私仇，治家无私法。勿损人而利己，勿妒贤而嫉能。勿称忿而报横逆，勿非礼而害物命。见不义之财勿取，遇合理之事则从。诗书不可不读，礼义不可不知。子孙不可不教，童仆不可不恤。斯文不可不敬，患难不可不扶。守我之分者，礼也；听我之命者，天也。人能如是，天必相之。此乃日用常行之道，若衣服之于身体，饮食之于口腹，不可一日无也，可不慎哉！

（录自《紫阳朱氏宗谱》）

【诵读提示】朱熹（1130—1200），字元晦，又字仲晦，号晦庵，晚称晦翁，谥文，世称朱文公。祖籍江南东路徽州府婺源县（今江西婺源），出生于南剑州尤溪（今属福建尤溪）。宋朝著名的理学家、思想家、哲学家、教育家、诗人，闽学派的代表人物，儒学集大成者，世尊称为朱子。朱熹是唯一非孔子亲传弟子而享祀孔庙者，位列大成殿十二哲者中。朱熹是程颢、程颐的三传弟子李侗的学生，任江西南康、福建漳州知府，浙东巡抚，做官清正有为，振举书院建设。官拜焕章阁侍制兼侍讲，为宋宁宗皇帝讲学。一生著述甚多，有《四书章句集注》《太极图说解》《通书解说》《周易读本》《楚辞集注》，后人辑有《朱子大全》《朱子集语象》等。其中《四书章句集注》成为钦定的教科书和科举考试的标准。

仅三百余字的《朱子家训》是朱熹关于治家方面的一篇重要著作，精辟阐明了修身治家之道，被尊为千古"治家之经"，流传较广，影响远大。全篇精炼地涵盖了个人在家庭和社会中应该承担的责任和义务。文句工整对仗，言辞清晰流畅，诵读时声音要庄重谨严，传递出极强的感召力和深厚的人生智慧。

第二章

国学经典

人类虽步入了高速发展的现代社会，儒家优秀文化思想流过两千多年的历史长河仍在潜移默化地感动着我们。1988 年 7 月 1 日，75 位诺贝尔奖获得者在巴黎《堪培拉日报》发表联名倡议，称：如果人类要在 21 世纪生存下去，必须要回到 2500 年前，从中国孔子那里寻找智慧！所谓“孔子智慧”，当指以孔子（儒家）为代表的中国传统文化，如“格物、致知、诚意、正心、修身、齐家、治国、平天下”等。

古圣云：“天无道不成天，地无道不成地，人无道何为人。”中国传统古文化有四个基本的思想支柱：

（一）阴阳五行：中国人总是按照阴阳五行这种消长变化的原理来看待万事万物的存在和运动。同时，各个文化领域也拿这个思想当作它的哲学依据，所以它是中国人的基本哲理。

（二）天人合一：大自然和我们人类社会的关系是一个统一体，它们相通相应、相互影响、相互作用而不能割裂。这两个观点在《易经》里有充分体现。

（三）中和中庸：它是中国人追求的一种理想社会境界以及如何达到这一境界的手段，它指导我们如何来认识社会问题，处理社会问题和人际关系。

（四）修身克己：指导我们如何对待自己，如何提高和实现自身价值。这一观点具体体现在《大学》篇中。

四个思想支柱的核心是中和中庸。“中和”是中国人追求的一种理想社会境界。它包括两层意思：一是整体和谐；二是和而不同。要实现“中和”，一靠制度规则，二靠人品修养，三靠方法手段。中国古代的中和、中庸思想，对于我们今天构建社会主义和谐社会具有重要的理论指导意义和实践价值。

此外，“仁义礼智信”的“五常”，“温良恭俭让”的“五德”及“忠孝勇恭廉”的“五品”之道，还有士大夫阶层“立德、立功、立言”的成功人生“三部曲”，贯穿于中华伦理的发展中，成为中国价值体系中的最核心因素，对我们的社会发展有着广泛深远的影响。更是我们构建现代社会新文化，传承中华历史优秀文化的源泉之一。

“**仁义礼智信**”原意为：仁爱、忠义、礼和、睿智、诚信，是儒家“五常”。先是孔子提出“仁、义、礼”，孟子延伸为“仁、义、礼、智”，后来董仲舒扩充为“仁、义、礼、智、信”，后称“五常”。这“五常”贯穿于中华伦理的发展中，成为中国价值体系中的最核心因素。“五常”在封建社会中是做人的起码道德准则，此为伦理原则，用以处理与谐和作为个体存在的人与人之间的关系，组建社会。依五常之伦理原则处之，则能直接沟通；通则去其间隔，相互感应和和洽。所以五常之道实是一切社会成员间理性的沟通原则、感通原则、谐和原则。

“**温良恭俭让**”原意为：温和、善良、恭敬、节俭、忍让这五种传统美德。这原是儒家提倡待人接物的准则。不过于去争，也不过于去抢，处处与人为善。温者貌和，良者心善，恭者内肃，俭乃节约，让即谦逊。《论语·学而》中有这样的记载：“夫子温良恭俭让以得之。夫子之求之也，其诸异乎人之求之与?”春秋时期，子禹问孔子的学生子贡，为什么孔子每到一个国家都能听到该国的政事，子贡回答他，老人家温和、善良、恭敬、俭朴、谦让，他用这样的态度去对待别人，别人自然会把政事告诉他，这是他与众不同的品德。

“**忠孝勇恭廉**”原意为：忠心、孝悌、勇敢、谦恭、廉洁。指的是人应信守、践行的五种高尚品格。品德之于品性，侧重的是德性，更多的是对人的为人处世原则的界定；品性之于品格，侧重的是性情，更多的是对人的自我性情秉持的界定；品格之于品德，侧重的是风格、人格，更多的是对人的持家理政风格、人格的界定。

《左传·襄公二十四年》：“太上有立德，其次有立功，其次有立言，虽久不废，此之谓不朽。”唐代学者孔颖达对“三立”做了精辟的阐述：“立德，谓创制垂法，博施济众；立功，谓拯厄除难，功济于时；立言，谓言得其要，理足可传。”简单的三句话，三十三个字，把人生标准精确到了极致。即：修养完美的道德品行，建立伟大的功勋业绩，确立独到的论说言辞。“立德、立功、立言”是中国古今士人君子的人生目标和理想。千百年来，中华民族的历代名君贤臣、英雄豪杰、达官贵人、平民百姓都在以不同的形式、不同的声调、不同的方法去唱响这人生“三部曲”，共同创造了炎黄子孙的道德文明史。

第一节 四书五经

2000 多年前的中国封建社会,中国传统文化特别是儒学一直作为官方的指导思想,为什么会经久不衰,国人乐此不疲?原因在于,儒家的核心价值观是仁和义,“仁”是爱心,“义”是正义,再加上“礼”(社会规范),社会的秩序就有保障了。传统文化使整个社会形成风气,人人要注重个人修为,代代要敬天奉祖,宣扬仁义,倡导伦理,助人为乐,尊老爱幼,从而使社会保持一种稳定的秩序,人与人之间保持一种有礼有节的关系。

儒家思想的人生智慧具体表现在以下几个方面:

(一)仁爱为重,宽恕待人;己所不欲,勿施于人;正己才能正人;其身正,不令而行;其身不正,虽令不从。

(二)修身才能安人,不能修身难建大业。“古之欲明明德于天下者,先治其国,欲治其国者,先齐其家;欲齐其家者,先修其身;欲修其身者,先正其心。心正而后身修,身修而后家齐,家齐而后国治,国治而后天下平。”

(三)做君子不做小人:君子和而不同,小人同而不和。

曾子曰:“吾日三省吾身,为人谋而不忠乎?与朋友交而不信乎?传不习乎?”(《论语·学而》)

子曰:“吾十有五而志于学,三十而立,四十而不惑,五十而知天命,六十而耳顺,七十从心所欲,不逾矩。”(《论语·为政》)

子曰:“不知命,无以为君子也;不知礼,无以立也;不知言,无以知人也。”(《论语·尧曰》)

孔子说:“君子有三畏:畏天命,畏大人,畏圣人之言。”

孟子说:“穷则独善其身,达则兼济天下。”“富贵不能淫,贫贱不能移,威武不能屈。”

查阅《现代汉语词典》我们会看到:文,指柔和,如文雅、文弱、文火等;化,意思是使……变化,如感化、融化、消化等;文化,就是使百姓受到教化。文化是人类在社会历史发展过程中所创造的物质财富和精神财富的总和,特指精神财富,如文学、艺术、教育、科学等。中国传统文化中,诸子百家博大精深;三教九流及中医武术世代相传、深不可测;诗词歌赋、琴棋书画精湛高雅,特别是汉字,历史悠久,成为艺术,全球唯一,具有鲜明的民族特色。

朱自清在《经典常谈·四书第七》(三联书店1982年出版)里这样说道:"四书五经"到现在还是我们口头上一句熟语。"五经"是《易》《书》《诗》《礼》《春秋》;"四书"按照普通的顺序是《大学》《中庸》《论语》《孟子》,前二者又简称《学》《庸》,后二者又简称《论》《孟》;有了简称,可见这些书是用得很熟的。本来呢,从前私塾里,学生入学,是从"四书"读起的。这是那些时代的小学教科书,而且是统一的标准的小学教科书,因为没有不用的。那时先生不讲解,只让学生背诵,不但得背正文,而且得背朱熹的小注。只要囫囵吞枣地念,囫囵吞枣地背;不懂不要紧,将来用得着,自然会懂的。怎么说将来用得着?那些时候行科举制度。科举是一种竞争的考试制度,考试的主要科目是八股文,题目都出在"四书"里,而且是朱注的"四书"里。科举分几级,考中的得着种种出身或资格,凭着这种资格可以建功立业,也可以升官发财;作好作歹,都得先弄个资格到手。科举几乎是当时读书人唯一的出路。每个学生都先读"四书",而且读的是朱注,便是这个缘故。

一、大学

《大学》,乃儒家基本经典之一。原为《礼记》中的一篇。相传为曾子作,近代许多学者认为是秦汉之际儒家的作品。全面总结了先秦儒家关于道德修养、道德作用及其与治国平天下的关系。

《大学》一文不长,仅有短短的两千余字,但却是先秦、秦汉儒家学说的总括性著作,是儒家人生教育的道德纲领,也是维护封建宗法制度的政治纲领。

《大学》以相当成熟的理论思维构建了一个中国封建社会儒家人生教育的总体框架。这里所展示的是儒学"三纲八目"的追求。所谓"三纲",是指明德、新民、止于至善。它既是《大学》的纲领旨趣,也是儒学"垂世立教"的目标所在。所谓"八目",是指格物、致知、诚意、正心、修身、齐家、治国、平天下。它既是为达到"三纲"而设计的条目功夫,也是儒学为我们所展示的人生进修阶梯。全篇将道德修养和政治议论结合在一起,将人生哲学和政治哲学合而为一,是儒家"入世"思想的全面体现。

纵览四书五经,我们发现,儒家的全部学说实际上都是循着这三纲八目而展开的。所以,抓住这三纲八目你就等于抓住了一把打开儒学大门的钥匙。循着这进修阶梯一步一个脚印,你就会登堂入室,领略儒学经典的奥妙。就这阶梯本身而言,实际上包括"内修"和"外治"两大方面:前面四级"格物、致知,诚意、正心"是"内修";后面三纲"齐家、治国、平天下"是"外治"。而其中间的"修身"一环,则是联结“内修”和“外治”两方面的枢纽,它与前面的“内修”项目连在一起,是“独善其身”;它与后面的“外治”项目连在一起,是“兼善天下”。诵读时,应怀有纯正、虔诚,胸怀宽广之心,突出平实的情感基调。

(一)大学之道,在明明德,在亲民,在止于至善。

【译文】大学的宗旨在于弘扬光明正大的品德,在于使人弃旧图新,在于使人达到最完善的境界。

(二)知止而后有定;定而后能静;静而后能安;安而后能虑;虑而后能得。物有本末,事有终始。知所先后,则近道矣。

【译文】知道应达到的境界才能够志向坚定;志向坚定才能够镇静不躁;镇静不躁才能够心安理得;心安理得才能够思虑周详;思虑周详才能够有所收获。每样东西都有根本有枝末,每件事情都有开始有终结。明白了这本末始终的道理,就接近事物发展的规律了。

(三)古之欲明明德于天下者,先治其国;欲治其国者,先齐其家;欲齐其家者,先修其身;欲修其身者,先正其心;欲正其心者,先诚其意;欲诚其意者,先致其知;致知在格物。物格而后知至;知至而后意诚;意诚而后心正;心正而后身修;身修而后家齐;家齐而后国治;国治而后天下平。自天子以至于庶人,壹是皆以修身为本。其本乱而末治者,否矣。其所厚者薄,而其所薄者厚,未之有也!

【译文】古代那些要想在天下弘扬光明正大品德的人,先要治理好自己的国家;要想治理好自己的国家,先要管理好自己的家庭和家族;要想管理好自己的家庭和家族,先要修养自身的品性;要想修养自身的品性,先要端正自己的心思;要想端正自己的心思,先要使自己的意念真诚;要想使自己的意念真诚,先要使自己获得知识;获得知识的途径在于认识、研究万事万物。通过对万事万物的认识、研究后才能获得知识;获得知识后意念才能真诚;意念真诚后心思才能端正;心思端正后才能修养品性;品性修养后才能管理好家庭和家族;管理好家庭和家族后才能治理好国家;治理好国家后天下才能太平。上自国家元首,下至平民百姓,人人都要以修养品性为根本。若这个根本被扰乱了,家庭、家族、国家、天下要治理好是不可能的。不分轻重缓急,本末倒置却想做好事情,这也同样是不可能的!

【诵读提示】《大学》一文不长,仅有短短的两千余字,但却是先秦、秦汉儒家学说的总括性著作,是儒家人生教育的道德纲领,也是维护封建宗法制度的政治纲领。

古人云:“人可一生不仕,不可一日无德。”做人做事要品行端正,一切以修身为本。有了好的人品做保证,做人才有底气,做事才会硬气,从商才有财气,交友才有人气,做官才有正气。诵读时,应怀有纯正、虔诚,胸怀宽广之心,突出平实的情感基调。

二、中庸

《中庸》一书是孔门传授的心法,属于精神世界的上层结构。天地的运行、万物的成毁,都有一定的规律,人在天地间,顶为重要的,就是要顺应自然的规律,不可违逆天地的常规,天地的常规,主要就是无过无不及,执守中道。中庸之道是普世的价值,是通达的智慧,是平实真切的生命哲理,不只是儒家的不朽经典,也是成己成物的传世瑰宝。

《现代汉语词典》这样解释“中庸”:

①儒家的一种主张。待人接物采取不偏不倚、调和折中的态度。如,中庸之道。

②指德才平凡。如,中庸之才。“中庸”即准确把握度,凡事做到不偏不倚,恰如其分,恰到好处。如孔子所言。

我们的古人这样理解“中庸”:

程子(程颐、程颢)曰:“不偏之谓中;不易之谓庸。”中者,天下之正道。庸者,天下之定理。

朱熹:“中者,无过无不及之名也。庸,平常也。”朱熹认为,《中庸》是《四书》中最难读懂的一部典籍。

子贡问:“(颛孙)师与(卜)商也孰贤?”子曰:“师也过,商也不及。”曰:“然则师愈与?”子曰:“过犹不及。”(《论语·先进》)

不论是古人还是今人,中庸都被发散在儒家的修身、齐家、治国、平天下的人生目标里。

(一)喜怒哀乐之未发,谓之中;发而皆中节,谓之和。中也者,天下之大本也;和也者,天下之达道也。致中和,天地位焉,万物育焉。

【译文】喜怒哀乐各种感情还没有向外表露的时候,叫作中;向外表露的时候而符合节度叫作和。中,是天下人最重要的根本;和,是天下人普遍遵行的行为准则。达到“中和”的境界,天地便各在其位了,万物便生长繁育了。

(二)诚者,天之道也;诚之者,人之道也。诚者,不勉而中,不思而得,从容中道,圣人也。诚之者,择善而固执之者也。博学之,审问之,慎思之,明辨之,笃行之。有弗学,学之弗能,弗措也;有弗问,问之弗知,弗措也;有弗思,思之弗得,弗措也;有弗辨,辨之弗明,弗措也;有弗行,行之弗笃,弗措也。

人一能之，己百之；人十能之，己千之。果能此道矣，虽愚必明，虽柔必强。

【译文】诚是上天赋予的道理，而努力达到“诚”则是人道。诚的人，不用努力就能符合“诚”，自然而然就符合天道，这样的人是圣人。努力达到“诚”的人，选择至善的道德，并且坚守不渝。广博地学习，详细地询问，慎重地思索，明晰地辨识，坚定地履行。有的知识不学（也就罢了），（但只要）学了就要掌握，如果还不能学会，那就不要放弃；有的问题不问则已，问了，不到完全理解就不放下；有的事情不思索则已，思索了，没有所得就不放下；有的疑难不分辨则已，分辨了，不明晰就不放下；有的事情，不做则已，做了，坚持得不彻底就不放下。

别人一遍就行了，我即使一百遍也要做好。别人十遍就行了，我即使一千遍也要做好。如果能够用这样的毅力追求中庸之道，那么即使愚昧的人必能变成聪明的人，即使柔弱的人必能变成刚强的人。

【诵读提示】《中庸》原是《礼记》中的一篇，一般认为，《中庸》是孔子的孙子子思（前483—前402）的著作。现存的《中庸》，已经经过秦代儒者的修改，大致写定于秦统一全国后不久。“中”即平衡，不偏不倚、恰如其分。“庸”即“用”，中庸就把不偏不倚的方法拿到实践里运用，在实践中解决问题。“庸”还有一种解释，就是“常”，中庸就是要“经常”，要把握“中”，随时做到不偏不倚，恰如其分，恰到好处。

究其实质，“中庸”即准确把握度，随时把握住事物动态平衡点，凡事做到不偏不倚，恰如其分，恰到好处。中庸不是和稀泥、不讲原则、不分是非。恰恰相反，中庸最讲究原则性、准确性。

三、论语

孔子的思想、言论、行事，比较集中地反映在《论语》这部书中，《论语》记录着孔子和他弟子们的言行。《论语》二十篇，不是一时之作，也不是出于一人之手，而是孔子在不同时间、不同地点、不同事例中，因材施教、因事立言、因义传道，由他弟子记录整理的文献。《汉书·艺文志》言《论语》是“孔子应答弟子，时人弟子相与言而接闻于夫子之语”。孔子逝世后，由门人纂辑而成书。唐文学家柳宗元推论《论语》是孔子门生曾参的学生所编定。宋理学家程颐则认为“《论语》之书，成于有子（若）曾子（参）之门人”。他的根据是《论语》所记孔子许多门人都不称子，独对有若和曾参称子，是有子、曾子的学生对他们老师的尊称，因此断言《论语》一书成于有子、曾子的门生。诸家所言大同小异，基本可信。

（一）子曰：“学而时习之，不亦说乎？有朋自远方来，不亦乐乎？人不知而不愠，不亦君子乎？”

甲骨文“学”(學)字的下部是一间房屋形状,字的上部是两手摆弄算筹的样子。整个字表示在房屋内学习使用算筹来学算术,即指学校。金文“学”字中添加了“子”部件,表示儿童在学校学习。

“而”(髵),须也。各本作颊毛也、象毛之形。金文和小篆字形像颊须下垂的样子。后来本义不存,多用于连词或代词。古时又通同“尔”,代词,你或你的。

“习”(習)字的金文承续甲骨文字形。篆文误将金文的鸟巢状“日”写成“白”。甲骨文:習字上半部“羽”像羽毛的形状,加上“白”像烛火的灯光。小篆:“羽”和“白”是会意字,幼鸟在鸟巢上振翅试飞,意为“数次习飞”。

古文中“说”与“悦”是一对通假字,两字互训相通。“悦”(悅)中的“心”是形符,“兑”是声符。

甲骨文、金文及小篆中的“朋”字都像两串贝壳的样子。“朋”是上古计算贝壳数目的量词。五个贝壳为一串,两串为一朋。标准字形中的“月”部件是一串贝壳。

标准字形与小篆略同。

“乐”(樂),五声八音总名。乐记曰:感于物而动,故形于声。生相应,故生变。变成方,谓之音。比音而乐之,及干戚羽旄谓之乐。音下曰:宫商角徵羽,声也。丝竹金石匏土革木,音也。乐之引伸为哀乐之乐。鞞,象鼓鞞。甲骨文、金文和小篆字形相近,像一个用木所造、有一条条雕弦的琴瑟乐器。

愠,形声字,左形右声,字义为:怒,怨恨。

【译文】孔子说:“学习知识而能按时练习,不也是很高兴吗?有朋友从远方来,不也是很快乐吗?人家不了解我,我并不恼怒,不也是君子吗?”

(二)曾子曰:“吾日三省吾身:为人谋而不忠乎?与朋友交而不信乎?传不习乎?”

“吾”是“晤”的本字。五,既是声旁也是形旁,表示多。吾,金文=(五,多)+(口,说),表示长谈。造字本义:正式会面并长谈。篆文承续金文字形。隶书将写成,失去了天地万物交错的形象。“吾”的“长谈”本义消失后,篆文加“日”(曰,说)另造“晤”代替。

“吾”,形声,从口、五声。基本义为我,我的。古同“御”,抵御。

"谋"(謀)其中的"某",既是声旁也是形旁,表示不确定。谋,金文(言,商议)(某,不确定),造字本义:因为对策略没把握而找人商讨。篆文承续金文字形。隶书将篆文的简写成了。

【译文】曾子说:"我每天要多次检查、反省自己:替别人谋事竭尽忠心了吗?与朋友的交往是否诚信呢?老师传授的知识练习了吗?"

(三)子曰:"弟子,入则孝,出则弟,谨而信,泛爱众而亲仁。行有余力,则以学文。"

弟,韦束之次弟也。以韦束物。如輈五束、衡三束之类。束之不一则有次弟也。引伸之为凡次弟之弟、为兄弟之弟、为岂弟之弟。从古字之象。凡弟之属皆从弟。十五部。凡弟之属皆从弟。古文弟从古文韦省,丿声。特计切。

甲骨文、金文和小篆:弟字像用绳索捆绑戈柄之形,绳之束戈,旋转围绕。本义"次序",引申为"同辈后生的男子"。

孝,善事父母者。礼记:孝者、畜也。顺于道,不逆于伦,是之谓畜。从老省。从子。子承老也。说会意之指。呼教切。

金文和小篆:孝字的上部是老字的省形,表示老人的意思,字的下部是"子"部件,整个字表示小孩搀扶老人的意思,这正是孝道的表现之一。

悌,善兄弟也。从心弟声。经典通用弟。特计切。本义:敬爱兄长,亦泛指敬重长上。贾谊《道术》:弟爱兄谓之悌。悌达(悌顺,敬爱和顺)。

谨(謹),慎也。形声。心部曰。慎、谨也。从言,堇声。本义:谨慎,小心。居隐切。

信(訫),诚也。从人从言,会意。訫,古文信,言必由衷之意。诚、信也。从人言。人言则无不信者,故从人言。古多以为屈伸之伸。老子《道德经》:"信言不美,美言不信。"

仁(忎),从人,从二。会意。右边的二是重文。《说文》:仁,亲也。《春初·元命苞》:"仁者,情志好生爱人,故立字二人为仁。"古文仁从千心。仁者,亲也。亲者、密至也。从人二。会意。中庸曰:仁者、人也。仁者兼爱,仁爱之意。本义:博爱,人与人相互亲爱。仁也是中国古代一种含义极广的道德观念,其核心指人与人相互亲爱。孔子以之作为最高的道德标准。

行(珩),人之步趋也。左右结构。从彳亍。会意。彳,小步也。亍,步止也。

户庚切。凡行之属皆从行。步,行也。趋,走也。二者一徐一疾,皆谓之行,统言之也。尔雅:室中谓之时。堂上谓之行。堂下谓之步。门外谓之趋。中庭谓之走。大路谓之奔。析言之也。引伸为巡行、行列、行事、德行。

余(馀),语之舒也。从八。舍省声。象气之分散。以诸切。释诂云:余,我也。余,身也。孙炎曰:余舒遲之身也。然则余之引伸训为我。诗书用予不用余。左传用余不用予。余予古今字。凡言古今字者,主谓同音,而古用彼今用此异字。

文(纹),独体,象形。错画也。象交文。凡文之属皆从文。无分切。黄帝之史仓颉见鸟兽蹏迒之迹。知分理之可相别异也。初造书契。依类象形,故谓之文。象交文。像两纹交互也。纹者,文之俗字。凡文之属皆从文。事物错综所造成的纹理或形象。

【译文】孔子说:“做孩子的,在家里要孝顺父母,外出要尊敬长辈,谨慎而且守信用,博爱民众,亲近有仁德的人。做到这些以后,还有多余精力,就用来学习文献知识。”

【诵读提示】《论语》是儒家的经典,内容丰富,思想精微,言简意赅。为使后人能读懂《论语》,并能了解其中深刻的含义,所以历代都出过许多训读、注释《论语》的书。据不完全统计,自汉至今关于《论语》的书凡三千余种,其中影响最大的是朱熹的《论语集注》,后来该书成为明、清科举考试应试者必读之书,许多读书人都是通过朱熹集注来理解《论语》的。朱熹集注基本上符合原意,但也掺进了许多宋理学的唯心思想,有不少维护封建统治思想的迂腐之论。封建时期的注疏家为维护封建统治者利益,往往借孔子之名来宣扬封建统治思想,他们一面将孔子抬高到“至圣先师”的高位,一面却任意篡改孔子思想来欺世惑众。正如匡亚明先生所言,“各时代起作用的孔子思想,一般是经御用后儒改造过的假孔学或半真半假的孔学,因此把它的反动作用全部推在孔子身上是不恰当的……”(见《孔子评传》第十章)他提醒我们,阅读《论语》要独立思考,尽可能了解孔子学说的本义。

孔子是中华古代文化之集大成者,是伟大的思想家、政治家、教育家。他的以“仁”为核心的哲学思想,仁义、忠恕、孝悌、诚信的道德伦理体系;他的为政以德、“敬事以信,节用而爱人,使民以时”、“因民之所利而利之”、“己所不欲,勿施于人”的政治理想;他的“学而不厌,诲人不倦”的教育精神、“敏而好学,不耻下问”的学习态度、“文、行、忠、信”的教育内容、“不愤不启,不悱不发”的举一反三、因材施教的教育方法;以及“居住恭,执事敬,与人忠”的行为规范……都是十分宝贵的民族文化遗产,是我们应当珍惜的精神财富。

四、孟子

《孟子》一书七篇，是战国时期孟子的言论汇编，记录了孟子与其他诸家思想的争辩、对弟子的言传身教、游说诸侯等内容，由孟子及其弟子(万章等)共同编撰而成。

《孟子》记录了孟子的治国思想、政治观点(仁政、王霸之辨、民本、格君心之非等)和政治行动，成书大约在战国中期，属儒家经典著作。其学说出发点为“性善论”，主张“德治”。宋时朱熹将《孟子》与《论语》《大学》《中庸》合在一起称“四书”。自从宋、元、明、清以来，都把它当作家传户诵的书，就像今天的教科书一样。

(一)告子曰：“性犹湍水也，决诸东方则东流，决诸西方则西流。人性之无分于善不善也，犹水之无分于东西也。”

孟子曰：“水信无分于东西，无分于上下乎？人性之善也，犹水之就下也。人无有不善，水无有不下。今夫水，搏而跃之，可使过颡；激而行之，可使在山。是岂水之性哉？其势则然也。人之可使为不善，其性亦犹是也。”

【译文】告子说：“人性就好比是水势急速的水流，在东边冲开缺口就向东流，在西边冲开缺口就向西流。所以人性没有善不善之分，就好比水没有流向东西方之分。”

孟子说：“水流确实没有东流西流之分，但是没有上流下流之分吗？人的本性是善良的，就好比是向下流淌一样。人的本性没有不善良的，水的本性没有不向下流淌的。如今的水，被击打就可以溅得很高，可以使它高过额头；堵塞水道使它倒行，就可以使它流上山冈。难道这是水的本性吗？是形势使它这样的。人之所以可以使他不善良，其本性的变化也是一样的。”

(二)孟子曰：“有不虞之誉，有求全之毁。”

【译文】孟子说：“有料想不到的赞誉，也有苛求完美的诽谤。”

【诵读提示】《孟子》是四书中篇幅最大的一本，有 35000 多字。《孟子》这部书的理论，不但纯粹宏博，文章也极雄健优美。孟子的文章说理畅达，气势充沛并长于论辩，逻辑严密，尖锐机智，代表着传统散文的最高峰。孟子在人性问题上提出性善论，即人性是善的。但孟子只说性善，南宋朱熹补充为“人之初，性本善”，后世有学者提出“性向善”。

五、诗经

《诗经》是中国第一部诗歌总集，最早的记录在西周初年，最迟产生的已在春秋五霸时代，整部诗经的时代，上下跨度约五六百年。产生的地域，以黄河流域为中心，南到长江北岸，分布在陕西、甘肃、山西、山东、河北、河南、安徽、湖北等地。

经文史专家考定，《诗经》中的作品是在周武王灭商（前1066年）以后产生的。其中《周颂》产生的时代最早，在西周初年，是贵族文人作品，以宗庙乐歌、颂神乐歌为主，也有部分描写农业生产；《大雅》也是西周时代的诗，是中国上古仅存的史诗；《小雅》产生于西周晚年到东迁以后；《鲁颂》和《商颂》都产生在周室东迁（前770年）以后。

《史记》有载："关中自汧、雍以东至河、华，膏壤沃野千里。自虞夏之贡，以为上田。而公刘适邠，大王、王季在岐，文王作丰，武王治镐，故其民犹有先王之遗风，好稼穑，殖五谷。"。这里所讲的虞夏之贡虽未必可信，但周代的祖居之地宜于农业却是实情。"大雅"中的《生民》《公刘》《绵绵瓜瓞》等诗篇都表明周是依靠农业而兴盛，《豳风·七月》完整地叙述出一年之中的农事活动与当时社会的等级压迫关系。另外，在《诗经》中的《南山》《楚茨》《大田》《丰年》《良耜》以及《周书》内的《金滕》《梓材》《康诰》《洛诰》《无逸》等篇中，都有农事的记载。

相传周代设有采诗之官，每年春天，摇着木铎深入民间收集民间歌谣，把能够反映人民欢乐疾苦的作品整理后交给负责音乐之官——太师谱曲，演唱给周天子听，作为施政的参考。这些没有记录姓名的民间作者的作品，占据诗经的多数部分。

周代贵族文人的作品构成了诗经的另一部分。《尚书》记载，《豳风·鸱鸮》为周公旦所作。2008年入藏清华大学的一批战国竹简（简称清华简）中的《耆夜》篇中，叙述武王等在战胜黎国后庆功饮酒，其间周公旦即席所作的诗《蟋蟀》，内容与现存《诗经·唐风》中的《蟋蟀》一篇有密切关系。

《诗经》分为风、雅、颂三部分。"风"是各诸侯国的乐调；"雅"是宗周地区的正乐；"颂"是宗庙祭祀之乐。至于"大雅"和"小雅"，当从音乐分，广大而静，疏达信者，宜歌《大雅》；恭俭而好礼者，宜歌《小雅》。《诗经》的艺术技法被总结成"赋、比、兴"，与"风、雅、颂"合称"六义"。

《诗经》关注现实，抒发现实生活触发的真情实感，这种创作态度，使其具有强烈深厚的艺术魅力，是中国现实主义文学的第一座里程碑。孔子曾概括《诗经》宗旨为"无邪"，并教育弟子读《诗经》以作为立言、立行的标准。先秦诸子中，引用《诗经》者颇多，如孟子、荀子、墨子、庄子、韩非子等人在说理论证时，多引述《诗经》中的句子以增强说服力。后来，《诗经》被儒家奉为经典，成为《六经》及《五经》之一。

《诗经》是儒家重要经典之一,是中华文化的瑰宝,也是中国古老文明的代表性典籍,更是全人类重要的文化遗产。西方汉学家评价,《诗经》与荷马史诗、莎士比亚戏剧鼎足而立,在世界文化史上具有难以估量的伟大价值。

作为中国上古文化的渊薮,《诗经》汇聚了传说、神话、巫术、礼仪、祭典、信仰、艺术原型、语言表象、名物制度、生活习俗、社会家庭组织形态等,是一部包罗万象的百科全书。

(一)国风·周南·关雎

关关雎鸠,在河之洲。窈窕淑女,君子好逑。
参差荇菜,左右流之。窈窕淑女,寤寐求之。
求之不得,寤寐思服。悠哉悠哉,辗转反侧。
参差荇菜,左右采之。窈窕淑女,琴瑟友之。
参差荇菜,左右芼之。窈窕淑女,钟鼓乐之。

【诵读提示】《诗经·国风》中的很多歌谣,既具有一般的抒情意味、娱乐功能,又兼有礼仪上的实用性。诗中的"君子"是对古代贵族文人的泛称。《关雎》可以看作是古代君子追求心目中完美女神的恋歌,也是古代婚礼上的仪式乐曲,是表现"中庸"之德的典范,在中国文学史上占据着特殊的位置,古人谓之"乐而不淫,哀而不伤"。汉儒的《毛诗序》说:"《风》之始也,所以风天下而正夫妇也。故用之乡人焉,用之邦国焉。"这里体现的是中国古代儒雅的爱情理想或家庭伦理道德。《毛诗序》的作者认为,《关雎》在这方面具有典范意义,被列为"《风》之始",是《诗经》的开篇之作。

这首上古时期的爱情之歌,用兴起的艺术手法,写青年男子思恋少女。诵读时要中正文雅,如朱熹所言:"得其性情之正,声气之和也。"

(二)王风·黍离

彼黍离离,彼稷之苗。行迈靡靡,中心摇摇。
知我者,谓我心忧;不知我者,谓我何求。悠悠苍天,此何人哉?
彼黍离离,彼稷之穗。行迈靡靡,中心如醉。
知我者,谓我心忧;不知我者,谓我何求。悠悠苍天,此何人哉?
彼黍离离,彼稷之实。行迈靡靡,中心如噎。
知我者,谓我心忧;不知我者,谓我何求。悠悠苍天,此何人哉?

【诵读提示】《诗经·王风·黍离》是东周都城洛邑周边地区的民歌。《诗序》

曰:“黍离,闵宗周也。周大夫行役,至于宗周,过故宗庙宫室,尽为禾黍。闵周室之颠覆,彷徨不忍去,而作是诗也。”以此诗序于王风之首。

三章结构相同,取“黍稷”这一物象在不同时间的生长状态,迂回往复地表现出主人公时间流逝、情景转换、心绪压抑三个方面情绪的发展。全诗由物及情,寓情于景,情景相谐,在空灵抽象的情境中传递出悲悯情怀,蕴含着深沉的忧国思国之情。

清方玉润《诗经原始》:“三章只换六字,而一往情深,低回无限。”诵读时可以联系彼时彼景的情境遭际,从中寻找到与心灵相契的情感共鸣点,诵读出“物是人非之感,知音难觅之憾,世事沧桑之叹”等,体现出君子思乡爱乡的如醉、如痴的忧郁情感。

(三)秦风·蒹葭

蒹葭苍苍,白露为霜。所谓伊人,在水一方。
溯洄从之,道阻且长。溯游从之,宛在水中央。
蒹葭萋萋,白露未晞。所谓伊人,在水之湄。
溯洄从之,道阻且跻。溯游从之,宛在水中坻。
蒹葭采采,白露未已。所谓伊人,在水之涘。
溯洄从之,道阻且右;溯游从之,宛在水中沚。

【诵读提示】《蒹葭》选自《诗经·国风·秦风》,大约是2550年以前产生在秦地的一首民歌。这首诗的艺术手法表现在以下三个方面:事实的虚化、意象的空灵和意境的整体象征。“在水一方”成为诗人表达社会人生中一切可望难即情境的一个艺术范型。诗中的“伊人”,可以是贤才、友人、情人,可以是功业、理想、前途,甚至可以是福地、圣境、仙界;诗中的“河水”,可以是高山、深堑,可以是宗法、礼教,也可以是现实人生中可能遇到的其他任何障碍。一首好诗的意境不是某词某句用了象征辞格或手法,而是整首诗构成一个整体意境,从而使这首诗有了难以穷尽的人生哲理意味和耐人咀嚼的特殊魅力。《蒹葭》这首诗最有价值意义、最令人共鸣的东西,不是抒情主人公的追求爱情不得的怅惘和失落,而是他所创造了“在水一方”这一可望难即并具有普遍意义的艺术意境;“溯洄从之,道阻且长”这一追求理想的困境;“溯游从之,宛在水中央”这一人生常有的幻境。人们可经常受到从追求的兴奋到受阻的烦恼、再到失落的惆怅这一完整情感流的洗礼,更可能常常受到逆流奋战多痛苦或顺流而下空欢喜的情感冲击;读者可以从这里联想到爱情的境遇和唤起爱情的体验,也可以从这里联想到理想、事业、前途诸多方面的境遇和唤起诸多方面的人生体验。《诗经通论》云:“此自是贤人隐居水滨,而人慕而思见之诗。”此诗以四言为主,兼有杂言。语言上多采用双声叠韵、叠字连绵词来状物、拟声、穷貌,“以少总多,情貌无遗”。结构上采用重章叠句的形式加强抒情效果。每一章只变换几个字,却能收到回旋跌宕的艺术效果。

(四)卫风·木瓜

投我以木瓜,报之以琼琚。匪报也,永以为好也!
投我以木桃,报之以琼瑶。匪报也,永以为好也!
投我以木李,报之以琼玖。匪报也,永以为好也!

【诵读提示】《诗经·国风·卫风》,是先秦时期卫国的一首描述朋友之情的民歌,现今传诵最广。“木瓜”具有象征性的意义。作者通过赠答表达的是一种深厚情意,与“投桃报李”不同。回报的东西价值要比受赠的东西大得多,这体现了一种人类的高尚情感(包括爱情,也包括友情)。“匪报也”这种情感体现的是心心相印,是精神上的契合。

《木瓜》的章句结构并不是《诗经》中最典型的四字句式。语气词“也”的嵌入形成一种跌宕有致的韵味,在歌唱时易于取得声情并茂的效果。其次,全诗语句高度重叠复沓。每章的前两句仅一字之差,且“琼琚”“琼瑶”“琼玖”语虽略异,义实全同,后两句一模一样。

六、尚书

《尚书》意为“上古之书”,是中国上古历史文件和部分追述古代事迹作品的汇编。春秋战国时称《书》,到了汉代才改称《尚书》。儒家尊之为经典,故又称《书经》。《尚书》包括虞、夏、商、周书。《商书》是殷王朝史官所记的誓、命、训、诰,《盘庚》三篇语辞古奥难读,是殷王盘庚迁都时对臣民的演讲记录。韩愈在《进学解》一文中,谓之“周诰殷盘,佶屈聱牙”。

非予自荒兹德,惟汝含德,不惕予一人。予若观火,予亦拙谋作,乃逸。

若网在纲,有条而不紊;若农服田,力穑乃亦有秋。汝克黜乃心,施实德于民,至于婚友,丕乃敢大言汝有积德。乃不畏戎毒于远迩,惰农自安,不昏作劳,不服田亩,越其罔有黍稷。

【译文】我没有荒废先王的美德,你们却隐藏了我对百姓的好意,不予以传达,对我毫不畏惧。我对你们的了解就像看火一样,一清二楚,如果我任你们放肆,就是我的谋虑不周了。

正如把网结在纲上，才会有条不紊；又如农夫种田，努力耕耘，才能获得丰收。你们要能除掉自己的私心，给人民带来实际的恩惠，泽及亲戚朋友，那么，你们才能够宣称你们积了德，你们不畏惧远近百姓因为你们的浮言而遭受灾害，心安理得地做一个怠懈的人，不辛勤劳作，不努力耕种庄稼，那将没有黍稷食粮可收获了。

【诵读提示】盘庚，商代国王。即位后，为摆脱政治腐败、国势衰落的困境，避免自然灾害，乃从奄(今山东曲阜)迁都到殷(今河南安阳西北)。

《商书·盘庚》即是他在迁殷前后的报告辞，分上、中、下三篇，艰深古奥。这里选的是《盘庚(上)》。盘庚短短的一段话，用了三个比喻，贴切、生动，具有形象性。其中“有条不紊”作为成语，至今仍被沿用。诵读时要用质朴自信的语气，体现出盘庚讲话时充沛的感情、尖锐的谈锋，及征服者的力度。

七、礼记(学记)

《礼记》是中国古代一部重要的典章制度书籍，也是一篇重要的仁义道德教科书。《礼记》非一人所作，系汉代礼学家戴德和他的侄子戴圣两人共同编纂完成。现传《礼记》又称《小戴礼记》，与之相关的又有《大戴礼记》。它对于研究先秦以至秦汉时代的婚丧嫁娶制度、家族制度、社会风俗等具有重要的史料价值。其中的《学记》篇是研究中国古代教育思想和实践的宝贵资料。书中在总结先秦儒家教学经验基础上提出的教学原理、教学原则与方法，以及尊师重道的思想，对中国教育学和心理学的发展，都产生了重大影响，是中国也是世界珍贵的教育遗产之一。

大学之教也，时教必有正业，退息必有居学。不学操缦，不能安弦；不学博依，不能安诗；不学杂服，不能安礼。不兴其艺，不能乐学。故君子之于学也，藏焉修焉，息焉游焉。夫然，故安其学而亲其师，乐其友而信其道，是以虽离师辅而不反也。《兑命》曰：“敬孙务时敏，厥修乃来。”其此之谓乎！

今之教者，呻其占毕，多其讯，言及于数，进而不顾其安，使人不由其诚，教人不尽其材，其施之也悖，其求之也佛。夫然，故隐其学而疾其师，苦其难而不知其益也。虽终其业，其去之必速，教之不刑，其此之由乎！

大学之法：禁于未发之谓豫；当其可之谓时；不凌节而施之谓孙；相观而善之谓摩。此四者，教之所由兴也。

【译文】大学的教育活动，按时令进行，各有正式课业；休息的时候，也有课外作业。课外不练好基本指法，课内就不可能把琴弹好；课外不学习音律，课内就不能学好诗文；课外不学好洒扫应对的知识，课内就学不好礼仪。可见，不学习各种杂艺，就不可能乐于对待所学的正课。所以，君子对待学习，课内受业要学好正课；在家休息，要学好各种杂艺。唯其这样，才能安心学习，亲近师长，乐于与群众交朋友，并深信所学之道，尽管离开师长辅导，也不会违背所学的道理。《兑命》篇中说，只有专心致志谦逊恭敬，时时刻刻敏捷地求学，在学业上就能有所成就，就是说的这个道理啊！

今天的老师，单靠朗诵课文，大量灌输，一味赶进度，而不顾学生的接受能力，致使他们不能安下心来求学。教人不能因材施教，不能使学生的才能得到充分的发展。教学的方法违背了教学的原则，提出的要求不合学生的实际。这样，学生就会痛恶他的学业，并怨恨他的老师，苦于学业的艰难，而不懂得它的好处。虽然学习结业，他所学的东西必然忘得快，教学的目的也就达不到，其原因就在这里啊！

大学施教的方法：在学生的错误没有发生时就加以防止，叫作预防；在适当的时机进行教育，叫作及时；不超越受教育者的才能和年龄特征而进行教育，叫作合乎顺序；互相取长补短，叫作观摩。这四点，是教学成功的经验。

【诵读提示】汉代的郑玄解释说："《学记》者，以其记人学教之义。"《学记》是中国古代也是世界上最早的一篇专门论述教育、教学问题的论著。作者主张课内与课外相结合，既要扩大知识领域，又要培养高尚的道德情操和良好的生活习惯。书中用较多的篇幅，阐述"教"与"学"的辩证关系。诵读时，强调原因的句子应重读，表达结果结论的句子语气要中肯坚定。

八、周易

（一）对"周"的解释

东汉郑玄《易论》认为"周"是"周普"的意思，即无所不备，周而复始。而唐代孔颖达《周易正义》认为"周"是指岐阳地名，是周朝的代称。有人认为《易经》流行于周朝故称《周易》，亦有人依据《史记》的记载"文王拘而演周易"，认同《易经》乃周文王所著。然而几种较早的文献，例如《论语》《庄子》《左传》却只称《易经》为《易》，"周易"之名最早见于《周礼》，然而《周礼》的年代，学者还有争议。所以，就文献而言，"周"应该是后来加上去的。若以《周礼》的系统来看，"三易"（夏代的《连山》、商代的《归藏》、周代的《易》）的名称皆无朝代名，所以《周易》的"周"

解释为“周普”和其他两种占筮书，比较能够相应。然而夏代是否有《连山》、商代是否有《归藏》也都还是问题，两书很可能也是“古史积累说”所言的现象。所以比较肯定的是，《易经》或《周易》原来只称为《易》。

(二)对“易”的解释

1. 易由蜥蜴而得名，为象形字，此说出自许慎《说文解字》。蜥蜴能够变色，俗称“变色龙”，所以“易”的变易义为蜥蜴的引申义。

2. 必须指出，理解西周之“易”，理当以西周礼乐制度的变革为条件。礼指从容之节，易即雅乐，都是统治阶级驾驭黎民百姓、维护宗法制度的手段和工具。《周易》保存了西周钟鼓“交响乐”的框架规制，钟鸣鼎食在西周的底层社会是难以想象的。

3. 日月为易，象征阴阳。

4. 日出为易。

5. 占卜之名。

6. 变易、变化的意思，指天下万物是常变的，故此《周易》是教导人面对变易的书。

7. 交易，亦即阴消阳长、阳长阴消的相互变化。如一般的太极图所显示的一样。

8. 易即是“道”，恒常的真理，即使事物随着时空变幻，恒常的道不变。《系辞传》:“生生之谓易。”生生不息，其意义颇似“生命的意义在创造宇宙继起之生命”，从而体会生命之美，日新又新。

“三易”之中，据说《连山》是夏朝的占筮书，《归藏》是殷商的占筮书，《周易》是周朝的占筮书。东汉郑玄的著作《易论》认为:“易一名而含三义:简易一也;变易二也;不易三也。”这句话总括了易的三种意思:“简易”“变易”和“恒常不变”。是说宇宙事物的三种存在状态——顺乎自然的，表现出易和简两种性质;时时在变易之中;又保持一种恒常。如《诗经》所说“日就月将”或“如月之恒，如日之升”，日月的运行表现出一种非人为的自然，这是简易;其位置、形状却又时时变化，这是变易;然而总是东方出、西方落，这是“不易”。

《易经》的“经”是指经典的著作。儒家奉《周易》《尚书》《诗经》《礼记》《春秋》为《五经》。如同前文所说，“经”是后来为了尊称这些书而加上的称呼，原来《五经》只称为《易》《诗》《书》《礼》《春秋》。

天行健，君子以自强不息。(乾卦)

【译文】乾为天，天即自然。天的运行康泰良好，君子应该效仿天而自强不息。

天(自然)的运动刚强劲健,相应于此,君子应刚毅坚卓,发奋图强。

地势坤,君子以厚德载物。(坤卦)

【译文】坤相,其义为“顺承”。大地的气势厚实和顺,君子应增厚美德,容载万物。

随风巽,君子以申命行事。(巽卦)

【译文】君子要发布命令,推行政令,推广德行,一定是要顺风而行、顺时势而行。

渐雷震,君子以恐惧修省。(震卦)

【译文】雷声接连轰响,象征震惧;君子当怀警惧忧患之心反身检省,以去恶从善、远祸避害、趋吉致福

善若水,君子以作事谋始。(坎卦)

【译文】天和水行走方向相反,象征争讼。君子因此领悟到做事的开始就要考虑如何做好。

火同人,君子以类族辨物。(离卦)

【译文】天与火在一起,象征团结;君子要分析各种人的是非善恶,辨别事物的差别同异,了解自然规律。

步泽履,君子以辨民安志。(兑卦)

【译文】上面是天下面是泽,象征人的行为要合礼;君子要划清上下界线,端正百姓的思想认识以便治理好国家。

艮山谦,君子以裒多益寡。(艮卦)

【译文】天地之中长出高山,象征谦逊。君子因此要减少多的,补充少的,权衡事物轻重,用措施促进各方面平衡。

【诵读提示】《周易》即《易经》,《三易》之一(汉初刘向校书时《三易》仍存,汉后下落不明)。春秋时期,官学开始逐渐演变为民间私学。易学前后相因,递变发展,百家之学兴,易学也产生门派分化。自孔子赞易以后,《周易》被儒门奉为儒门圣典,六经之首。而儒门之外,尚“有两支易学,与儒门易并列发展:一为旧势力仍存在的筮术易;另一为老子的道家易。所以自孔子赞易起,中国易学开始分为三支”。《四库全书总目》将易学历史的源流变迁,分为“两派六宗”。两派,就是象数派和义理派;六宗,一为占卜宗,二为禨祥宗,三为造化宗,四为老庄宗,五为儒理宗,六为史事宗。

《周易》是中国传统思想文化中自然哲学与人文实践的理论根源,是古代汉民族思想、智慧的结晶,被誉为“大道之源”。内容极其丰富,对中国几千年来的政

治、经济、文化等各个领域都产生了极其深刻的影响，被称作“群经之首，设教之书”。诵读时语气要高亢、强烈而坚定。

九、春秋

《春秋》是孔子晚年呕心沥血之作，是孔子将政治理想赋予历史的形式而已。春秋时代，统治者淫秽纳贿、仇杀助乱，一片黑暗局面，孟子说得很清楚：“世道衰微，邪说暴行有作，臣弑其君者有之，子弑其父者有之。孔子惧，作《春秋》。”

《史记》中有这样的记载，“余（太史公）闻董生曰：‘周道衰废，孔子为鲁司寇，诸侯害之，大夫壅之。孔子知言之不用，道之不行也，是非二百四十二年之中，以为天下仪表，贬天子，退诸侯，讨大夫，以达王事而已矣。’子曰：‘我欲载之空言，不如见之于行事之深切著明也。’”司马迁对《春秋》极为推崇：“夫春秋，上明三王之道，下辨人事之纪，别嫌疑，明是非，定犹豫，善善恶恶，贤贤贱不肖，存亡国，继绝世，补弊起废，王道之大者也。……故春秋者，礼义之大宗也。夫礼禁未然之前，法施已然之后；法之所为用者易见，而礼之所为禁者难知。”

孔子编订《春秋》的目的是以自己的“微言大义”来匡救时弊。当时吴国、楚国的国君，都已自称为王，这对于维护宗法制的尊卑贵贱等级观念的孔子来说，是不能容忍的，孔子在“正名”的思想指导下，在《春秋》中却把他们贬称为“子”，以示对这些诸侯竟敢僭拟天子专用王号的谴责，这就是后人称道的“微言大义”，也就是人们常说的“春秋”笔法。《春秋》最大的特点就是每用一个字，都是入木三分，有褒贬含义。后世很多的人在写作的时候，学习春秋的写作方法，用字用言，字字珠玑。左丘明发微探幽，最先对这种笔法做了精当的概括：“《春秋》之称，微而显，志而晦，婉而成章，尽而不污，惩恶而劝善，非贤人谁能修之?”（译文：《春秋》的记述，用词细密而意思显明，记载史实而含蓄深远，婉转而顺理成章，穷尽而无所歪曲，警诫邪恶而褒奖善良。如果不是圣人谁能够编写?）

“微言大义”代表了古代史学的最高境界。可以说，《春秋》是一部蕴涵着作者深刻政治思想的政治学著作，是中国最早的编年体史书。所谓编年体，就是“系日月而为次，列时岁以相续”。它是按年、月、日有次序地记载史事的史书。如果说，《史记》《汉书》等二十四史纪传体史书，是横地叙述历史，那么，《春秋》《资治通鉴》这类的编年体史书，就是纵地叙述历史。

《春秋》经文，言简义深，如无注释，则无法了解。注释《春秋》的书，有左氏、公羊、谷梁三家，称为“春秋三传”，即《左传》《公羊传》和《谷梁传》。汉代学者认为它们都是讲解《春秋》的著作。这三传的内容大体相同，最主要的差异是《左传》用秦以前的古文写成,《公羊传》和《谷梁传》则用汉代的今文写成。

晋范宁评《春秋》三传的特色说:“《左氏》艳而富,其失也巫(指多叙鬼神之事)。《谷梁》清而婉,其失也短。《公羊》辩而裁,其失也俗。”因篇幅所限,不再冗录原典。

第二节　诸子百家

一、黄帝内经

《黄帝内经》成编于战国时期，是中国现存最早的中医理论专著。总结了春秋至战国时期的医疗经验和学术理论，并吸收了秦汉以前有关天文学、历算学、生物学、地理学、人类学、心理学，运用阴阳、五行、天人合一的理论，对人体的解剖、生理、病理以及疾病的诊断、治疗与预防做了比较全面的阐述，确立了中医学独特的理论体系，成为中国医药学发展的理论基础和源泉。

上古时候，黄帝去咨询访问那些得道的圣人，其中有伯高、岐伯、少师等等，共同创作了《黄帝内经》，并以对话的形式记录下来。黄帝非常珍惜《黄帝内经》，刻在玉板上，放在灵兰密室，要学习的时候，要沐浴更衣，要斋戒，择吉日良辰，把《黄帝内经》请出来学习。当他要传授给别人的时候，他要对方歃血为盟，发誓学到以后，不再告诉别人。“非其人不授，非其时不授”。

《黄帝内经》可以用三个“第一”对它进行概括：第一部中医理论经典；第一部养生宝典；第一部关于生命的百科全书。

《黄帝内经》被誉为中国人养心、养性、养生的“圣经”，不仅是现代中医学的不二源头，更是一部蕴含中国生命哲学之宗的思想著作。其核心是天人相应，认为生命之基在阴阳平衡，强调人只有“顺四时而适寒暑”，方能“尽终其天年，度百岁乃去”。

《黄帝内经》分《灵枢》《素问》两部分，是中国最早的医学典籍，传统医学四大经典著作之一（其余三者为《难经》《伤寒杂病论》《神农本草经》）。

《黄帝内经》在理论上建立了中医学上的“阴阳五行学说”“藏象学说”“病因学说”“养生学说”“药物治疗学说”“经络治疗学说”等学说。从整体观上来论述医学，呈现了自然——生物——心理——社会“整体医学模式”，是中国影响最大的一部医学著作，被称为医之始祖。

昔在黄帝，生而神灵，弱而能言，幼而徇齐，长而敦敏，成而登天。乃问于天师曰：余闻上古之人，春秋皆度百岁，而动作不衰；今时之人，年半百而动作皆衰者，时世异耶？人将失之耶？

岐伯对曰：上古之人，其知道者，法于阴阳，和于术数，食饮有节，起居有常，不妄作劳，故能形与神俱，而尽终其天年，度百岁乃去。今时之人不然也，以酒为浆，以妄为常，醉以入房，以欲竭其精，以耗散其真，不知持满，不时御神，务快其心，逆于生乐，起居无节，故半百而衰也。

夫上古圣人之教下也，皆谓之虚邪贼风，避之有时，恬惔虚无，真气从之，精神内守，病安从来。是以志闲而少欲，心安而不惧，形劳而不倦，气从以顺，各从其欲，皆得所愿。故美其食，任其服，乐其俗，高下不相慕，其民故曰朴。是以嗜欲不能劳其目，淫邪不能惑其心，愚智贤不肖不惧于物，故合于道。所以能年皆度百岁而动作不衰者，以其德全不危也。

（《黄帝内经·素问·上古天真论》）

【译文】从前的黄帝，生来十分聪明，很小的时候就善于言谈，幼年时对周围事物领会得很快，长大之后，既敦厚又勤勉，及至成年之时，登上了天子之位。他向岐伯问道：我听说上古时候的人，年龄都能超过百岁，动作不显衰老；现在的人，年龄刚至半百，而动作就都衰弱无力了，这是由于时代不同所造成的呢，还是因为今天的人们不会养生所造成的呢？

岐伯回答说：上古时代的人，那些懂得养生之道的，能够取法于天地阴阳自然变化之理而加以适应、调和养生的方法，使之达到正确的标准。饮食有所节制，作息有一定规律，既不妄事操劳，又避免过度的房事，所以能够形神俱旺，协调统一，活到天赋的自然年龄，超过百岁才离开人世；现在的人就不是这样了，把酒当水浆，滥饮无度，使反常的生活成为习惯，醉酒行房，因恣情纵欲而使阴精竭绝，因满足嗜好而使真气耗散，不知谨慎地保持精气的充满，不善于统驭精神，而专求心志的一时之快，违逆人生乐趣，起居作息毫无规律，所以到半百之年就衰老了。

古代深懂养生之道的人在教导普通人的时候，总要讲到对虚邪贼风等致病因素应及时避开，心情要清静安闲，排除杂念妄想，以使真气顺畅，精神守持于内，这样疾病就无从发生。因此，人们就可以心志安闲，少有欲望，情绪安定而没有焦虑，形体劳作而不使疲倦，真气因而调顺，各人都能随其所欲而满足自己的愿望。人们无论吃什么食物都觉得甘美，随便穿什么衣服也都感到满意，大家喜爱自己的风俗习尚，愉快地生活，社会地位无论高低，都不相倾慕，所以这些人称得上朴实无华。因而任何不正当的嗜欲都不会引起他们注目，任何淫乱邪僻的事物也都不能惑乱他们的心志。无论愚笨的、聪明的、能力大的还是能力小的，都不因外界事物的变化而动心焦虑,所以符合养生之道。他们之所以能够年龄超过百岁而动作不显得衰老,正是由于领会和掌握了修身养性的方法,而身体不被内外邪气干扰危害所致。

二、道德经

中国古代思想史上三位最早的哲学家分别是老子、孔子、墨子。孔子被誉作中国道德哲学之父;墨子被誉作中国社会哲学之父;老子被誉作中国生命哲学之父。

老子哲学的核心范畴"道"从根本说是一种生命之道,生命意识是老子哲学的根本意识。老子的生命意识还反映在他的崇母崇牝和尚水尚地意识中。老子具有丰富的重身、珍生思想,体现了一种积极的生命价值观念。老子企慕长生,向往生命的无限与永恒,具有强烈的生命超越意识。老子以生命意识为基础,建构了中国哲学史上第一个生命哲学体系,内涵涉及生命本源论、生命机制论、生命本质论、生命价值论、生命存在论、生命过程论、生命修养论、生命境界论等。

老子,楚苦县厉乡曲仁里人。姓李,名耳,字聃。春秋末期思想家,世界文化名人。老子生前曾任周王朝的国家图书馆管理员,他一边博览群经,一边仰望苍穹,苦苦思索天地之间、人与自然之间的无穷奥妙。晚年辞官隐居,著书立说,阐述万物的"心性之道"。老子的修道境界是明心见性或明心悟性。《老子》一书,又名《道德经》,道教尊其为《道德真经》,分《道经》和《德经》两篇,共81章。他是道家文化的开创人,也是道法自然哲学的祖师。

《道德经》内容丰富,涉及哲学、政治、经济、军事、法律、伦理、心理、逻辑、医学、养生等诸多领域。《道德经》中心范畴是"道"和"德",其中"道"是老子哲学的最高范畴。

(一)"道"的基本含义

"人法地,地法天,天法道,道法自然。"这四句话,是做人做事的法则,更是修真证道的法则,这是太上千古不易的密语,是老子思想精华之所在。"法",作为动词,是效法、学习的意思。"道法自然"就是尊重规律。一是指"道"是以其本来状态存在的,二是指"道"是因顺其固有态势运行的。引申开来,前者揭示了事物存在的客观性,后者揭示了事物运行的规律性。"道"的基本含义因此体现在以下三个方面:一是指宇宙万物得以产生的终极根源;二是指自然事物的运动规律;三是指社会人生的基本准则。"道"的基本特征是:内涵的抽象性、特性的自然性、存在的永恒性、功用的广泛性。

(二)"德"的基本含义

老子将"德"分为"上德"和"下德"。"上德不德,是以有德;下德不失德,是以无德。上德无为,而无以为;下德为之,而有以为。"《道德经》中的"上德"是天地之德、自然之德;"下德"是人间之德、社会之德。"德"是指"道"的功用或显现,是事物得于"道"而形成的内在特质,是人对于"道"的认识和把握。

(三)倡导"无为而治",是老子思想的一大特色

老子的"无为"不是指一无所为、无所作为,而是"为"的一种极高明的方式和手段,其基本含义是反对违背事物的自然特性而勉强作为,强调要因顺事物的自然规律、以顺应自然的方式去作为。老子的自然无为思想具有一定的当代价值:它启示我们要尊重事物的客观性和规律性。尊重事物的客观性和规律性,是人类一切活动取得成功的关键。

老子"无为而无不为"中的"无为"指的是一种心理状态,即禅定,并不是不做事。具体是指心如明镜,一尘不染,没有任何杂念,正如六祖慧能大师所说的本来无一物。这个时候我们本性中的本有智慧神通就完全开显出来,能突破一切时空的障碍,所以能够了知通达一切,所以就能够做任何事都没有丝毫困难与障碍,这就是无不为。

老子"无为而治"的名言是"治大国若烹小鲜"。"无为而治"是一种顺应自然的科学化管理。老子将管理者区分为四个层次:"太上,不知有之;其次,亲而誉之;其次,畏之;其次,侮之。"其寓意是:因势利导,尊重现实,顺应规律;为当为之事,不为不当为之事。老子所宣扬的"无为"是一种生存的大智慧,而不是终极目标。道家的"无为",并非消极避世,而是应该努力学习,积极进取,通晓自然和社会,善于处理人际关系。老子天人关系学说中所包含的生态智慧已受到西方很多科学家的高度重视。

道可道,非常道。名可名,非常名。无名天地之始;有名万物之母。故常无欲以观其妙;常有欲以观其徼。此两者同出而异名,同谓之玄,玄之又玄,众妙之门。

【译文】"道"如果可以用言语来表述,那它就是常"道"("道"是可以用言语来表述的,它并非一般的"道");"名"如果可以用文辞去命名,那它就是常"名"("名"也是可以说明的,它并非普通的"名")。"无"可以用来表述天地混沌未开之际的状况,而"有"则是宇宙万物产生之本原的命名。因此,要常从"无"中去观察领悟"道"的奥妙;要常从"有"中去观察体会"道"的端倪。无与有这两者来源相同而名称相异,都可以称之为玄妙、深远。它不是一般的玄妙、深奥,而是玄妙

又玄妙、深远又深远，是宇宙天地万物之奥妙的总门(从“有名”的奥妙到达无形的奥妙，“道”是洞悉一切奥妙变化的门径)。

【诵读提示】《道德经》以科学为基本，以自然为根本，是一部阐述宇宙万物运行规律的经典。它也是一部集聚宇宙人生大智慧，帮助我们修身向善从而踏上返璞归真的大道的经典。首先，我们可以按照《道德经》的文字顺序，简简单单地、平平淡淡地读，甚至“有口无心”地读。一定得坚持诵读至100遍以上。自然的诵读能给干涸的心灵带来甘霖的滋养，能带领我们倾听自己内心深处那久远的真实的声音。当经典的语句从你嘴里脱口而出时，它就已经在潜移默化地影响着我们的一言一行，这时经典的精髓就不知不觉地融入我们的生命之中。诵读《道德经》是知善。知善而后行善，这就是智慧与道法自然的同行，自利与利他的和谐统一。

其次，诵读《道德经》是寻求智慧的途径，需要老师的引导与自身的努力。而要真正把《道德经》融入心田，需要我们启开善心，落实善行。只要坚持诵读100遍，你就会对老子与《道德经》产生浓厚的深情和崇敬之心，就会有闪光的理解和感悟，就会有不凡的眼光和见地，生命的中心和定力就会有提升。这时你的心就会敞开，能够与圣人老子的思想、灵魂进行最直接的对话沟通。然后你就能挖掘自身的宝藏，吸吮天然的甘露。这时，你的人生将是智慧与慈悲同行，利己与利人不二，幸福与圆满俱足。

三、庄子

庄子，名周，字子休(一说子沐)，宋国蒙人，先祖是宋国君主宋戴公。东周战国中期著名的思想家、哲学家和文学家。创立了华夏重要的哲学学派庄学，是继老子之后道家学派的代表人物，是道家学派的主要代表人物之一。

庄周因崇尚自由而不应楚威王之聘，生平只做过宋国地方的漆园吏，史称“漆园傲吏”，被誉为地方官吏之楷模。庄子最早提出“内圣外王”思想，对儒家影响深远。庄子洞悉易理，深刻指出“《易》以道阴阳”；庄子“三籁”思想与《易经》三才之道相合。他的代表作品为《庄子》，其中的名篇有《逍遥游》《齐物论》等。与老子齐名，被称为“老庄”。

据《史记》记载，庄子“其学无所不窥，然其要本归于老子之言，故其著书十万余言，大抵率寓言也”。庄周喜托寓言以广其意，“东施效颦”“邯郸学步”等著名寓言就出自他的著作。他在哲学思想上继承和发展了老子“道法自然”的观点，认为“道”是客观真实的存在，把“道”视为宇宙万物的本源。他说：“道之真以治身，其绪余以为国家，其土苴以为天下。”(《庄子·让王篇》)意思是，大道的真髓、精华用以修身,它的余绪用以治理国家,它的糟粕用以教化天下。又说:“无以人灭天,无以故灭命,无以得殉名,谨守而勿失,是谓反其真。”(《庄子·秋水篇》)意思是,不要为了人工而毁灭天然,不要为了世故去毁灭性命,不要为了贪得去身殉名利,谨守天道而不离失,这就是返璞归真。庄子的巨大贡献是,使道家真正成为一个学派,他也成为道家的重要代表人物。

《庄子》书分内、外、杂篇,原有52篇,乃由战国中晚期逐步流传、糅杂、附益,至西汉大致成形,然而当时流传版本,今已失传。目前所传33篇,已经由郭象整理,篇目章节与汉代亦有不同。内篇大体可代表战国时期庄子思想核心,而外、杂篇发展则纵横百余年,掺杂黄老、庄子后学形成复杂的体系。

庄子的想象力极为丰富,语言运用自如,灵活多变,能把一些微妙难言的哲理说得引人入胜。他的作品被人称之为“文学的哲学,哲学的文学”。据传,庄子尝隐居南华山,故唐玄宗天宝初年诏封庄周为南华真人,称其著述《庄子》为《南华真经》。

北冥有鱼,其名为鲲。鲲之大,不知其几千里也。化而为鸟,其名为鹏。鹏之背,不知其几千里也。怒而飞,其翼若垂天之云。是鸟也,海运则将徙于南冥。南冥者,天池也。

……

且夫水之积也不厚,则其负大舟也无力。覆杯水于坳堂之上,则芥为之舟。置杯焉则胶,水浅而舟大也。风之积也不厚,则其负大翼也无力。故九万里则风斯在下矣,而后乃今培风;背负青天而莫之夭阏者,而后乃今将图南。

(《内篇·逍遥游》)

【译文】北海有条鱼,它的名字叫作鲲。鲲的巨大,不知道它有几千里。变化成为鸟,它的名字叫作鹏。鹏的背脊,不知道它有几千里,振翅飞翔起来,它的翅膀像挂在天空的云彩。这只鸟,海动时就将迁移而飞往南海。南海就是天的池。

水聚积得不深,那么它负载大船就会浮力不足。倒一杯水在堂上低洼处,那么只有小草可以作为它的船;放只杯子在里面就会粘住,这是因为水浅船大的缘故。风聚积得不大,那么它负载巨大的翅膀就会升力不足。所以大鹏飞到九万里的高空,风就在下面了,然后才能乘风飞翔;背驮着青天,没有什么东西阻拦它,然后才能计划着向南飞。

【诵读提示】《庄子》行文体例是由“寓言”“重言”“卮言”组成的“三言”体。所谓“寓言”泛指“藉外论之”的寄寓之言,“重言”特指假托“耆艾”的借重之言,“卮言”专指作者因事推衍的议论之言,它们各有其具体功用和使用缘由。《庄子》的"三言",并非简单的并列关系,而是有所包容和交叉的关系。就意旨而言似应以"卮言"为主,就文体而言则当以"寓言"为主,并可以"寓言"代表"三言"。因为"寓言"在全书中比重最大,占十分之九,而且包含着"重言",连带着"卮言",一部《庄子》,几乎全是寓言,"卮言"一般都依托附丽于"寓言",有些看似单独的议论文字,如《养生主》首段,《齐物论》《大宗师》中的大段议论,其实也都依附于其前后的"寓言",是其导言或申论。

细考"三言"产生的社会背景,主要是因为天下沉迷混浊。在此环境中,既不能用庄重、实在的言词来谈论,又不能不自然而然地稍加推衍、点拨、引导、阐发。因此,《庄子》用"寓言"来广泛地暗示事理,开阔思路,扩大影响("以寓言为广"),用"重言"来使人信以为真,乐于接受("以重言为真"),用"卮言"来推衍、点化、引申、发挥("以卮言为曼衍");三者的有机结合,形成了《庄子》独特的文体。庄子的《逍遥游》通过"小大之辩"的论述,为我们描述了一个超现实的绝对自由的精神世界,把人从庸常的世俗世界引入这一境界,开阔了人的心胸眼界,启发人们应该具有旷达的、超越庸常的生命追求。今天我们诵读庄子时,要带有一种哲理思辨的语气,读出原典里深邃的涵义。

四、墨子

墨子,名翟(dí),生卒年不详。东周春秋末期战国初期宋国人,是宋国贵族目夷的后代,生前担任宋国大夫。他是墨家学派的创始人,也是战国时期著名的思想家、教育家、科学家、军事家。他自立门户,创立了墨家学说。他是位大爱无言的圣贤,在二千多年前黑暗的封建统治制度下,第一个为最底层劳动者和社会弱者说话。毛泽东主席高度评价墨子是古代辩证唯物主义大家,因为他与众多的圣贤一道,展开思想的砥砺和交锋,共同创造出了百家争鸣的局面。

志不强者智不达;言不信者行不果;据财不能以分人者,不足与友;守道不笃,遍物不博,辨是非不察者,不足与游。本不固者末必几,雄而不修者,其后必惰。原浊者流不清,行不信者名必耗。名不徒生而誉不自长。功成名遂,名誉不可虚假,反之身者也。务言而缓行,虽辩必不听。多力而伐功,虽劳必不图。慧者心辩而不繁说,多力而不伐功,此以名誉扬天下。言无务为多而务为智,无务为文而务为察。故彼智无察,在身而惰,反其路者也。善无主于心者不留,行莫辨于身者不立;名不可简而成也,誉不可巧而立也,君子以身戴行者也。思利寻焉,忘名忽焉,可以为士于天下者,未尝有也。

【译文】意志不坚强的，智慧一定不高；说话不讲信用的，行动一定不果敢；拥有财富而不肯分给人的，不值得和他交友；守道不坚定，阅历事物不广博，辨别是非不清楚的，不值得和他交游。根本不牢的，枝节必危。光勇敢而不注重品行修养的，后必懒惰。源头浊的流不清，行为无信的人名声必受损害，声誉不会无故产生和自己增长。功成了必然名就，名誉不可虚假，必须反求诸己。专说而行动迟缓，虽然会说，但没人听信。出力多而自夸功劳，虽劳苦而不可取。聪明人心里明白而不多说，努力做事而不夸说自己的功劳，因此名誉扬于天下。说话不图繁多而讲究富有智慧，不图文采而讲究明白。所以既无智慧又不能审察，加上自身又懒惰，则必背离正道而行了。善不从本心生出就不能保留，行不由本身审辨就不能树立，名望不会由苟简而成，声誉不会因诈伪而立，君子是言行合一的。以图利为重，忽视立名，（这样）而可以成为天下贤士的人，还不曾有过。

【诵读提示】没有坚强信念的人就不会有通达的智慧；妄自空谈而不能诚实守信、身体力行的人就不会有所收获。“古之学者为己，今之学者为人”，古人学习是为了丰富完善自身的人格，落实到一言一行中而不逾越事理。今人的学习仅仅是为了卖弄学问，于自身的人格修养毫不相干，反而令人生厌。所以，我们在诵读学习经典的过程中千万不要退却，总要好学不辍，仰慕圣贤的人格和智慧，细心考究他们为人的格局及开辟出的人生境界。这样日积月累，经典的涵义内化于心，外显于行，生命的善果就会渐渐成熟，不至于华而不实，所学仅止于口谈而无实质了。

五、韩非子

韩非（约公元前280—前233年），华夏族，河南郑州新郑人，出生于战国末期韩国的都城郑城（今河南新郑郑韩故城遗址）。韩非是韩王之子，荀子的学生，李斯的同学。韩非的学问比李斯大得多，因他说话口吃，不善辩说，但善于著述。著有《韩非子》一书，共55篇，十万余字，在先秦诸子散文中独树一帜，被誉为战国末期杰出的带有唯物主义色彩的思想家、哲学家和散文家。韩非极为重视唯物主义与效益主义思想，积极倡导君主专制主义理论，目的是为专制君主提供富国强兵的霸道思想。他将商鞅的“法”、申不害的“术”和慎到的“势”集于一身，是法家思想的集大成者；他又将老子的辩证法和荀子的朴素唯物主义融为一体，集儒、道、墨、法四大思想流派的精华于一身，也是先秦百家思想的集大成者。

故以法治国，举措而已矣。法不阿贵，绳不挠曲。法之所加，智者弗能辞，勇者弗敢争。刑过不辟大臣,赏善不遗匹夫。故矫上之失,诘下之邪,治乱决缪,绌羡齐非,一民之轨,莫如法。厉官威名,退淫殆,止诈伪,莫如刑。刑重,则不敢以贵易贱;法审,则上尊而不侵。上尊而不侵,则主强而守要,故先王贵之而传之。人主释法用私,则上下不别矣。

(《韩非子·有度第六》)

【译文】所以用法令治国,不过是制定出来、推行下去罢了。法令不偏袒权贵,墨绳不迁就弯曲。法令该制裁的,智者不能逃避,勇者不敢抗争。惩罚罪过不回避大臣,奖赏功劳不漏掉平民。所以矫正上面的过失,追究下面的奸邪,治理纷乱,判断谬误,削减多余,纠正错误,统一民众的规范,没有比得上法的。整治官吏,威慑民众,除去淫乱怠惰,禁止欺诈虚伪,没有比得上刑的。刑罚重了,就不敢因地位高轻视地位低的;法令严明,君主就尊贵不受侵害。尊贵不受侵害,君主就强劲而掌握要害。所以先王重法并传授下来。君主弃法用私,君臣之间就没有区别了。

【诵读提示】执政者一定要抵挡习惯势力的阻挠,坚持守法执法,坚决顶住歪风邪气的侵袭。一定要把法治作为治国理政的基本方式,让法治成为共同价值和信念,坚持法律面前人人平等,一视同仁。

六、鬼谷子

《鬼谷子》又名《捭阖策》,成书于春秋战国时期,纵横家鼻祖"鬼谷子"王诩的著作,是他的学生据其言论整理而成。王诩又名王禅,道号鬼谷子,是当时的纵横家,也是活跃于外交舞台上的名士张仪、苏秦的老师,俗称"鬼谷先生"。他精通数学星纬、兵学韬略、游学势理、养性舍身及纵横术,长于持身养性,精于心理揣摩,深明刚柔之势,通晓纵横捭阖之术,独具通天之智。

该书侧重于权谋策略及言谈辩论技巧。共有14篇,其中第十三、十四篇(转丸、胠乱)失传。主要内容是研究社会政治斗争谋略权术,中心思想是指导纵横家如何通过权谋策略及言谈辩论等技巧,实现既定的目标。这本两千多年前的谋略学巨著,其方法论是顺应时势,知权善变,是中国传统文化中的奇葩。它讲求名利与进取,是一种讲求行动的实践哲学,集中了国人心理揣摩、演说技巧、政治谋略的精华,为当代政界人士、企业界人士、商业经营者、管理人员、公关人员所必读。

刘勰在《文心雕龙·论说》中高度评价了纵横家,并对《鬼谷子》的《转丸》和《飞箝》做了精到的评论:"暨战国争雄,辩士云涌,纵横参谋,长短角势。《转丸》

骋其巧辞,《飞箝》伏其精术。一人之辩,重于九鼎之宝,三寸之舌,强于百万雄师。六印磊落以佩,五都隐赈而封。”后来大诗人陈子昂,在《感遇》之十一中,以诗作精彩评论:“吾爱鬼谷子,青溪无垢氛,囊括经世道,遗身在白云。七雄方龙斗,天下久无君。浮荣不足贵,遵养晦时文。舒可弥宇宙,卷之不盈分。岂徒山不寿,空与麋鹿群。”清代的学者孙德谦在《诸子通考》中说:“纵横家者,古之掌交也。《鬼谷子》一书所以明交邻之道,而使于四方者,果能扼山川之险要,察士卒之强弱,识人民之多寡,辨君相之贤愚,沈机观变,以销祸患于无形,则张仪、苏秦,其各安中国至于十余年之久者,不难继其功烈矣。……盖今之天下,一纵横之天下也。尝谓为使臣者,果能于口舌之间,隐消祸乱,俾国家受无形之福,则其功为重大,故特表而出之,以告世之有交邻之责者。”孙氏充分肯定《鬼谷子》对于外交战略的意义,认为以鬼谷所阐明的道理去从事外交活动,可以占据山川险要,明察士兵的强弱,认识民众的多寡,分辨君王宰相的贤与愚,随机应变,消除祸害与隐患。后来的竞争之世,犹如纵横之世,外交家如能以雄辩的口才,消除祸害混乱,使国家免于战乱而获得福祉,功劳也是非常大的。

故圣人立事,以此先知而揵万物。由夫道德、仁义、礼乐、忠信、计谋,先取《诗》、《书》,混说损益,议去论就。欲合者,用内;欲去者,用外。外内者必明道数,揣策来事,见疑决之。策无失计,立功建德。

(《鬼谷子·内揵第三》)

【译文】圣人立身处世,就是依据此理而有先见之明,议论万事万物。其先见之明来源于道德、仁义、礼乐和计谋。首先是《诗经》和《书经》的教诲,再综合分析利弊得失,最后讨论是就任还是离职。要想与人合作,就要在内部努力,要想离开现职,就要把力量用在外面。处理内外大事,必须先明确理论和方法,会预测未来,并善于在各种疑难处,当机立断。在运用策略时没有失误,从而建立功业和积累德政。

【诵读提示】揵 jiàn,通楗,本义为门闩。有坚持、承担、关闭、堵塞、束缚等意。本指内情相守,这里指要从内心与君主勾通关系,以达到情投意合、揵开任意的目的。

内揵——通过内心的改变、思索去处理内心的问题和处理内部或外部人事关系的问题。用另一种话说就是通过内部的策略调整,或内心策略的调整,积极地向上级领导进说谋辞,做有利于集团内部和自己的事情。

《鬼谷子》蕴含了丰富的朴素辩证法哲理,这些哲理是鬼谷子紧密结合实际,针对现实问题而提出的解决办法，不仅对研究中国古代哲学思想源流提供了文献资料，而且对日常交往和现实生活也有广泛的适用性，提供了基本的处事原则。

鬼谷子行文风格简要精炼，讲究论说技巧，观点鲜明，讲理步步递进，让人由简入繁地体味到书中的哲理精华；条条分明，清晰了然，使人能多角度去直观地理解书中所蕴含的道理。鬼谷子凭这本书间接地参与了先秦政治，客观上促进了中国的统一进程，加速了社会前进的步伐。

七、孝经

子曰："夫孝，天之经也，地之义也，民之行也。天地之经，而民是则之。则天之明，因地之利，以顺天下。是以其教不肃而成，其政不严而治。先王见教之可以化民也，是故先之以博爱，而民莫遗其亲，陈之于德义，而民兴行。先之以敬让，而民不争；导之以礼乐，而民和睦；示之以好恶，而民知禁。

（《孝经·三才章第七》）

【译文】孔子说："孝道犹如天上日月星辰的运行，地上万物的自然生长，天经地义，乃是人类最为根本首要的品行。天地有其自然法则，人类从其法则中领悟到实行孝道是为自身的法则而遵循它。效法上天那永恒不变的规律，利用大地自然四季中的优势，顺乎自然规律对天下民众施以政教。因此其教化不须严肃施为就可成功，其政治不须严厉推行就能得以治理。从前的贤明君主看到通过教育可以感化民众，所以他首先表现为博爱，人民因此没敢遗弃父母双亲的；向人民陈述道德、礼义，人民就起来去遵行，他又率先以恭敬和谦让垂范于人民，于是人民就不争斗。用礼仪和音乐引导他们，人民就和睦相处；告诉人民对值得喜好的美的东西和令人厌恶的丑的东西的区别，人民就知道禁令而不犯法了。

【诵读提示】《孝经》中国古代汉族政治伦理著作。儒家十三经之一。清代纪昀在《四库全书总目》中指出，该书是孔子"七十子之徒之遗言"，成书于秦汉之际。现在流行的版本是唐玄宗李隆基注，宋代邢昺疏，全书共分 18 章。《孝经》首次将孝与忠联系起来，认为"忠"是"孝"的发展和扩大，对实行"孝"的要求和方法也做了系统而详细的规定，把"孝"贯串于人的一切行为之中。《三才章第七》，讲"孝，天之经也，地之义也，民之利也"。天、地、人是"三才"。

第三节 楚辞汉赋

一、“楚辞”的含义

“楚辞”有两种含义:一是指诗歌的文学体制,即指战国后期以楚国屈原为代表的诗人,吸取楚地方言声韵和民歌形式而制作的一种富有楚国地方特色的新体诗;一是指书,即指将战国时期楚人诗作和汉代人用楚辞体写的辞赋整理而成的总集。文学史上所称的“楚辞”,主要是指屈原、宋玉的作品,后人的摹拟之作,并不能算作真正的楚辞,但可称为楚辞体作品。

楚辞又称“楚词”,是战国时代的伟大诗人屈原创造的一种诗体。作品运用楚地(今两湖一带)的文学样式、方言声韵,叙写楚地的山川人物、历史风情,具有浓厚的地方特色。汉代时,刘向把屈原的作品及宋玉等人“承袭屈赋”的作品编辑成集,名为《楚辞》,成为继《诗经》以后,对我国文学具有深远影响的一部诗歌总集,并且是我国第一部浪漫主义诗歌总集。

在我国传统文学中,《诗经》代表的是黄河文化,《楚辞》代表的是长江文化。这是中国文学的两大源头。“楚辞”作为一代之文学,不仅寄托着作者的思想情感,更反映了当时楚地贤人失志、百姓困苦不堪的生活。在富饶浪漫的楚地上诞生的楚辞,可诵可唱,韵律和谐优美,具备一定的文化价值。骚体文学大量运用浪漫主义的比兴,具有象征意义。语言上多用“兮”字,而且活用散文句式,灵活自由,虚词繁多;连用比喻、象征、对照、排比,长短不一,新鲜、自由、生动。

二、“楚辞”的体例特点

富有地方色彩是“楚辞”的一个最大特点。宋代黄伯思对这一特点做了很好的注解,他说:“屈、宋诸骚,皆书楚语,作楚声,纪楚地,名楚物,故可谓之楚辞。”

楚辞充分发展了抒情艺术特别是比兴的手法。

古代楚地范围较广,也是一个动态概念。作品内容的表达既含蓄深沉而又丰富厚实。语言上强烈的地方色彩,亦是《楚辞》的明显而重要的特点之一

《楚辞》句式错落参差,以及“兮”字的广泛运用,充分体现了《楚辞》在音调节奏上的优美动听,这对于诗所表达的感情的起伏动荡和情绪的强烈难抑,收到了

很好的艺术效果。

三、屈原和骚体诗

骚体诗,就是指《离骚》一类的诗。因为屈原诸作乃韵文,属于诗歌之范畴,而且古人认为屈原距古诗人未远,其作尚有古圣哲遗意,深得诗人之旨,或为变风变雅(这是汉儒以来的普遍看法,他们认为《诗三百》大抵为古圣贤发愤之作,屈作亦然),而屈原之作《离骚》又是自创新体,即以骚体作"诗",故称屈原之作为骚体诗。秦汉以后,人们也将带有浓重骚体色彩的诗歌称为骚体诗,如项羽之《虞姬歌》、刘邦之《大风歌》、蔡琰之七言《悲愤诗》、李白之《鸣皋歌》等等。骚体,也称为楚辞体。它起于战国时的楚国,是屈原创立的。屈原以及其他诗人用这种文体写了许多优秀的作品。这类作品富于抒情成分和浪漫气息,篇幅、字句较长,形式较自由,句尾多带"兮"字。

较之屈原以前的诗歌形式,骚体诗主要有以下特征:

一是句式上的突破。屈原创造了一种以六言为主,掺进了五言、七言的大体整齐而又参差灵活的长句句式。这是对四言体的重大突破。

二是章法上的革新。屈原"骚体"不拘于古诗的章法,放纵自己的思绪,或陈述,或悲吟,或呼告,有发端,有展开,也有回环照应,脉络又极其分明。

三是体制上的扩展。屈原以前的诗歌大多只是十多行、数十行的短章,而他的《离骚》则长达372句、2469字,奠定了中国古代诗歌的长篇体制。

屈原是一位伟大的积极浪漫主义诗人。他被放逐江南途中作《思美人》,借此诗表达出思国、思乡和美政的理想,希望君主不重蹈历史覆辙,以及努力振兴楚国的心愿。屈原写此诗的目的,就是试图以思女形式,寄托自己对君主的希冀,以求得到君主的信赖而实现理想目标。王逸《楚辞章句·离骚解题》中论述道,本诗最大的特点即是"依诗取兴,引类譬喻",诗中以"香草以配忠贞,恶禽臭物以比谗佞。灵修美人以媲于君,宓妃佚女以譬贤臣"。诗题"思美人"即是"灵修美人以媲于君"的体现;"美人"在诗中喻指楚君主,而非一般意义上的美女。屈原《思美人》的深层意蕴是对幻美的追求。屈原坚守的美德,是一种常人很难企及的极高的境界:闭心自慎,独立不迁,横而不流,无私且行比伯夷,具有完美主义的色彩,屈原将具有这种人格特征的人称为"美人"。

其《离骚》《九歌》《招魂》等作品,通过神话传说和历史故事,以丰富的想象、狂热的感情、华丽的辞藻,表达了他对美好理想的积极追求,唤起了人们对黑暗现实的反叛情绪,充分体现了积极健康的浪漫主义特色,为培养人们高尚纯洁的伟大人格和爱国主义优良传统,起了不可限量的推动作用。《史记·屈原列传》评:“史公作屈原传,其文便似《离骚》,婉雅凄怆,使人读之,不禁歔欷欲绝。要之,穷愁著书,史公与屈子实有同心,宜其忧思唱叹,低回不置云。”这段文字又将作者与传记主人公心灵的共鸣之处一笔点透,道出其感人魅力所在。

四、归田赋

游都邑以永久,无明略以佐时。徒临川以羡鱼,俟河清乎未期。感蔡子之慷慨,从唐生以决疑。谅天道之微昧,追渔父以同嬉。超埃尘以遐逝,与世事乎长辞。

于是仲春令月,时和气清;原隰郁茂,百草滋荣。王雎鼓翼,鸧鹒哀鸣;交颈颉颃,关关嘤嘤。于焉逍遥,聊以娱情。

尔乃龙吟方泽,虎啸山丘。仰飞纤缴,俯钓长流。触矢而毙,贪饵吞钩。落云间之逸禽,悬渊沉之鲨鰡。

于时曜灵俄景,继以望舒。极般游之至乐,虽日夕而忘劬。感老氏之遗诫,将回驾乎蓬庐。弹五弦之妙指,咏周、孔之图书。挥翰墨以奋藻,陈三皇之轨模。苟纵心于物外,安知荣辱之所如?

(张衡)

【译文】在京都做官时间已长久,没有高明的谋略去辅佐君王。只在河旁称赞鱼肥味美,要等到黄河水清还不知是哪年。想到蔡泽的壮志不能如愿,要找唐举去相面来解决疑问。知道天道是微妙不可捉摸,要跟随渔夫去同乐于山川。丢开那污浊的社会远远离去,与世间的杂务长期分离。

正是仲春二月,气候温和,天气晴朗。高原与低地,树木枝叶茂密,杂草滋长。鱼鹰在水面张翼低飞,黄莺在枝头婉转歌唱。河面鸳鸯交颈,空中群鸟飞翔。鸣声吱喳,美妙动听。逍遥在这原野的春光之中,令我心情欢畅。

于是我就在大湖旁龙鸣般唱,在小丘上虎啸般吟诗。向云间射上箭矢,往河里撒下钓丝;飞鸟被射中毙命,鱼儿因贪吃上钩,天空落下了鸿雁,水中钓起了鱼。

不多时夕阳西下,皓月升空。嬉游已经极乐,虽然夜来还不知疲劳。想到老子的告诫,就该驾车回草庐。弹奏五弦琴指法美妙,读圣贤书滋味无穷。提笔作文,发挥文采,述说那古代圣王的教范。只要我置身于世人之外,哪管它荣耀与耻辱的所在?

【诵读提示】汉赋是汉代涌现出的一种有韵散文,特点是散韵结合,专事铺叙。

赋者，铺也，铺采摛文，体物写志也。形式上“铺采摛文”；内容上侧重“体物写志”。汉赋在结构上都有三部分，即序、本文和被称作“乱”或“讯”的结尾。写法上大多以丰辞缛藻、穷极声貌来大肆铺陈，为汉帝国的强大或统治者的文治武功高唱赞歌，只在结尾处略带几笔，微露讽谏之意。汉代小赋扬弃了大赋篇幅冗长、辞藻堆砌、舍本逐末、缺乏情感的缺陷，在保留汉赋基本文采的基础上，体现出篇幅较小、文采清丽、讥讽时事、抒情咏物的文体特征。

《归田赋》是中国文学史上第一篇描写田园隐居乐趣的骈体赋，是东汉辞赋家张衡的代表作之一。内容鲜明雅正，文辞精巧华丽。它形象地描绘了田园山林那种和谐欢快、神和气清的景色，反映了作者畅游山林，悠闲自得的心情，又颇含自戒之意，表达了作者道家思想的超脱精神。《归田赋》文句平淡清丽、结构短小灵活，开了骈赋的先河，是千百年来为人们所传诵的优秀篇章。诵读时要体现出这篇抒情小赋短小明快的独特艺术风格。语言要自然清新，洗练优美，感情真挚，情景交融，体现出小赋平淡清丽、生动灵活的风格特征。

五、文心雕龙·诠赋

《诗》有六义，其二曰赋。赋者，铺也，铺采摛文，体物写志也。昔邵公称：“公卿献诗，师箴瞍赋。”传云：“登高能赋，可为大夫。”诗序则同义，传说则异体。总其归途，实相枝干。故刘向明“不歌而颂”，班固称“古诗之流也”。

……

原夫登高之旨，盖睹物兴情。情以物兴，故义必明雅；物以情观，故词必巧丽。丽词雅义，符采相胜，如组织之品朱紫，画绘之著玄黄。文虽新而有质，色虽糅而有本，此立赋之大体也。然逐末之俦，蔑弃其本，虽读千赋，愈惑体要。遂使繁华损枝，膏腴害骨，无贵风轨，莫益劝戒，此扬子所以追悔于雕虫，贻诮于雾縠者也。

赞曰：赋自诗出，分歧异派。写物图貌，蔚似雕画。抑滞必扬，言旷无隘。风归丽则，辞翦美稗。

【译文】在《诗经》的“六义”中，第二项就是“赋”。所谓“赋”，是铺陈的意思；铺陈文采，为的是描绘事物，抒写情志。从前周代召公说过：“各级官吏们献诗，主管教化的人进箴，眼睛有毛病的人诵诗。”《毛传》说：“登到高处能赋诗的人可以做大夫。”由此可见，《诗序》把赋和比、兴同列为《诗经》的表现手法，而其他书籍则把它和诗分开成为不同的类型。不过总起来看，相互间的关系是很密切的。刘向说：“赋不能歌唱，只能朗诵。”班固说：“赋是《诗经》的一个支派。”

原来所谓“登高能赋”的意思,就是因为看到外界事物就引起内心的情感。情感既由外界事物引起,那么作品内容必然明显雅正;事物既然通过作者情感来体现,那么文辞必然巧妙华丽。华丽的文辞和雅正的内容相结合,就像美玉的花纹一样配合得恰当。好比丝、麻织品要讲究红色或赤色,绘画要加上黑色或黄色似的。文采固然要求新颖,但必须有充实的内容;色调虽应丰富多彩,但必须有一定的底色。这就是写赋的基本要点。不过,有些只注意微末小节的人,不重视根本,他们即使学习了一千篇赋,反更迷惑而抓不住主要的东西。结果就像太多的花朵妨碍了枝干,过于肥胖损害了骨骼一样,写出赋来,既没有教育作用,对于劝诫也毫无益处,所以扬雄后悔写这种雕虫小技的作品,因为这和织薄纱一样,不免要惹人责怪的。

总之,赋是由《诗经》演变出来的,后来又分成大赋和小赋。它描绘事物的形貌,美得好比雕刻绘画似的;它能够把不明白的描写清楚,写平凡的事物也不使人感到太鄙陋。有教化作用的赋,必须写得华丽而有法度,并剪裁去那些华而不实的文辞。

【诵读提示】《诠赋》论辞赋的发展情况,认为以铺陈直叙为主的赋体,在表现方法上和赋、比、兴的“赋”是有一定联系的。除概论大赋和小赋的不同特点外,还列举两汉十家的代表作品做了具体评论。最后又讲到魏晋各主要作家如王粲、徐干、陆机等人在赋的创作上取得的不同成就。刘勰在本篇提出了“睹物兴情”“情以物兴”的基本创作原理,主张雅正的内容和华丽的文辞相配合,而反对没有教育意义的作品,对文学创作有一定的指导意义。

第四节 乐府民歌

一、关于“乐府”

“乐府”本是汉代设立的一种音乐机构，其任务是搜集各地的民歌，配上音乐，以备皇家祭祀或宴会之用。后来，乐府中所藏的配乐歌辞也称作“乐府”，乐府遂演变成了一种诗歌体裁。刘勰《文心雕龙·乐府第七》：“乐府者，声依永，律和声也……凡乐辞曰诗，诗声曰歌。声来被辞，辞繁难节。”

汉代乐府民歌产生于辞赋和散文兴盛，而文人诗相对消沉的时代，数量虽然不多，但却具有多方面的艺术成就。乐府民歌首先“感于哀乐，缘事而发”，真实地反映了当时的现实生活，而且多是发自社会最底层的声音，直接表达广大人民的爱憎；其次，汉乐府直接继承了《诗经》的现实主义艺术传统和赋比兴的手法，发展了《诗经》的叙事成分，开启了后世乐府叙事诗的先河；乐府诗在形式上突破四言格式，以杂言为主，趋向五言；乐府五言诗把单音词和双音词组合起来，寓变化于整齐之中，适应了当时社会语言的发展，扩大诗歌的容量，直接影响到魏晋建安文人诗、南北朝乐府诗和唐代文人乐府诗，具有开创性的意义，是中国诗歌史上一颗璀璨的明珠。

二、古体诗与近体诗的区别

在介绍完乐府及乐府诗之后，下文简单介绍一下古体诗和近体诗的区别方法，以帮助大家把握诗体特征进行诵读。

1. 以格律分类

古体诗除了需要用韵之外，不受格律限制；近体诗除了需要用韵之外，受到格律的限制。

2. 以字数分类

近体诗只有五言、七言二种形式；古体诗有四言、五言（称五古）、七言（称七古）、字数不整齐的称杂言古诗（杂言古诗因有七字句，所以也称七古），也有少数三言、六言。

3. 以句数分类

古体诗从二句到百句都有；近体诗绝句四句，律诗八句，排律八句以上。

4. 以用韵分类

古体诗:①全首诗可用一个平声韵或仄声韵,又可随意转为其他韵;②一首诗中每句都可以用韵,用于韵的字可以重复;③诗中用韵不限定在偶数句子上,奇数句也可以用韵;④诗中可以用邻韵和上去声通押;⑤允许散文化的句子。

近体诗:①一首诗限用一个韵,除第一句可以用韵或不用韵之外,其余句子都是双数句用韵;②用于韵脚的字不能重复;③不用韵句子的末一字,平仄声不能与用韵句子的末一字相同;④除起句外不能用邻韵;⑤都用平声韵,绝句是四句,律诗是八句。

四言诗、五言诗和七言诗的区别

四言诗、五言诗和七言诗是中国古代诗歌常见的体裁。其中的"言",指字,比如,从形式上说,四言诗也就是四个字为一句的古诗。

四言诗是古代产生最早的一种诗体。《诗经》中的《国风》《小雅》《大雅》等都是以四言诗为基本体裁。在先秦两汉的其他典籍里,如《史记》所载《麦秀歌》,《左传》所载《宋城子讴》《子产诵》等,也都是以四言体为主。可见,在西周到春秋时期,无论是社会上层还是下层,是娱乐场合还是祭祀场合,最流行的诗体是四言诗。

春秋时期以后,四言诗逐渐衰落,但仍有不少诗人写作四言诗。如三国时期的曹操父子,魏末的嵇康,西晋的陆机、陆云,东晋的陶渊明等。同时,也出现过若干佳作,如曹操的《步出夏门行·龟虽寿》:"老骥伏枥,志在千里。烈士暮年,壮心不已。"人们至今吟诵不绝。

五言诗起源很早,《诗经》里就有一些五言诗句。但它的正式兴起还是在汉代。汉初的《戚夫人歌》后四句是五言,西汉中后期的乐府民歌,如《汉书·五行志》所载的童谣"邪径败良田,谗口乱善人。桂树华不实,黄爵巢其颠。故为人所羡,今为人所怜",也是一篇完整的五言作品。相对于四言诗,五言诗虽然只是增加了一个字,但它增加的是整整一个节奏,因此,句中的容量就大了不少,表现功能也强得多,并且给诗句的变化提供了更多余地。

在东汉,无论民间歌谣还是文人创作,都有了长足发展。《饮马长城窟行》《上山采蘼芜》《十五从军征》等乐府民歌,都是一些令人注目的作品。班固则是最早从事五言诗写作的文人,他的《咏史》,五言十六句,显示了文人学习民间新诗体之初的现象。后来,又有张衡《同声歌》、秦嘉《赠妇诗》、郦炎《见志诗》等产生。到汉末,随着《古诗十九首》的出现,五言诗达到了相当高的水准。从建安时期开始,五言诗便压倒了四言诗,进入其全盛时期。

七言诗的起源也很早,在《诗经》中即有一些七言句,如"二之日凿冰冲冲,三之日纳于凌阴"等。到战国晚期,就有以七言为主的劳动歌。荀子的《成相辞》就是采用民歌的体式和腔调。西汉后期的一些谣谚和乐府歌辞,如"画地为狱议不入,刻木为吏期不对"等,都是以七言为主。东汉的张衡写过一篇《四愁诗》,是最早的文人七言作品。之后的曹丕写了《燕歌行》,一般被认为是第一篇成熟的七言诗。魏晋时期,比起五言诗而言,七言诗不受重视。直到初唐,七言诗才逐渐兴盛,产生了许多佳作,如卢照邻的《长安古意》、张若虚的《春江花月夜》等。

七言诗字数比五言、四言多,一句可以表达比较复杂、完整的意思,声调更加舒缓、悠长。唐代以后,五言诗和七言诗成为主要的诗体,四言诗趋于消亡。

三、吟诵举隅

(一)上邪

上邪,我欲与君相知,长命无绝衰。山无棱,江水为竭,冬雷震震,夏雨雪,天地合,乃敢与君绝。

【诵读提示】《上邪》是"汉铙歌十八曲"中的第十五曲。这首情歌,是以誓言形式出现的。感情强烈、口气决绝、意念坚定,展现了作品主人公爱情心理的律动,不同于一般小儿女的卿卿我我、忸忸怩怩。诵读时应该用斩决、果断、刚烈的语气,才能令听众产生一种来自灵魂深处的震撼。

这首诗在艺术上的可观之处,就是用多种比喻来比某个事物的一个方面,这在修辞学上称作博喻。博喻可以加强所写事物的形象性。诗里罗列五种根本不可能发生的自然现象,把不可动摇的决心表现得淋漓尽致。在一连五句排比中,作者或用三言,或用四言,读起来章节短促,语句跌宕,语气显得十分连贯而紧迫,使女子的感情如狂风暴雨迸发而出,极好地突出了她敢与命运抗争的坚定性格与热烈心情。中国古典文学中,像《上邪》中的这位女子,为了爱情不惜回天转地,实不多见。

(二)江南

江南可采莲,莲叶何田田。鱼戏莲叶间。鱼戏莲叶东,鱼戏莲叶西,鱼戏莲叶南,鱼戏莲叶北。

【诵读提示】从诗歌文本层面上看,《江南》这首诗是由两个意象组成,一个是莲,一个是鱼。再从传统典故和民俗的欣赏的角度看,"莲""鱼",具有一定的隐喻义和象征义。

从接受美学的角度看，作品具有开放性，欣赏也具有开放性。任何优秀的艺术作品都只是一个召唤结构，就像一个空画框，留下许多空白点，需要欣赏者自己去填补。在不同欣赏者的眼里，它会呈现出不同的形态。我们欣赏任何艺术作品，并不是要得出所谓明确的结论，因为作品本身是不确定的，无法得出一个固定的结论。任何对作品的解释，都是一种解释，而不是唯一的解释。那些试图给出的标准答案，只能是参考答案。

在乐府民歌中有许多以莲为题材的，这类诗大多与爱情有关，因为“莲”谐音“怜”，“怜”就是爱的意思，古语可怜是可爱，与今天用法不一样。“低头采莲子，莲子清如水。”莲子怎么清如水呢？莲是怜，也就是爱，“子”在古语中是第二人称你的意思，莲子即爱你。对你的情感清纯如水，才是后一句的本义。类似的例子在乐府诗中举不胜举，直到今天，台湾余光中、席慕蓉等人的写莲诗也沿袭了这一传统。

鱼也是远古部落图腾之一种，我们在历史书中经常可以看到画着鱼的陶盆的图片。闻一多在《说鱼》一文中征引大量的史料说明了鱼在汉语中作为隐语的意义。上古时期物质条件和生产技术低下，部落与猛兽及别的部落争斗，靠的是人数的多少。鱼的繁殖能力最强，于是就成了原始部落崇拜的图腾。鱼与繁殖有关，也与配偶、婚姻有关。

从接受美学的角度看，作品的深层意义完全是由欣赏者的再创造决定的。没有再创造，《江南》的意思浅显而简单；融入了再创造，《江南》的意思就变得丰富而隐晦了。由于欣赏者自身条件和努力程度的不同，作品所展现的形态也不同。欣赏者调动自己的视觉想象，《江南》便是一幅自然风景画；欣赏者重建民歌演唱时的情景，《江南》便是一幅民俗风情画；欣赏者追问言外之意，《江南》便成为充满隐喻的爱情诗。

（三）敕勒歌

敕勒川，阴山下。天似穹庐，笼盖四野。天苍苍，野茫茫，风吹草低见牛羊。

【诵读提示】这首民歌，虽然仅有27个字，却有极大的艺术感染力。它歌咏了北国草原的富饶、壮丽，抒发了敕勒人对养育他们的水土、对游牧生活的无限热爱之情。

“敕勒川，阴山下。”诗歌一开头就以高亢的音调，吟咏出北方的自然特点，无遮无拦，高远辽阔。这简洁的六个字，格调雄浑奔放，透显出敕勒民族雄强有力的性格。吟诵时要表现出作者不可抑制的赞美家乡之情。

“天似穹庐,笼盖四野。”这两句承上奔涌而出,极言画面之壮阔、天野之恢宏。吟诵时要抓住北方游牧民族生活的这一典型特征,用声音勾画出一幅北国风貌图。

“天苍苍,野茫茫”,作者运用叠词的形式,就是描绘笔法上的叠沓,极力突出了天空之苍茫、辽远,原野之碧绿、无垠。“风吹草低见牛羊”,这最后一句是全文的点睛之笔,描绘出一幅殷实富足、其乐融融的景象。诵读时声音要蕴涵着咏叹抒情的情调,展现出敕勒民族博大的胸襟、豪放的性格。

吟诵时要以酣畅淋漓、质直朴素的语气,表现出敕勒人的热情、强悍、粗犷与豪放的性格特征,和大草原辽阔优美的真淳意韵。

(四)木兰诗

唧唧复唧唧,木兰当户织。不闻机杼声,惟闻女叹息。问女何所思?问女何所忆?女亦无所思,女亦无所忆。昨夜见军帖,可汗大点兵,军书十二卷,卷卷有爷名。阿爷无大儿,木兰无长兄,愿为市鞍马,从此替爷征。

东市买骏马,西市买鞍鞯,南市买辔头,北市买长鞭。旦辞爷娘去,暮宿黄河边,不闻爷娘唤女声,但闻黄河流水鸣溅溅。旦辞黄河去,暮至黑山头,不闻爷娘唤女声,但闻燕山胡骑鸣啾啾。

万里赴戎机,关山度若飞。朔气传金柝,寒光照铁衣。将军百战死,壮士十年归。归来见天子,天子坐明堂。策勋十二转,赏赐百千强。可汗问所欲,木兰不用尚书郎,愿驰千里足,送儿还故乡。

爷娘闻女来,出郭相扶将;阿姊闻妹来,当户理红妆;小弟闻姊来,磨刀霍霍向猪羊。开我东阁门,坐我西阁床。脱我战时袍,著我旧时裳。当窗理云鬓,对镜帖花黄。出门看火伴,火伴皆惊惶。同行十二年,不知木兰是女郎。雄兔脚扑朔,雌兔眼迷离。双兔傍地走,安能辨我是雄雌?

【诵读提示】汉乐府的《孔雀东南飞》与《陌上桑》及唐代韦庄的《秦妇吟》并称为“乐府三绝”。还有另外一种说法,把《孔雀东南飞》与北朝的《木兰诗》及唐代韦庄的《秦妇吟》并称为“乐府三绝”。

“乐府双璧”,即《木兰诗》和《孔雀东南飞》的喻称。《木兰诗》又名《木兰辞》,是北朝民歌;《孔雀东南飞》又名《古诗为焦仲卿妻作》,是古乐府民歌的代表作之一,也是保存下来的最早的一首长篇叙事诗。

《孔雀东南飞》,汉乐府诗篇名,因其首句为“孔雀东南飞”,故名。最早见陈代徐陵《玉台新咏》,题名为“古诗为焦仲卿妻作”。全诗一千七百多字,是保存下来的我国古代最早的一首长篇叙事诗。它通过焦仲卿、刘兰芝的婚姻悲剧。有力地揭露了封建礼教、封建家长制的罪恶,同时热烈歌颂了兰芝夫妇为了忠于爱情宁死不屈地反抗封建恶势力的斗争精神。《孔雀东南飞》艺术成就较高,成功地塑造了几个鲜明的人物形象,通过这些来表现反封建礼教的主题思想。全诗语言朴素通畅,叙事中兼有浓厚抒情,描写上铺张排比,是当时五言叙事诗的代表作品。

北朝民歌和六朝乐府民歌一样体制大都短小,但《木兰诗》却是长篇叙事诗。选自宋代郭茂倩编的《乐府诗集》,长达三百余字,在中国诗歌发展史上它有着重要的地位。主要讲述少女木兰代父从军的故事,塑造了一个奔赴疆场、屡立战功而又不失劳动人民本色的女英雄形象,展示了木兰这一巾帼女英雄坚强、高贵的品质。这个艺术形象,打破了"女不如男"的封建传统观念,是一首现实主义和浪漫主义相结合的优秀诗篇。诵读时要把握好该诗明朗生动、质朴刚健的风格特征。

诗的语言丰富多彩,有朴素自然的口语,有精妙工整的律句。句型或整或散、长短错落,排句的反复咏叹,譬喻的新颖出奇,都加强了诗的音乐性和表现力。

《木兰诗》采用的是顺叙手法。作品大致可分为三个部分:第一部分是出征前;第二部分是从军生活;第三部分是立功归来。作者在这三个部分中没有平均使用力量,而是有详有略,重点在第一和第三部分。

在写法上,凡重点详写的部分,多用铺排。而这些铺排,很少对木兰形象进行正面描写,更多的是从旁渲染陪衬,以烘托出木兰的形象,如开头借木兰的叙述,衬出愁怀,以后则借"市鞍马"烘托木兰行色;借征途环境气氛烘托木兰心理;借爷娘姊弟迎接的热烈气氛烘托木兰胜利归来;最后又借伙伴陪衬木兰,"同行十二年,不知木兰是女郎"尤为点睛之笔,与篇首遥相呼应。这种写法,比起作者单调的平铺直叙来,其艺术感染力不知要高出多少倍。刘熙载《艺概》说:"长篇宜横铺,不然则力单。"谢榛《四溟诗话》又说:"孔雀东南飞,一句兴起,余皆赋也。其古朴无文,使不用妆奁服饰等物,但直叙到底,殊非乐府本色……此皆似不紧要,有则方见古人作手,所谓没紧要处便是紧要处也。"这正是就从旁渲染铺叙而言。而铺叙时又多用排句、叠句,回旋复唱,摇曳多姿,弥足玩味。

木兰故里在今日亳州。古书上记载:"木兰乃亳之谯人也。"但宋代以后亳州即划归宋州睢阳郡,即现在的商丘市,所以又有人说:"木兰乃宋州人,或商丘人。"明万历进士吕坤在《闺范图说》云:"木兰,商丘人,父病不能从军,为有司所苦,木兰代父戍边十二年,人不知其女也。"明天启宰相朱国桢在《涌幢小品》中说:"孝烈将宫,安徽亳县人,姓魏,名木兰,化装成男儿,替父从军……乡人为她立庙,每年四月八日，在她生日时，向她致祭。”可以看出在三百六七十年前，这些历史古人就已有明确记载。

（五）折杨柳

垂杨拂绿水，摇艳东风年。花明玉关雪，叶暖金窗烟。
美人结长想，对此心凄然。攀条折春色，远寄龙庭前。

（李白）

【诵读提示】《折杨柳》，乐府《横吹曲辞》旧题。此首诗抒写的是女子在春光明媚的日子里，触景生情，引起了对征戍在外的丈夫的思念之情。

（六）日出入

日出入安穷？时世不与人同。
故春非我春，夏非我夏，秋非我秋，冬非我冬。
泊如四海之池，遍观是邪谓何？
吾知所乐，独乐六龙，六龙之调，使我心若。
訾黄其何不徕下。

【诵读提示】《日出入》，这是祭祀日神的诗。诗中由太阳每天早上升起，晚上落山，感到时间和人生的飞速流逝。由此汉武帝就产生了要求成仙、乘龙上天的思想。

《日出入》一诗，以接近口语的朴实文辞，表现人们的悠邈之思，而且思致奇崛，异想天开，诗情往复盘旋。将人寿有尽之慨寓于宇宙无穷的深沉思考之中，使这首抒情诗带有了耐人咀嚼的哲理意味。

（七）长歌行

青青园中葵，朝露待日晞。
阳春布德泽，万物生光辉。
常恐秋节至，焜黄华叶衰。
百川东到海，何时复西归？
少壮不努力，老大徒伤悲。

（出自汉代《乐府诗集》）

【诵读提示】长歌行：汉乐府曲题。这首选自《乐府诗集》卷三十，属相和歌辞中的平调曲。《本草纲目》说：“葵菜古人种为常食，今之种者颇鲜。”这首诗借物言理，咏叹人生，运用了“托物起兴”，即“先言他物以引起所咏之辞也”的手法。诗人先从园中葵起调，用水流到海不复回打比方，由眼前青春美景想到人生易逝，说明光阴如流水,一去不再回。劝导人们要珍惜青春年华,发愤努力,不要等老了再后悔。出言警策,催人奋起。

(八)击壤歌

日出而作,日入而息。
凿井而饮,耕田而食。
帝力于我何有哉!

(先秦古诗)

【诵读提示】这首歌谣出自《论衡·感虚篇》,大约流传于距今4000多年前的原始社会时期。传说尧帝时代,"天下太和,百姓无事",老百姓过着安定舒适的日子。歌谣描述了远古时代人们的生存状况,表现了原始社会中人们朴素唯物主义的思想感情。从中可以看到老子"小国寡民……甘其食,美其服,安其居,乐其俗。邻国相望,鸡犬之声相闻,民至老死,不相往来"的影子。开头四句连续使用排比句式,语势充沛,叙事简练并结合抒情议论。整首歌谣风格极为质朴,没有任何渲染和雕饰,艺术形象鲜明生动。诵读时要体现出歌者无忧无虑的生活状态、怡然自得的神情。

第五节　魏晋风流

魏晋风流是魏晋时期士人所追求的、并体现在文学作品里的一种具有魅力和影响力的审美人格。是一种人格美,也是一种独特的人物审美范畴。在那个特定的时期,魏晋玄学的形成改变着士大夫的人生追求和生活时尚、价值观念。“玄”既是心灵世界的外现,又是士人的气质外现。嵇康与阮籍、山涛、向秀、王戎、刘伶、阮咸等人交游甚密,后世称为“竹林七贤”。谢安、王羲之、王徽之、刘惔、王濛、支遁、孙绰、许询等人被称作“兰亭名士”。这些魏晋名士,他们以言行上的狂放不羁、率真洒脱来折射乱世之下的痛苦内心。他们追求的是一种超然物外的艺术化的人生,精神上臻于玄远之境,形成中国历史上绝无仅有的“魏晋风流”。

魏晋风流是文人士大夫阶层追求艺术化的人生(诗性人生),用自己的言行、诗文、艺术使自己的人生艺术化。冯友兰论魏晋“真名士自风流”时指出魏晋风流有四要素:玄心、洞见、妙赏、深情(《南渡集·论风流》)。所谓玄心,可以说是超越感;所谓洞见,就是不借推理,专凭直觉,而得来的对真理的知识;所谓妙赏,就是对于美的深切的感觉;所谓深情,真正风流的人,有情而无我,对于万物都有一种深厚的同情。魏晋真名士,非于世无涉,在其放达归隐之际,心怀家国、人事,然世道不济,才无所用,故多为出世之流。清谈,一则因其社会,一则因其情节清逸。所论者,皆为老庄之言,志在玄远高洁之境。刘勰《文心雕龙·时序》言:“观其时文,雅好慷慨。良由世积乱离,风衰俗怨,并志深而笔长,故梗概而多气也。”

魏晋风流的涵义很广,它强调了这种风度的魅力和影响力,是文化史上的专有名词,语义内涵上可以包括魏晋风度。

一、魏晋风度

语义上,风度指言谈、举止、仪表的总和。魏晋风度指魏晋士人艺术地表达人生的风度,其底蕴乃叛逆与反抗,外在特点是颖悟、旷达、真率。魏晋风度其实是一种人格范式,如清谈巩固其志气,药与酒陶冶其趣味等等。魏晋士人“越名教,任自然”的具体行为于颓废中流露着伤感,消极中包含着积极,是“聪明的糊涂,悲观的寻欢”的一种方式。

魏晋风度,是一种真正的清峻通脱的名士风范,表现出的那一派“烟云水气”而又“风流自赏”的气度,几追仙姿,为后世景仰。他们用自己的言行、诗文、艺术使自己的人生艺术化。当代著名文人余秋雨曾这样说过:魏晋,是一个无序和黑暗的“后英雄时期”。一代英豪灰飞烟灭,明争暗斗、政治倾轧变成了主题。政治斗争的残酷性让一批学识渊博、潇洒绝伦的文人名士厌烦尘嚣,开始寻求精神上的解脱,执意在生命形态和生活方式上开辟一番新气象,谱写一曲魏晋风流名士的新篇章。

余秋雨感叹:“为什么这个时代、这批人物、这些绝响,老是让我们割舍不下?我想,这些在生命的边界线上艰难跋涉的人物似乎为整部中国文化史作了某种悲剧性的人格奠基。他们追慕宁静而浑身焦灼,他们力求圆通而处处分裂,他们以昂贵的生命代价,第一次标志出一种自觉的文化人格。在他们的血统系列上,未必有直接的传代者,但中国的审美文化从他们的精神酷刑中开始屹然自立。”

魏晋南北朝是一个艺术和美学极为自觉的时代。这个时代玄学开始盛行,文学及审美都带着浓厚的道家风采——崇尚自然山水之美和人物美。当时的文人在欣赏自然山水时已经突破种种窠臼,而是享受自然山水本身的蓬勃朝气。在对人物的审美方面,人们从儒家重视人的道德修养转而重视一个人的仪态、风姿、风采和风韵,并且喜欢用自然美来形容人的风姿和风采。著名美学家宗白华说:“晋人向外发现了自然,向内发现了自己的深情。”他在《美学散步》中指出,“汉末魏晋六朝是中国政治上最混乱、社会上最苦痛的时代,然而却是精神史上极自由、极解放,最富有智慧、最浓于热情的时代”,是“精神上的大解放,人格上思想上的大自由”,是“周秦诸子以后第二度的哲学时代”。

二、建安风骨

从语义上探讨,“风骨”一词本是南朝品评人物精神面貌的专用术语。文学理论批评中的“风骨”一词,正是从这里引申出来的。“风”是要求文学作品要有较强的思想艺术感染力,即《诗大序》中的“风以动之”的“风”;“骨”则是要求表现上的刚健清新。

刘勰在《文心雕龙·明诗》中这样阐述:“暨建安之初,五言腾踊:文帝、陈思,纵辔以骋节;王、徐、应、刘,望路而争驱。并怜风月,狎池苑,述恩荣,叙酣宴,慷慨以任气,磊落以使才;造怀指事,不求纤密之巧;驱辞逐貌,惟取昭晰之能:此其所同也。

“乃正始明道,诗杂仙心,何晏之徒,率多浮浅。唯嵇志清峻,阮旨遥深,故能标焉。若乃应璩《百一》,独立不惧,辞谲义贞,亦魏之遗直也。

“晋世群才,稍入轻绮。张、潘、左、陆,比肩诗衢,采缛于正始,力柔于建安。或析文以为妙,或流靡以自妍。此其大略也。”建安风骨体现在那个时代文人诗词里,俯拾即是:

人亦有言,忧令人老。嗟我白发,生一何早。——曹丕《短歌行》

中野何萧条,千里无人烟。——曹植《送应氏》

老骥伏枥,志在千里;烈士暮年,壮心不已。——曹操《龟虽寿》

捐躯赴国难,视死忽如归。——曹植《白马篇》

与六朝之绮丽、精巧、纤弱之病态色彩相比,建安持歌显示出豪健、刚劲的特征。朱光潜在《诗论》中说:大诗人先在生活中把自己的人格涵养成一首完美的诗,充实而有光辉,写下来的诗是人格的焕发。这批志向远大的文人在现象层面,悲叹人生短暂;在本质层面,忧虑时世离乱在;理想层面,渴望建功立业;内容层面忠实记录建安风貌。《龟虽寿》《观沧海》《短歌行》等诗歌中,曹操心怀天下、悲天悯人、壮志雄心一览无遗。曹丕博古通今,善于骑射,常怀"救民涂炭"之志。曹植也不甘落后,不甘以文人自居,希望报国救民。

建安七子在曹氏父子的带领下,政治热情极高,胸怀大志。继承并发扬了汉乐府民歌感于哀乐、缘事而发的现实主义精神,又有所创新,是建安诗人渴望削平战乱、重建社会安宁的心灵写照,抒发了建安诗人建功立业的慷慨之情。

艺术上,把乐府旧题的四言、杂言叙事诗,改变为旧调新内容或另创新题的五言抒情诗;语言由质朴刚健趋向华美;作品大多呈现出一种慷慨悲凉、清新刚健的风格特征。

风格上,与两汉诗歌之古拙的原生态色彩、民间色彩相比,建安诗歌显示出文人化的成熟特征:风骨豪迈悲壮,力量沉雄坚实,气势宏伟阔大。志深是人的自觉的体现,笔长是文的自觉的体现!因为曹操任人唯才,故文人墨客都是别具一格,自恃清高,个性张扬。曹操、陈琳的文学作品较为质朴,曹植、王粲则较为秀美。他们的作品反映了当时真实的社会动荡和人民疾苦,体现了文人们心怀天下的情操,以及对统一天下的理想和壮志。

形式上,建安文学作品多采用"五言诗"或者"四言诗",语句铿锵有力、特色鲜明爽朗。这不仅是指作品本身包含有健康、充实的内容,还包含有慷慨、激昂的思想感情。曹操善为四言诗,《短歌行》《龟虽寿》均为四言;曹植善为五言诗,如《七步诗》《杂诗·南国有佳人》,曹丕善为七言诗,如《燕歌行》。他们的诗歌语言接近口语,朗朗上口、自然流利、语法灵活。在句式上,简短精炼,干脆纯净,不管是咏物还是言志,都形象逼真、栩栩如生。曹操的作品更加接近汉代的朴素之美,而曹丕的作品则更加唯美,"哀而不伤"。

曹丕在《典论·论文》中这样论述道:"盖文章经国之大业,不朽之盛事。年寿有时而尽,荣乐止乎其身,二者必至之常期,未若文章之无穷。是以古之作者,寄身于翰墨,见意于篇籍,不假良史之辞,不托飞驰之势,而声名自传于后。鲁迅《而已集·魏晋风度及文章与药及酒之关系》中这样说道:"曹丕的一个时代可说是文学的自觉时代,或如近代所说,是为艺术而艺术的一派。"

三、吟诵举隅

(一)短歌行

对酒当歌,人生几何?譬如朝露,去日苦多。
慨当以慷,忧思难忘。何以解忧?唯有杜康。
青青子衿,悠悠我心。但为君故,沉吟至今。
呦呦鹿鸣,食野之苹。我有嘉宾,鼓瑟吹笙。
明明如月,何时可掇?忧从中来,不可断绝。
越陌度阡,枉用相存。契阔谈宴,心念旧恩。
月明星稀,乌鹊南飞。绕树三匝,何枝可依?
山不厌高,海不厌深。周公吐哺,天下归心。

(曹操)

【诵读提示】"短歌行"是汉乐府的旧题,属于《相和歌辞·平调曲》,是用于宴会场合的歌辞。曹操平定北方后,率百万雄师,饮马长江,欲与孙权决战。《三国演义》第四十八回有一段曹操横槊赋诗的描写:是夜明月皎洁,他在大江之上置酒设乐,欢宴诸将。酒酣,操取槊(长矛)立于船头,慷慨而歌。身为政治家兼军事家的诗人曹操十分重视人才,通过这曲"求贤歌"抒发了求贤如渴的思想和统一天下的雄心壮志,有力地宣传了他所坚持的主张,配合了他所颁发的政令。诗的笔调沉稳顿挫,感情慷慨激越。诵读时要体现出曹操思贤若渴、通脱大气、沉雄激荡的感情基调。

(二)观沧海

东临碣石,以观沧海。
水何澹澹,山岛竦峙。
树木丛生,百草丰茂。
秋风萧瑟,洪波涌起。
日月之行,若出其中;
星汉灿烂,若出其里。
幸甚至哉,歌以咏志。

(曹操)

【诵读提示】中华古典诗歌理当知人论世。汉献帝建安十二年(207年)八月，曹操采纳许攸之计，挥鞭北指，以少胜多，大破盘踞在我国东北部的乌桓族(当时辽东半岛上的一个少数民族政权)及袁绍的残余势力，统一了北方。是年九月，曹操在归途中登上碣石山(位于今河北省东亭县西南的大碣石山。此山现已不存，相传已沉入大海)，观看沧海壮丽景色。此时，曹操踌躇满志，意气昂扬，挥笔即书，便有了《观沧海》一诗。

这首诗从字面看，海水、山岛、草木、秋风，乃至日月星汉，是通篇写景。但能够一洗悲秋的感伤情调，把秋天的大海写得沉雄健爽，气象壮阔，这与曹操的气度、品格乃至美学情趣都是紧密相关的。曹操写景时由近及远，由实到虚，动静结合，虚实并用，层次分明，状尽大海浩淼无垠、吞吐日月的宏大气势，实际上是极写诗人那如“沧海”般的情怀，抒发了诗人决心消灭所有残敌、誓统一中国的壮志豪情。

这首《观沧海》单纯而又饱满，丰富而不琐细，像一幅粗线条的炭笔画，表现了是沧海孕大含深、动荡不安的性格，诗中对于气势雄浑的沧海的歌咏，也正表现了诗人自己的壮阔胸怀和宏伟气魄。

(三)洛神赋(节选)

其形也，翩若惊鸿，婉若游龙，荣曜秋菊，华茂春松。髣髴兮若轻云之蔽月，飘飖兮若流风之回雪。远而望之，皎若太阳升朝霞。迫而察之，灼若芙蕖出渌波。秾纤得衷，修短合度。肩若削成，腰如约素。延颈秀项，皓质呈露，芳泽无加，铅华弗御。云髻峨峨，修眉联娟，丹唇外朗，皓齿内鲜。明眸善睐，靥辅承权，瑰姿艳逸，仪静体闲。柔情绰态，媚于语言。奇服旷世，骨象应图。披罗衣之璀粲兮，珥瑶碧之华琚。戴金翠之首饰，缀明珠以耀躯。践远游之文履，曳雾绡之轻裾。微幽兰之芳蔼兮，步踟蹰于山隅。于是忽焉纵体，以遨以嬉。左倚采旄，右荫桂旗。攘皓腕于神浒兮，采湍濑之玄芝。

(曹植)

【译文】她的形影，翩然若惊飞的鸿雁，婉约若游动的蛟龙。容光焕发如秋日下的菊花，体态丰茂如春风中的青松。她时隐时现像轻云笼月，浮动飘忽似风吹落雪。远而望之，明洁如朝霞中升起的旭日；近而视之，鲜丽如绿波间绽开的新荷。她体态适中，高矮合度，肩窄如削，腰细如束，秀美的颈项露出白皙的皮肤。既不施脂，也不敷粉，发髻高盘如云，长眉弯曲细长，红唇鲜润，牙齿洁白，一双善于顾盼的闪亮的眼睛，两个面颧下甜甜的酒窝。她姿态优雅妩媚，举止温文娴静，情态柔美和顺,语辞得体可人。洛神服饰奇艳绝世,风骨体貌与图上画的一样。她身披明丽的罗衣,带着精美的佩玉。头戴金银翡翠首饰,缀以周身闪亮的明珠。她脚着饰有花纹的远游鞋,拖着薄雾般的裙裾,隐隐散发出幽兰的清香,在山边徘徊徜徉。忽然又飘然轻举,且行且戏,左面倚着彩旄,右面有桂旗庇荫,在河滩上伸出素手,采撷水流边的黑色芝草。

【诵读提示】洛神,相传为古帝宓(伏)羲氏的女儿宓妃,溺死于洛水而为水之神。旧说,曹植曾求婚甄逸女不遂,为曹丕所得。后甄后被谗死。曹植此赋有感于甄后而作,故初名《感甄赋》。这是小说家附会之谈,不足为信。本篇或假托洛神寄寓对君主的思慕,反映衷情不能相通的苦闷。

曹植(192—232),三国魏文学家。谯(今安徽亳县)人,字子建。曹操妻子卞氏所生第三子。封陈王,谥思,世称陈思王。年十岁能属文,才思隽发,下笔成章,曹操欲立为太子。丕践帝位后,忌其才,欲害之,限令七步成诗,不料却为其扬名。多次上书请用,不遂,郁郁而死。现存诗约八十首,赋文约四十余篇,原有集三十卷,已佚。宋人辑有《曹子建集》。

《洛神赋》作于黄初四年。那一年,曹植参加了曹丕在京都举办的朝会,带着一份压抑的心情经过洛水,有感而发作此赋,时年三十二岁。赋中曹植塑造了一个清丽脱俗、袅袅灵动的洛神形象,并描述了一段哀婉感人的人神之恋。文字如行云流水般泄出,情感饱满,对洛神形象的描述更是极尽所能,淡描浓绘,字字珠玑,鲜泽光亮。在短短的篇幅中用有限的文辞展开一段情意绵延于无限的感情,让人回味再三。

节选的这段赋写“宓妃”容仪服饰之美。曹植极力铺陈她的美貌,并用了多项比喻来加以形容。词藻华丽而不浮躁,清新之气四逸,令人神爽。讲究排偶、对仗、音律,语言整饬、凝练、生动、优美。魏晋南北朝的美学是从人物品藻出发的美学,然而并不停留在人,而是从人走向自然。所以曹植笔下的洛神形象活灵活现,袅娜多姿,象征着一切的美好。洛神是人物美与山水美的结合,是大时代的产物,也是属于曹植个人的独特艺术。曹植用有限的文字为我们创造了一个无限美丽的世界。它既是一个时代独特的写照,又能在历史的绵延中不断被深化,《洛神赋》的艺术价值正体现于此!

(四)燕歌行·其一

秋风萧瑟天气凉,草木摇落露为霜,群燕辞归鹄南翔。
念君客游思断肠,慊慊思归恋故乡,君何淹留寄他方?
贱妾茕茕守空房,忧来思君不敢忘,不觉泪下沾衣裳。

援琴鸣弦发清商，短歌微吟不能长。
明月皎皎照我床，星汉西流夜未央。
牵牛织女遥相望，尔独何辜限河梁。

（曹丕）

【诵读提示】“燕歌行”是一个乐府题目，属于《相和歌》中的《平调曲》，它和《齐讴行》《吴趋行》相类，都是反映各自地区的生活，具有各自地区音乐特点的曲调。燕是西周以至春秋战国时期的诸侯国名，辖地约今北京市及河北北部、辽宁西南部等一带地区。这里是汉族和北部少数民族接界的地带，秦汉以来经常发生战争，因此历代统治者都要派重兵在这里戍守，于是筑城、转输等各种徭役也就特别多。曹丕作为一个统治阶级的上层人物能关心这样一种涉及千家万户的事情，并在诗中寄予了如此深刻的同情，难能可贵。在艺术上，他把抒情女主人公的感情、心理描绘得淋漓尽致：她雍容矜重，炽烈而又含蓄，急切而又端庄。作品把写景抒情、写人叙事，以及女主人公的那种自言自语巧妙地融为一体，构成了一种千回百转、凄凉哀怨的风格。它叙述了一个女子对丈夫的思念，将写景与抒情巧妙交融。句句押韵，而且都是平声，笔致委婉，感情缠绵，颇适合诵读。

（五）饮酒

结庐在人境，而无车马喧。
问君何能尔？心远地自偏。
采菊东篱下，悠然见南山。
山气日夕佳，飞鸟相与还。
此中有真意，欲辨已忘言。

（陶渊明）

【诵读提示】陶渊明的《饮酒》组诗共有20首，这组诗并不是酒后遣兴之作，而是诗人借酒为题，写出对现实的不满和对田园生活的喜爱，是为了在当时十分险恶的环境下借醉酒来逃避迫害。他在《饮酒》第二十首中写道：“但恨多谬误，君当恕醉人。”可见其用心的良苦。这里选的是其中的第五首。这首诗以情为主，融情入景，写出了诗人归隐田园后生活悠闲自得的心境。

这首诗的意境可分两层，前四句为一层，写诗人摆脱尘俗烦扰后的感受，表现了诗人鄙弃官场、不与统治者同流合污的思想感情。后六句为一层，写南山的美好晚景和诗人从中获得的无限乐趣，表现了诗人热爱田园生活的真情和高洁人格。

“采菊东篱下，悠然见南山”是千年以来脍炙人口的名句。“悠然”二字用得很妙，说明诗人所见所感，非有意寻求，而是不期而遇。苏东坡对这两句颇为称道："采菊之次，偶然见山，初不用意，而境与意会，故可喜也。""见"字也用得极妙，无意中偶见南山的美景正好与采菊时悠然自得的心境相映衬，合成物我两忘的"无我之境"。

"此中有真意，欲辨已忘言。""此中真意"，内涵很大，作者没有全部说出来，也无须说出来，给读者以言已尽而意无穷的想象余地，令人回味无穷。我们在诵读时可以理解为人生的真正意义，那就是人生不应该汲汲于名利，不应该被官场的龌龊玷污了自己自然的天性，而应该回到自然中去，去欣赏大自然的无限清新和生机勃勃。

全诗以平易朴素的语言写景抒情叙理，形式和内容达到高度的统一，无论是写南山傍晚美景，还是抒归隐的悠然自得之情，还是叙田居的怡然之乐，还是道人生之真意，都既富于情趣，又饶有理趣。诵读时要用用朴素自然的语言，体现诗歌情意高远深长的意境，以及蕴理隽永、耐人咀嚼的理趣和情趣。

（六）声无哀乐论（节选）

夫天地合德，万物贵生，寒暑代往，五行以成。故章为五色，发为五音；音声之作，其犹臭味在于天地之间。其善与不善，虽遭遇浊乱，其体自若而不变也。岂以爱憎易操、哀乐改度哉？及宫商集比，声音克谐，此人心至愿，情欲之所锺。故人知情不可恣，欲不可极故，因其所用，每为之节，使哀不至伤，乐不至淫，斯其大较也。

……夫观气采色，天下之通用也。心变于内而色应于外，较然可见。故吾子不疑。夫声音，气之激者也，心应感而动，声从变而发；心有盛衰，声亦隆杀。同见役于一身，何独于声便当疑邪！夫喜怒章于色诊，哀乐亦宜形于声音，声音自当有哀乐，但暗者不能识之。至钟子之徒，虽遭无常之声，则颖然独见矣。今蒙瞽面墙而不悟，离娄昭秋毫于百寻，以此言之，则明暗殊能矣。不可守咫尺之度而疑离娄之察，执中庸之听而猜钟子之聪，皆谓古人为妄记也。

（嵇康）

【译文】天地共同运作，万物借以生长，寒来暑往，五行因此形成，表现为五色，发出为五声。声音的产生好比是气味散布在天地之间。声音的好和不好，虽然会遭遇到浑浊混乱，但是它的本体却是自己原来的样子，不会有什么变化，怎么会因为别人的爱憎、哀乐而改变性质呢？等到各种音调会合在一起，声音和谐，这是人心最高的愿望，情欲集中的所在。古人知道情感不能放纵，欲望不可穷极，所以就借着他所享用的音乐，常常加以节制，使得人们哀怨而不至于伤心，快乐又不至于过分。

……通过观察气色来考知内心，这是天下通用的方法。人心变化于内，神色相应地表现于外，这是明显可以看得到的，所以您不怀疑。声音是精气激发的结果，内心受到感触而发生波动，声音便随着内心变化而发出。内心情感有强有弱，声音也就有高有低。神色的变化和声音的变化都表现在人的身上，为什么对声音反映内心这一点却偏偏要怀疑呢？既然喜怒哀乐会表现在脸色上，那么哀乐也应该体现在声音中。声音本来就是有哀乐的，只是不懂的人听不懂罢了。至于钟子期一类人，虽然遇到不固定的声音，却依然能聪颖地独自领会。盲人即使站在墙壁前也仍然一无所见，而离娄站在百尺之外却能把细毛看得清清楚楚，据此说来，人们视力的强弱的确不一样。不能以盲人的视力为标准，怀疑离娄明锐的视力。用一般人的听力，去猜疑钟子期的听力，把古人的记载统统说成是虚妄不实的。

【诵读提示】嵇康，字叔夜，三国时谯郡（今安徽宿县）人，幼年丧父，励志勤学。虽家世儒学，但学不师授，唯好老、庄之说。与魏宗室婚，官至中散大夫，有二十年住在曹魏宗室聚居的河内山阳，过着锻铁、灌园、抚琴作诗的隐逸生活。他与阮籍、山涛、向秀、王戎、刘伶、阮咸等人交游甚密，后世称为“竹林七贤”。后因与钟会有隙，被谮于大将军司马昭，年四十即遭杀害。

嵇康“有奇才”，“美词气，有风仪，而土木形骸，不自藻饰，人以为龙章凤姿，天质自然”。一般认为其在哲学上上承何晏王弼之自然观思想，下启郭象《庄子注》之精神内涵。其作品文有两篇：《与山巨源绝交书》《与吕长悌绝交书》。赋有四篇：《琴赋》《酒赋》《蚕赋》《怀香赋》。论有：《声无哀乐论》《养生论》及《答难养生论》等。诗现存50多首，有四言、五言、七言和杂言，而以四言成就较高。

嵇康崇尚自然，倡“越名教而任自然”，实际上是对司马氏篡权的隐讳抨击。嵇康天资高妙，诗文俱佳，才藻清俊，他的四言诗和论辩文为后世所激赏。嵇康还擅长抚琴，尤精《广陵散》，后人有着丰富神奇的联想和追忆。他高超的古琴演奏技巧和独特深刻的理论素养，使这篇《声无哀乐论》成为中国音乐史上的重要著作。

嵇康音乐思想的核心观念就是“声无哀乐”，意谓音乐是一种客观存在，而感情则纯粹主观，所谓“心之与声，明为二物”，二者并无因果联系。《声无哀乐论》通过“秦客”和“东野主人”层层推进的八个回合的辩难，表现了嵇康对传统乐论“治世之音安以乐，亡国之音哀以思”等诸多论点的反对，他认为音乐之声生于天地自然，只有演奏者艺术水平的高低善恶，其本身并不含有政治教化作用，最多只能娱人，所谓“欢放而欲惬”。嵇康肯定郑声之感人，认为“是音声之至妙”，但又指出其导致人们“惑志”“丧业”，不如雅乐之可以移风易俗。而雅与郑、正声与淫声的区别关键在于雅乐中存在着一种“平和”的精神，此精神来源于自然之“道”，“平和而无哀乐”。嵇康“声音以平和为体”的观念正是在这个意义上形成的。至于嵇康的思想基础，有的学者认为是唯心主义的（如杨荫浏《中国古代音乐史稿》，人民音乐出版社2004年版），有的学者（如蔡仲德《中国音乐美学史》）认为以唯物论为基础，其观点矛盾和不彻底处则杂有唯心论的影响，我们认为后者观点较平允。因为嵇康诗文中的“自然”“元气”“太素”等并不是神秘的、不可知的精神本体，其中包含着一种可以追寻的理路，这也是嵇康不茫从“俗儒妄记”、崇尚“道法自然”的原因。

第六节 唐诗选萃

唐代诗歌创作繁荣,题材丰富、风格多样、流派众多、体制齐备,作家作品量多质高。

韩愈《调张籍》云:“李杜文章在,光焰万丈长。”陈师道《后山诗话》云:苏子瞻云:子美之诗,退之之文,鲁公之书,皆集大成者也。学诗当以子美为师,有规矩故可学。退之于诗,本无解处,以才高而好尔。渊明不为诗,写其胸中之妙尔。学杜不成,不失为工。无韩之才,与陶之妙,而学其诗,终为乐天尔。初唐四杰,王绩韦柳小李杜等构成了唐诗绝韵。

苏轼《书黄子思诗集后》道:“予尝论书,以谓钟、王之迹,萧散简远,妙在笔墨之外。至唐颜、柳,始集古今笔法而尽发之,极书之变,天下翕然以为宗师,而钟、王之法益微。至于诗亦然,苏、李之天成,曹、刘之自得,陶、谢之超然,盖亦至矣。而李太白、杜子美以英玮绝世之姿,凌跨百代,古今诗人尽废。然魏、晋以来,高风绝尘,亦少衰矣。”

唐诗从形式到风格都是丰富多彩、推陈出新的。它不仅继承了汉魏民歌、乐府传统,并且大大发展了歌行体的样式;不仅继承了前代的五、七言古诗,并且发展为叙事言情的长篇巨制;不仅扩展了五言、七言形式的运用,还创造了风格特别、优美整齐的近体诗。

唐诗在形式上有古体和近体两大类。古体诗的风格是前代流传下来的,所以又叫古风。近体诗有严整的格律,所以又称为格律诗。唐诗的基本形式基本上有这样六种:五言古体、七言古体、五言绝句、七言绝句、五言律诗、七言律诗。古体诗对音韵格律的要求较宽:一首之中,句数可多可少,篇章可长可短,韵脚可以转换。近体诗对音韵格律的要求较严:一首诗的句数有限定,即绝句四句,律诗八句,每句诗中用字的平仄声,有一定的规律,韵脚不能转换;律诗还要求中间四句成为对仗。

诵读唐诗宋词元曲等音韵文学作品要遵循以下八个基本步骤:一观体裁,二看押韵,三析对仗,四查平仄,五审表达,六品意境,七现情景,八诵神韵。

一、古体诗举隅

(一)五言古体诗:古朗月行

小时不识月,呼作白玉盘。又疑瑶台镜,飞在青云端。

仙人垂两足,桂树何团团。白兔捣药成,问言与谁餐?

蟾蜍蚀圆影，大明夜已残。羿昔落九乌，天人清且安。
阴精此沦惑，去去不足观。忧来其如何？凄怆摧心肝。

（李白）

【诵读提示】古，古体诗。朗月，晴朗的月夜。“行”，歌行，是古诗的一种体裁，统称“歌行体”。特点是“篇无定句，句无定字”，音节、格律比较自由，句法长短不一，富于变化。唐以后，歌行一般用五、七言古诗体裁。格式节奏上没有严格要求，也不讲究平仄，字数五七言为主，可参差不齐，可变韵。亦称古诗、古风。

“朗月行”，是乐府古题，属《杂曲歌辞》。鲍照有《朗月行》，写佳人对月弦歌。李白采用这个题目，但没有因袭旧的内容。他运用浪漫主义的创作方法，以神话般的想象，赞美月亮的美妙、神奇，构成瑰丽神奇而含意深蕴的艺术形象。这首诗应该是李白针对当时朝政黑暗而发的。唐玄宗晚年沉湎声色，宠幸杨贵妃，权奸、宦官、边将擅权，把国家搞得乌烟瘴气。诗中“蟾蜍蚀圆影，大明夜已残”就是讽刺这一昏暗局面。沈德潜说，这是“暗指贵妃能惑主听”。（《唐诗别裁》）。然而诗人的主旨却不明说，而是通篇作隐语，化现实为幻景，以蟾蜍蚀月影射现实，说得十分深婉曲折。诗中一个又一个新颖奇妙的想象，展现出诗人起伏不平的感情，文辞如行云流水，富有魅力，发人深思，体现出李白诗歌的雄奇奔放、清新俊逸的风格。

（二）七言古体诗：春江花月夜

春江潮水连海平，海上明月共潮生。滟滟随波千万里，何处春江无月明？
江流宛转绕芳甸，月照花林皆似霰。空里流霜不觉飞，汀上白沙看不见。
江天一色无纤尘，皎皎空中孤月轮。江畔何人初见月？江月何年初照人？
人生代代无穷已，江月年年只相似。不知江月待何人，但见长江送流水。
白云一片去悠悠，青枫浦上不胜愁。谁家今夜扁舟子？何处相思明月楼？
可怜楼上月徘徊，应照离人妆镜台。玉户帘中卷不去，捣衣砧上拂还来。
此时相望不相闻，愿逐月华流照君。鸿雁长飞光不度，鱼龙潜跃水成文。
昨夜闲潭梦落花，可怜春半不还家。江水流春去欲尽，江潭落月复西斜。
斜月沉沉藏海雾，碣石潇湘无限路。不知乘月几人归，落月摇晴满江树。

（张若虚）

【诵读提示】《春江花月夜》有“以孤篇压倒全唐（孤篇横绝全唐）”之誉，闻一多称之为“诗中的诗，顶峰上的顶峰”。所以诵读唐诗，必须品鉴张若虚的《春江花月夜》。清人徐增说：“此诗如连环锁子骨，节节相生、绵绵不断，使读者眼光正射不得,斜射不得,无处寻其端绪。‘春江花月夜’五个字,各各照顾有情,诗真艳诗,才真绝才也。”第一部分描写明月照耀下的江水花林景色,以明月的渐渐升起为中心,紧扣题目中春、江、花、月、夜五字逐步展开,最终构成一幅天地一体、色彩绚丽的完整图画,为下面的对景抒情打下基础。第二部分,写江月永照,引发生命短暂;用明月常圆,引发人间常别。通过景与情的对比,抒发了作者月圆人难圆的感叹。最后一部分,主要用月照、春归、花落、雾漫、月残来引发思妇游子的相思之情。景与情相互烘染,离别之苦显得更加浓重。

诗中多处用了比喻。“月照花林皆似霰”是明喻,“空里流霜不觉飞”是暗喻。这里由花林似霰,进而联想到月光如霜,写出了月光的柔和细腻。“不知江月待何人,但见长江送流水”两句中的“送”“待”两字,运用了拟人化手法,月亮年年长明不衰为的是见到它期待的人。诗人由仰望月轮,又低头见长江“送”走的一江春水。人生、人的青春,不就是被这滔滔流水“送”走的吗?“落月摇晴满江树”,则是运用了双关修辞。“晴”双关“情”,写出了游子相思不得相见的苦情。“梦落花”,暗示春将尽;“落月复西斜”,暗示游子夜夜望月思归等等,加上顶真与反复的运用,推动了时间的推移和空间的转换,展现了相互联系而又不断变化的画面与思绪,都使人与物、情与景达到了水乳交融的境界。最后烘托和铺垫手法的运用,把“春——江——花——月——夜”自然组合成一个优美完整的画面,谱写了一首有淡淡忧愁的春江颂歌,抒发宇宙永恒的感悟,寄寓了人生短暂的深沉慨叹。

全诗三十六句,每四句一韵,首句入韵。吟诵时建议以“仄仄平平仄仄平”为基本旋律,依据诗歌内容情感的不同,第一小节句末可采用平直调,后面依次采用上行调或下行调。诵读出顿挫悠扬、朗朗上口、连绵不绝的韵味。

二、近体诗举隅

近体诗的平仄有一定的格式。五绝、七绝以及五律、七律,都有平起首句押韵、平起首句不押韵、仄起首句押韵、仄起首句不押韵四种格式。

“平起”或“仄起”看全诗的第二个字。

(一)五绝平仄规则

1. 平起,首句入韵

平平仄仄平　仄仄仄平平　仄仄平平仄　平平仄仄平

江南渌水多,顾影逗流波。落日秦云里,山高奈若何。

(李嘉佑《白鹭》)

【诵读提示】李嘉祐，字从一，赵州（今河北省赵县）人，生卒年俱不可考。天宝七年（748）进士，授秘书正字。以罪谪鄱阳，量移江阴令。大历中，为袁州刺史。与李白、刘长卿、钱起、皇甫曾和皎然相识。他善作诗，诗风绮丽婉靡。有很多名句，如“野渡花争发，春塘水乱流”“朝霞晴作雨，湿气晚生寒”“禅心超忍辱，梵语问多罗”等，被时人评为“文章之冠冕也”。

2. 平起，首句不入韵

平平平仄仄　仄仄仄平平　仄仄平平仄　平平仄仄平

鸣筝金粟柱，素手玉房前。欲得周郎顾，时时误拂弦。

（李端《听筝》）

3. 仄起，首句入韵

仄仄仄平平　平平仄仄平　平平平仄仄　仄仄仄平平

北斗七星高，哥舒夜带刀。至今窥牧马，不敢过临洮。

（西鄙人《哥舒歌》）

4. 仄起，首句不入韵

仄仄平平仄　平平仄仄平　平平平仄仄　仄仄仄平平

白日依山尽，黄河入海流。欲穷千里目，更上一层楼。

（王之涣《登鹳雀楼》）

【诵读提示】王之涣（688—742），盛唐著名边塞诗人。字季凌，祖籍晋阳（今山西太原）。为人豪放不羁，常击剑悲歌。他的诗用词十分朴实，然造境极为深远，令人裹身诗中，回味无穷。他常与高适、王昌龄等相唱和，诗作多被当时乐工制曲歌唱，名动一时。

鹳雀楼旧址在山西永济县，楼高三层，前对中条山，下临黄河。传说常有鹳雀在此停留，故有此名。鹳雀楼楼体壮观，结构奇特，气势雄伟，加之区位优越，风景秀丽，历代文人雅士、骚人墨客，多来登楼观瞻、放歌抒怀，并留下许多居高临下、雄观大河的不朽篇章。当时以鹳雀楼为题的诗众多，以王之涣、李益、畅当三人的同名作品最为著名。

首句诗人遥望一轮落日向着楼前一望无际、连绵起伏的群山西沉，在视野的尽头冉冉而没。这是天空景、远方景、西望景。次句写目送流经楼前下方的黄河奔腾咆哮、滚滚南来，又在远处折而东向，流归大海。由地面望到天边，由近望到远，由西望到东。王之涣把眼前景与意中景融合为一，使诗作画面显得特别宽广、辽远。白日依山而尽，是一个极短暂的过程；黄河向海而流，却是一种永恒的运动，体现了盛唐拥无限生机的动态美。结句运用形象思维来显示生活哲理。

这首绝句全篇都用对仗。前两句“白日”和“黄河”两个名词相对，“白”与“黄”两个色彩相对，“依”与“入”两个动词相对。后两句也如此。“正正相对”构成了形式上的完美。沈德潜在《唐诗别裁》中选录这首诗时曾指出：“四语皆对，读来不嫌其排，骨高故也。”这首诗写诗人在登高望远中表现出来的不凡的胸襟抱负，反映了盛唐时期人们积极向上的进取精神。

（二）七绝平仄规则

1. 平起，首句入韵

平平仄仄仄平平　仄仄平平仄仄平　仄仄平平平仄仄　平平仄仄仄平平

葡萄美酒夜光杯，欲饮琵琶马上催。醉卧沙场君莫笑，古来征战几人回？

（王翰《凉州词》）

【诵读提示】五律、五绝的首句不入韵为常式，即“顺黏格”，首句入韵的则称为“偏格”。七律、七绝相反，首句入韵的则称为“顺黏格”，首句不入韵为“偏格”。这首七绝律诗是平起顺黏格。宋顾乐在《唐人万首绝句选评》中评曰：“气格俱佳，盛唐绝作。”王文濡评曰：“首句言宴席之盛，不可不饮，乃欲饮而琵琶声已于马上相催，又不得饮，卒之醉卧沙场，仍复出于痛饮。上三句，句句用顿，末句一挫，便使全首精神，跃跃纸上。”（《唐诗评注读本》卷四）

首句“葡萄美酒夜光杯”用语绚丽优美，音调清越悦耳，显出盛宴的豪华气派。“欲饮琵琶马上催”，这个上二下五的句式促成了文意的转折。正欲开怀畅饮，琵琶那急促的弦音开始催人出征。“醉卧沙场君莫笑”一句又于顿挫之中一笔挑起，令人好像听到了将士们正在倾诉衷肠。“古来征战几人回？”末尾的诘问句将最悲痛、最决绝的情感一下子释放出来。

清代施补华的《岘佣说诗》评说：“作悲伤语读便浅，作谐谑语读便妙。在学人领悟。”沈德潜在《唐诗别裁集》卷十九中评说：“故作豪饮之词，然悲感之极。”诵读时要“作旷达语，倍觉悲痛”。也就是以豪放的语言风格描摹征戍战士饮酒作乐的欢乐情景，展现浓郁的边塞军营生活的色彩。

2. 平起，首句不入韵

平平仄仄平平仄　仄仄平平仄仄平　仄仄平平平仄仄　平平仄仄仄平平

岐王宅里寻常见，崔九堂前几度闻。正是江南好风景，落花时节又逢君。

（杜甫《江南逢李龟年》）

【诵读提示】《江南逢李龟年》是杜甫绝句中最晚的一篇，作于唐代宗大历五年(770 年)。《明皇杂录》中记载："开元中，乐工李龟年善歌，特承顾遇，于东都大起第宅。其后流落江南，每遇良辰胜景，为人歌数阕，座中闻之，莫不掩泣罢酒。杜甫尝赠诗(即指此诗)。"杜甫少年时代正是开元盛世，曾与李龟年相熟，四十年后国家已经衰败，两人穷途相遇，不胜今昔之感，就写下了这首深沉的诗，此诗是杜甫绝句中最有情韵、最富含蕴的一篇，只有二十八字，却包含着丰富的时代生活内容：世境的离乱、年华的盛衰、人情的聚散、彼此的凄凉流落，都浓缩在这短短的二十八字中。这首七绝首句不入韵，为"偏格"。

3. 仄起，首句入韵

仄仄平平仄仄平　平平仄仄仄平平　平平仄仄平平仄　仄仄平平仄仄平

月落乌啼霜满天，江枫渔火对愁眠。姑苏城外寒山寺，夜半钟声到客船。

(张继《枫桥夜泊》)

【诵读提示】《枫桥夜泊》是仄起首句押韵，具有音美、形美、意美三个方面的和谐统一。

张继屡考不中，无奈之下，夜泊枫桥。只见霜天、月落、渔火、江枫不断移动，构成一幅幅流动的不平衡的画面。千年历史的轮回中，寒山寺钟声在夜半之时，于诗人的耳边准时敲响，一声声地敲击着低沉、压抑、郁闷、无奈的消极情绪。低沉的钟声配上凄凉的乌啼，勾起诗人无限的愁思，使他难以入睡排遣。张继将出家人的钟声衍化成永恒的乡愁，赋予这首诗一种新的审美意义。诗中的"钟声"，不仅仅是佛教语言的一种象征，夜半沉寂的钟声更代表着一种特殊的时间，表达着无奈的现实存在，蕴蓄着历史和命运感……钟声与人的生命价值维系在一起，使人在听到它的刹那间灵魂升华、超越自我。

4. 仄起，首句不入韵

仄仄平平平仄仄，平平仄仄仄平平。平平仄仄平平仄，仄仄平平仄仄平。

独在异乡为异客，每逢佳节倍思亲。遥知兄弟登高处，遍插茱萸少一人。

(王维《九月九日忆山东兄弟》)

(三)五律平仄规则

对近体诗，有一种理论认为：绝句是截取律诗的一半而成。所以我们可以把律诗看成是绝句的叠加。

1. 平起,首句入韵

平平平仄仄　仄仄仄平平　仄仄平平仄　平平仄仄平
平平平仄仄　仄仄仄平平　仄仄平平仄　平平仄仄平
空山新雨后,天气晚来秋。明月松间照,清泉石上流。
竹喧归浣女,莲动下渔舟。随意春芳歇,王孙自可留。

(王维《山居秋暝》)

【诵读提示】这首五律是平起仄收(即首句平起不入韵)式。所谓“平起仄收”是指首句而言,因首句首字平仄不限,故又以第二字的平仄为准。“山”字属平声,末字“后”属仄声,是为“平起仄收”。二、四、六、八句押韵,三四句、五六句要求对仗。

这首山水田园诗通篇比兴,写出了清新、幽静、恬淡、优美的山中秋季的黄昏美景。首联写山居秋日薄暮之景,山雨初霁,幽静闲适,清新宜人。颔联写皓月当空、青松如盖、山泉清洌、流于石上、清幽明净的自然美景。颈联写听到竹林喧声,看到莲叶纷披,发现了浣女、渔舟。末联写此景美好,是洁身自好的所在。整首诗像一幅清新秀丽的山水画,又像一支恬静优美的抒情乐曲,体现了诗人诗中有画的创作特点。诵读时要体现出诗人隐居山水之间的高洁情怀和对理想的追求,语气要含蕴丰富,耐人寻味。

2. 平起,首句不入韵

平平平仄仄　仄仄仄平平　仄仄平平仄　平平仄仄平
平平平仄仄　仄仄仄平平　仄仄平平仄　平平仄仄平
江城如画里,山晚望晴空。两水夹明镜,双桥落彩虹。
人烟寒橘柚,秋色老梧桐。谁念北楼上,临风怀谢公。

(李白《秋登宣城谢朓北楼》)

3. 仄起,首句入韵

仄仄仄平平　平平仄仄平　平平平仄仄　仄仄仄平平
仄仄平平仄　平平仄仄平　平平平仄仄　仄仄仄平平
戍鼓断人行,边秋一雁声。露从今夜白,月是故乡明。
有弟皆分散,无家问死生。寄书长不达,况乃未休兵。

(杜甫《月夜忆舍弟》)

【诵读提示】这首诗是乾元二年(759 年)秋杜甫在秦州所作。这年九月,史思明从范阳引兵南下,攻陷汴州,西进洛阳,山东、河南都处于战乱之中。当时,杜甫的几个弟弟正分散在这一带，由于战事阻隔，音信不通，引起他强烈的忧虑和思念，《月夜忆舍弟》即是他当时思想感情的真实记录。诗一起即突兀不平。题目是"月夜"，作者却是先从月夜的背景写起。首先描绘了一幅边塞秋天的图景，耳目所及皆是一片凄凉景象。接着出现的沉重单调的更鼓和天边孤雁的叫声不仅没有带来一丝活气，反而使本来就荒凉不堪的边塞显得更加冷落沉寂。两句诗渲染了浓重悲凉的气氛。颔联点题。"露从今夜白"，既写景，也点明时令。那是在白露节的夜晚，清露盈盈，令人顿生寒意。"月是故乡明"，一句情景交融，注入了自己的主观感情。杜甫化平板为神奇，把心理幻觉当成梦中的真实，这一手法极深刻地表现了作者微妙的心理，突出了对故乡的感怀。这两句在炼句上很见功力，语气矫健有力，字字忆弟，句句有情。颈联由望月转入抒情，过渡十分自然。作者的绵绵愁思中夹杂着生离死别的焦虑不安，语气也分外沉痛。"有弟皆分散，无家问死生。"上句说弟兄离散，天各一方；下句说家已不存，生死难卜。写得伤心折肠，令人不忍卒读。这两句诗也概括了安史之乱中人民饱经忧患丧乱的普遍遭遇。尾联"寄书长不达，况乃未休兵"，紧承五、六两句进一步抒发内心的忧虑之情。战事频繁，亲人间生死茫茫，难以释怀。全诗层次井然，首尾照应，承转圆熟，结构严谨。

安史之乱中，杜甫颠沛流离，备尝艰辛，既怀家愁，又忧国难。诵读时要体现他怀乡思亲、凄楚哀感的忧国情思，读出含蓄蕴藉、沉郁顿挫的风格。

4. 仄起，首句不入韵

仄仄平平仄　平平仄仄平　仄平平仄仄　仄仄仄平平
仄仄平平仄　仄平平仄平　平平仄平仄　仄仄仄平平
本以高难饱，徒劳恨费声。五更疏欲断，一树碧无情。
薄宦梗犹泛，故园芜已平。烦君最相警，我亦举家清。

（李商隐《咏蝉》）

【诵读提示】李商隐（约813—约858），唐代诗人。字义山，号玉溪生。怀州河内（今河南沁阳）人。开成（唐文宗年号，836—840年）进士。曾任县尉、秘书郎和东川节度使判官等职。因受牛李党争影响，被人排挤，潦倒终身。所作咏史诗多托古以讽时政，无题诗很有名。擅长律绝，富于文采，构思精密，情致婉曲，具有独特风格，然有用典太多、意旨隐晦之病。

古人云："昔诗人篇什，为情而造文。"李商隐借咏蝉以喻自身的高洁。诗中的蝉，也就是作者李商隐自己的影子。前半首闻蝉而兴，重在咏蝉；它餐风饮露，居高清雅,然而声嘶力竭地鸣叫,却难求一饱。后半首直抒己意,他乡薄宦,梗枝漂流,故园荒芜,胡不归去?因而闻蝉以自警,同病相怜。全诗层层深入阐发主题:"高难饱",鸣"徒劳",声"欲断",树"无情",怨之深,恨之重,一目了然。

清施补华《岘佣说诗》云:"三百篇比兴为多,唐人犹得此意。同一咏蝉,虞世南'居高声自远,端不藉秋风',是清华人语;骆宾王'露重飞难进,风多响易沉',是患难人语;李商隐'本以高难饱,徒劳恨费声',是牢骚人语。比兴不同如此。"这三首诗都是唐代托咏蝉以寄意的名作,由于作者地位、遭际、气质的不同,虽同样工于比兴寄托,却呈现出殊异的面貌,构成富有个性特征的艺术形象,成为唐代文坛"咏蝉"诗的三绝。诵读时要从中找到艺术上的契合点,以人格化的语言体现蝉声清华隽朗的高标逸韵,突出强调人格美、人格的力量。

(四)七律平仄规则

1. 平起,首句入韵

平平仄仄仄平平　仄仄平平仄仄平　仄仄平平平仄仄　平平仄仄仄平平
平平仄仄平平仄　仄仄平平仄仄平　仄仄平平平仄仄　平平仄仄仄平平

千家山郭静朝晖,日日江楼坐翠微。信宿渔人还泛泛,清秋燕子故飞飞。
匡衡抗疏功名薄,刘向传经心事违。同学少年多不贱,五陵衣马自轻肥。

(杜甫《秋兴八首·其三》)

【诵读提示】作者早起坐江楼赏朝晖,看翠微,似乎不无惬意,但冠以"日日"二字,就揭示出诗人无聊而孤寂的心情,并使"朝晖"失去诱人的光彩,甚至望"翠微"生厌。身处异地,心怀家国,触目皆愁,日坐江楼,看朝晖,对翠微,已透出无聊情绪,而舟泛、燕飞又皆从无聊者的眼中看出,无可奈何的心情益发清晰。三联借古人写心中事,诗人借二古人事以抒发自己的愤懑,写得委婉深沉。结联借"同学少年"之得意反衬自己不得意的处境。想到同学少年多已腾达得意,轻裘肥马,作威作福,既不念故人之流落,更不念家国之残破,表现了诗人的痛心,也表明了他的鄙视之情。诵读时要以声音表情表现出诗人的愤激与深挚的忧国忧民之情。

2. 平起,首句不入韵

平平仄仄平平仄　仄仄平平仄仄平　仄仄平平平仄仄　平平仄仄仄平平
平平仄仄平平仄　仄仄平平仄仄平　仄仄平平平仄仄　平平仄仄仄平平

巴山楚水凄凉地,二十三年弃置身。怀旧空吟闻笛赋,到乡翻似烂柯人。
沉舟侧畔千帆过,病树前头万木春。今日听君歌一曲,暂凭杯酒长精神。

(刘禹锡《酬乐天扬州初逢席上见赠》)

【诵读提示】这首诗是刘禹锡于敬宗宝历二年(826)冬,罢和州刺史后回归洛阳,途经扬州,与罢苏州刺史后也回归洛阳的白居易相会时所作。“初逢”二字可以有两种理解:一是未见过面,初次相逢;二是久别之后,初次相逢。刘禹锡因积极参加顺宗朝王叔文领导的政治革新运动而遭受迫害,但他并未直诉自己无罪而长期遭贬的强烈不平。首联通过“凄凉地”和“弃置身”这些富有感情色彩的字句的渲染,让读者在了解和同情作者长期谪居的痛苦经历中,感觉到诗人抑制已久的愤激心情,具有较强的艺术感染力。颔联运用了两个典故。一是“闻笛赋”,指曹魏后期向秀的《思旧赋》。另一个是“烂柯人”。《述异记》载,晋人王质入山砍柴,见二童子对弈,他观棋至终局,发现手中的“柯”——斧头的木柄已经朽烂了。王质下山,回到村里,才知道已经一百年过去了,同时代的人都已死尽。“怀旧”句表达了诗人对受害的朋友王叔文等的悼念。第四句抒发了诗人对岁月流逝、人事变迁的感叹。用典贴切,感情深沉。颈联紧承颔联而来。“沉舟”和“病树”是比喻久遭贬谪的自己,而“千帆”和“万木”则比喻在他贬谪之后那些仕途得意的新贵们。白居易称赞这一联“神妙”。尾联说的是酒席上的事情,看似平淡,其实是点睛之笔,不能忽略。“长精神”三字,含义深刻,表现了诗人意志不衰、坚韧不拔的气概。

诗作运用了层层递进的手法。第一层先写自己无罪而长期被贬的遭遇,为全诗定下了愤激的基调。第二层通过对受害朋友的悼念,以及自己回到故乡竟然恍如隔世的情景,使愤激之情进一步深化。第三层推开一步,对比了自己的沉沦与新贵的得势,诗人的愤激之情达到了顶点。第四层急转直下,表示并不消极气馁,要抖擞振奋,积极进取,重新投入生活,以自勉自励结束。

这个诗很顺,没有拗救,比较容易分析。需要注意的地方是:“十”“笛”“一”这几字都是今天读作平声的古入声字,属于仄声;诗中最后一句中的“长”字,根据其意思,判定它读作上声,属于仄声。全诗感情真挚,沉郁中见豪放,不仅反映了深刻的人生哲理,也具有很强的艺术感染力。诵读时要愤激而不浅露,感慨而不低沉,惆怅而不颓废,体现出诗人身经危难、百折不回的坚强毅力,给人以莫大的启迪和鼓舞。

3. 仄起,首句入韵

平仄平平仄仄平　平平平仄仄平平　平平仄仄平平仄　仄仄平平仄仄平

仄仄仄平平仄仄　仄平平仄仄平平　平平仄仄平平仄　平仄平平仄仄平

相见时难别亦难,东风无力百花残。春蚕到死丝方尽,蜡炬成灰泪始干。

晓镜但愁云鬓改,夜吟应觉月光寒。蓬山此去无多路,青鸟殷勤为探看。

(李商隐《无题》)

【诵读提示】这首诗是“仄起平收式”,又称“入韵仄起式”。就是说,首句的第一个字是仄声(仄起),首句的最后一个字是平声(入韵)。诗中“别、觉”,古时为入声。

李商隐是晚唐诗坛中的一位大家,当时与杜牧齐名。若就对后世的影响而言,他超过了杜牧。李商隐在诗歌史上的重要贡献,是创造性地丰富了诗的抒情艺术。他的诗歌创作,常以清词丽句构造优美的形象,寄情深微,意蕴幽隐,富有朦胧婉曲之美。最能表现这种风格特色的作品,是这首七律。诗以“无题”命篇,其内容或因不便明言,或因难用一个恰当的题目表现,耐人寻味。从诗歌形象所构成的意境来看,它是一首经典的爱情诗。从头至尾都交织着相思的苦楚,盼望相见,欲罢不能。起句两个“难”字,看似突兀,但读起来别有一番哲理,点出了聚首不易、别离更难之情,感情绵邈,落笔非凡。颔联以春蚕蜡烛作比,表达爱情的忠贞,十分精彩,既缠绵沉痛,又坚贞不渝。如今这两句又有鞠躬尽瘁的含义。颈联写晓妆对镜,抚鬓自伤,是自计;良夜苦吟,月光披寒,是计人。相劝自我珍重,善加护惜,却又苦情密意,体贴入微,可谓千回百转。末联写希望信使频传佳音,意致婉曲,柳暗花明,别有洞天。这首诗以女性的口吻抒写爱情心理,韵脚为“十四寒”,“残”“干”“寒”“看”,押韵工整。诵读时要以悲伤、痛苦的语调,体现出深微绵邈的感情境界,及灼热的渴望和坚忍的执着精神。

4. 仄起,首句不入韵

仄仄平平平仄仄　平平仄仄仄平平　平平仄仄平平仄　仄仄平平仄仄平
仄仄平平平仄仄　平平仄仄仄平平　平平仄仄平平仄　仄仄平平仄仄平
剑外忽传收蓟北,初闻涕泪满衣裳。却看妻子愁何在?漫卷诗书喜欲狂。
白日放歌须纵酒,青春作伴好还乡。即从巴峡穿巫峡,便下襄阳向洛阳。

(杜甫《闻官军收河南河北》)

【诵读提示】公元762年(广德元年)的正月,杜甫53岁。唐军在洛阳附近的衡水打了个大胜仗,收复了洛阳和郑汴等州,持续七年之久的“安史之乱”终告结束。正流寓梓州(治所在今四川三台)、过着漂泊生活的杜甫听到这个消息,不禁欣喜欲狂,手舞足蹈,冲口唱出这首七律。首联写初闻喜讯的惊喜;颔联写诗人手舞足蹈做返乡的准备,凸显了急于返回故乡的欢快之情。全诗情感奔放,处处渗透着“喜”字,痛快淋漓地抒发了作者无限喜悦兴奋的心情,因此被称为杜甫“生平第一快诗”。诗的后六句都是对偶,但却明白自然,像说话一般,有水到渠成之妙。诵读时要表达出诗人渴望祖国统一的强烈的爱国之情。

第七节 词苑撷英

宋词是继唐诗之后的又一种文学体裁。词,本是我国古代诗歌的一种,初名曲、曲子、曲子词,简称“词”。又名乐府、近体乐府、乐章、琴趣,还被称作诗余、歌曲、长短句。

词最早起源于民间,后来,文人依照乐谱声律节拍而写新词,叫作“填词”或“依声”。从此,词与音乐分离,形成一种句子长短不齐的格律诗。五、七言诗句匀称对偶,表现出整齐美;而词以长短句为主,呈现出参差美。

一、词的格律

词的格律概括起来有如下几点:

1. 定段,定句,定言。定段是指每首词由一段、两段或三段等构成的;定句是指每首词是由几句组成的;定言是指每句由几言或几个字组成。

2. 平仄严谨。在整首词中,每个字的平仄都有具体规定且落到每字。

3. 对仗,要求不严。绝大部分词不要求对仗,不要求对仗的地方可对可不对,但少量的词一些地方是要求对仗的。要求对仗的地方必须对仗。如《踏莎行》《鹊桥仙》每阕的首二句,《满江红》中间的七言句,《沁园春》中间的四言句等是要求对仗的。

4. 押韵。词的韵比诗韵要宽。诗韵中《佩文韵府》中共 106 部,其中平韵、上平、下平各 15 部,计 30 部,而词韵中《词林正韵》共 19 部。诗韵只可押平韵;词韵可押平韵也可押仄韵,也可换韵。

5. 章法。以句号为单位,句号内承接,句号间递转。一个句号相当于格律诗一联。

6. 叠字,叠句,叠韵。有一部分词要求在一定位置有叠字、叠韵、叠句的要求。如《如梦令》等。

7. 词句要合平仄,词的字数基本上用的是律句。除了五字句、七字句外,三字、四字、六字也多为律句。关于这点,王力先生有过精当分析:三字句可以认为是七言律句的末三字,四字句可认为是七言律句的前四字,六字句可以认为是七言律句的前六字。如《生查子》完全由五言律句构成,与格律诗所不同的是押仄韵。再如《浣溪沙》,则完全由七言律句构成的,而且也押平韵,所不同的是只比律诗少两句。再有些词是由五言律句与七言律句合成的,如《卜算子》,上下阙各三句五言句、一句七言句。

二、词的体式与调式

1. 体式。据清代毛先舒《填词名解》之说,词大致可分小令(58 字以内)、中调(59—90 字)和长调(91 字以上,最长的词牌《莺啼序》达 240 字)。

一首词,有的只一段,称为单调;有的分两段,称双调;有的分三段或四段,称三叠或四叠。段的词学术语为"片"或"阕"。"片"即"遍",指乐曲奏过一遍。"阕"原是乐终的意思。一首词的两段分别称上、下片或上、下阕。词虽分片,仍属一首。故上、下片的关系,须有分有合,有断有续,有承有起,句式也有同有异,而于过片(或换头)处尤见作者的匠心和功力。我们看到宋代许多词人创造出离合回旋、若往若还、前后映照的艺术妙境,在一首词中增添了层次、深度和荡漾波澜。

2. 调式。词调是指词的腔调,中国古乐中共有 84 宫调,而唐宋词所用只有 28 个宫调。唐宋时,词与曲结合,以节奏的缓急区分乐曲。节奏舒而缓者称为慢调,简称"慢"。慢曲与急曲比,声调长了,因此慢词的字数、句数就随之增加了。如字数最少的《卜算子慢》也有 89 个字。而《卜算子》仅 44 个字。慢调与前面提到的长调共同处是字数较多,区别长调是依词的长短而分,而慢调是依曲的急缓而别的。"慢、令、引、近"是词的四种调式。"慢"即慢曲,每片 8 拍;令为令曲,小令每片 4 拍;"引"和"近"每片 6 拍。

词的调式变化还可体现在"转调"上,方式有"偷声""减字""摊破"等。

转调以后的词在字数、句法、用韵等方面均有变化。如《踏莎行》本为 58 字,《转调踏莎行》则变成 65 字了。《转调满庭芳》由押平韵部分转押仄韵。《减字木兰花》在上下片第一、三句中各减三字,且平仄互换,每片两平韵两仄韵。

3. 自度曲。自度曲亦称自度腔,有的人精通乐理,往往不依已有的词牌填词,而是自己创作曲调去填词,这种由自己创作的词调叫自度曲。如柳永、周邦彦等都写过不少自度曲。宋词词调丰富,声律体式变化多样,清康熙年间的《钦定词谱》共收录 826 调、2306 体。不同的词调有不同的音律节奏和声情风格,词人创作可以根据抒情内容的不同,选择不同的词调,达到声与情的完美结合。宋词的声律节奏变化比一般格律诗歌更为丰富多彩,这也是宋词作为音乐性很强的文学在艺术上的独特之处。

4. 词牌。指填词时所用的曲调名,也叫曲牌。词牌的产生大体有以下几种情况:沿用古代乐府诗题或乐曲名称,如《六州歌头》;取名人诗词句中几个字,如《西江月》;据某一历史人物或典故,如《念奴娇》;还有名家自制的词牌。词发展到后来逐渐和音乐分离,而成为一种独立的文体。有的词牌除正名之外还有异名,也有同名异调,一名数体、数格的。但不论何名,每个词牌均应遵"篇有定句,句有定字,字有定声"的规则。比较常用的词牌约 100 个。填词时应备有工具书——词谱和韵书去填。词谱可参照康熙的《钦定词谱》或舒梦兰的《白香词谱》,韵书可参照《词林正韵》。当代龙榆生先生编的《唐宋词格律》、王力先生著的《诗词格律概要》、上海古籍出版社出版的《中华韵典》等也都是很好的参考书,可以供写诗词者参照使用。

5. 段式。词的段式也就是词的分段方式。

按结构分为两段的词,上段叫上片或上阕,下段叫下片或下阕。这种双调的词每段叫"片"或"阕",而分为三、四段的词称"叠",三段的叫"三叠",四段的叫"四叠"。例如:《宝鼎观》就是三叠。

单词也称单片,全首不分段,多为小令。"令"一般比较短,早期的文人词多填小令。如《十六字令》《如梦令》《捣练子令》《渔歌子》等。双调本是宫调的名称,但在词牌中非指宫调。双调中上下片字数、句式和平仄、用韵有一样的,也有不一样的。如《菩萨蛮》上下片句式与字数与韵均不同。而《一剪梅》则上下片字数、句式、平仄及韵都相同。三叠、四叠是词体格式的一种,就是分为三段或四段的词。如分三段的《兰陵王》等。

按音乐分,又有令、引、近、慢之别。"引"和"近"一般比较长,如《江梅引》《阳关引》《祝英台近》《诉衷情近》。而"慢"又较"引"和"近"更长,盛行于北宋中叶以后,有柳永"始衍慢词"的说法。词牌如《木兰花慢》《雨霖铃慢》等。

按字数的多少分,又有"小令""中调""长调"之分。据清代毛先舒《填词名解》之说,58 字以内为小令,59—90 字为中调,90 字以外为长调。最长的词牌《莺啼序》,240 字。

6. 词的句式。词在韵脚处要押韵。写诗要依"平水韵",但词的用韵较诗宽。诗韵用的《佩文诗韵》共 106 部,而词韵用的《词林正韵》才 19 部。其中"平,上,去"声 14 部,入声 5 部。在词韵中,上声去声可以通押。我认为,今人填词不仅上声去声可通押,除"入派平"外,其余入声字均可并到仄声中用,因为在格律诗中,入声都是可当仄声用的。另外还有一点尚需注意的是,有的词牌标明宜用"入声"字,如《满江红》《念奴娇》《贺新郎》等,都要尽量用"入声"字去填。

三、用韵与换韵

填词时用韵共三种,一种是用平韵,一种是用仄韵(含入声),再一种就是换韵。词的押韵要求与格律诗的押韵要求有许多不同地方。词押韵形式较多,词押韵可平可仄,可句句押也可几句一押,可以一韵到底,也可以中途换韵。总体来讲有以下几点:

1. 可平可仄。押平声的如《忆江南》《一剪梅》《江城子》等。押仄声的《如梦令》《渔家傲》《卜算子》等。

2. 可疏可密。密的可句句押韵,如《忆王孙》《长相思》《一剪梅》等。小令一般押韵较密,风格鲜明。疏的可几句一押,如《念奴娇》《青玉案》《声声慢》等。用韵疏的一般为中长调,风格沉郁。

3. 可以一韵到底,也可中途换韵。一韵到底的如《一剪梅》《蝶恋花》《青玉案》等。在词中,一韵到底的占大多数,在词中换韵的形式主要有:

a. 阕内换韵:如《钗头凤》在阕内一种仄韵换成另一仄韵,两阕换法一致,整首诗共用两个韵。

b. 阕间换韵:如《清平声》仄换平,一阕一韵,整首诗两个韵,上阕为仄,下阕为平。

c. 阕内阕间都换韵:既阕内换韵,两阕各换各的,全首诗共四个韵。如《菩萨蛮》上阕仄换平,下阕另外的仄韵换成另外的平韵。《虞美人》也是这种形式。

d. 平仄交错:在阕内平、仄韵交错使用,如《相见欢》《调笑令》《定风波》等。

e. 平仄通押:如《西江月》《渡江云》等。

4. 词有叠韵。在词中有的地方有使用叠韵、叠句,或部分叠句的要求,如《调笑令》《如梦令》《钗头凤》《章台柳》等。还有的如《采桑子》《一剪梅》中的四言句可叠,可不叠。

5. 有入声韵。有的词常单押入声韵,如《忆秦娥》《满江红》《念奴娇》《雨霖铃》等。

换韵是填词时经常用的技法。但有的初学者在换韵时随心所欲,喜欢用什么韵就用什么韵,其实在填词中换韵是有严格要求的。换韵共有三种情况:

1. 换韵不换部,也就是"平仄通叶格"。这种换韵是在同一韵部内平仄互换。如《西江月》《蝶恋花》《万年欢》《恨春迟》等。

2. 换韵又换部,也叫"平仄转换格"。在填这类词牌时,一般先用仄韵,再用平韵。而且平声韵必须与仄声韵不同部才行。有的初学者在填这类词牌时往往忽略这点。这类词牌有《清平乐》《调笑令》《菩萨蛮》《虞美人》等。

3. 换韵后又回到原来韵部上,也叫“平仄错叶格”。这种换韵方式为:先用平声韵,然后换到所用平声部以外的仄韵部上,最后又回到原来的平声韵上。这类词写起来难度稍大,但写得好了,能收到独特的效果。这类词牌有《诉衷情》《定风波》《相见欢》等。

词的平仄诸韵分别具有声情之美。一般说来,平声声调长,不升不降,宜于慢声吟唱,表达不尽的情意、盎然的韵味。仄也称“侧”,是不平之意。诗词中仄声包括上、去、入三声,声调都是短的。上声是升调,去声是降调,入声是特别短促。以欹侧短促的仄声押韵,易于寄寓奇拗不平的感慨,令人激动不已。不少词调中平仄诸韵递押,也就是长短声调递用,平调与升、降调或促调递用,不仅声调抑扬顿挫,激荡而和谐,蕴蓄的感情也显得更加丰富曲折。

四、宋词的风格流派

宋词按风格又可以分为婉约派、豪放派两大类。婉约派的代表人物有李清照、柳永、秦观等。婉约派的词,其风格是典雅委婉、曲尽情态;像柳永的“今宵酒醒何处? 杨柳岸,晓风残月”;晏殊的“无可奈何花落去,似曾相识燕归来”;晏几道的“舞低杨柳楼心月,歌尽桃花扇底风”等名句,都是情景交融的抒情杰作,艺术上有可取之处。但是,随着词在宋代的文学中占据越来越重要的地位,词的内涵也在不断地充实和提高。“人不寐,将军白发征夫泪”使只闻歌筵酒席、宫廷豪门、都市风情、脂粉相思之类的世人耳目一新。到了苏轼那个时期,宋词已经不仅限于文人士大夫寄情娱乐和表达儿女之情的玩物,更寄托了当时的士大夫对时代、对人生乃至对社会政治等各方面的感悟和思考。宋词彻底跳出了歌舞艳情的巢窠,升华为一种代表了时代精神的文化形式。苏轼词首开豪放词风,他把词从娱宾助兴的天地里解脱出来,发展成独立的抒情艺术。山川胜迹、农舍风光、优游放怀、报国壮志,在他手里都成为词的题材,使词从花间月下走向了广阔的社会生活。豪放派的代表人物有辛弃疾、苏轼、岳飞、陈亮等。

其实,苏轼在豪迈旷达之外,也流露出婉约的柔情。《饮湖上初晴后雨其二》以“水光山色”“美比西子”的诗意之美揭示了西湖的意态神韵,体现了西湖灵秀的意境之美。

水光潋滟晴方好,山色空蒙雨亦奇。欲把西湖比西子,淡妆浓抹总相宜。

此诗作于熙宁六年(公元1073),前两句描写西湖的晴姿雨态:初晴后的西湖水光潋滟，山色迷蒙，优美奇丽，具有空灵悱恻的特殊美感。后两句用空灵又贴切的妙喻，把西湖比作美人西施，生动地描摹了西湖山水清丽秀绝的神韵，妙含禅机，契入佛理，体现了人与自然山水的和谐统一。诗的意象与禅的意境水乳交融，产生一种物我两忘、意味无穷的旷达清新之感。

稼轩词中以爱情为主旨的婉约词大约有十几首，它们均有独到之处，如：《满江红·家住江南》《青玉案·元夕》《南乡子·舟中记梦》等。在艺术表现上，辛弃疾长于运用内心独白式的心理描写，是其婉约的又一特色。

五、吟诵举隅

（一）如梦令（单调）。词牌名。又被称作《忆仙姿》《宴桃园》《无梦令》，其调为单调，三十三字，五仄韵，一叠韵，上去通押。

（仄）仄（仄）平平仄，（仄）仄（仄）平平仄。（仄）仄仄平平，（仄）仄（仄）平平仄。平仄，平仄（叠句），（仄）仄（仄）平平仄。

常记溪亭日暮，沉醉不知归路。兴尽晚回舟，误入藕花深处。争渡，争渡，惊起一滩鸥鹭。

（李清照《如梦令·常记溪亭日暮》）

【诵读提示】这首《如梦令》是李清照的早期之作，大约作于她初达汴京之后闲居闺中、尚未出嫁之前。少时溪亭游玩的场景在她的脑海中一再浮现：少女时的李清照曾经饮酒溪亭，被自然界景致和美好生活气氛吸引，沉醉在其中，以至于天色向晚而找不到回家的路。偶然闯到了荷花丛中，不料却惊醒了一群同样“沉醉”于美景之中的鸥鹭。对过往欢乐生活的怀念之情促使她写下了这首流传千古的小令。用语、造句平实、自然。寥寥数语，见景不见人，却做到了融情于景，抒发了作者对自然的赞美和对生活的热爱，意境优美，情感含蓄。作者的行踪早就融于景物中，成为词作意境的一个重要组成部分。

国学大师王国维在《人间词话》中这么说：“词之为体，要眇宜修。……诗之境阔，词之言长。”这首忆昔词的音拍（节奏和停顿）如下：第一、二、四、六句都是六个字，它们都是两个字一停顿。第三句五个字，它是二三停顿。开头两句，写沉醉兴奋之情。接着写“兴尽”归家，又“误入”荷塘深处，别有天地，更令人流连。最后一句，纯洁天真，言尽而意不尽。反复诵读是感受意境的最重要的方法，我们要带着自己的理解边读边想象。李清照以特有的方式表达了她早期生活的情趣和心境，境界优美怡人，以尺幅之短给人以足够的美的享受。

(二)乌夜啼。亦称《相见欢》《秋夜月》《上西楼》,双调,三十六字,前阕三平韵,后阕两仄韵、两平韵。

(平)平(平)仄平平,仄平平。(仄)仄(平)平平仄、仄平平。(仄)(平)仄,(仄)(平)仄,仄平平。(仄)仄((平)平平仄、仄平平。

无言独上西楼,月如钩。寂寞梧桐深院锁清秋。

剪不断,理还乱,是离愁。别是一般滋味在心头。

(李煜《乌夜啼》)

【诵读提示】南唐后主李煜(937—978),初名从嘉,字重光,号钟隐。公元975年,宋军破金陵,他肉袒出降,沦为阶下囚。太平兴国三年七月被宋太宗赐药毒死。他精于书画,谙于音律,工于诗文,词尤为五代之冠。前期词多写宫廷享乐生活,风格柔靡;后期词反映亡国之痛,题材扩大,意境深远,感情真挚,语言清新,极富艺术感染力。

词作又名《相见欢》,咏的却是离乡去国的锥心怆痛和缭乱离愁。起句"无言独上西楼",摄尽凄婉之神。"无言"者,并非无语可诉,而是无人共语。孤独而又哀愁的李煜步履滞重、神情凝重,他西楼凭栏,只见一弯残月,"如钩"般勾起了读者无限的遐思及忆念,更映照了他对故国、故人深切的怀念及眷恋之情。而俯视楼下,却只见深院为萧飒秋色所笼罩。"寂寞梧桐深院锁清秋"里的"寂寞",既是孤独的梧桐,也是作者自己,情与景妙合,空旷无垠。

古代诗词家借助鲜明生动的艺术形象来表现离愁时,或写愁之深,如李白《远离别》:"海水直下万里深,谁人不言此愁古";或写愁之长,如李白《秋浦歌》:"白发三千丈,缘愁似个长";或写恋之重,如李清照《武陵春》:"只恐双溪舴艋舟,载不动许多愁";或写愁之多,如秦观《千秋岁》:"春去也,飞红万点愁如海"。而李煜下片"剪不断"等三句,以麻丝喻离愁,将抽象的情感加以具象化,"别是一般滋味在心头",点化出了愁之味无法驱散,无法驱散,心感方知。这一通感手法的妙用,不用诉诸人们的视觉,而直接诉诸人们的心灵,体见了李煜独到的文学造诣,读后使人自然地产生类似的同感体验。

(三)相见欢。原为唐教坊曲,又名"乌夜啼""秋夜月""忆真妃""上西楼"等。

此调有多种格体,俱为双调。三十六字,前片三平韵,后片两平韵,过片处错叶两仄韵。两结句九言,宜于第二字略逗。

中平中仄平平(韵),仄平平(韵)。中仄中平平仄仄平平(韵)。

中中仄(韵),中平仄(韵),仄平平(韵)。中仄中平平仄仄平平(韵)。

林花谢了春红,太匆匆。无奈朝来寒雨晚来风。

胭脂泪,相留醉,几时重。自是人生长恨水长东。

(李煜《相见欢·林花谢了春红》)

【诵读提示】这首词大约作于北宋太祖开宝八年(公元975年)。当时南唐后主李煜被俘,拘禁于汴京(今河南开封),待罪被囚的生活使他感到极大的痛苦。在给金陵(今江苏南京)旧宫人的信中记言"此中日夕,只以眼泪洗面"(王铚《默记》卷下)。

词作描绘暮春残景,抒写人生失意的无限怅恨,是即景抒情的典范之作。上片三句,一笔三折,抒写了丧失家国的痛楚情怀,千回百转。下片三字句共三叠:精心点化的"胭脂泪",哀艳痛楚,风雨摧花正如逆臣误国;"相留醉"倾吐的是悲伤凄惜之情;"几时重"三字轻顿,巧设反问,寓人生难再重逢。尾句"自是人生长恨……"如上片结句一样,也是歇拍长句。李煜运用叠字衔联法:"朝来""晚来","长恨","长东",前后呼应,语势重落。表面上是伤春咏别,实质上是以水之必然长东,喻人之必然长恨,加倍具有强烈的感染力量,令人刻骨铭心。

下片前二句用暗韵仄韵,后一句归原韵,沉痛至极。古人云"亡国之音哀以思",诗人身为亡国之君的哀痛与思亲之切都深沉而含蓄地体现在这首词中。诵读时要把握音韵特征,用哀婉的声音传递出"人生长恨水长东"的深切悲慨。这种悲慨不仅是抒写一己的失意情怀,而且是涵盖了整个人类所共有的生命的缺憾,是一种融汇和浓缩了无数痛苦的人生体验的浩叹。

(四)雨霖铃。唐时教坊曲牌。双调,一百零三字,前后片各五仄韵,用入声韵,且多用拗句。

平平平仄,仄平平仄、仄(仄)平仄。平平仄仄平仄,平平仄仄、平平平仄。仄仄平平仄仄,仄、平仄平仄。仄仄仄、平仄平平,(仄)仄平平仄平仄。

平平仄仄平平仄。仄平平、(仄)仄平平仄。(平)平仄仄平仄,平仄仄,仄平平仄。仄仄平平,平仄平平仄仄平仄。仄仄仄、(仄)仄平平,仄仄平平仄。

寒蝉凄切,对长亭晚,骤雨初歇。都门帐饮无绪,留恋处,兰舟催发。执手相看泪眼,竟无语凝噎。念去去,千里烟波,暮霭沉沉楚天阔。

多情自古伤离别,更那堪冷落清秋节。今宵酒醒何处?杨柳岸,晓风残月。此去经年,应是良辰好景虚设。便纵有千种风情,更与何人说!

(柳永《雨霖铃·寒蝉凄切》)

【诵读提示】《漫志》载:“今双调《雨霖铃慢》,颇极哀怨,真本曲遗声。”安史之乱中,唐玄宗入蜀时,至斜谷口,连天霖雨,在栈道中闻铃声,隔山相应,内心十分凄凉,于是根据这种声音,创作了《雨霖铃》曲,以寄托悲恨,悼念杨贵妃,因实景实情写下《雨霖铃》曲以寄托离恨。宋代人倚旧声填词,遂成曲牌名。

柳永,北宋著名词人,婉约派最具代表性的人物,崇安(今福建武夷山)人,原名三变,字景庄,后改名永,字耆卿,排行第七,又称柳七。宋仁宗朝进士,官至屯田员外郎,故世称柳屯田。他自称“奉旨填词柳三变”,以毕生精力作词,并以“白衣卿相”自诩。其词多描绘城市风光和歌妓生活,尤长于抒写羁旅行役之情,创作慢词独多。铺叙刻画,情景交融,语言通俗,音律谐婉,在当时流传极其广泛,人称“凡有井水饮处,皆能歌柳词”。这位精通音律的词人,创作出了大量适合歌唱的新乐府(慢词),受到当时广大市民的欢迎。

全词围绕“伤离别”而构思:先写将别,即离别之前,重在勾勒环境;次写离别时候,重在描写情态;再写别后想象,重在刻画心理,三个层次,层层深入。柳永以白描“点染”的手法铺叙景物,倾吐心情,反复涂抹,渲染效果,可谓虚实相生、物我一境、情景交融、词中有画,从不同层面上写尽离情别绪。所以有人称其微妙则耐思,而景中有情。

词中押的是短促急迫的入声韵,不押韵的地方也多以仄声字收句,通篇又多用低而细的齿音,这样就像那“寒蝉”的“凄切”,就像那“骤雨”的潇潇,就像那“晓风”的习习,一片哽咽抽泣,传达出“多情自古伤离别,更那堪冷落清秋节”的如同“夜雨闻铃”那般的“断肠声”。柳永充分发挥词的音乐性能,使词的形象的美与声调的美结合起来,使文情与声情统一起来,诵读时要体现出低回悲怆、凄楚欲绝的情味。

(五)苏幕遮。原为唐玄宗时教坊曲牌名。来自西域。“苏幕遮”是当时高昌国语之音译。幕,一作“莫”或“摩”。慧琳《一切经音义》卷四十一《苏莫遮冒》云:“‘苏莫遮’西域胡语也,正云“飒磨遮”。此戏本出西龟兹国,至今犹有此曲。此国浑脱、大面、拨头、举牌之类也。”宋代词家用此调是另度新曲。又名《云雾敛》、《鬓云松令》。双调,六十二字,上下片各五句,四仄韵。前后阕无异。

仄平平,平仄仄。中仄平平、中仄平平仄。中仄平平平仄仄。中仄平平、中仄平平仄。

仄平平,平仄仄。中仄平平、中仄平平仄。中仄平平平仄仄。中仄平平、中仄平平仄。

碧云天,黄叶地。秋色连波,波上寒烟翠。山映斜阳天接水。芳草无情,更在斜阳外。

黯乡魂，追旅思。夜夜除非，好梦留人睡。明月楼高休独倚。酒入愁肠，化作相思泪。

（范仲淹《苏幕遮·碧云天》）

【诵读提示】范仲淹，字希文，和包拯同朝，为北宋名臣。吴县（今属江苏）人，北宋著名的思想家、政治家、军事家、文学家。少年时家贫但好学，当秀才时就常以天下为己任，有敢言之名。曾出任陕西四路宣抚使，主持防御西夏的军事。他喜好弹琴，然平日只弹履霜一曲，故时人称之为范履霜。《岳阳楼记》一文中的“先天下人之忧而忧，后天下人之乐而乐”两句，为千古佳句，也是他一生爱国的写照。

苏幕遮，曾经是龟兹国一年一度的盛大节日，又名祈寒节，由祈求冬天寒冷、天降大雪而来，每年七月初开始，于唐代传入中原，成为唐和宋时的一个重要节日。唐玄宗时成为教坊曲名《苏幕遮》，又名《古调歌》《鬓云松令》《云雾敛》《般涉调》等，宋代成为词牌名。在边关防务前线，当秋寒肃飒之际，将士们不禁思亲念乡，于是范仲淹就用借秋景来抒发怀抱。

这首词抒写乡思旅愁，题材虽一般，但写法别致。上片用色泽渲染秋景，气象阔大，意境深远，视点由上及下，由近到远，勾勒出一幅清旷辽远的秋景图；下片因“芳草无情”导入离愁和相思，直揭主旨，抒写了夜不能寐、高楼独倚、借酒浇愁、怀念家园的深情。范仲淹以沉郁雄健之笔力抒写千回百转的愁思，声情并茂，意境宏深，展现了他词风柔媚的一面。诵读时要体现出范仲淹以铁石心肠人作黯然销魂语的那种深挚之情。

（六）鹊踏枝。词牌名，商调曲。原唐教坊曲名，本采用于梁简文帝乐府：“翻阶蛱蝶恋花情”为名，后用为词牌，又名《黄金缕》《蝶恋花》《凤栖梧》《卷珠帘》《一箩金》。自宋代以来，产生了不少以《蝶恋花》为词牌的优美词章，像宋代柳永、苏轼、晏殊等人的《蝶恋花》，都是历代经久不衰的绝唱。还有以《蝶恋花》为名的电影和歌曲。双调，六十字，前后阕各四仄韵，一韵到底。

双调，意思为分上下（说“前后”也可以）两片，也就是我们现在说的两段。

上下片同调，意思为上下两片在字数、平仄、用韵规律等方面要求都相同，从格式上看，下片就是上片的重复。

押仄声韵，意思为韵脚处需用仄声韵部。共六十字，意思为整首词字数为六十字。

前后片各四仄韵，意思为前片（也就是上片）有四个仄声韵脚，后片（也就是下片）也有四个仄声韵脚。

（仄）仄（平）平平仄仄。（仄）仄平平，（仄）仄平平仄。（仄）仄（平）平平仄仄（或仄平仄），（平）平（仄）仄平平仄。

（仄）仄（平）平平仄仄。（仄）仄平平，（仄）仄平平仄。（仄）仄（平）平平仄仄（或仄平仄），（平）平（仄）仄平平仄。

庭院深深深几许，杨柳堆烟，帘幕无重数。玉勒雕鞍游冶处，楼高不见章台路。

雨横风狂三月暮，门掩黄昏，无计留春住。泪眼问花花不语，乱红飞过秋千去。

（欧阳修《鹊踏枝·庭院深深深几许》）

【诵读提示】欧阳修，字永叔，号醉翁、六一居士，吉州永丰（今江西省吉安市永丰县）人，北宋政治家、文学家，且在政治上负有盛名。因吉州原属庐陵郡，以“庐陵欧阳修”自居。谥号文忠，世称欧阳文忠公。后人又将其与韩愈、柳宗元和苏轼合称“千古文章四大家”。与韩愈、柳宗元、苏轼、苏洵、苏辙、王安石、曾巩被世人称为“唐宋散文八大家”。

此词写闺怨，词风深稳妙雅。所谓深者，就是含蓄蕴藉，婉曲幽深，耐人寻味。此词首句“深深深”三字，前人尝叹其用叠字之工。这首词写得景深、情深，意境也深。明代李廷机认为，首句叠用三个“深”字最新奇，后段形容春暮光景殆尽。

词的上片着重写景。词人像一位舞美设计师，首先对女主人公的居处做了精心的安排。读着“杨柳堆烟，帘幕无重数”这两句，眼前似乎出现了一组电影镜头，由远而近，逐步推移深入。词中女子独处高楼，用哀怨的目光透过重重帘幕、堆堆柳烟，向丈夫经常游冶的地方凝神远望。作者欲扬先抑，做尽铺排，造足悬念，可谓一切景语皆情语。

词的下片着重写情，雨横风狂，催送着残春，也催送女主人公的芳年。她想挽留住春天，但风雨无情，留春不住。于是她感到无奈，只好把感情寄托到命运同她一样的花上，然而，“泪眼问花花不语，乱红飞过秋千去”，用工笔将抽象的感情做了细致入微的刻画。作者用婉曲的词笔恰到好处地勾画出一个幽深的意境：环境上，由外景到内景，以深邃的居室烘托深邃的感情，以灰暗凄惨的色彩渲染孤独伤感的心情；时间上，上片先写浓雾弥漫的早晨，下片续写风狂雨暴的黄昏，由早及晚，逐次打开人物的心扉。景与情融合无间，浑然天成，极有层次感。

沈际飞《草堂诗余正集》认为词结句臻于妙境：“一若关情，一若不关情，而情思举荡漾无边。”王国维认为这是一种“有我之境”。所谓“有我之境”，便是“以我观物，故物皆著我之色彩”（《人间词话》）。花儿含悲不语，反映了词中女子难言的苦痛；乱红飞过秋千，烘托了女子终鲜同情之侣、怅然若失的神态。诵读时要体现出绵邈的情致、意境的幽远。

（七）踏莎行。莎（音 suo，阴平，莎草）。又名《柳长春》《踏雪行》《喜朝天》等。双调，五十八字，前后阕各三仄韵，前后阕开始两句例用对仗。

（仄）仄平平，（平）平（仄）仄，（平）平（仄）仄平平仄。（平）平（仄）仄仄平平，（平）平（仄）仄平平仄。（仄）仄平平，（平）平（仄）仄，（平）平（仄）仄平平仄。（平）平（仄）仄仄平平，（平）平（仄）仄平平仄。

雾失楼台，月迷津渡，桃源望断无寻处。可堪孤馆闭春寒，杜鹃声里斜阳暮。

驿寄梅花，鱼传尺素，砌成此恨无重数。郴江幸自绕郴山，为谁流下潇湘去。

（秦观《踏莎行·雾失楼台》）

【诵读提示】公元1097年，也就是绍圣四年，秦观因新旧党争被罗织罪名屡遭贬谪，先贬谪郴州，削去所有官爵和俸禄，又贬横州。客居旅店，心情郁闷，于是在词作里抒写了失意人的凄苦和哀怨的心情，流露了对现实政治的不满，是蜚声词坛的千古绝唱。

词的上片描绘寒夜独居孤馆的凄迷萧瑟冷落孤寂的情景，一幅凄楚迷茫、黯然销魂的画面：楼台在漫天迷雾中消隐，渡口在朦胧月色中迷茫难辨。“雾失楼台，月迷津渡”对句工整，互文见义，景中见情。下片抒写远贬异乡的愁苦，情景交融，表现了失意人内心的凄苦和哀怨，流露出词人对现实政治的强烈不满。“郴江”乃本词点睛之笔。词人用托兴的手法，把感情寄托在郴江和湘江上，发出了对自己不公平命运的痛切呼号，见者潸然。

这首词上下片的字、句、平仄、韵律完全一致，下片实际上是上片的重唱，虽然看似重复，却别有一番滋味。诵读时要曼声长吟、细细品味，体现出词人被贬郴州时的孤独处境和屡遭贬谪而产生的不满之情。同时读出婉转含蓄、凄楚感人的风格特征。

（八）念奴娇。念奴是唐天宝年间著名歌妓，调名本此。又名《大江东去》《千秋岁》《酹江月》《杏花天》《赤壁谣》《壶中天》《大江西上曲》《百字令》等十多个名称。此调有仄二体。《词谱》以苏轼“凭空眺远”词为平仄体正格。一百字，前片四十九字，后片五十一字，各十句四仄韵。

（平）平（仄）仄，仄平（平）、（仄）仄（平）平平仄［或仄平平（仄）仄、（仄）平平仄]。(仄)仄(平)平平仄仄,(仄)仄(平)平平仄。(仄)仄平平,(平)平(仄)仄,仄仄平平仄。(平)平(平)仄,(平)平平仄平仄。

(平)仄(平)仄平平[或(平)平(仄)仄平平],(平)平平仄[或(仄)仄平平],(仄)仄平平仄。(仄)仄(平)平平仄仄,(仄)仄(平)平平仄。(仄)仄平平,(平)平(仄)仄,(仄)仄平平仄。(平)平(平)仄,(平)平平仄平(仄)。

大江东去,浪淘尽,千古风流人物。故垒西边,人道是,三国周郎赤壁。乱石穿空,惊涛拍岸,卷起千堆雪。江山如画,一时多少豪杰。

遥想公瑾当年,小乔初嫁了,雄姿英发。羽扇纶巾,谈笑间,樯橹灰飞烟灭。故国神游,多情应笑我,早生华发。人生如梦,一尊还酹江月。

(苏轼《念奴娇·赤壁怀古》)

【诵读提示】《念奴娇·赤壁怀古》作为豪放词的代表作,借古抒怀,气象境界凌厉无前,是宋代词人苏轼于元丰五年(1082)七月谪居黄州时作。这首怀古词上片写江山形胜,歌咏赤壁,下片追念风流人物周瑜的才略、气度和功业,最后以自身感慨作结,兼有感奋和感伤两重色彩。作者将写景、咏史、抒情融为一体,给人以撼魂荡魄的艺术力量,曾被誉为“古今绝唱”。

苏轼上阕先即地写景,描绘月夜江上壮美景色,接着从时空上拓展,凭吊古代战场,以万古心胸引出怀古思绪,赞叹英雄伟业。诵读时我们要以高亢的音调高歌,大声铿锵地吟出壮阔词境。接着用舒缓的回忆性的语气带出“故垒”两句,点出八百七十多年前,东吴名将周瑜曾在长江南岸,指挥了以弱胜强的赤壁之战。我们依然要用高亢的音调浓墨健笔地歌颂江河的壮阔,一扫平庸萎靡的气氛,把听众读者带进一个奔马轰雷、惊心动魄的奇险境界,雄浑苍凉,大气磅礴,使人心胸为之开阔,精神为之振奋。

下阕在写赤壁之战前,插入“小乔初嫁了”这一生活细节,以美人烘托英雄,更见出周瑜的丰姿潇洒、韶华似锦、年轻有为,足以令人艳羡。然而,眼前的政治现实和词人被贬黄州的坎坷处境,却同他振兴王朝的祈望和有志报国的壮怀大相龃龉,词人从“神游故国”跌入现实,不免思绪深沉、顿生感慨,情不自禁地发出自笑多情、光阴虚掷的叹惋。苏轼从怀古归到伤己,自叹“人生如梦”,只能举杯同江上清风、山间明月一醉消愁。仕路蹭蹬,壮怀莫酬,使词人过早地自感苍老。人生短暂,大可不必让种种“闲愁”萦回于心,不如放眼大江、举酒赏月。诵读时要于豪放中见细腻风情,用刚中有柔的语气体现出苏轼淡淡的忧伤,目的依然是为了衬托全词的豪迈气派。结尾处用伤感低沉而又言近意远的语气缓缓吟出“一尊还酹江月”，将一位襟怀超旷、识度明达、善于自解自慰的诗人的画像，展示在读者眼前，曲折地表达作者怀才不遇、功业未就、老大未成的忧愤之情，同时表现作者关注历史和人生的旷达之心。

（九）定风波。这个词牌是双调六十二字，前阕三平韵、两仄韵，后阕四仄韵、两平韵。平仄换韵方式为“甲乙甲丙甲丁甲”。以平声韵为主，间以仄声韵。

（仄）仄（平）平仄仄平，（平）平（仄）仄仄平平。（仄）仄（平）平平仄仄，平仄，（平）平（平）仄仄平平。

（仄）仄（平）平平仄仄，平仄，（平）平（仄）仄仄平平。（仄）仄（平）平平仄仄，平仄，（平）平（仄）仄仄平平。

三月七日，沙湖道中遇雨。雨具先去，同行皆狼狈，余不觉，已而遂晴，故作此词。

莫听穿林打叶声，何妨吟啸且徐行。竹杖芒鞋轻胜马，谁怕？一蓑烟雨任平生。

料峭春风吹酒醒，微冷，山头斜照却相迎。回首向来萧瑟处，归去，也无风雨也无晴。

（苏轼《定风波》）

【诵读提示】本是在失意落魄的困境中，苏轼却拄拐杖，着芒鞋，悠悠然在“一蓑烟雨”中跋涉前行，自得其乐，最后竟然还豪气十足地啸出“也无风雨也无晴”。这是何等广阔的心胸，何等豪迈的情怀，何等乐观的人生态度，何等健朗的风格！刘永济说：“上半阕可见作者修养有素，履险如夷，不为忧患所动摇之精神……下半阕则显示出其对人生经验之深刻体验而表现出忧乐两忘之胸怀。”（《唐五代两宋词简析》）这首词将苏轼的豪风已表现得淋漓尽致，抒发得浩荡雄浑，让人佩服不已。难怪陆游云：“试取东坡诸乐府歌之，曲终，觉天风海雨逼人。”

王国维在《人间词话》里评说：“东坡之词旷。”近代蒋兆兰也云：“自东坡以浩瀚之气引之，遂开豪放一派。”这股豪放给当时的词坛注入一股新鲜的血液，大大丰富了词的内容，对后来的陆游、辛弃疾等影响颇大。诵读时要以旷达的语气，体现高远不凡的诗词意象，充分表现词人超旷的浩气逸怀与悲切的豪情壮志。

苏轼是中国古代最高贵、最亲切、最有魅力的文人，同时又是遭受磨难最多最深重的文人之一，他的诗词始终充盈着生命的力度与艺术的帅气，千姿百态，光彩照人。林语堂说得最精彩：他是一个不可救药的乐天派，一个巨儒政治家，一个皇帝的秘书，一个厚道的法官，一个月夜徘徊者，一个大文豪，一个创意画家，一个酒仙,一个小丑,但这不足以道出他的全部……

(十)渔家傲。北宋流行的词牌,有用以作“十二月鼓子词”者,南北曲均有。《东轩笔录》云:“范文正守边日,作《渔家傲》乐歌数曲,皆以‘塞下秋来’为首句,颇述边镇之劳苦。欧阳公尝呼为‘穷塞王’之词。及王尚书素出守平凉,文忠亦作《渔家傲》一首以送之。”是此调之创自希文,已可证明;惟所咏则渐涉于泛耳。

中仄中平平仄仄,中平中仄平平仄。中仄中平平仄仄,平仄仄,中平中仄平平仄。

中仄中平平仄仄,中平中仄平平仄。中仄中平平仄仄,平仄仄,中平中仄平平仄。

塞下秋来风景异,衡阳雁去无留意。四面边声连角起。千嶂里,长烟落日孤城闭。

浊酒一杯家万里,燕然未勒归无计。羌管悠悠霜满地。人不寐,将军白发征夫泪!

(范仲淹《渔家傲》)

【诵读提示】范仲淹(989—1052年),字希文,北宋著名的政治家、思想家、军事家、文学家、教育家,世称“范文正公”。他两岁而孤,家贫无依。少有大志,每以天下为己任,发愤苦读,或夜昏怠,辄以水沃面;食不给,啖粥而读。既仕,每慷慨论天下事,奋不顾身。乃至被谗受贬,由参知政事谪守邓州。范仲淹刻苦自励,食不重肉,妻子衣食仅自足而已。常自诵曰:“士当先天下之忧而忧,后天下之乐而乐也。”表达了深切的爱国之情。仁宗时,担任右司谏。景祐五年(1038年),在西夏李元昊的叛乱中,与韩琦共同担任陕西经略安抚招讨副使,采取“屯田久守”方针,协助夏竦平定叛乱。他为政清廉,体恤民情,刚直不阿,力主改革,屡遭奸佞诬谤,数度被贬,辗转于邓州、杭州、青州、杭州。皇佑四年(1052年)病逝于徐州,谥文正。著有《范文正公文集》。

上片起句第一个意群里,“塞下”点明西北边地延州是防止西夏进攻的军事重地。“秋来”,点明了季节。“风景异”,概括地写出了延州秋季和内地大不相同的风光。作者用一个“异”字概括南北季节变换之不同,这中间含有惊异之意。古代传说,雁南飞到衡阳即止,衡山的回雁峰即因此而得名,所以王勃说:“雁阵惊寒,声断衡阳之浦。”(《滕王阁序》)词里的“衡阳雁去”是也从这个传说而来。雁到了秋季即向南展翅奋飞,毫无留恋之意,“无留意”句反映了这个地区到了秋天,寒风萧瑟,满目荒凉。

第二个意群“四面边声连角起”续写延州傍晚时分的战地景象。所谓“边声”，总指一切带有边地特色的声响。这种声音随着军中的号角声而起，形成了浓厚的悲凉气氛，为下片的抒情蓄势。“千嶂里”写延州处层层山岭的环抱之中，“长烟落日”，点化王维名句“大漠孤烟直，长河落日圆”的神韵，写出了塞外的壮阔风光。“孤城闭”的目的是以此抵御西夏的入侵。作者把所见所闻诸现象连缀起来，展现在人们眼前的是一幅充满肃杀之气的战地风光画面，隐隐地透露宋朝不利的军事形势。

下片第三个意群“浊酒一杯家万里”，是词人的自抒怀抱。他身负重任，防守危城，天长日久，难免起乡关之思。这“一杯”与“万里”数字之间形成了悬殊的对比，也就是说，一杯浊酒，销不了浓重的乡愁，造语雄浑有力。汉和帝永元元年(89年)，窦宪大破北匈奴，穷追北单于，曾登此山，“刻石勒功而还”(《后汉书·和帝纪》)。“燕然未勒归无计”词意是说，战争没有取得胜利，还乡之计是无从谈起的，然而要取得胜利，更为不易。第四个意群“羌管悠悠霜满地”写夜景，时间上是“长烟落日”的延续。羌管，即羌笛，是出自古代西部羌族的一种乐器，发的是凄切之声。深夜里传来了抑扬的羌笛声，大地上铺满了秋霜，耳闻目睹皆给人以凄清、悲凉之感。下句“人不寐”补叙上句，表明自己彻夜未眠，徘徊于庭。“将军白发征夫泪”，由自己而及征夫，大手笔总收全词。将军与征夫的双重角色，复杂而又矛盾的情绪通过全词景物的描写、气氛的渲染，婉曲地传达出来，情调苍凉而悲壮。

范仲淹的这首《渔家傲》是标准体，六十二字，十韵，前后阕相同，完全是七言仄韵诗两绝合为一。其所不同者仅有第三句协韵，以及下添一个三字句而已，但此三字句亦须协韵。这首边塞词既表现将军的英雄气概及征夫的艰苦生活，也暗寓对宋王朝重内轻外政策的不满。诵读时声音要由低沉婉转之调变为慷慨雄放之声，把范仲淹忧国忧民的爱国激情、浓重乡思展示出来。

(十一)声声慢。词牌名。据传蒋捷作此慢词俱用“声”字入韵，故称此名。亦称《胜胜慢》《凤示凰》《寒松叹》《人在楼上》，最早见于北宋晁补之笔下。双调，上片十句，押四平韵，四十九字；下片九句，押四平韵，四十八字，共九十七字。又有仄韵体(一般押入声)。

平平仄仄，仄仄平平，平平仄仄仄仄。仄仄平平平仄，仄平平仄。平平仄仄仄仄，仄仄平、仄平平仄。仄仄仄，仄平平、仄仄仄平平仄。

仄仄平平平仄，平仄仄、平平仄平平仄。仄仄平平，仄仄仄平仄仄。平平仄平仄仄，仄平平、仄仄仄仄。仄仄仄，仄仄仄平仄仄仄。

寻寻觅觅，冷冷清清，凄凄惨惨戚戚。乍暖还寒时候，最难将息。三杯两盏淡酒,怎敌他晚来风急?雁过也,正伤心,却是旧时相识。

满地黄花堆积。憔悴损,如今有谁堪摘?守着窗儿独自,怎生得黑?梧桐更兼细雨,到黄昏、点点滴滴。这次第,怎一个愁字了得!

(李清照《声声慢》)

【诵读提示】李清照,山东省济南章丘人,号易安居士。婉约派代表,有“千古第一才女”之称。她生于书香门第,是中国古代罕见的才女,她擅长书画,通晓金石,而尤精诗词,有《易安居士文集》《易安词》,已散佚。后人有《漱玉词》辑本,今有《李清照集校注》。她论词强调协律,崇尚典雅,提出词“别是一家”之说,反对以作诗文之法作词。她的词前期多写其悠闲生活,后期多悲叹身世,情调感伤,被誉为“词家一大宗”。

李清照《论词》反对“破碎”,要求词作有完整、浑然的意象结构。《声声慢》由一位抒情女主人公(作者自己)统领全篇,描述她在深秋时候日常的见闻感受,层层深入,节节铺开,以她的深深感叹结尾收束,塑造出一位孤苦妇女感伤孤寂的形象。开头三句,“寻寻觅觅,冷冷清清,凄凄惨惨戚戚”,连用七组叠字,一下子就显示出与“诗”截然不同的语言特点。加上后面梧桐细雨“点点滴滴”,一共九组叠字。选用的这些字词不但在意义上紧扣内容表现渲染,就是在声韵上也极富特色。从声母方面看,“清、凄、惨、戚”四个塞擦音;从韵母方面看,全词押齐齿呼韵,除开“觅、清、凄、戚、点、滴”六个齐齿呼叠字外,还有“息、急、识、积”等韵脚字。这些声韵本身带给人的感受就不是开朗热烈而是压抑沉郁,所谓音韵凄清,使人油然地有一种“如诉如泣”的感觉。用它们来表现作者孤苦伶仃、寂寞感伤的处境、心境,愁绝!

全词主要表达一个“愁”,但作者并未直接言愁,而是从天气、淡酒、秋风、过雁、黄花、梧桐、细雨等几个方面层层铺来,无一处不是生愁、牵愁、助愁的。结尾处虽捎出一个“愁”字,却显得难以言说,包容不尽,可谓蕴蓄深厚。从形式来看,大量叠字以及双声、叠韵、舌齿音的交替使用等使全词读起来哀怨异常,有行云流水之妙。诵读时要以声衬情,体现出“顿挫凄绝”的音韵流转之感。

(十二)西江月。又名《步虚词》《江月令》。唐教坊曲,《乐章集》《张子野词》并入“中吕宫”。清季敦煌发现唐琵琶谱,犹存此调,但虚谱无词。兹以柳永词为准。五十字,上下片各两平韵,结句各叶一仄韵。沈义父《乐府指迷》:“《西江月》起头押平声韵,第二、第四句就平声切去,押侧声韵,如平韵押‘东’字,侧声须押‘董’字、‘冻’字方可。”

中仄中平平仄，中平中仄平平。中平中仄仄平平，中仄平平中仄。

中仄中平平仄，中平中仄平平。中平中仄仄平平，中仄平平中仄。

明月别枝惊鹊，清风半夜鸣蝉。稻花香里说丰年，听取蛙声一片。

七八个星天外，两三点雨山前。旧时茅店社林边，路转溪桥忽见。

（辛弃疾《西江月·夜行黄沙道中》）

【诵读提示】辛弃疾，南宋豪放派词人，人称词中之龙，与苏轼合称“苏辛”，与李清照并称“济南二安”。辛弃疾词作题材广阔又善化用前人典故入词，艺术风格多样，以豪放为主，风格沉雄豪迈又不乏细腻柔媚之处。

该词是辛弃疾创作的一首吟咏田园风光的词。这首词是他被贬官闲居江西时的作品，旨在描写黄沙岭的夜景。明月清风，疏星稀雨，鹊惊蝉鸣，稻花飘香，蛙声一片。词从视觉、听觉和嗅觉三方面描写，写出夏夜的山村风光，情景交融，优美如画，表达了对丰收之年的喜悦和对农村生活的热爱。从表面上看，这首词的题材内容不过是一些看来极其平凡的景物，语言没有任何雕饰，没有用一个典故，层次安排也完全听其自然，平平淡淡。然而，正是在看似平淡之中，却有着词人潜心的构思、淳厚的感情。在这里，读者也可以领略到稼轩词于雄浑豪迈之外的另一种境界。诵读时要用恬静自然、生动逼真的语气，表现出乡村清幽夜色、恬静气氛和朴野成趣的乡土气息，表达出一种亲切感受到的情景交融的情趣。

（十三）满江红。双调九十三字，前阕四仄韵，后句五仄韵，前阕五六句，后阕七八句要对仗。后阕三字四字也用对仗，此调例用入声韵脚。

（仄）仄平平，（平）（平）仄、（平）平（仄）仄。（平）（仄）仄、（仄）平（平）仄，（仄）平（平）仄。（仄）仄（平）平平仄仄，（平）平（仄）仄平平仄。仄（仄）平、（仄）仄仄平平，平平仄。

（仄）（平）仄，平（仄）仄；（平）（仄）仄，平平仄。仄平平仄仄、仄平平仄。（仄）仄（平）平平仄仄，（平）平（仄）仄平平仄。仄（平）平、（仄）仄仄平平，平平仄。

怒发冲冠，凭栏处，潇潇雨歇。抬望眼，仰天长啸，壮怀激烈。三十功名尘与土，八千里路云和月。莫等闲，白了少年头，空悲切。

靖康耻，犹未雪；臣子恨，何时灭。驾长车，踏破贺兰山缺。壮志饥餐胡虏肉，笑谈渴饮匈奴血。待从头，收拾旧山河，朝天阙。

（岳飞《满江红》）

【诵读提示】这是首千古传诵的爱国名篇，结构严谨，一气呵成。

上片抒发作者为国立功满腔忠义奋发的豪气。以愤怒填膺的肖像描写起笔，开篇奇突。凭栏眺望，指顾山河，胸怀全局，正英雄本色，激奋人心。

下片开头四个短句，三字一顿，一锤一声，裂石崩云，这种以天下为己任的崇高胸怀，令人扼腕。抒写了作者重整山河的决心和报效君王的耿耿忠心，激励着中华民族的爱国心。

诵读时应该用气势磅礴的声音来体现该词豪放的风格，展现作者感情激荡、鼓舞人们杀敌上战场的雄健力量。

（十四）甘州。即《八声甘州》。唐教坊大曲有《甘州》，杂曲有《甘州子》，是唐边塞曲，因以边塞地甘州为名。慢词，与《甘州遍》之曲破、《甘州子》之令词不同。九十七字，前片四十六字，后片五十一字，前后片各九句四平韵。亦有在起句增一韵的。前片起句、第三句，后片第二句、第四句，多用领句字。另有九十五字、九十六字、九十八字体，是变格。名《潇潇雨》《宴瑶池》等。

仄中平仄仄仄平平，中中仄平平（韵）。仄平平中仄，中平中仄，中仄平平（韵）。中仄平平中仄，中仄仄平平（韵）。中仄平平仄，中仄平平（韵）。

中仄中平中仄，仄中平中仄，中仄平平（韵）。仄平平中仄，中仄仄平平（韵）。仄平平、中平平仄，仄中平、中仄仄平平（韵）。平平仄仄平平仄，中仄平平（韵）。

望涓涓一水隐芙蓉，几被暮云遮。正凭高送目，西风断雁，残月平沙。未觉丹枫尽老，摇落已堪嗟。无避秋声处，愁满天涯。

一自盟鸥别后，甚酒瓢诗锦，轻误年华。料荷衣初暖，不忍负烟霞。记前度、剪灯一笑，再相逢、知在那人家？空山远，白云休赠，只赠梅花。

（张炎《甘州·寄李筠房》）

【诵读提示】张炎（1248—1329），南宋最后一位忧国忧民词人，字叔夏，号玉田，又号乐笑翁。生于钟鸣鼎食之家，祖籍秦州成纪（今甘肃天水），循王张俊六世孙。1279 年，南宋覆灭，他不仕新朝，以遗民自居，隐居浙东西之间，并以东晋名士陶渊明自比。他是宋词的最后一位重要作者，一般选宋词的书，选到最后，就得选张炎。张炎精通音律，审音拈韵，细致入微，遣词造句，流丽清畅，时有精警之处。其为词主张“清空”“骚雅”，常以清空之笔写沦落之悲，带有鲜明的时代印记。文学史上，与姜夔并称“姜张”，与宋末著名词人蒋捷、王沂孙、周密并称“宋末四大家”。他的词寄托了乡国衰亡之痛，是南宋末期的时代之声，极为苍凉。

张炎的这首词可称为将家国身世之感并入友情之作。李筠房，南宋浙江湖州人，张炎的友人。宋时两人情趣相投，时常相聚，而宋亡国后两人天各一方。此词即是张炎寄词隐遁山中的老友,勉以梅花,共保岁零贞洁。

词的上片写登高望景并由此而生的思友及自伤之情。句中用荷花隐含着对远处友人的思念,写出了词人望故人而不见的黯淡心情。思念的心情使词人无心欣赏眼前的美景,所见的皆是寒风中的孤雁,残月下的沙滩。作这首词时,张炎正当盛年,三十岁左右,由于经历亡国家破的变故,所以心感迟暮。一个"无避处"和"愁满天涯",表明客观形势的险恶及主观感受的抑塞悲凄,自己无法摆脱压抑的感觉,只有将满腔愁绪寄于远在天涯的友人。

词的下片,把满腔思愁寄于友人。张炎化用《离骚》中"集芙蓉以为裳"和孔稚珪《北山移文》"使我高霞孤映,明月独举"中的"荷衣"、"烟霞",称赞好友李筠房在国破家亡之后,马上披上"荷衣"、陪伴"烟霞",不作元朝之官,宁做大宋的遗民隐士。由于友人的音讯未通,只能是"料想"、回忆以前共勉,苦盼再相逢之日。"只赠梅花"是引用陆凯《寄范晔》:"折梅逢驿使,寄与陇头人。江南无所有,聊赠一枝春。"以梅花相赠,以梅花互勉,表达出词人不慕荣华、不畏冰霜的高洁品格。本句成为本词的点睛之笔。张炎选词用典精炼巧妙,词风舒畅,自然流露出"一气贯注"之妙。

诵读时要如白云舒卷,爽气贯中,体验一种清空摇曳之感。

(十五)临江仙。双调小令,唐教坊曲。《乐章集》入"仙吕调",《张子野词》入"高平调"。五十八字,上下片各三平韵。约有三格,这里选录杨慎的《廿一史弹词》,属第三格,六十字,比常见格式增二字。

中仄中平平仄仄,中平中仄平平。中平中仄仄平平。中平平仄仄,中仄仄平平。

中仄中平平仄仄,中平中仄平平。中平中仄仄平平。中平平仄仄,中仄仄平平。

滚滚长江东逝水,浪花淘尽英雄。是非成败转头空。青山依旧在,几度夕阳红。

白发渔樵江渚上,惯看秋月春风。一壶浊酒喜相逢。古今多少事,都付笑谈中。

(杨慎《临江仙》)

【诵读提示】杨慎,字用修,号升庵,四川新都人。正德六年(1511 年)进士第一及第,授翰林修撰,后充任经筵讲官。嘉靖三年(1524 年),他因为直谏触犯了明世宗,被谪戍云南,流放终生。其生于蜀,祸于京,成于滇。有《升庵集》。这首

《临江仙》原是杨慎晚年所著历史通俗说唱之作《廿一史弹词》(原名《历代史略十段锦词话》)中第三段《说秦汉》的开场词,后来被清初的毛宗冈移到《三国演义》的卷首,结果名扬四海。

这首咏史词,借叙述历史兴亡抒发人生感慨,豪放中有含蓄,高亢中有深沉。从全词看,基调慷慨悲壮,意味无穷,读来令人荡气回肠,不由得在心头平添万千感慨。在让我们感受苍凉悲壮的同时,这首词又营造出一种淡泊宁静的气氛,折射出高远的意境和深邃的人生哲理。作者试图在历史长河的奔腾与沉淀中探索永恒的价值,在成败得失之间寻找深刻的人生哲理,有历史兴衰之感,更有人生沉浮之慨,体现出一种高洁的情操、旷达的胸怀。我们在品味这首词的同时,仿佛感到那奔腾而去的不是滚滚长江之水,而是无情的历史;仿佛倾听到一声历史的叹息,于是,在无情的流逝中追求生命永恒的价值。

第八节　元曲小令

元曲是中华民族灿烂文化宝库中的一朵奇葩，它在思想内容和艺术成就上都体现了独有的特色，和唐诗、宋词鼎足并举，成为我国文学史上三座重要的里程碑。

一、元曲简介

元曲又叫北曲，是来源于北方草原民族的曲调，它分为散曲和杂剧两部分。散曲，又名“今乐府”，曲的一种体式，可用于抒情、写景、叙事，便于清唱。散曲有三种体裁：一是小令，跟词里的小令基本相同，不过几乎全是单调的；二是套数，它是根据不同的调性如“黄钟”“南吕”“双调”等组织起来的；三是带过曲，是从套数里摘出来两支或三支连唱的曲调，如中吕调的〔十二月带尧民歌〕、双调的〔雁儿落带青江引〕〔碧玉箫〕，它是间于小令、套数之间的体裁，跟双叠或三叠的词调相似。小令是不成套的散曲；散套是统属于一个宫调的成套的散曲，又叫套数。

元曲有严谨的格律定式，每一曲牌的句式、字数、平仄等都有固定的格式要求。虽有定格，但并不死板，允许在定格中加衬字，部分曲牌还可增句，押韵上允许平仄通押，与律诗绝句和宋词相比，有较大的灵活性。同一个“曲牌”中，字数最少的一首为标准定格。

小令是元代产生于北京的一种新诗体，它属于元曲中的一个小门类，本可以按调配乐歌唱，后来逐渐脱离了音乐，成了案上诵读文学。小令的语言比诗词更通俗，形式更活泼。

元曲的体制具体表现为以下六个方面，把握这些特征才能诵读出音效。

1. 宫调：宫调是指中国古代音乐的调式，曲与宫调出于隋唐燕乐，南北曲常用的有五宫四调，通称九宫或南北九宫，包括有正宫、中吕宫、南吕宫、仙吕宫、黄钟宫（五宫）、大面调、双调、商调、越调（四调），曲的每一个宫调都有各自的风格，或伤悲或雄壮，或缠绵或沉重。元曲中的戏曲套数和散曲套数，是由两支以同一宫调的不同曲牌相联而成。

2. 曲牌：俗称“曲子”，是对各种曲调的泛称，各有专名，如《点绛唇》《山坡羊》等。总数很多，元代北曲共335个。每一个曲牌都有一定的曲调、唱法，同时也规定了该曲的字数、句法、平仄等，据此可以填写新曲词。曲牌大都来自民间，一部分由词发展而来，故曲牌名也有和词牌名相同的，但是内容并不完全一致。此外，还有专供演奏的曲牌，但大多只有曲调而无曲词。

3. 曲韵：元曲在押韵方面严守《中原音韵》十九部的要求而分平、上、去，用韵上有以下特点：平仄通押，不避重韵，一韵到底，借韵、暗韵、赘韵、失韵。

4. 平仄：曲在用字的平仄上比诗词更严，而特别注重每首末句的平仄。

5. 对仗：曲的对仗要求比较自由，可平仄相对，也可平声相对，即平声对平声，仄声对仄声。曲的对仗形式有“两字对”“首尾对”“衬字对”等13种，在语言的运用和词序组合上有许多特点，主要表现在：有工对也有宽对，但宽对的现象更普遍；句中自为对；错综成对或倒字为对，如“忠臣不怕死，怕死不忠臣”；以俗语入对。

6. 衬字：曲与词最显著的区别是有无衬字，有衬字的是曲，没有衬字的是词。所谓“衬字”，指的是在曲律规定的字数之外所增加的字，它不受音韵、平仄、句式等曲律的限制。衬字一般用于句首。

二、“三句鼎足对”简介

元曲是有严格格律的倚声填词的诗歌形式，口语味较浓，可以入乐。它的对仗形式比较丰富，除了偶句作对外，还有三句对、四句对、隔句对等，有“合璧对”“鼎足对”“连璧对”“连珠对”“扇面对”等，这都增加了曲的表现力和生动性。多样的对仗使散曲在字句参差变化中，具有端饬严谨的气度。其中最具审美意蕴的当数“三句鼎足对”，它营造了散曲的整齐美、绘画美、音韵美、意蕴美等。

（一）绘画美

作为抒情言志的文学手段，散曲与诗、词一脉相承，以景寓情，用形象表达思想。元朝时期，蒙古族统治者施行暴政，造成社会黑暗，混乱无序，有志文人政治地位低下，处处受到压制、排挤、陷害，他们的政治抱负不得实现，又无力改变已有的社会现实，只有通过自己手中的笔来揭露社会的黑暗与不公，并发出隐逸山水田园的呼声。豪放派散曲的代表马致远在《双调·夜行船·秋思》里描摹了一幅远离尘嚣的世外桃源图，其中的第七支曲子［离亭宴煞］，以通俗浅显之语表达深刻警世之意，洋溢着潇洒的智性意蕴：

蛩吟罢一觉才宁贴，鸡鸣时万事无休歇。争名利何年是彻？看密匝匝蚁排兵，乱纷纷蜂酿蜜，闹攘攘蝇争血。裴公绿野堂，陶令白莲社。爱秋来时那些：和露摘黄花,带霜烹紫蟹,煮酒烧红叶。

第一个三句对中,马致远选取三组物象,互为对比,互为映衬:“密匝匝蚁排兵,乱纷纷蜂酿蜜,闹攘攘蝇争血”,将不合事理逻辑的三个意象构成荒诞式组合,强烈地揭露争权夺利的丑恶形态,充满了对当时社会黑暗现实的强烈不满和愤激之情。第二个三句对中,作者采来沾着露水的黄花,捉来带霜痕的紫蟹,再拢来些红叶点着火烧蟹煮酒吃。这种超然绝世的生活态度,构成了马致远诗化哲学三部曲:宇宙的宏观——现实的异化——人生的审美。

“清丽派”散曲作家张可久(号小山,今浙江宁波人),名盛当时,也善作三句对。小山常以观画的眼光来观照风景,进而用语言艺术来描绘“画境”,近人罗忼烈在他的《两小山斋论文集》中赞誉道:“小山善用三对,不但贴切,也自然浑成。”如[正宫·醉太平]用三个意象描来展示“图画”之美:

金华洞冷,铁笛风生。寻真何处寄闲情?小桃源暮景。数枝黄菊勾诗兴,一川红叶迷仙径,四山白月共秋声,诗翁醉醒。

小山追求生活的情致和境界,把山水作为净土,追求自然、平静、纯洁、安适之美。这三组鼎足对极富诗意,字字含情,画中带色,既有对比鲜明的色彩美,又有风光独好、境界迷人的意象美、情境美、画面美。另外,《庆东原·次马致远先辈韵九篇》中的四五六句亦鼎足成对,“苍烟树杪,残雪柳条,红日花梢”描绘了三幅优美的风景画:暮霭笼罩的树林、春柳上的残雪、艳阳下的花丛。作者仿佛一个丹青画手,轻轻勾勒点染,一组内容相谐的画面便呈现在我们眼前,比诗词的意境更显得丰富多彩。

(二)音韵美

元代散曲诗乐一体,有着严密的格律定式,每一曲牌的句式、字数、平仄等都有固定的格式要求。但虽有定格,又并不死板,允许在定格中加衬字,部分曲牌还可增句,与律诗绝句和宋词相比,有较大的灵活性。散曲的另一音韵特点是平仄合押,即在一支曲子里,不管是平声结束的句子或仄声结束的句子,都要押韵。因此较之平仄分押的词调,用韵要密,不论朗诵或歌唱,都更顺口动听。

元代散曲的题目一般由三部分组成:宫调、曲牌、内容提示。如马致远的散套《双调·夜行船·秋思》,“双调”是调式,“夜行船”是第一支曲子的曲牌,“秋思”是内容提示。马致远还有一支小令《越调·天净沙·秋思》,“越调”是调式,曲牌是“天净沙”,“秋思”是咏唱内容的标题。

曲谱的排列,依照的是周德清《中原音韵》所列的宫调曲调的序列。宫调就是调式,元曲中常用的宫调有九个,就是五宫四调:正宫、中吕宫、南吕宫、仙吕宫、黄钟宫、大石调、双调、商调、越调。每一个宫调都有它的音律风格。凡声音各应于律吕,分于六宫十一调,共计十七宫调。

元朝时常于城外五里处设短亭,十里处设长亭,用以送行饯别朋友。黄钟宫的调性,比较适合表现雍容而缠绵的感情。“人月圆”的曲牌来自词牌。北宋王诜词有“人月圆时”,故名。张可久依原诗用韵次序作了《黄钟 · 人月圆 · 春晚次韵》这首唱和曲子,其中有三组鼎足对。

萋萋芳草春云乱,愁在夕阳中。短亭别酒,平湖画舫,垂柳骄骢。一声啼鸟,一番夜雨,一阵东风。桃花吹尽,佳人何在,门掩残红。

曲子句式为七五、四四四、四四四、四四四。共十一句四韵,其中有三组四字句构成的鼎足对,对仗工整,字句优美,熔铸诗词名句,含蓄蕴藉。张可久的散曲创作倾向于诗词化,追求雅正典丽的艺术风格。他讲究曲律和音韵,着力于炼字炼句,明初朱权称之为“词林之宗匠”。贯云石称其“择矢弩于断枪朽戟之中,拣奇璧于破扃乱石之场,抽青配白,奴苏隶黄,文丽而醇,音和而平,治世之音也”。

王力教授在《略论语言的形式美》一文中说:“在律诗和词曲中,对仗就是整齐的美,平仄就是抑扬的美,韵脚就是回环的美。”三句鼎足对的音韵美,可以从对仗、平仄、韵脚这三方面来欣赏:

(1)整齐的美。上述《黄钟 · 人月圆 · 春晚次韵》中的三个长句,或五言,或六言,或七言,三小句构成一个鼎足对,平平稳稳地把许多丰富的内容组织在一起,音节匀称整齐,声音优美动听,有排比句的气势与感染力,具有外在的“整齐的美”。

(2)抑扬的美。散曲韵密而且平上去三声通叶,符合自然旋律,音节美妙,抑扬顿挫,曲折有致。鼎足对的平仄与诗词一样,也是交替的,即不同声调有规律地更相交替。如上文所引“和露摘黄花……”这个长句,它的平仄相谐的格式是:平平仄仄平,仄仄平平仄,仄仄平平去。

(3)回环的美。鼎足对的押韵和整首散曲的押韵大体相同,多是平、上、去通押,而且韵脚较密,几乎句句押韵。如“惹、遮”韵同,“缺”与之韵近;“蟹、叶”韵同,“花”与之韵近;“蜜”、“血”韵部相近。由于同韵的字在句末有规律地出现,朗读起来,使作品音响联结而成和谐的整体,因而增加了作品的音韵之美。这就是“回环的美”。

传统诗体追求对偶整齐、典雅舒缓的演唱风格,散曲也力求对仗工整,更追求参差错落、“嘈杂凄紧”的演唱风格。鼎足对三句一组,正像鼎之三足一样,给人一种平稳的感觉,读起来一唱三叹,更是流畅自然,同读诗词相比,更有一番曲的韵味。

(三)意象美

意象是中国古典美学中的一个重要概念。诗词曲赋主要靠意象来构成意蕴。古人以为意是内在的抽象的心意,像是外在的具体的物象;意源于内心并借助于象来表达,象其实是意的寄托物,也就是寓情于景、以景托情、情景交融的艺术处理技巧。散曲作家们留心捕捉鲜美而易逝的意象,或情思物态化,或物象情思化,做到了"物我交融""心物两契",意象透剔高妙。

乔吉小令《水仙子·重观瀑布》描写瀑布的壮观景象,飞动壮大的意象显现了豪壮之美。

天机织罢月梭闲,石壁高垂雪练寒。冰丝带雨悬霄汉,几千年晒未干。露华凉人怯衣单。似白虹饮涧,玉龙下山,晴雪飞滩。

末三句采用鼎足对,连用三个比喻描画出瀑布的动态,以"白虹""玉龙""晴雪"为瀑布绘形绘色,以"饮""下""飞"极写瀑布奔流直下、水花飞溅的气势,神形俱现,极为壮观。

张小山《醉太平·怀古》:"翩翩野舟,泛泛沙鸥。登临不尽古今愁,白云去留。凤凰台上青山旧,秋千墙里垂杨瘦,琵琶亭畔野花秋,长江自流。"工整的"鼎足对"构成意象组合框架,把凤凰台、秋千墙、琵琶亭三个本来历史时间和地理空间上都不同的景物放在一起,表现了作者的思古幽情,流露出对李白、苏轼、白居易的缅怀和景仰。青山绿水,云月花草,呈现出一种哲理化的人生态度。智性风标情韵,抚慰着元人的心灵。三句鼎足对用多个意象从不同的角度或层面丰富了曲的意境。散曲作家们以此艺术形式赞美自由化的闲逸生活,肯定审美化的独立人格,逃避当时黑暗的社会现实,从而获得了一种精神家园的寄托。

雅致优美的三句鼎足对产生于元代的市井勾栏,语言自由活泼,充满活力,更贴近普通民众,更能准确地道出平凡的心声。它富于动感,兼具画意,洋溢着浓郁的诗性意蕴及哲性意蕴,生动地呈现了元散曲"曲不厌巧"的艺术特色,展示了当时散曲作家们深厚的传统文化底蕴。它突破了中国传统的二元对仗思维定势,融合了中国传统文人的气质、襟怀、天机灵慧,对中华传统文化心理结构起到了侧面的概括和补充作用。它比"儒道禅互补"的概括更具民间立场,更有原创的生命冲劲,也更有回味不尽的审美意蕴。

三、吟诵举隅

（一）中吕·满庭芳·渔父词

活鱼旋打，沽些村酒，问那人家。江山万里天然画，落日烟霞。垂袖舞风生鬓发，扣舷歌声撼渔槎。初更罢，波明浅沙。明月浸芦花。

（乔吉）

【诵读提示】乔吉（约1280—约1345）元代杂剧家、散曲作家。一称乔吉甫，字梦符，号笙鹤翁，又号惺惺道人。太原人，流寓杭州，以布衣终老。乔吉是真名士，《录鬼簿》形容乔吉"美容仪，能词章，以威严自饬，人敬畏之"。

乔吉曾说："作乐府（指散曲）亦有法，曰凤头、猪肚、豹尾六字是也。大概起要美丽，中要浩荡，结要响亮。尤贵在首尾贯穿，意思清新。苟能若是，斯可以言乐府矣。"他的作品，以写景咏物、抒情感怀为主，也有不少伤离别、赠佳丽和临席奉和之作。他的杂剧，流传下来的有三本：《扬州梦》《金钱记》和《两世姻缘》。他的散曲，现存小令二百一十三首、套数十，在元代散曲家中数量仅次于张可久，居第二位。乔吉是元代后期重要的散曲作家，与张可久齐名。有人把前期的散曲作家王实甫和马致远比作唐诗中的李白、杜甫，而把乔吉和张可久比作唐诗中的李贺和李商隐。

乔吉的散曲以婉丽见长，精于音律，工于锤炼。风格奇巧俊丽，不避俗言俚语，具有雅俗兼备的特色。乔吉共有二十首《渔父词》，篇篇都表现了作者强烈的乐观精神，但细心品味，我们也能发现曲作者隐藏在自由闲适背后的隐忧和无奈。曲作者一开始就带领读者进入渔家生活的具体场景：现打活鱼，索沽村酒，自斟自饮，一醉方休，渔翁的生活何等逍遥自在，令人羡慕。接着作者又给我们展示了万里江山、长天落日、云霞绚烂的壮观图画，在此氛围之下，渔翁乘着酒兴翩翩起舞，纵情歌唱，那扣舷而歌的姿态、声撼渔槎的响亮歌声……处处显示出渔父但求适宜、自由自在、无所顾忌的气度和情怀。

诵读乔吉的《渔父词》，我们从中发现的是一个个充满内心矛盾的渔翁，他们一方面醉心于山林，一方面又难以舍弃儒家兼济天下的使命；他们一方面闲来垂钓溪边，扣舷而歌，另一方面又以酒麻醉自身，不愿酒醒。这就是曲作家乔吉的困惑，也是元代所有文人解不开的一个结。

（二）山坡羊·潼关怀古

峰峦如聚，波涛如怒，山河表里潼关路。望西都，意踌躇。

伤心秦汉经行处，宫阙万间都做了土。兴，百姓苦；亡，百姓苦。

（张养浩）

【诵读提示】张养浩，字希孟，号云庄，山东济南人。元代著名散曲家。诗、文兼擅，而以散曲著称。此小令系张养浩散曲中的代表作，从表面看，似乎是喟叹历代王朝的兴亡，实际上却是哀痛劳动人民在封建统治下以及在动乱中所蒙受的蹂躏之苦，一针见血地点出了封建政治与人民的对立。作品用字精辟，造诣深远，为元散曲中所少见。

（三）凭栏人·江夜

江水澄澄江月明.江上何人搊玉筝？隔江和泪听。满江长叹声！

（张可久）

【诵读提示】张可久，元代散曲作家。一说名久可，号小山。庆元（今浙江宁波）人。他的作品经常联想到百姓的疾苦和世道的险恶："伤心秦汉，生民涂炭，读书人一声长叹。"他在《醉太平·感怀》中更写道："水晶环入面糊盆，才沾粘便滚。文章糊成了盛钱囤，门庭改做迷魂阵，清廉贬入睡馄饨，葫芦提倒稳。"揭示了当时社会黑白颠倒、贤愚不分的现实。《凭栏人》共有四句，每句都嵌一个"江"字，在散曲中叫"嵌字体"。

起句写景：宁静的夜晚，月光如银，江水清澈明净。次句写声：在前句描写的清幽的环境里，忽然传来弹拨玉筝的乐曲声。这声音如泣如诉，凄清哀婉，穿过江面，透入人心，使人不禁要问：是谁在通过弹筝倾诉伤心之事、难言之隐？第三句"隔江"说明筝声传送之远；"和泪"说明听者感受之深；"满江"说明被感动者之多，甚至连那无情的江水、碧波涟漪，也在为其呜咽哀鸣呢。后两句没有直接回答，而是写听者的反应：有人隔着江在对岸和着眼泪倾听；满江上下塞满长叹之声。弹筝者是谁，弹的是什么曲子，始终没有说出来，但从听者的反应里，已经可以启示人们的想象：如果不是弹筝者奏着伴和着哀怨愁苦的音乐，能引起听者共鸣、感叹唏嘘吗？弹筝者可能有伤心之事、难言之隐。

全曲情景交融，有弹者有听者，意境清凄幽邃，构成一幅绝妙的月夜江上听筝图。诵读时要表达出哀怨凄切的基调色彩。

（四）驻马听·吹

裂石穿云，玉管宜横清更洁，霜天沙漠，鹧鸪风里欲偏斜。凤凰台上暮云遮，梅花惊作黄昏雪。人静也，一声吹落江楼月。

（白朴）

【诵读提示】"驻马听"是这首小令的曲牌。这首小令起句别致，先以比喻描绘其声，再言其声缘于何物，作品基调奇特、浓烈。以"霜天沙漠，鹧鸪风里欲偏斜”比喻乐声的意境及其使闻者动情的魅力。“一声吹落江楼月”，以夸张手法引出想象的世界，曲终而意韵不绝。“梅花惊作黄昏雪”，满树梅花竟然闻笛声而惊落，飘飘洒洒如黄昏时的雪花。笛声使梅花有了人的情感，形象地显现了乐声的艺术魅力。

这首小令通过对笛声的描绘表现了吹笛人的高超演技。作者运用通感的手法，借助想象和比喻，立体地再现了悠扬清雅的笛曲。这笛声可听——“裂石穿云”“清更洁”；这笛声可见——从苍凉、悠远、凄清的笛声中，读者似乎看到了“霜天”的凄清、“沙漠”的旷远、“鹧鸪”的低回翻飞；这笛声可感——笛声具有“感天地，泣鬼神”的艺术魅力，使得因为美妙的笛曲遏止的行云把凤凰台都遮住，满树梅花感动得纷纷飘落，化作黄昏的片片飞雪，感到“暗香浮动”送来的阵阵幽香。作者在短短的八句中，写出了三个阶段笛声的变化特点：起处的突兀、中间的丰富、结尾的余韵；更以丰富的联想，贴切的比喻，生动的夸张，自然巧妙、毫无斧凿之痕的用典写出了自己对笛曲的独特感受。全曲虽然很短，但却包蕴十分丰富，层次分明而衔接浑成。

古人为了表达把优美动人的音乐“留住”的意愿，就有了“余音绕梁”的神话故事，然而白朴的《驻马听·吹》这首小令却为读者“录”下了一段历数百年而不息的笛曲，使人们至今依然能够感受到这支笛曲荡气回肠、悠扬嘹亮的旋律。

(五)沉醉东风·渔父

黄芦岸白苹渡口，绿柳堤红蓼滩头。虽无刎颈交，却有忘机友，点秋江白鹭沙鸥。傲杀人间万户侯，不识字烟波钓叟。

(白朴)

【诵读提示】金黄的芦苇铺满江岸，白色的浮萍飘荡在渡口，碧绿的杨柳耸立在江堤上，红艳的野草渲染着滩头。虽然没有生死之交，却有毫无机巧之心的朋友。他们就是那些点缀在秋江上自由自在的鸥鹭。鄙视那些达官贵人们的正是那些不识字的江上钓鱼翁。

白朴的这首小令通过一个渔民形象，通过对他自由自在的垂钓生活的描写，表现了作者不与达官贵人为伍、甘心淡泊宁静的生活的情怀。小令语言清丽、风格俊逸，意象艳丽、境界阔大，给人以美的享受，表达了备受压抑的知识分子所追求的理想，因而在当时就赢得了人们的喜爱。

第九节　乐章习化

“乐章”原指乐书的篇章，指能配乐的诗词或文章，现在引申为事物最好的一部分。今天音乐艺术中的“乐章”是一个由多个内部完整的部分组成的大的经典音乐作品（如交响乐、协奏曲等）中的一个完整的部分。《新唐书·李白传》记载：“帝坐沉香亭，意有所感，欲得白为乐章，召入，而白已醉，左右以水靧面，稍解，援笔成文，婉丽精切，无留思。”生动形象地表现了中国古代文人雅士的诗意生活。

一、习与智长，化与心成

风者，国风也，由上流社会引领；俗者，民俗也，在百姓当中扩散开来，起到移风易俗的作用。儒家的教育观念认为：好的学习习惯，能够增长一个人的智力，而且会使人变得越来越聪明豁达。能化解很多东西，心就能成就很多事情。早期教养形成的良好习惯随年龄增长会形成一些较稳定的品质。朱熹说：“古者小学，教人以洒扫、应对、进退之节，爱亲、敬长、隆师、亲友之道，皆所以为修身、齐家、治国、平天下之本，而必使其讲而习之于幼稚之时，使其习与智长，化与心成，而无扞格不胜之患也。”

清人张伯行说：“讲谓讲明其理，习谓熟于其事。……幼稚心知，未有所主，及时教之，使习与善而与智俱长，化与善而与心俱成，故无扞格不胜之患，盖有不知其然而然者。孔子所谓‘少成若天性，习惯如自然’是也。”古时异体字多，书籍刊印不规范，又有人写作“习与智长，优与心成”，可以理解为智慧的增长来自学习，美好的品行出自心灵，意思基本相同。

中华吟诵学会秘书长徐健顺在《理解国学，理解读经》一文中这样说道：“吟诵是乐教。儒家是快乐修身的。孔子如何教学生？兴于诗，立于礼，成于乐。先让学生接触人生百态，知道社会百味，所以《关雎》排第一，《诗经》的内容无所不包。然后以礼相应，才能幸福人生。学礼是枯燥的，所以要有乐教，乐于乐中，而学乃成。中国古代儒家教育的目标，是把人培养成一个好人，一个健康的人，一个对族群有用的人，一个人生幸福的人。”

后来，徐主任在《我所理解的中国古代教育》一文中又进一步论述道：“古代的教育，其目的是树人。把高洁的品格和文化的特质注入一个人的生命。从诵读经典到诗词文赋、琴棋书画,从理性到感性,从内容到形式,都是在进行人格教育。教育出来的人,可能成绩不好,但人品首先要好。这样的人,为世所敬重,并不在于做了多大的官。这样教育的结果,是绝大多数文人的身上,有一种气节,一种精神。在任何地方,中国人都会团聚在这样的人的周围。""在古代,文人儒士,就是一方民众的主心骨,一方水土的保护神。识字的人就是精神文化的集中所在。读书的人就比不读书的人要更有品格、更有气节。……我们今天要发扬的,是文化,而且是传统文化中最优秀的部分。"古代教育的最终理想是培养君子。君子,是比圣贤低一级的人,但是可以进而为圣贤。君子,是一种人生态度、世界观、生活方式,它是真诚的、健康的、积极的、快乐的、安详的、高远的、用世的、实在的。

孔子在《论语》中表彰颜回:"贤哉回也,一箪食,一瓢饮,在陋巷,人不堪其忧,回也不改其乐。贤哉回也。"颜回甘于贫苦,发奋读书,所追求的是"仁义礼智信",这不仅是对日常功利的超越,对贫贱困境的超越,而且表现了古代文人"富贵于我如浮云"的高雅境界和慢生活的快乐。

二、风成于上,俗化于下

上层社会的喜好禁忌是形成社会风气的推动力量,下层百姓的喜好禁忌是形成民俗的基础。"中国古代是居民自治的。教育的最高境界就是自我教育,是培养彬彬有礼的君子。……子曰:"弟子入则孝,出则弟,谨而信,泛爱众,而亲仁。行有余力,则以学文。"子夏曰:"贤贤易色。事父母,能竭其力;事君,能致其身;与朋友交,言而有信。虽曰未学,吾必谓之学矣。"(徐健顺《我所知道的中国古代教育》)

在五千年历史长河的大浪淘沙中,中华传统文化不断碰撞、发展、提升,不仅缔造了伟大的中华文明,更形成了以爱国主义为核心,团结统一、爱好和平、勤劳勇敢、自强不息的伟大民族精神。具体说来就是:和平共处、多元一体的"和而不同"精神;尊重自然、爱好和平的"天人合一"精神;兼容万物、海纳百川的包容精神;为天地立心、为百姓立命的担当精神;人人平等、天下大同的公平正义精神;重亲情、讲友善的人伦道德精神;强调变通、与时俱进的开放变革精神。

习近平总书记指出:"中国传统文化博大精深,学习和掌握其中的各种思想精华,对树立正确的世界观、人生观、价值观很有益处。古人所说的'先天下之忧而忧,后天下之乐而乐'的政治抱负,'位卑未敢忘忧国'、'苟利国家生死以,岂因祸福避趋之'的报国情怀,'富贵不能淫,贫贱不能移,威武不能屈'的浩然正气,'人生自古谁无死,留取丹心照汗青'、'鞠躬尽瘁,死而后已'的献身精神等,都体现了中华民族的优秀传统文化和民族精神，我们都应该继承和发扬。”

三、吟诵举隅

(一)刘禹锡身居陋室、贫而志坚的精神

唐代中晚期著名诗人、文学家、哲学家刘禹锡(772—842)，字梦得，祖籍洛阳。他的家庭是一个世代以儒学相传的书香门第。曾任监察御史，政治上主张革新，有“诗豪”之称。

刘禹锡在任监察御史期间，曾参加王叔文的“永贞革新”，反对宦官和藩镇割据势力。革新失败后，被贬为朗州(今湖南常德)司马，成为一名小小的通判。按规定，通判应在县衙里住三间三厢的房子。可知县看人下菜碟，见刘禹锡是从上面贬下来的软柿子，就故意刁难，安排他在城南面江而居，刘禹锡不但无怨言，反而很高兴，还随意写下两句话，贴在门上：“面对大江观白帆，身在和州思争辩。”那个知县知道后很生气，吩咐衙里差役把刘禹锡的住处从县城南门迁到县城北门，面积由原来的三间减少到一间半。新居位于德胜河边，附近垂柳依依，环境也还可心，刘禹锡见景生情，又在门上写了两句话：“杨柳青青江水平，人在历阳心在京。”那个势利眼的知县见其仍然悠闲自乐，再次派人把他调到县城中部，而且只给一间只能容下一床、一桌、一椅的小屋。半年时间，刘禹锡被迫搬了三次家，面积一次比一次小，最后仅是斗室。面对这个势利眼的狗官，刘禹锡遂愤然提笔写下这篇超凡脱俗、情趣高雅的《陋室铭》，并请人刻上石碑，立在门前。刘禹锡人有骨气，诗也骨力豪劲、气势沉雄，“诗豪”之誉毫不为过。《陋室铭》正是诗人这种精神的体现，可谓文品与人品已达完美之境界，文字激扬，心迹昭然：

山不在高，有仙则名，水不在深，有龙则灵。斯是陋室，惟吾德馨。苔痕上阶绿，草色入帘青。谈笑有鸿儒，往来无白丁。可以调素琴，阅金经。无丝竹之乱耳，无案牍之劳形。南阳诸葛庐，西蜀子云亭。孔子云：“何陋之有?”

【诵读提示】刘禹锡为官，清廉无私，勤于政务，关心民生；为文，超世出尘，大智大睿，为后人留下许多朗朗上口、富含哲理的诗歌和散文。刘禹锡在政治上一再遭受打击，但始终刚直不阿，坚守自己的节操和信念。在贬谪期间，他一方面从事诗文创作以排遣苦闷，一方面追求闲适的生活来调节精神，他在朗州筑楼，在连州建亭，在和州建陋室。和州即今安徽省和县，今存陋室位于和县城关历阳镇，为清乾隆年间重建。

“铭”是一种文体，属“箴铭”类，可用于称扬功德，如班固的《封燕然山铭》；更常用于申明鉴戒,如“座右铭、器物铭、室铭”等。铭文的特点是:形式短小,文字简洁,内容含蓄,一般要押韵,属于韵文类。

《陋室铭》选自《全唐文》卷六百零八集,通篇只81字,情与景会,事与心谐,作者通过具体描写“陋室”恬静、雅致的环境和主人高雅的风度来表述自己两袖清风的情怀;表达出和诸葛亮“淡泊以明志,宁静以致远”一样的胸怀天下的思想;体现了中国古代文人不与世俗同流合污、洁身自好、不慕名利的生活态度。纵观文学史,杜甫的“草堂”、归有光的“项脊轩”、张溥的“七录斋”,乃至现当代梁实秋的“雅舍”、李乐薇的“空中楼阁”……成就了中国文学史上一道独特的“陋室”风景!这篇不足百字的室铭,含而不露地表现了作者安贫乐道、洁身自好的高雅志趣和不与世事沉浮的独立人格。它向人们揭示了这样一个道理:尽管居室简陋、物质匮乏,但只要居室主人品德高尚、生活充实,那就会满屋生香,处处可见雅趣逸志,自有一种超越物质的神奇精神力量。

诵读时要反复思索玩味文中的对比、白描、隐喻、用典等手法,读出强烈的韵律感,表现出作者高洁傲岸的情操及安贫乐道的隐逸情趣。既要自然流畅,又要金石掷地,用声音塑造出一位佩剑文人豪放旷达的雄美形象,给人一种曲终犹余音绕梁、回味无穷的感觉。

晋陶渊明在《五柳先生传》里写其草庐道:“环堵萧然,不蔽风日;短褐穿结,箪瓢屡空,晏如也。常著文章自娱,颇示己志。”杜甫在《茅屋为秋风所破歌》里痛声吟道:“安得广厦千万间,大庇天下寒士俱欢颜,风雨不动安如山。”唐人刘禹锡作《陋室铭》,可谓尽人皆知的名篇。诵读此铭,要以铿锵激扬的语气,以陋室之寒酸,对比衬托作者当时的心境之高雅、交友之高雅、爱好之高雅,抒发作者旷达致远、不同流俗的高贵气质。

(二)《诫子书》里淡泊明志、宁静致远的精神

夫君子之行,静以修身,俭以养德。非澹泊无以明志,非宁静无以致远。夫学须静也,才须学也,非学无以广才,非志无以成学。慆慢则不能励精,险躁则不能冶性。年与时驰,意与日去,遂成枯落,多不接世,悲守穷庐,将复何及!

【诵读提示】古代家训,大都浓缩了作者毕生的生活经历、人生体验和学术思想等方面内容,不仅他的子孙从中获益颇多,就是今人读来也大有可借鉴之处。这篇《诫子书》仅86字,说理平易近人,是诸葛亮对其一生的总结,后来更成为修身立志的名篇。陆游写诗赞美诸葛亮:丞相名垂汗简青,书台犹在谁复登?出师一表真名士,千载谁堪伯仲间?

三国时蜀汉丞相诸葛亮，字孔明，琅琊人。著名的政治家、军事家，被后人誉为“智慧之化身”。他为了蜀汉社稷日夜操劳，顾不上亲自教育儿子，晚年大约蜀汉建兴十二年(234 年)时写给八岁的儿子诸葛瞻一封家书，着重围绕一个“静”字加以论述，同时把失败归结为一个“躁”字，对比鲜明。阐述的是敬业奉献、修身养性、治学做人的深刻道理。

古诗文中，常有一些生僻字、多音多义字和通假字等，“慆”，音 tāo。诵读时要读准字音和把握停顿，强烈而委婉的语气表现出长者对晚辈的谆谆教诲与无限的期望。

(三)《诲学说》里苦读不倦、锲而不舍的精神

玉不琢，不成器；人不学，不知道。然玉之为物，有不变之常德，虽不琢以为器，而犹不害为玉也。人之性，因物则迁，不学，则舍君子而为小人，可不念哉？

【诵读提示】欧阳修(1007—1072)，字永叔，号醉翁、六一居士。吉州永丰(今江西省吉安市永丰县沙溪)人，北宋政治家、文学家、史学家。谥号文忠，世称欧阳文忠公。欧阳修 4 岁时父亲就去世了，母亲对他的教育很严格。为节减开支，母亲用芦苇、木炭作笔，在土地或沙地上教欧阳修认字。母亲还经常用古人刻苦读书的故事来启发他。因此，成为文学家后的欧阳修在家训中希望儿子能继续养成读书的习惯，并从书中学会做人的道理。于是他在教导二儿子欧阳奕努力学习时写下《诲学说》，诵读节奏如下：

玉|不琢(主语和谓语之间要停顿)，不成|器(谓语和宾语之间要停顿)；人|不学，不知|道(“知”和“道”在古代是两个词，“知”的意思是懂得，“道”指道理，诵读时中间要有停顿)。然(“然”是关联词，表转折，后面应有停顿)|玉之为物，有|不变之常德，虽|不琢为器，而|犹不害为玉也。人之性|因物则迁，不学，则|舍君子|而为小人(“则”是关联词，后面应有停顿；“舍君子而为小人”意思是放弃做君子而做小人，从句意出发，“而”之前可以有停顿)，可|不念哉！

诵读此训，要在读准字音基础上把握好停顿，做到语气连贯，抑扬顿挫，耐人寻味。

(四)《爱莲说》中洁净纯朴、坚强自重的精神

中国古代文化中，莲有很多的象征寓意。

第一，莲是美丽的象征：莲花因其水生，在众多花卉中尤显洁净、高贵，所以人们经常把她与美人联系在一起。形容一个女子的美丽与清纯，多用“出水芙蓉”，传说中的四大美人之一西施，其故事也多与采莲、浣纱联系在一起。曹植的《洛神

赋》有“远而望之,皎若太阳升朝霞;迫而察之,灼若芙蕖出渌波”这样的句子,将美人比作莲花。

第二,莲是爱情的象征。莲花洁净、美丽,是纯洁、美好爱情的象征。在民间,新婚洞房的布置,对联和窗花就常有“并蒂莲”“鱼戏莲”“荷花鸳鸯”这些元素,古人也常以“并蒂莲开”来形容夫妻的恩爱。莲花的根——藕又与“偶”谐音,而藕中又有千万条细丝,藕虽断,丝还连,成为天造地设的爱情象征物。而莲花的果实莲子,因其生长于莲房中,一子一隔,互不干涉,又与我国传统伦理“多子多福”“兄弟有序”的观念极为吻合,又因“莲”与“连”谐音,有时又象征生殖繁衍。莲从花、根、子都被赋予了男女情爱、子孙繁衍的象征意义,相关的诗词歌赋不胜枚举。

第三,莲是吉祥和合的象征。莲又称荷,而“荷”“和”谐音,因此民间便赋予荷和气、和平、祥和、和合、和好的美好寓意。民间很常见的吉祥画《和合二仙》,便是一人手中执荷,另一人手中捧盒,盖取其谐音之故。“以和为贵”是我国古老的传统观念,并且还衍生出许多带“和”字的吉祥话语,像“和气生财”、“和气致祥”、“家和万事兴”等。

第四,莲花是佛的象征。佛教中,以莲为喻的词语数不胜数。佛座称为“莲座”或“莲台”;西方极乐世界,被比作清净不染的莲花境界,故称“莲邦”;《阿弥陀经》描写西方极乐世界如是:“极乐国土有七宝池,八功德水,池中莲花大如车轮。”故称佛国为“莲花国”,佛教庙宇被称为“莲刹”。“刹”为梵语,即净土之意,以莲花为往生之所托,故称“莲刹”;念佛之人称结“莲胎”,比喻住在莲花之内,如在母胎之中;佛眼称为“莲眼”,以青莲花比喻佛眼之好妙;胸中之八叶心莲花称为“莲宫”,即心中的莲花般的境界;释迦牟尼的手称为“莲花手”;僧尼受戒称“莲花戒”;僧尼之袈裟称“莲花衣,谓清净无杂之义;五智中的妙观察智称为“莲花智”;称善于说法者为“舌上生莲”;谓苦行而得乐为“归宅生莲”;佛经《妙法莲花经》简称《法华经》,都是以莲花为喻,象征教义的纯洁高雅;东晋东林寺慧远大师创立的我国最早的佛教结社称为“莲社”;佛教净土宗主张以修行来达到西方的莲花净土,故又称“莲宗”。

第五,莲是君子的象征,是从宋代大理学家周敦颐的《爱莲说》开始的。

周敦颐(1017—1073 年),又名周元皓,原名周敦实,字茂叔,谥号元公,号濂溪先生,北宋道州营道楼田堡(今湖南省道县)人,曾任江南东道南康军刑狱。他研究《易经》且博学力行,创立了理学理论基础,被称为“上承孔孟,下启程朱”的先贤,成为儒家理学思想鼻祖。著有《周元公集》《太极图说》《通书》。

周敦颐少时喜爱读书,志趣高远,十四岁时曾筑室于都庞岭东麓月岩,在那里读书并在那里悟得“无极而太极”的道理。年少立志、月岩悟道，为其后来学术思想的发展奠定了基础。晚年在庐山西北麓筑堂定居，创办了濂溪书院，设堂讲学。周敦颐通过“一”与“万”的关系问题，巧妙阐释了世界的多样性及其统一性这一中国哲学史上长期争论的复杂问题，把本体论的哲学争论推进到一个新的阶段。《通书》云：“二气五行，化生万物。五殊二实，二本则一。是万为一，一实万分。万一各正，小大有定。”他用太极的“一动一静”解释了阳气和阴气的产生。用“物则不通，神妙万物”的动静观解释了“太极生两仪”的古老命题。他的理学思想在中国哲学史上起到了承前启后的作用。

周敦颐在赣州为官多年，清廉勤勉。曾在星子开凿爱莲池，并写下传世名篇《爱莲说》。先是《群芳谱》这样描述莲花：“凡物先华而后实，独此华实齐生。百节疏通，万窍玲珑，亭亭物华，出于淤泥而不染，花中之君子也。”而周敦颐则更进一步把莲和各种类型的人物联系起来，直接以莲喻道德高尚的人，正是文如其人。周敦颐一生不与黑暗势力同流合污，黄庭坚称赞他“人品甚高”，如“光风霁月”。后来，赣州人为纪念他，立了专祠，并在祠后建“濂溪书院”，书院内还凿有“爱莲池”。由于几经兵燹，原来书院、祠和池均已无存。散文从衬托中表明自己不慕名利、洁身自好的生活态度，从中表示自己对追逐名利、趋炎附势的世风的鄙弃，是周敦颐濂溪文化思想的重要组成部分，因其深刻的廉政内涵受到广泛传承。

周敦颐虽身居官场，却始终未曾放弃读书治学，著书立说，教育青年，提携后进。周敦颐提倡“文以载道”。强调“文辞是艺，道德为实。笃其实而书之，美则爱、爱则传，贤者得而学之，是为教化。不务实，虽业师保勉，人也不学。不知务道德，而专以文辞为能，是‘虚车’，实为弊端”。庆历六年（1046年），二程的父亲大理寺臣程响在南安认识了周敦颐，见他“气貌非常人”，与之交谈，更知其“为学之道”，同他结为朋友，随即将两个儿子程颢、程颐送至南安拜其为师受业。他在赣州一手培养出宋代著名哲学家、教育家二程——程颐、程颢。

淳熙六年（1179年），朱熹任南康（今星子县）郡守，曾在庐山的濂溪书院中立了濂溪祠，刻周敦颐的图像及一些文章于石壁。此时，周敦颐的曾孙周直卿来到九江，把他曾祖写的《爱莲说》墨本送赠，于是就在书院莲池旁壁上摹刻了此文，流传千古。

水陆草木之花，可爱者甚蕃。晋陶渊明独爱菊。自李唐来，世人盛爱牡丹。予独爱莲之出淤泥而不染，濯清涟而不妖，中通外直，不蔓不枝，香远益清，亭亭净植，可远观而不可亵玩焉。

予谓菊，花之隐逸者也；牡丹，花之富贵者也；莲，花之君子者也。噫！菊之爱，陶后鲜有闻。莲之爱，同予者何人？牡丹之爱，宜乎众矣。

【诵读提示】此文选自《周元公集》《周濂溪集》。“说”是古代的一种文体，也称杂说。这种文体一般讲可以说明事理，也可以发表议论或记叙事物，都是为了阐明一个道理，给人某种启示或给自己明志。

《爱莲说》是古代散文精品。全文 116 字，手法多样，笔意超越，言简意赅，情景交融。其周敦颐采用“借影”笔法，以莲自喻，托物言志。前一部分铺排描绘莲花高洁的形象；第二部分揭示莲花的比喻义，分评三花，并以莲自况，抒发了作者内心深沉的慨叹。周敦颐描述了莲的四种品格：积极入世却不为世俗所染；本身美丽却不向他人献媚；行为正直而不趋炎附势；独立自尊而不可亵渎。自此，莲作为君子的象征意义开始真正深入人心。诵读时要以纯净赞美的语气，表现出作者对莲花的爱慕与礼赞、对美好理想的憧憬、对高尚情操的崇奉、对庸劣世态的憎恶。

（五）《二程粹言》发强刚毅、乐天知命的精神

程颢（1032—1085），字伯淳，人称明道先生，原籍河南府，生于湖北黄陂县。宋代大儒，理学家、教育家，封“先贤”，奉祀孔庙东庑第 38 位。与其同胞兄弟程颐（1033—1107）同为宋代理学的主要奠基者，世称“二程”。二程家族历代仕宦，曾祖父程希振任尚书虞部员外郎，祖父程遹曾任黄陂县令，赠开府仪同三司吏部尚书，卒于该县。

“二程”早年受学于理学创始人周敦颐。宋神宗时，他俩于洛阳讲学，建立起自己的理学体系，故世称其学为“洛学”。二程在哲学上发挥了孟子至周敦颐的心性命理之学，建立了以“天理”为核心的唯心主义理学体系。二程在学术上所提出的最重要的命题是“万物皆只是一个天理”。他们认为阳阴二气和五行只是“理”或“天理”创生万物的材料。从二程开始，“理”或“天理”被作为哲学的最高范畴使用，亦即被作为世界的本体，而且人类社会的等级制度及与之相适应的社会道德规范，也都是“天理”在人间社会的具体表现形态，“君臣父子，天下之定理，无所逃于天地之间。”（《河南程氏遗书》）

二程的著作有后人编成的《河南程氏遗书》《河南程氏外书》《明道先生文集》《伊川先生文集》《二程粹言》《经说》等，程颐另著有《周易传》。二程的学说后来由南宋朱熹等理学家继承发展，成为“程朱”学派。

《二程粹言》二卷共十篇，分作《论道》《论学》《论书》《论政》《论事》《天地》

《圣贤》《君臣》《心性》《人物》。朱熹曾说，程颢之言发明极致，善开发人；程颐之言即事明理，尤耐咀嚼。然当时记录既多，卷帙又浩繁，读者不能骤窥其要旨；加之诸弟子所记录又各以己意为增损，尤不免互相抵牾庞杂，故朱子曾拟删定其为节本，因故而未就。杨时为程门高足，亲承二程指授，记录真切，少有芜杂，故择其要者，把其师讲学的口语译成文言，足成十篇，而成此书，并以“粹言”为名。十篇思想，大同于《二程遗书》。

关于天理论，二程云“人之所以为人者，以有天理也。天理之不存，则与禽兽何异矣”竭力宣扬封建的忠，认为只要为臣子的“诚积而动”，君主“则虽昏蒙可开也，虽柔弱可辅也，虽不正可正也”。反映了二程“格物致知”论完整的思想体系，“格犹穷也，物犹理也”，只有“穷理然后足以致知，不穷则不能致也”。冯友兰在《简明中国哲学史》中认为此书“用处不大”，而《四库全书总目》却认为：“惟时师事二程，亲承指授，所记录终较剽窃贩鬻者为真，程氏一家之学，观于此书亦可云思过半矣。”《总目》所说为公允之辞。此书对研究二程理学思想体系，诚不可或缺。

二程创立的理学的核心内容，包括成德、成圣的道德修养观，“中、正、诚、敬、恕”的立身处世原则，“公、德、仁、顺、和”的治国理政之道和义利观，对中华传统文化的影响深刻而广泛。一些经典格言（如天理良心、诚心诚意、天理难容等）已融入人们的思想和口语中，直接影响了人们的思想和行为。

程颢作为以理学为精神底蕴的“濂洛诗派”代表人物，写了不少生动有趣的读书诗，如《春日偶成》《秋》《秋月》《秋日》《题惟南寺》《郊行即事》。他的诗表现了主体意识进入宇宙万物中达到的物我一体的精神境界，反映了北宋理学家开朗明快的心理氛围和浪漫情调。

云淡风轻近午天，傍花随柳过前川。
时人不识余心乐，将谓偷闲学少年。

（《春日偶成》）

【诵读提示】这首诗是程颢任陕西鄠县主簿时春日郊游，即景生情写下来的。作者用白描的手法，勾勒出风和日丽的春日景色。前两句写景，后两句抒情。诗歌描写了风和日丽的春日景色，抒发了春日郊游的愉快心情。诗歌风格平易自然，语言浅近通俗。全诗写出了诗人怀念少年时在故乡时的事情，表达了诗人心中对少年时代以及对故乡前川的怀念。

《秋日偶成》也是程颢的作品。诗歌语言活泼生动，富有生活气息。表现了作者闲适的心境，又蕴含思辨哲理。

闲来无事不从容，睡觉东窗日已红。万物静观皆自得，四时佳兴与人同。

道通天地有形外，思入风云变态中。富贵不淫贫贱乐，男儿到此是豪雄。

【诵读提示】诗歌中情感体验的最高境界是生命体验，而理学家的生命体验包含着对心性本体的内在观照。在观照生生之仁的同时，从自家心性里体会出自得之乐，这是理学生趣盎然的诗意所在。这首诗里，诗人超越了一己的得失和现实的困境，从更高更远以及更主动的层次上去提升人生的意义，表现的是道，是静观。静观就是去欲，四时佳兴就是去欲之后获得的快感，道通天地，才能够有这种感觉，所以富贵不淫，身处贫贱也感觉到快乐。这就是孔子、孟子"富贵不能淫、威武不能屈"的儒家观念：富贵时不流连忘返、迷失本性，贫困时不改其乐，能够平静地看待世间一切。能抵达这种境界，就是"豪雄"，这是一种超越。

道通天地，思入风云，富贵不淫，贫贱有乐，这正是中国古代文人雅士高尚的精神境界。程颢的这首诗正体现了居仁由义、发强刚毅、乐天知命——三位一体的大丈夫精神。

（六）《幽梦影》里"渐进自然、炼精化气"的精神

［卷上］

读经宜冬，其神专也；读史宜夏，其时久也；读诸子宜秋，其致别也；读诸集宜春，其机畅也。

经传宜独坐读；史鉴宜与友共读。

春听鸟声；夏听蝉声；秋听虫声；冬听雪声；白昼听棋声；月下听箫声；山中听松风声；水际听欸乃声；方不虚生此耳。

藏书不难，能看为难；看书不难，能读为难；读书不难，能用为难；能用不难，能记为难。

读书最乐，若读史书，则喜少怒多，究之怒处亦乐处也。

由戒得定，由定得慧，勉强渐近自然；炼精化气，炼气化神，清虚有何渣滓。

［卷下］

所谓美人者，以花为貌，以鸟为声，以月为神，以柳为态，以玉为骨，以冰雪为肤，以秋水为姿，以诗词为心。

善读书者无之而非书，山水亦书也，棋酒亦书也，花月亦书也；善游山水者，无之而非山水，书史亦山水也，诗酒亦山水也，花月亦山水也。

天下无书则已，有则必当读；无酒则已，有则必当饮；无名山则已，有则必当游；无花月则已，有则必当赏玩；无才子佳人则已，有则必当爱慕怜惜。

能读无字之书，方可得惊人妙句；能会难通之解，方可参最上禅机。

作文之法：意之曲折者，宜写之以显浅之词；理之显浅者，宜运之以曲折之笔；题之熟者，参之以新奇之想；题之庸者，深之以关系之论。至于窘者舒之使长，缛者删之使简，俚者文之使雅，闹者摄之使静，皆所谓裁制也。

少年读书如隙中窥月，中年读书如庭中望月，老年读书如台上玩月，皆以阅历之浅深，为所得之浅深耳。

【诵读提示】张潮，字山来，号心斋居士，安徽歙县人，清代文学家、小说家、刻书家，官至翰林院孔目。著作等身，著名的作品包括《幽梦影》《虞初新志》《花影词》《心斋聊复集》《奚囊寸锦》《心斋诗集》《饮中八仙令》等。

《幽梦影》"以风流为道学，寓教化于诙谐"，是篇求美的著作。张潮着眼于以优雅的心胸、眼光去发现美的事物，书中没有强烈的、尖锐的批评，只有不失风度的冷嘲热讽。而这些不平、讽刺，其表现形式也都是温和的。《幽梦影》体现的是张潮以经史子集为底，浸透了传统中国文人教养的生活观。它展示了中产阶级的知识分子品位，中国文人的生活态度。借助张潮的眼睛，让我们发现琐碎生活竟然如此不凡，月亮、石头或一棵树，云霞、蝴蝶或花鸟，这些寻常之物，在作者静观、内省，经过个人的体悟之后，成了足以流传的生命学问。

林语堂认为张潮极能体现中国传统文人的人格特质，因此"数十年间孜孜不倦地推介《幽梦影》这部书"，翻译此书，让西方世界见识中国文化。两人相交于不同的时空，却同样具有"纯粹的生活"，那是明朝文人最重视的"性灵"，一种清洁、透明而单纯的性情质地。作为基督徒的林语堂曾经说，《圣经》让他向往"清洁的生活、纯粹的生活、单纯的生活、有用的生活"。《幽梦影》之于林语堂，则有如中国版的《圣经》，让人在浊世里安身立命。

"幽梦一帘花影深，清风明月露天真。山川万物皆文史，阅尽沧桑自在身。"清代张潮在《幽梦影》这样阐述诗意生活："人莫乐于闲，非无所事事之谓也。闲则能读书，闲则能游名胜，闲则能交益友，闲则能饮酒，闲则能著书。天下之乐，孰大于是。"张潮所说的"闲"，是积极进取的闲情逸致、从容心态，是从容地、舒心地诵读经典、享受人生、思考人生、超越人生的表现。从容不仅仅是仪态，更是自信和境界的体现。人的从容与否与其所具有的自信和境界是密切相关的，人的自信来源于对事物的观察和处理能力，是从容的基础；人的境界来源于内涵，是从容的核心。只有在人生的历程中选择了自己力所能及的事业时，才会有把握成败的信心和奋斗的激情而拥有成功的从容；当明白人生真谛时，就能超越自我，情融自然而拥有人生的从容;当懂得如何取舍时,就能知足而珍惜拥有的,获得"来者不拒,去之不留"的心境从容。

"情必近于痴而始真,才必兼乎趣而始化。"所谓"痴心不改成大事"。一句句经典格言如禅,将人生种种一语道破。

(七)《人间词话》中立志成大事业的执着精神

第一则

词以境界为最上。有境界,则自成高格,自有名句。五代、北宋之词所以独绝者在此。

【诵读提示】此则为总纲,冠于全书之首,作者开宗明义提出"境界"说,并高度概括境界的意义。"词以境界为最上"一句统领全文,明确了"境界"在《人间词话》里的核心地位,体现了他论诗词以境界为主的理念,这一认识在古典美学史上具有深远的意义。王国维不仅把它视为创作原则,也把它当作批评标准,论断诗词的演变,评价词人的得失,作品的优劣,词品的高低,均从"境界"出发。因此,"境界"说既是王国维文艺批评的出发点,又是其文艺思想的总归宿,是中国古典文艺美学历史上的里程碑。

第二则

有造境,有写境,此"理想"与"写实"二派之所由分。然二者颇难分别,因大诗人所造之境,必合乎自然,所写之境,亦必邻于理想故也。

【诵读提示】"造境"与"写境"之分主要是由不同的艺术创作方法所造成的。造境主要是由理想家按其主观"理想"虚构而成,离现实较远;"写境"则是由写实家按其客观"自然"描写而成,贴近于现实。"造境"即是"虚构之境","写境"即是写实之境。"造境"并非胡编乱造,必须遵循自然规律,植根于客观世界;"写境"也不是照搬自然,而是用审美理想对生活加以提炼、改造。王国维在这里实质上强调了艺术境界既要描写自然又要表现理想,是理想与现实的统一。

第三则

有有我之境,有无我之境。"泪眼问花花不语,乱红飞过秋千去","可堪孤馆闭春寒,杜鹃声里斜阳暮",有我之境也。"采菊东篱下,悠然见南山","寒波澹澹起,白鸟悠悠下",无我之境也。有我之境,以我观物,故物皆著我之色彩。无我之境,以物观物,故不知何者为我,何者为物。古人为词,写有我之境者为多。然未始不能写无我之境,此在豪杰之士能自树立耳。

【诵读提示】从创作的主体关系上看,境界又可以分为"有我之境"和"无我之境”两种。譬如:欧阳修《蝶恋花》词中“泪眼问花花不语,乱红飞过秋千去”之句、秦观《踏莎行》词中“可堪孤馆闭春寒,杜鹃声里斜阳暮”之句,都是属于“有我之境”;而陶潜《饮酒》诗中“采菊东篱下,悠然见南山”之句、元好问《颍川留别》诗中“寒波澹澹起,白鸟悠悠下”之句,则都是属于“无我之境”。“有我之境”是站在作者本人的角度去观察认识事物,借物抒怀,所以事物全部显现出作者本人的色彩。“无我之境”则是站在事物的角度去观察认识事物,物我两相忘,最后都分不清哪里是作者,哪里是事物了。王国维所谓的“无我之境”并不是指一般意义上的“无我”,而是指诗中景物不带作者任何的主观感情及个性特征。古人作词,一般写“有我之境”的比较多,但并不是说就没有人能够写“无我之境”,这在豪迈杰出的人当中自然能够得到完成。

第四则

无我之境,人惟于静中得之。有我之境,于由动之静时得之。故一优美,一宏壮也。

【诵读提示】“有我之境”与“无我之境”的根本区别体现在主客体关系上:有我之境”以一己之主观情感观物之境界,指感情强烈个性鲜明之境,而是指“我”的意识尚存,诗人不仅鲜明地意识到他自己的心理状态,而且把色彩点染到所见的外物中,即“物皆著我之色彩”;“无我之境”将一己之情融于万物之理观物之境界,指审美主体达到“宁静之状态”,全部沉浸于“外物”之中,达到物我合一的“优美”的境界。“有我之境”偏重情感的外显,主观性强;“无我之境”偏重理性的描述,客观性较强。

有我之境,表达情感,重在感受——情在景上,寓景于情。

无我之境,内蕴哲理,重在体悟——情在景下,寓情于景。

第六则

境非独谓景物也,喜怒哀乐亦人心中之一境界。故能写真景物真感情者,谓之有境界。否则谓之无境界。

【诵读提示】人都有七情六欲,观景赏物也都带有主观上的一些色彩,形成文字,多表现为“有我之境”;相对而言,灭绝掉主观情思,超然物外,达到物我浑然的境地,写出“无我之境”就比较难。写真景、真情时,要出境界需情景交融。景真,写出自然神韵,不只求形似;情真,发自肺腑,诚挚深切,而非虚情假意,无病呻吟。

第七则

“红杏枝头春意闹”,著一“闹”字,而境界全出。“云破月来花弄影”,著一

"弄"字,而境界全出矣。

第八则

境界有大小,然不以是而分优劣。"细雨鱼儿出,微风燕子斜",何遽不若"落日照大旗,马鸣风萧萧"?"宝帘闲挂小银钩",何遽不若"雾失楼台,月迷津渡"也?

【诵读提示】境界的妙处在于词人抓住大自然瞬间变化的现象,摄入词中。作者的感情态度尽含于一个"闹"字之中。"闹"字好在准确、鲜明、生动,带有动态地刻画春天的蓬勃生机,并把作者对春天这样一个万物萌发、生机盎然的季节的到来的欣喜用一个"闹"字表达了出来。一个"弄"字,既展示了一幅"动"的图画,又表达了主人公"借酒消愁愁更愁"的孤寂的"静"的心情。

第二十六则

古今之成大事业、大学问者,必经过三种之境界。"昨夜西风凋碧树,独上高楼,望尽天涯路",此第一境也。"衣带渐宽终不悔,为伊消得人憔悴",此第二境也。"众里寻他千百度,回头蓦见,那人正在灯火阑珊处",此第三境也。此等语皆非大词人不能道。然遽以此意解释诸词,恐晏、欧诸公所不许也。

【诵读提示】"第一境界"取自晏殊的《蝶恋花》:

槛菊愁烟兰泣露,罗幕轻寒,燕子双飞去。明月不谙离恨苦,斜光到晓穿朱户。

昨夜西风凋碧树,独上高楼,望尽天涯路。欲寄彩笺兼尺素,山长水阔知何处。

(仄)仄(平)平平仄仄。(仄)仄平平,(仄)仄平平仄。(仄)仄(平)平平仄仄(或仄平仄),(平)平(仄)仄平平仄。

(仄)仄(平)平平仄仄。(仄)仄平平,(仄)仄平平仄。(仄)仄(平)平平仄仄(或仄平仄),(平)平(仄)仄平平仄。

"第二境界"取自柳永《凤栖梧》:

伫倚危楼风细细,望极春愁,黯黯生天际。草色烟光残照里,无言谁会凭阑意。

拟把疏狂图一醉,对酒当歌,强乐还无味。衣带渐宽终不悔,为伊消得人憔悴。

(蝶恋花词牌又名凤栖梧。这首词的平仄格式同上)

"第三境界"取自辛弃疾《青玉案·元夕》:

东风夜放花千树,更吹落、星如雨。宝马雕车香满路。凤箫声动,玉壶光转,一夜鱼龙舞。

蛾儿雪柳黄金缕,笑语盈盈暗香去。众里寻他千百度。蓦然回首,那人却在,灯火阑珊处。

(青玉案词牌名取于东汉张衡《四愁诗》:“美人赠我锦绣段,何以报之青玉案”一诗。“案”的读音,同“碗”。亦称《横塘路》《西湖路》。词牌格式为双调六十七字,前后阕各五仄韵,上去通押。)

(平)平(仄)仄平平仄,仄(仄)仄平平仄(上三下三)。(仄)仄(平)平平仄仄。(仄)平平仄,(仄)平平仄,(仄)仄平平仄。

(平)平(仄)仄平平仄,(仄)仄(平)平仄平仄。(仄)仄(平)平平仄仄。(仄)平平仄,(仄)平平仄,(仄)仄平平仄。

第一境界“望尽天涯路”,指做学问成大事业者首先应该登高望远,鸟瞰路径,了解概貌。

第二境界“为伊消得人憔悴”,指做学问成大事业不是轻而易举的,必须经过一番辛勤劳动的过程,要像渴望恋人那样,废寝忘食,孜孜不倦,人瘦带宽也不后悔。

第三境界“灯火阑珊处”,指只有经过反复追寻、研究,才能取得成功。“山穷水尽疑无路,柳暗花明又一村,只要功夫精神用到,自然会豁然开朗,有所发现,有所发明。

简而言之,这三种境界就是:立下大志,不懈努力,终获成功。而关键在于第二境界,这不纯粹是意志的磨炼,还是一种人生的考验。只有初恋般的热情和宗教般的意志,人才可能成就某种事业。以上诸则,从不同角度论述“境界”问题。

第四十四则

东坡之词旷,稼轩之词豪。无二人之胸襟而学其词,犹东施之效捧心也。

第五十六则

大家之作,其言情也必沁人心脾,其写景也必豁人耳目。其辞脱口而出,无矫揉妆束之态。以其所见者真,所知者深也。诗词皆然。持此以衡古今之作者,可无大误矣。

【诵读提示】最后这两则把“境界说”与作家本身的内在修养结合起来谈论诗人的思想和艺术修养。一是以苏东坡、辛稼轩为例,肯定创作者内在的胸襟气度决定了词的境界。二是推崇“大家”之作,揭示了境界各构成元素的特征。沁人心脾,指所抒之情应情深而动人;写景必豁人耳目,指所写之景应特征分明,生动形象，给人留下深刻印象；其辞脱口而出，则指言语的自然真切。强调诗人应该有开阔的胸襟和卓越的见识，修身而成“大家”。

晚清秀才王国维(1877—1927)，字静安、伯隅，号观堂、静观，浙江海宁盐官人。近现代在文学、美学、史学、哲学、古文字、考古学等方面成就卓著的学术巨子，国学大师。二十二岁时，他在上海《时务报》馆充书记校对。利用公余，到罗振玉办的“东文学社”研习外交与西方近代科学，结识主持人罗振玉，并在罗振玉资助下于1901年赴日本留学。1906年随罗振玉入京，任清政府学部总务司行走、图书馆编译、名词馆协韵等。著有《人间词话》《红楼梦评论》和《宋元戏曲考》等。王国维第一个用西方美学、哲学、文学的观点审视中华文学，提出了“境界”说，提升了传统词话的境界。1911年辛亥革命后，王国维携生平著述3种，随儿女亲家罗振玉逃居日本京都，从此以前清遗民处世。1922年受聘北京大学国学门通讯导师。1927年6月，王国维留下“经此世变，义无再辱”的遗书，投颐和园昆明湖自尽，在其50岁人生学术鼎盛之际为国学史留下了最具悲剧色彩的“谜案”。

王国维早年追求新学，接受资产阶级改良主义思想的影响，把西方哲学、美学思想与中国古典哲学、美学相融合，研究哲学与美学，形成了独特的美学思想体系，继而攻词曲戏剧，后又治史学、古文字学、考古学。作为中国近代学术史上的杰出学者和国际著名学者，他从事文史哲学数十载，是近代中国最早运用西方哲学、美学、文学观点和方法剖析评论中国古典文学的开风气者，又是中国史学史上将历史学与考古学相结合的开创者，确立了较系统的近代标准和方法。

他平生学无专师，自辟户牖，成就卓越，贡献突出，在教育、哲学、文学、戏曲、美学、史学、古文学等方面均有深诣和创新，为中华民族文化宝库留下了广博精深的学术遗产。他以形象化的比喻描述艺术创作或学术研究的历程，把“境界说”与人生体验结合起来：

第一步，要志存高远，广泛涉猎，吸取前人的经验，独辟蹊径；

第二步，要苦思苦想，孜孜以求，无怨无悔；

第三步，在上下求索中顿悟，犹如在人海中突然找到朝思暮想的心上人般豁然开朗，在艺术上或学术上做出独有的贡献。。

《人间词话》不仅关乎诗词鉴赏，还关乎其他艺术欣赏领域，甚至还关乎人生及事业或理想。王国维从“有我之境”“无我之境”的审美角度划分了“境界”，强调了“隔”与“不隔”的审美趣味，提出了“造境”与“写境”的创作方法，推出了“真”的审美标准，提供了“三种境界”的审美体验，从而建立起较为完善的“境界说”的理论体系,巩固了“境界”这块美学基石。诵读时首先要“入乎其内”,逼真地描绘生活,作品才有生气;其次又需要我们从一定的高度观察生活,摆脱生活之欲,这样才能“出乎其外”,超脱出来,做到“胸中无物”,从而实现对审美对象的静观,读出深刻独到的内容。

第十节 文化内涵

文化是人类在社会历史发展过程中所创造的物质财富和精神财富的总和,特指精神财富,如文学、艺术、教育、科学等。文,指柔和,如文雅、文弱、文火等;化,意思是使……变化,如感化、融化、消化等;文化,就是使百姓受到教化。中国传统文化中,诸子百家博大精深;三教九流及中医武术世代相传、深不可测;诗词歌赋、琴棋书画精湛高雅,特别是汉字,历史悠久,成为艺术,全球唯一,具有鲜明的民族特色。

中国古代的文化以儒学文化为核心。中国的知识分子古时候被称作儒士。他们一直在艰难困苦的生活环境中坚守着"士志于道"的理想主义精神,以"用行舍藏"的"穷达"修身观,表现出浩然正气的人格魅力及等精神特质。

早在《国风·秦风·小戎》里就有"言念君子,温其如玉",《易经》第十五卦中有"谦谦君子",后来金庸在《书剑恩仇录》中,借乾隆送陈家洛佩玉上之刻字,道出自己人生特别推崇的境界:"慧极必伤,情深不寿,强极则辱,谦谦君子,温润如玉。"道出了谦谦君子修身养性的高雅境界。

儒家君子修身,有很多方法,甚至可说无事不可修身,而且各有次第。吟诗作诗,是一种最基本的修身方法。自屈原始,在汉魏六朝得到加强,在唐确立。杜甫无事不入诗,已把作诗变成了一种生活状态。在风花雪月中感受生命的珍贵,纯洁自己的心灵,这个传统在宋朝普及,成为后半期中国文人的常态。近代才子林语堂高度推崇陶潜颐情养性的生活方式和浪漫高雅的东方情调,体现了中国文人一脉相承的旷怀达观。他在《生活的艺术》一书中,回忆年少时曾反复诵读《归去来兮辞》,并向西方人详细介绍中国古代的文人君子品茗饮酒、观山玩水、看云鉴石、养花蓄鸟、赏雪听雨、吟风弄月等高雅生活,为现代人提供了一个可供仿效的完美生活方式的范本,展现出中国文人君子诗样人生、才情人生、幽默人生、智慧人生的别样风情。

文人士大夫是中国古代社会的一个精英群体。他们一直秉着"达则兼济天下,穷则独善其身"的儒道互补功业观,坚守着忠君爱国、为天下民生的神圣使命感,承担着来自封建王朝的压力和生之多艰的困扰。他们渴望物质生活的富足,更渴望在精神家园中"诗意地栖居",这是一种诗化的生活,是一种与圣人境界相当的最高人生境界，一种积极乐观的态度，是一种应物、处事、待已的高妙化境。他们在追求现实人生的同时又渴望拥有艺术化的人生。他们灵活变通以适应来自朝廷和民间的巨大压力，文人在朝则中正、典雅，在野则飘逸、闲淡、清雅。雅成为中国古代文人的审美理想。他们闲暇之余，弹琴、奕棋、学书、作画、舞剑、吟诗、行医、品茶、酿酒、赞花，表现了天人合一的高雅文化生活境界。独具特色的语言文字、浩如烟海的文化典籍、精彩纷呈的文学艺术、雄伟辉煌的建筑、充满智慧的哲学宗教等构成了我们民族自强不息精神的重要内涵。

中国古代文化不以宗教、科学为主流，而以社会人生为终极关怀，是一种人文主义的文化。抚琴、弈棋、书法、绘画、剑道、诗词、中医、茶艺、酒仙、花木，这十种典型的中国文化，是今天我们现代人必须熟稔于心的十种文化修炼。

(一)雅琴文化

琴文化是汉文明的瑰宝。传说“伏羲见凤集于桐，乃象其形”，削桐“制以为琴”(《太古遗音》)，并有《琴操》等多种琴学著作。先古之琴原为五弦，后周文王、周武王复加二弦，以合君臣之德。所以，以后的琴为七弦。中国的琴文化起自约公元前2200年左右的舜，《礼记・乐记》说：“昔者舜作五弦之琴，以歌南风，夔始制乐，以赏诸侯。”

《诗经》里有很多关于琴的描述。如：“窈窕淑女，琴瑟友之。”“琴瑟在御，莫不静好。”刘籍曾在《琴议篇》中称赞琴的清音：“美而不艳，哀而不伤，质而能文，辨而不诈。”正所谓，“与君弹做天籁曲，行遍天涯谁知音”。

“大乐与天地同和，乐者天地之和也。”(《礼记・乐记》)“喜怒哀乐之未发，谓之中，发而皆中节，谓之和。中也者，天下之大本也，和也者，天下之达道也，致中和，天地位焉，万物育焉。”(《中庸》)“乐以道和。”(《庄子・天下篇》)

《尚书・尧典》所云“八音克谐，无相夺伦”。“和”的音乐是和谐统一的音乐，“和”的社会即人际关系和睦融洽的社会，中和的音乐才是尽善尽美的音乐，是仁的流露和表现；乐与仁的统一，即艺术与道德在最高境界中得到浑然的融合统一，道德充实艺术的内容，艺术则增强了道德的力量，乐仁统一的中和音乐之美，就是内容中正、无邪，形式和谐、有节，所谓“乐而不淫”，反对音调和情绪太过放纵无控，有损于道德人格修养，如古之“郑声”“溺音”，今之“摇滚乐”之类都是儒家所不取的。

泠泠七弦上，静听松风寒。
古调虽自爱，今人多不弹。

(唐・刘长卿《弹琴》)

【诵读提示】唐代诗人刘长卿，字文房，河间（今属河北）人，天宝（唐玄宗年号，742—756）进士，曾任长州县尉，因事下狱，两遭贬谪，为睦州司马，官终随州刺史。他善于描绘自然景物，以五七言近体为主，尤长于五言，自称为"五言长城"。

这首托物言志诗，写诗人静听弹琴，表现弹琴人技艺高超，并借古调受冷遇以抒发自己怀才不遇和稀有知音的遗憾。"与君弹做天籁曲，行遍天涯谁知音。"全诗从对琴声的赞美，转而对时尚的慨叹，流露出诗人孤高自赏、不同凡俗的情操。

古琴是中国最古老的弹拨乐器，也是中国古代地位最崇高的乐器，被誉为哲学性的艺术或艺术性的哲学，被列为"琴棋书画"四艺之首，是古代每个文人的必修之器，产生于约公元前三四千年前。汉晋时繁荣，唐宋时兴盛，元明清时期继续发展。

古琴有着厚重的人文积淀，没有肆意的宣泄，只在含蓄中流露出平和超脱的气度。懂得听琴的人，能在生活中懂得一份淡雅的冷静与浪漫。

琴歌是我国古典诗词和古琴音乐相结合的艺术形式，著名琴曲有《广陵散》《酒狂》《高山》《流水》《梅花三弄》等；琵琶曲有《阳春古曲》《平沙落雁》《霓裳曲》；丝竹曲有《春江花月夜》等。流传至今的琴歌中有很多我国著名诗人、词家的名作。如蔡琰《胡笳十八拍》、李白《子夜吴歌》、姜白石《古怨》、李清照《凤凰台上忆吹箫》和以王维诗为主体的脍炙人口的《阳关三叠》等。

琴歌演唱有八字简诀——凝神、净气、正字、全腔。

"弦韵凝光鸟静林，声声咏，悦耳乐津津。"两千多年来，琴歌演唱一直是古琴音乐艺术的一个组成部分，是古人抒发思想感情或自我娱乐的一种方式。古代的文人雅士"歌则必弦之，弦则必歌之"，幽幽琴声，美轮美奂。

（二）弈棋文化

棋者，弈也。下棋者，艺也。唐·白居易《池上二绝》云：山僧对棋坐，局上竹阴清。映竹无人见，时闻下子声。古人云："棋纵横，黑白纵横三千里，经天纬地一点胜。"博弈是东方文化生活的重要组成部分，它不同于一般的消遣游戏，体现着人们的道德观念、行为准则、审美趣味和思维方式。方寸棋盘，有着磨炼人的意志、陶冶人的情操、振奋民族精神的作用。

对面不相见，用心同用兵。算人常欲杀，顾己自贪生。
得势侵吞远，乘危打劫赢。有时逢敌首，当局到深更。

（唐·杜荀鹤《观棋》）

【诵读提示】杜荀鹤，字彦之，自号九华山人。池州人，有诗名。这首诗，描写下棋者的心理和动作，让读者看到棋场上短兵相接、针锋不让的激烈，看到趁火打劫、无仁无义的狡诈。棋场上的紧张可以使人一展韬略，所以人们对下棋乐此不疲，不少咏棋诗借吟棋来阐发哲理。据史书记载，一天，唐玄宗正与宰相张说对弈，李泌入见。唐玄宗想试试这位素有神童之称者的才智，便以“棋”为题，令张说和李泌各作诗一首。张说文思敏捷，略加思索，随口吟出这样四句：“方如棋局，圆如棋子。动如棋生，静如棋死。”李泌不甘示弱，接口吟道：“方如行义，圆如用智。动如逞才，静如遂意。”两首诗都借棋来设喻，将深邃的哲理蕴含于棋子中，耐人寻味。

围棋起源于中国古代，是一种策略性二人棋类游戏，使用格状棋盘及黑白二色棋子进行对弈。弈单指围棋，而博指象棋。班固《弈诣》里有“博行于世而弈独绝”的记载。围棋博大精深，玄妙无穷，绝非人的智慧所能参透。

“局方而静，棋圆而动。”围棋的这种特点也体现着中国的传统文化精神。在中国传统文化中，一副围棋就是一个浓缩了的宇宙。所谓棋道，不可只重棋艺，必须艺、品、理、规、礼五者兼备。棋艺简称“艺”，棋品简“品”。棋艺与棋品乃对局争胜之战术与战略，其变化因人而异。棋艺乃熟能生巧之功夫，棋品乃人品之化境。围棋在东晋被称为“坐隐”“手谈”，亦道出了围棋所蕴涵的文化内涵。

围棋之所以盛行，绝不仅仅是因为它的娱乐功能。围棋的最高境界不是冲突，是和谐，而中国文化也恰恰是在追求一种和谐的境界。当对弈者从单纯的胜负之中超脱出来，他便进入了一个自由的境界：蓝天悠悠、晚风寂寂，天地阴阳、相生相和，相互感应、相互激荡，宇宙万物由此而化生。黑白交映的方寸之地，却是一个悟道的地方。

南北朝时期，围棋被定为九品，分别为入神、坐照、具体、通幽、用智、小巧、斗力、若愚、守拙。其中“入神”“坐照”可以说是围棋的最高境界。孟子说“圣而不可知之之谓神”，即穷通变化而领悟天地人文之道。神即圣，即远，即大，只有达到了入神之境，才能在宁静中听到千军万马的呐喊，才会在闲敲棋子的恬淡中感到千岩万壑的风起云涌，并在黑白韵律中聆听到高山流水的琴音，感受到有无相生的绝唱。

落叶溅吟身，会棋云外人。海枯搜不尽，天定著长新。
月上分题遍，钟残布子匀。忘餐二绝境，取意铸陶钧。

（唐・李洞《锦江陪兵部郑侍郎话诗著棋》）

这首诗前六句写吟诗与弈棋，最后两句总结，无论是诗歌还是围棋，圣人可以之制驭天下,俗人可以之陶冶情操。得意之处,令人忘食也。

两军对敌立双营,坐运神机决死生。千里封疆驰铁马,一川波浪动金兵。
虞姬歌舞悲垓下,汉将旌旗逼楚城。兴尽计穷征战罢,松荫花影满棋枰。

(明·曾棨)

【诵读提示】《观棋》这首诗,首联写出了未战之前战场上的紧张情势,接下来动感极强地描写两军对垒战斗的惨烈,甚至让作者想到了垓下之战的项羽和虞姬的故事。结尾体现了将士的闲情,也可看作是弈棋者悠然自得的生活情趣。

琴棋书画,并誉四雅,而棋最神。“棋如人生,若即若离,黑白世界,纵横驰骋。人生之旅,坎坷而行,大局为重,不计小利。”正因此,文人骚客,撷棋入诗,让它在诗苑中占有了一席之地。“弈”中的恬淡、豁达、风雅、机智和军事、哲学、诗词、艺术共聚一堂。黑白之间,楚河汉界内外,棋艺带来的启悟和内涵被无限拓展,棋盘之外的天地被融合为一,成为中国棋文化的最大特点之一。

(三)书法文化

中国书法是汉文字形象美的独特艺术。鲁迅先生说:“饰文字为观美,华夏所独。”中国文化的博大精深含融在书法艺术承传的气脉中。

在一切艺术门类之中,以书法为最高。它兼具抽象与具象:它无声音而具音乐的韵律与节奏;无色彩而具图画的形象与色彩;虽静止却具舞蹈的动感与神采。作为一种表情达意的艺术,它拥有独特的表达方式,通过点线、形体、顾盼、揖让、牵连、章法、布白等艺术语言来表达书者的感情。

“学书必先求平正,平正既得,则求险绝,险绝至极,复归于平正。”书法以汉文字为载体,通过笔墨来塑造形象。书法之研修创作,是文艺家个体修为的一种状态、一种讲究、一种涵养、一种风致。正所谓:“书潇洒,挥毫泼墨撒丽珠,龙虎腾武雅鸿儒。”

塔常超(塔常超,书法家,中国人民大学客座教授、中国人民大学金融艺术研究所研究员。少时便以书法大家为范,终日临池不辍,心摹手追,如痴如醉。他认为:书法创造需不断研究,不断更变,不断追索。正所谓“师古不泥古”。潜心研习,聚墨成形,出神入化,自成一格)《咏书法》云:

手握银笔蛟龙降,饱蘸金墨斗室香。挥毫满纸凤飞舞,泼墨顷刻皆文章。

“书法文化”是中国上下五千年文化的精粹,在中国享有崇高的地位,不但是古时文人们的必修课,更一度成为科举考试的项目。

心法承传是中国书法文化精神薪火相传、绵延不绝的气脉。相传蔡邕尝入嵩山学书，于石室得一素书，篆写李斯并史籀用笔法。诵读三年，遂达其旨要。

书法的理想境界也是和谐，但这种和谐不是简单的线条均衡分割、等量排列，而是通过参差错落、救差补缺、调轻配重、浓淡相间等艺术手段的运用达到的一种总体平衡，即"中""和"意义上的平衡。

晋代士人崇尚高迈俊逸的精神风貌、洒脱清远的精神气度。天下第一行书《兰亭序》的章法整体雅致均衡，也是通过对每一纵行的左偏右移不断调整、造险救险而实现的。故以王羲之为代表的晋人书法艺术总体上以阴柔为基调，意蕴含蓄。中国文化"和为贵"的价值观，通过书法艺术的中和之美得到了完美体现。书法也体现出了一个人的人格，儒家的"修身、齐家、治国、平天下"的君子自强的精神，在笔墨书写中得到了艺术地展现。

在书法艺术中，一纸之上，着墨处为黑，无墨处为白；有墨处为实，无墨处为虚；有墨处为字，无墨处亦为字；有字处固要，无字处尤要。白为黑之凭，黑为白之藉，黑白之间，相辅相成；虚为实所参，实为虚所映，虚实之际，互为所系。老子的对立统一思想，被书法艺术中计白当黑之实践体现得淋漓尽致。

（四）绘画文化

山水文化，是中华民族上下五千年间在与自然交往过程中所创造的文明成果，是我们民族文化的优秀组成部分，已形成特有的文化审美形态。包括山水传说、山水诗文、山水书画、山水景观等多种艺术表现形式，这里仅重点介绍山水书画。

> 意阑信步过枫栏，一挂霞纱半面山。彩练舞发诗兴漾，洞箫奏引百禽弹。
> 柳丝扑水抚香浪，新浪摇波动玉帆。榭畔清歌催丽影，挥毫泼墨画江烟。
>
> （佚名《过东江滩闲书》）

山水画作为中国传统的绘画形式，已传承数千年，形成了完备而成熟的美学观和绘画模式，是一种以儒、道思想为指导的美学观和以笔墨语言为主要表现手法的艺术形式。

山水画是中国文人以山为德、以水为性的内在修为情结最为厚重的积淀。从山水画中，我们可以鉴赏作品淋漓的气韵和丰富的色调，进入高远的意境，品味文人君子超迈的格调，进而体味到咫尺天涯的视错觉意识。山水画是中华民族的底蕴，是文人雅士高雅性情的自我图像。

山水画追求的是诗的意境，空阔流动的意境，不受真情实景的制约，不受光源、透视、投影的约束，讲究以线界形，散点透视，写其意而不重其形，以形写神，迁想妙得,“似与不似之间”。敢于用浪漫的手法删繁就简,大胆提炼取舍,以小胜大,以少胜多,计白守黑,使人产生丰富的联想,产生“意中有意,味外有味”的耐人寻味的艺术形象。

中国山水画熔诗、书、画、印为一炉,引中国书法的笔墨技法用笔入画,追求用墨的干、湿、浓、淡、重、焦、枯、润的韵味;中国画线条追求的是锥画沙、屋漏痕、折钗股、虫蛀木的艺术效果,每一个线条都讲究意在笔先。

在长期的历史进程中,中国山水绘画形成了三大系统:宫廷绘画、民间绘画和文人画,唐代美术理论家张彦远《历代名画记》记述道:“昔谢赫云:画有六法:一曰气韵生动,二曰骨法用笔,三曰应物象形,四曰随类赋彩,五曰经营位置,六曰传移模写。”

1. 气韵。指的是作为主客体融一的形象形式的总的内在特质。能够表现出物我为一的生动的气韵,至今也是绘画和整个造型艺术的最高目标之一。

2. 骨法。最早大约是相学的概念,后来成为人们观察人物身份和特征的语言,谢赫借用“骨法”来说明用笔的艺术性,包涵着笔力、力感(与书论“善笔力者多骨”相似)、结构表现等意思在内。“用笔骨梗”“动笔新奇”“笔迹困弱”“笔迹超越”等成为历代评画的重要标准。

3. 应物。就是刻画出对象的形态外观。绘画美学重视形似及描绘对象的真实性,体现了艺术与现实、外在表现与内在表现的关系。

4. 随类。随类,同于赋彩。《文心雕龙·物色》:“写气图貌,既随物以宛转。”汉王延寿《鲁灵光殿赋》:“随色象类,曲得其情。”色彩与所画的物象相似。

5. 经营。把构图和运思、构思看作一体,意即构图须费思安排。《诗·大雅·灵台》:“经始灵台,经之营之。”经是度量、筹划,营是谋划。谢赫借来比喻画家作画之初的布置构图。

6. 传移。传,移也,模,法也。或解为传授、流布、递送。通摹、摹仿,写亦解作摹。绘画上的传移流布,靠的是模写。谢赫称之为“传写”:“善于传写,不闲其思。”他把模写作绘画美学名词肯定下来,并作为“六法”之一,表明古人对这一技巧与事情的重视。

“转彩流光纳美景,描形绘影画缤纷。”绘画是人生的感悟,激情的抒发,是对生活中美的发现,是与大自然和谐的共鸣。不同风格的画,如生活一般丰富多彩,不同画法都显示着不同的气概。从古到今,从国内到国外,美术作品都被赋予不同的评价,占着不同的位置。每一幅画都有灵魂。会作画的人,才会着眼大局,细观小局,避免左顾右盼,不会顾此失彼。

（五）侠义文化

中国人自古以来就有英雄主义情结，“剑争锋，七尺青锋仰天啸，试问天下谁英雄。”因为我们这个民族的血液里始终流淌着一种“为国为民，侠之大者”的侠义精神。

《礼记·礼运》篇记载先民“讲信修睦，故人不独亲其亲，不独子其子……货恶其弃于地也，不必藏于己，力恶其不出于身也，不必为己”，原始氏族内部讲求成员平等互助，彼此之间施财好义，对外则是同仇敌忾，将保卫家园、维护族人利益视为神圣义务，初步形成了侠义精神中团结、奉献、尚武、除恶的核心理念。

侠客，指急人之所难、出言必信、见义勇为的人。（《辞源》）“侠义”的“义”指的就是“正义”。唐人及后来的武侠小说则专以指武艺高强、路见不平、拔刀相助、敢于打抱不平的武士。身怀绝技、武艺高强的江湖儿女为国家、为民族，劫富济贫，伸张正义。“侠义精神”有以下几大文化特质：重义轻生，万死不辞；重友轻利，士为知己者死；诚实守信，一诺千金；谨慎谦卑，与世无争；舍己为人，扶危救困。

五月天山雪，无花只有寒。笛中闻折柳，春色未曾看。
晓战随金鼓，宵眠抱玉鞍。愿将腰下剑，直为斩楼兰。

（李白《塞下曲》）

【诵读提示】首联扣题，写出了诗人内心寒冷的感受；第二联以气脉直行，豪纵不拘；颈联二句描写的是士卒守边备战的生活场景，结尾展示了他们人人奋勇、杀敌报国的英雄心态。李白借用傅介子慷慨复仇的故事，表现诗人甘愿赴身疆场、为国杀敌的雄心壮志。“直”与“愿”字呼应，语气斩截强烈，一派心声喷涌而出，自有夺人心魄的艺术感召力。这首诗写景极苍凉而极雄壮，意境浑成。

剑自古为中华民族所崇尚，“古之言兵必言剑”，剑被称作“百刃之君”“百兵之帅”。在文人的诗句中，剑具有多种象征，友谊、自由、浪漫、风流、修身、神圣等，其丰富的文化内涵大大超出了剑本身的意义。剑在锋利之中寓含着祥和，坚韧之中包含着柔情，冷酷之中体现着温暖和友谊。剑使人产生一种振奋精神、陶冶情操、奋发进取与健康向上的力量和信心。

剑文化也包含剑术。在古代，剑术除作战、防身之外，尚有一种功能，就是作为技击舞蹈的表演形式而供人观赏。诗圣杜甫在他的著名诗篇《观公孙大娘弟子舞剑器行》中，曾经为我们留住了唐代舞剑的最精彩的镜头：“昔有佳人公孙氏，一舞剑器动四方。观者如山色沮丧，天地为之久低昂。霍如羿射九日落，矫如群帝骖龙翔；来如雷霆收震怒，罢如江海凝清光。”读了这样的描写，似乎能让人看到剑器翻飞时闪闪的寒光,听到观货者发出的一阵阵喝彩。

剑术是通过优美高雅的剑姿、俊逸飘洒的动作、抑扬顿挫的韵律感和武德浸透于人们的心里,感染着人们的思想,使人从剑术的精巧、稳健和快速多变中获得从容不迫的风度和气概,使人们的精神和思想从中得到升华与提高。后人所说的"书剑同源",主要是说书法与剑术在技法、造型审美、精神气质等方面有相似的内在联系,有不少相融、互鉴之处。剑道,更是人道。

剑是古人的文化素养和才能的重要标志与象征,是历代众多仁人志士修身、立天下的重要人生修为之一。习武练剑能陶冶品格,培养爱国主义和民族英雄主义精神。古之文官武将、诗人名士,皆以配剑舞剑为荣耀。剑文化体现出的"侠义精神"不是对除暴安良、劫富济贫的个人英雄的自我陶醉,而是民间力量对于社会不平等现象进行努力补救的一种社会责任感。

(六)诗词文化

古诗词是中华传统文化的精髓,也是世界文化艺术宝库中灿烂的明珠。"诗对仗,山河日月总成对,一句悠游天地间。"中国古诗词在形式上要求有严格的对偶,或称对仗。对仗又称队仗、排偶,是中古时诗歌格律的表现之一。主要包括词语的互为对仗和句式的互为对仗两个方面。它是把同类或对立概念的词语放在相对应的位置上使之出现相互映衬的状态,使语句更具韵味,增加词语表现力。

格律诗有严整的对仗规则:

1. 出句和对句的平仄是相对立的;

2. 出句的字和对句的字不能重复。

对仗的运用有宽有严,形式上有工对、邻对、宽对、借对、流水对、扇面对等,内容上有言对、事对、正对、反对等名目。

词语对仗的要求是:词义必须同属一类,如以山川对山川、以草木对草木等;词性必须基本相同,如名词对名词、动词对动词等;平仄必须相对,即以平对仄或以仄对平;结构必须对称,即以单纯词对单纯词、以合成词对合成词;另外,要避免同字相对。句式的对仗,主要是句子的结构相同,如以主谓短语对主谓短语、以动宾短语对动宾短语等。对仗可使诗词在形式上和意义上显得整齐匀称,给人以美感。对仗是汉语所特有的艺术手段。

中国诗词的内在文化精神以"仁"为根本,体现在""民胞物与、国身通一、天人合一"三大方面。

1. 仁(人性人道)是中国传统诗歌的根本精神

"依于仁,游于艺"(《论语·述而》),没有仁的精神,便没有传统诗歌的生命。

第一部诗歌总集《诗经》,无论是写恋爱、劳动,还是写政治、战争,无不以善良的情感和愿望为根柢。中国的诗词文化对社会人生抱有极深的淑世热忱。《大学》所提出的明明德、亲民、止于至善,及格物、致知、诚意、正心、修身、齐家、治国、平天下的纲领,集中体现了中国文化的终极关怀,其极致是“天下为公”、社会大同。

在中国历史上,诗人就是士人,首先是一个志士仁人,然后才是一个真正的诗人。诗人的身心性命,与祖国、民族、文化共存亡。宋明两代的诗,包括遗民诗,均蓄满深沉的爱国精神和文化意识。

2.“天人合一”是传统诗歌的主动脉

天人合一是中国的思(思想)与诗协和一致的突出特征。中国诗人所描写的“天人合一”境界,有哲学的境界,也具有诗意的美和诗的形态。并且在不同的大诗人那里,更呈现出不同的个性特色。创造天人合一诗歌意境的第一人是陶渊明。李白天人合一的诗境,具有“赋家之心,苞括宇宙”的特色。杜甫以一己之身心,担荷了时代与个人的双重悲剧。从大自然汲取生机,以复苏悲怆的心灵,是杜诗所开创的天人合一新境界。

3. 比兴、兴象、韵味等是传统诗歌艺术审美系统的中枢

比兴是诗歌艺术根本大法,兴象是艺术创造主要对象,韵味则是诗歌美感主要效果。“毛诗序传,独标兴体”(《文心雕龙·比兴》),兴乃赋比兴之第一义,兴象则以自然意象居于优势。韵味之美,尤在于兴象之妙。

上下五千年,文人儒客身着素衣、手握折扇,风流倜傥、不羁一格。他们以其阳春白雪式的唯美典雅,携一壶残酒,披一蓑烟雨,听风吟月,坦荡一生,不为功名利禄折腰。或吟诵明月诗篇,或弦歌窈窕乐章,或放心渌水之湄,或自在江上泛舟,不为世旅尘俗所累。毛泽东借诗言志、徐志摩借诗抒情、闻一多借诗宣泄……诗中包含了人的情感、思想、志向,体现了人生的多彩,诗可以用简练的语言来表示复杂的情感,它可以带着忧伤、带着豪放、带着温柔、带着发泄。无数集思想、感情、智慧、创造力于一身的千古名句,虽历经千载沧桑仍熠熠生辉,一直在感动着我们,激励着我们。

(七)中医文化

中医作为一门古老的医学,至今仍然散发着它不朽的光芒。它贯穿了整个中华民族的历史,并涉及各种文化领域,它以“天人合一”的整体观念和阴阳五行为基础理论的“辨证论治”的指导思想,形成了独特的东方医学。中医是运用中国古代传统哲学的精气学说、阴阳学说和五行学说,来行医治病和诠释人的生命的秘密。其“阴阳和合”与“顺应自然”的生理机制和对待生命“清静无为”的主观精

神,是儒家“中和”思想与道家“道法自然”古代哲学精神的最佳体现。

“炎凉变诈都休问,任我逍遥过百春。”中国人依靠中医的“悬壶济世”得以祛病安康,保持蓬勃的生命活力。传统的中医和中医文化,已经深深地植根于中国人的生命世界之中,流入血液,成为中国人的生理和哲学思想的重要支柱。我们应当好好珍惜它,传承它,发扬它。

中医文化的精髓是一种整体观念,体现在阴阳调和、辨证论治。“积阳为天,积阴为地。阴静阳躁,阳生阴长,阳杀阴藏。阳化气,阴成形。”阴阳对立双方之所以能够相互转化,是因为对立的双方已相互倚伏着向其对立面转化。“夫物之生从于化,物之极由乎变,变化之相薄,成败之所由也……成败倚伏生乎动,动而不已则变作矣。”成败倚伏,说朋新事物生成之时,已倚伏着败亡之因素;当旧事物败亡之时,也孕育着新事物产生的因素。旧事物的发展,就是“变”的过程。新事物的产生,也就是“化”的过程,故曰:“物生谓之化,物极谓之变。”(《素问·天元纪大论))《内经·素问》曰:“人以天地之气生,四时之法成。”人类作为大自然的精灵,只有亲近大自然,与大自然和谐相处,才能在这个宇宙时空中健康地生存和发展。

惜气存精更养神,少思寡欲勿劳心。食惟半饱无兼味,酒止三分莫过频。
每把戏言多取笑,常含乐意莫生嗔。炎凉变诈都休问,任我逍遥过百春。

(明·龚廷贤《摄养诗》)

【诵读提示】“养生之道,莫先于食。”在周代的宫廷里已配有专门从事皇家饮食的“食医”;在记录管仲思想的《管子》一书中,着重阐明了饮食乃是产生精神和智慧的物质基础,提倡“节饮食”“薄滋味”的养生法,即饮食要有定量,应“得度”而不宜失度,适可而止,食不过饱,也不过饥。管仲提倡的“仓廪实则知礼节,衣食足而知荣辱”,把饮食养生与学问道德内涵相互串联起来,饮食成为道德伦理学的范畴,而饮食养生的过程就是认知修养的过程。

《老子》说:“人法地,地法天,天法道,道法自然。”《黄帝内经》上说:“四时阴阳者,万物之根本也,所以圣人春夏养阳,秋季养阴,以从其根。”在我国,利用调整饮食作为一种养生健身手段有着悠久的历史,我们的祖先早在几千年前处于奴隶社会时期的周代就已经认识到了顺应四时、效法自然的养生之道。

(八)茶道文化

“阅遍人间笑浮华,莫若细品一杯茶。”茶道对于我们修身养性、陶冶情操具有独特的作用,尤其是在我们这个相当浮躁的社会,品茶论道,会对我们的身心大有裨益。

“世上俗人多泛酒，谁解半杯清茶香。”西晋诗人张载“芳茶冠六清，溢味播九区，人生苟安乐，兹士聊可娱”的诗，被称为第一首咏茶妙诗。此后涌现出许多精妙绝伦的诗句。灵一云：“野泉烟火白云间，坐饮香茶爱此山。岩下维舟不忍去，青溪流水暮潺潺。”陆游吟：“更作茶瓯清绝梦，小窗横幅画江南。”杨万里更云：“春风解恼诗人鼻，非叶非花自是香。”……这些融茶道与人情于一体的诗句都是我国茶诗、茶词中的代表作。

唐朝由盛转衰，挣扎于政治纠纷中的士大夫在失望之余，转而寻求精神慰藉的最佳方式。人由追求外在的事功转向对内心世界的自我品味，精神由昂扬、外扩转向淡泊、内敛，审美风尚由表现浓郁的感情与壮大的气势转向追求平淡自然。意蕴深远、出于深山幽谷的茶以其性淡、洁、清、雅，适应了这种时代精神和风尚的转变，茶饮成为社会各阶层、各地区不可或缺的物质文化需求，成为文人一种对美的自觉追求的艺术方式。伴随着文人、僧人和隐士茶事的繁盛，茶诗数量大大增加，据《全唐诗》《全唐诗外编》统计，唐中后期 113 位诗人著茶诗 391 首。唐代诗人在对茶的吟咏中，一方面完成了茶自身的净化，另一方面也以茶为媒介完成了心灵的净化，塑造了中国文人特有的闲情雅趣，从中体味出超凡脱俗的意义，并使茶由自然之物逐渐演化为中国文化中一种清高的道德象征。中国古代文人喜爱茶的性格——如水、隽永、清幽、雅儒，乐而不乱，因以茶雅志，以茶悟道，并嗜而敬之。

“茶圣”陆羽一生嗜茶，精于茶道，以著世界第一部茶叶专著——《茶经》而闻名于世，被誉为“茶仙”，尊为“茶圣”，祀为“茶神”。他从实践和理论两方面为茶文化的发展与普及做出了重大贡献。世上俗人多泛酒，谁解半杯清茶香。

落日平台上，春风啜茗时。石阑斜点笔，桐叶坐题诗。
翡翠鸣衣桁，蜻蜓立钓丝。自逢今日兴，来往亦无期。

（杜甫《重过何氏五首》）

在“茶诗”的范畴里，各种诗词体裁一应俱全，有五古、七古；有五律、七律、排律；有五绝、六绝、七绝，还有不少在诗海中所见甚少的体裁，在茶诗中同样可以找到，例如宝塔诗、回文诗、联句诗、寓言诗及唱和诗等。

唐颜真卿、陆士修、张荐、李崿、崔万、昼六人合作啜茶联句——《五言月夜啜茶联句》：

泛花邀坐客,代饮引情言。(陆士修)
醒酒宜华席,留僧想独园。(张荐)
不须攀月桂,何假树庭萱。(李崿)
御史秋风劲,尚书北斗尊。(崔万)
流华净肌骨,疏瀹涤心原。(颜真卿)
不似春醪醉,何辞绿菽繁。(昼)
素瓷传静夜,芳气满闲轩。(陆士修)

【诵读提示】联句是旧时作诗的一种方式,几个人共作一首诗,但需意思连贯,相连成章。以上这首题为"五言月夜啜茶联句",是由六位作者共同完成的。他们是:颜真卿,著名书画家,京兆万年(陕西西安)人,官居吏部尚书,封为鲁国公,人称"颜鲁公";陆士修,嘉兴(今属浙江省)县尉;张荐,深州陆泽(今河北深县)人,工文辞,任吏官修撰;李崿,赵人,官居庐州刺史;崔万,生平不详;昼,即僧皎然。其中陆士修作首尾两句,这样总共七句。作者为了别出心裁,用了许多与啜茶有关的代名词。如陆士修用"代饮"比喻以饮茶代饮酒;张荐用的"华宴"借指茶宴;颜真卿用"流华"借指饮茶。因为诗中说的是月夜啜茶,所以还用了"月桂"这个词。用联句来咏茶,这在茶诗中也是少见的。

唐·皮日休曾作《茶中杂咏·煮茶》:"香泉一合乳,煎作连珠沸。时看蟹目溅,乍见鱼鳞起。声疑松带雨,饽恐生烟翠。尚把沥中山,必无千日醉。"

【诵读提示】皮日休,唐代文学家,襄阳(今湖北襄樊市)人,曾任翰林学士。陆龟蒙,唐代文学家,长洲(今江苏吴县)人,曾任苏湖两都从事。两人十分知己,都有爱茶雅好,经常作文和诗,因此,人称"皮陆"。他们写有《茶中杂咏》唱和诗各十首,内容包括《茶坞》《茶人》《茶笋》《茶籝》《茶舍》《茶灶》《茶焙》《茶鼎》《茶瓯》和《煮茶》等,对茶的史料、茶乡风情、茶农疾苦,直至茶具和煮茶都有具体的描述,可谓一份珍贵的茶叶文献。

闲来松间坐,看煮松上雪。时于浪花里,并下蓝英末。
倾余精爽健,忽似氛埃灭。不合别观书,但宜窥玉札。
(陆龟蒙《奉和袭美茶具十咏·煮茶》)

"皮陆"两人的咏茶唱和诗,韵味独特,别具一格。

清代诗人陈琼仙曾以秋天的景物为名创作27首回文诗,总标题名为"秋宵吟",其中《秋月》一首是茶诗,它写诗人于月下泛舟,树木与山峦在模糊的月光下移动着，诗人品茗弹琴，在竹声中诗兴颇浓。诗云：

轻舟一泛晚霞残，洁汉银蟾玉吐寒。楹倚静荫移沼树，阁涵虚白失霜峦。

清琴瀹茗和心洗，韵竹敲诗入梦刊。惊鹊绕枝风叶坠，声飘桂冷露浸浸。

正如唐代诗人白居易诗句所说的那样，“或饮茶一盏，或吟诗一章”；“或饮一瓯茗，或吟两句诗”，茶和诗一样，成为诗人们生活中不可缺少的一部分或一大乐趣，于是相袭相传，使茶诗、茶词在茶叶和诗词文化中形成、发展为一种别具一格的文化现象。

（九）酒仙文化

“饮酒者，乃学问之事，非饮食之事也。”《左传·成公十三年》记载刘子之言：“勤礼莫如致敬，尽国莫如敦笃。敬在养神，笃在守业。国之大事，在祀与戎。”祭祀和征伐，是古代中国最重要的两件大事，凡祭祀、庆典、出征、凯旋、外交等等，必设佳宴，必置美酒。百姓动土盖房、奠基竣工、婚庆喜宴、接风洗尘等等，也离不开美酒助兴。同辈人、同好者之间，也常常借酒助兴，畅叙人生。

《论语》中有关酒的记载寥寥几笔，却寓意深刻，分量不轻。“子夏问孝。子曰：‘色难。有事，弟子服其劳；有酒食，先生馔，曾是以为孝乎？’”（《论语·为政篇》）孔子对子夏讲，凡有酒食，必先礼让年长者食用。《论语·乡党篇》还记载：“席不正，不坐”，“乡人饮酒，杖者出，斯出矣。”这是孔子讲究饮酒文化礼制的再一次体现。坐席时尊长让贤，有酒食，礼让长者，酒宴结束时，也要礼让长者，让年长者先离席位，维护尊者、贤者、长者的地位，以及饮酒氛围中的和谐。孟子在齐襄王时，曾经三为祭酒职。《史记·集解》称：“礼‘饮酒必祭，示有先也’，故称祭酒，尊也。”酒宴中礼让尊者、贤者、长者，向尊者、贤者、长者敬酒，表示敬意，是中国酒文化一以贯之的礼制思想，也是营造和谐社会环境的要求。

《汉书·食货志》称：“酒者，天之美禄，帝王所以颐养天下，享祀祈福，扶衰养疾。百礼之会，非酒不行。”帝王将相，庶民百姓，都享受着美酒带给生命的多姿多彩与愉悦情趣。饮酒的意义常常超出饮酒本身。

“酒千杯，点滴皆为天造物，千杯品来总是香”。古代文人雅士把酒临风，曲水流觞，煮酒论英雄，数千年来中国酒文化被演绎得丰富多彩，醇香绵长。

中国古人将酒的作用归纳为三类：酒以治病，酒以养老，酒以成礼。几千年来，酒的作用远不限于此三条，起码还包括：酒以成欢，酒以忘忧，酒以壮胆。

一部中国文学史，几乎页页都散发出酒香。

先秦两汉的文人以酒名德，千载留香；魏晋南北朝的文人以酒存名，形神相亲。陶渊明《饮酒》二十首,酒是好酒,诗更是好诗。"故人赏我趣,挈壶相与至。班荆坐松下,数斟已复醉。父老杂乱言,觞酌失行次。不觉知有我,安知物为贵。悠悠迷所留,酒中有深味。"(之十四)"且共欢此饮,吾驾不可回。"(之九)陶渊明的诗里,除了酒,还有山、水、松、菊的契合。

唐代的文人借酒放浪,豪迈俊逸。如杜甫《赠李白》:"痛饮狂歌空度月,飞扬跋扈为谁雄。"李白和杜甫,中国文人的杰出代表,都终生嗜酒。李白自称"酒仙",杜甫因有一句"性豪业嗜酒",被郭沫若先生谥之为"酒豪"。艺术上还有"张旭三杯草圣传,脱帽露顶王公前,挥毫落笔如云烟"。酒使那些文人、艺术狂人进入纯粹的精神世界。在酒香四溢中,酒的精神品格给民族文化注入了一份不竭的动力。

君不见,黄河之水天上来,奔流到海不复回。
君不见,高堂明镜悲白发,朝如青丝暮成雪。
人生得意须尽欢,莫使金樽空对月。
天生我材必有用,千金散尽还复来。
烹羊宰牛且为乐,会须一饮三百杯。
岑夫子,丹丘生,将进酒,杯莫停。
与君歌一曲,请君为我倾耳听:
钟鼓馔玉不足贵,但愿长醉不复醒。
古来圣贤皆寂寞,唯有饮者留其名。
陈王昔时宴平乐,斗酒十千恣欢谑。
主人何为言少钱,径须沽取对君酌。
五花马,千金裘,呼儿将出换美酒,
与尔同销万古愁。

(李白《将进酒》)

【诵读提示】《将进酒》原是汉乐府短箫铙歌的曲调,题目意绎即"劝酒歌",故古词有"将进酒,乘大白"云。此篇约作于天宝十一载(752 年),李白当时与友人岑勋在嵩山另一好友元丹丘的颍阳山居为客,三人尝登高饮宴。人生快事莫若置酒会友,作者又正值"抱用世之才而不遇合"(萧士赟语)之际,于是满腔不合时宜借酒兴诗情,来了一次淋漓尽致的吟啸。

《将进酒》通篇以七言为主,而以三、五、十言句"破"之,极参差错综之致。诗句以散行为主,又以短小的对仗语点染(如"岑夫子,丹丘生""五花马,千金裘"),节奏疾徐尽变,奔放而不流易。全诗五音繁会,气象不凡。李白诗情大起大落,忽翕忽张，由悲转乐、转狂放、转愤激、再转狂放、最后结穴于“万古愁”，回应篇首，如大河奔流，有气势，亦有曲折，纵横捭阖，力能扛鼎。作者笔酣墨饱，情极悲愤而作狂放，语极豪纵而又沉着夸张，具有震动古今的气势与力量。《唐诗别裁》谓“读李诗者于雄快之中，得其深远宕逸之神，才是谪仙人面目”，此篇足以当之。

两宋的文人饮酒则是醉而不沉，醒而微醺，正所谓“发乎情而止乎礼”，如《钗头凤》。“长安不到十四载，酒徒往往成衰翁。九环宝带光照地，不如留君双颊红。”(陆游《对酒》)这首诗隐含着报国无门、人已衰老的喟叹，希望以酒浇愁忘却世间浑浊。

元、明、清的文人与酒则是余香未尽，雅俗共品。白朴《阳春曲》:“不因酒困因诗困，常被吟魂恼醉魂。四时风月一闲身，无用人，诗酒乐天真。”这首小令的主题是及时行乐，明哲保身，将生活之乐寄情于诗酒，却常在饮酒作诗时，因吟不出诗句而苦恼。这种率真的性情，别有一番韵味。张简《醉樵歌》:“于今老去空名在，处处题诗偿酒债。淋漓醉墨落人间，夜夜风雷起光怪。”诗中写到以诗偿酒债，既有无钱饮酒的无奈，也有以酒赋诗的逍遥自在。家道没落的曹雪芹每天著书都离不开酒，过着“举家食粥酒常赊”的日子。

“点滴皆为天造物，千杯品来总是香。”诗酒一家，构筑起了中国酒文化的巨厦。酒仙文化是中华民族饮食文化的一个重要组成部分。酒不仅仅是一种饮料，它还具有精神文化价值，体现在社会政治生活、文学艺术乃至人的人生态度、审美情趣等诸多方面。

检阅中国的文坛，与酒相关的诗句层出不穷。“酒逢知己千杯少，话不投机半句多”“劝君更尽一杯酒，西出阳关无故人”“况有狂朋怪侣，遇当歌、对酒竞留连”“酒酣胸胆尚开张，鬓微霜，又何妨”……酒，一直陪伴在人们的生活中，或喜或悲，或相聚或分离，或明志或失意，或小酣或狂醉，一切皆离不开它！郑板桥论酒曰：“有酒学仙，无酒学佛。”方为饮酒与人生的最高境界！

(十)花木文化

我国是花的国度，也是诗的国度。“花妖娆，莫言深闺空寂寞，善舞红袖传飞鸿。”自古爱花的趣闻轶事不胜枚举：屈原以兰喻己，陶潜采菊东篱，诗仙醉卧花阴，杜甫对花溅泪。花是诗词歌赋取之不尽的吟咏题材，是丽词佳句闪耀灵光的源头所在。佛教经典中，花还用来阐述佛法教理，《华严经》中有“一花一世界，一叶一如来”。几千年来，花深深地渗透进了中国文化之中，形成了源远流长、博大精深的花文化。美丽的花儿代表了爱情、亲情、友情、敬仰之情，还象征了坚忍、自由、高贵、雅洁等精神。如今，鲜花更是人类美好愿望的寄托，如长寿、幸福、吉祥、财富……赏花、咏花、赞花、论花，花和中国文学有着说不尽、道不完、评不够、议不厌的不解之缘。

世间百花各领风骚，或以香艳悦人、或以风骨警人、或以风韵独胜、或以神形俱佳、或以标格秀雅、或以节操凝重，即"气清""色清""神清""韵清"。花根植于中国文化之中，人品和花格的相互渗透是花文化的集中体现。人格寄托于花格，花格依附于人格，二者不可分离。中国文人常常把花木当灵性之物来对待。因此，他们在赏花过程中，往往会自觉或不自觉地把自己的心情、感受借助花木表达出来。

明代的岳正在《类博稿·画葡萄说》中赞美葡萄德全，"宜与菊兰梅竹并持而争先"。他是将梅、竹、兰、菊四者并提的第一人。此后古代文人将此四物并提，誉作"花中四君子"。

宋·楼钥《题杨补之画》中这样歌吟道："梅花屡见笔如神，松竹宁知更逼真。百卉千花皆面友，岁寒只见此三人。"后来宋代文人雅士林景熙在《云梅舍记》中载："即其居累土为山，种梅百本，与乔松、修篁为岁寒友。"赞美它们凌霜傲雪的自然物性。松，是耐寒树木，经冬不凋，常被看作刚正节操的象征。竹，也经冬不凋，且自成美景，它刚直、谦逊，不亢不卑，潇洒处世，常被看作不同流俗的高雅之士的象征。梅，迎寒而开，美丽绝俗，是坚韧不拔的人格的象征。它们都是古代文人雅士歌咏的对象。

1. 清丽淡雅、芳香袭人、傲霜凌寒的梅

林和靖的《山园小梅》描写梅的意象幽美，赞叹梅标格坚贞：

众芳摇落独暄妍，占尽风情向小园。疏影横斜水清浅，暗香浮动月黄昏。
霜禽欲下先偷眼，粉蝶如知合断魂。幸有微吟可相狎，不须檀板共金樽。

王安石《咏梅》云：

墙角数枝梅，凌寒独自开。遥知不是雪，为有暗香来。

陆游《卜算子·咏梅》云：

驿外断桥边，寂寞开无主。已是黄昏独自愁，更著风和雨。
无意苦争春，一任群芳妒。零落成泥碾作尘，只有香如故。

陆游一生爱梅、咏梅，以梅自喻。"花中气节最高坚"一句诗道明他是梅的知音。

元·王冕《墨梅》云：

我家洗砚池边树，朵朵花开淡墨痕。不要人夸好颜色，只留清气满乾坤。

明·夏完淳云：

逢花却忆故园梅，雪掩寒山径不开。明月愁心两相似，一枝素影待人来。

清·张奕光的回文诗《梅》写得最优美：

香暗绕窗纱，半帘疏影遮。霜枝一挺干，玉树几开花。
傍水笼烟薄，隙墙穿月斜。芳梅喜淡雅，永日伴清茶。

2. 君子本性，色淡香清、雅洁静逸的兰

“空谷生幽兰”。兰花经常开在人迹罕至的幽深所在，这种不以无人而不芳的“幽”，不只是属于林泉隐士的气质，更是一种文化通性，一种“人不知而不愠”的君子风格，一种不求仕途通达、不沽名钓誉、只追求胸中志向的坦荡胸襟，象征着疏远污浊政治、保全自己美好人格的品质。兰花只适宜于开在诗人们的理想境界中。所以“兰”常被看作是谦谦君子的象征。

唐崔涂《幽兰》云：

幽植众宁知，芬芳只暗持。自无君子佩，未是国香衰。
白露沾长早，春风每到迟。不如当路草，芬馥欲何为！

【诵读提示】崔涂(854—?)，字礼山，今浙江富春江一带人。唐僖宗光启四年(888年)进士。终生漂泊，漫游巴蜀、吴楚、河南，秦陇等地，故其诗多以漂泊生活为题材，情调苍凉。《全唐诗》存其诗1卷。一提及兰花，就让人联想到君子在出处进退方面的“时”“位”问题，此诗表达了空谷幽兰那清雅素洁及静谧悠远的意境，表达了主人公抑郁伤感的情绪。

宋人郑思肖在南宋灭亡之后，隐居吴中(今苏州)，为表示自己不忘故国，坐卧都朝南方。常画“露根兰”，笔墨纯净，枝叶萧疏，不着泥土，隐喻大好河山为异族践踏，表现自己不愿生活在元朝的土地上，不与统治者同流合污的气节。寥寥数笔，却笔笔血泪。倪瓒曾为其题诗：“只有所南心不改，泪泉和墨写《离骚》。”所以，诗人爱兰咏兰画兰，是透过兰花来展现自己的人格襟抱，在兰花孤芳自赏的贞洁幽美之中，认同自己的一份精神品性。

(清)刘灏《广群芳谱》云：

兰生幽谷无人识，客种东轩遗我香。知有清芬能解秽，更怜细叶巧凌霜。
根便密石秋芳早，丛倚修筠午荫凉。欲遗蘼芜共堂下，眼前长见楚词章。

3. 中通外直、宁折不屈、超群脱俗的竹

《诗·卫风·淇奥》曰:“瞻彼淇奥,绿竹猗猗。”竹子“劲节”“虚空”“萧疏”的个性,代表着中国古代文人的谦谦君子之风。

近窗卧砌两三丛,佐静添幽别有功。影镂碎金初透月,声敲寒玉乍摇风。
无凭费叟烟波碧,莫信湘妃泪点红。自是子猷偏爱尔,虚心高节雪霜中。

(唐·刘兼《新竹》)

气盖冰霜劲有余,江边见此列仙癯。清寒直入人肌骨,一点尘埃住得无。
溪光竹色两相宜,行到溪桥竹更奇。对此莫论无肉瘦,闭门可忍十年饥。

(陆游《云溪观竹戏书二绝句》)

竹在清风中簌簌的声音,在夜月下疏朗的影子,都让诗人深深感动,而竹于风霜凌厉中苍翠俨然的品格,更让诗人引为同道,因而中国文人的居室住宅中大多植有竹子。王子猷说:“何可一日无此君!”苏东坡说:“宁可食无肉,不可居无竹。无肉令人瘦,无竹令人俗。人瘦尚可肥,士俗不可医。”朴实直白的语言,显示出那悠久的文化精神已深入士人骨髓。

元·刘诜(1268—1350),字桂翁。江西吉安人,曾作《题浓淡竹》:

远看如淡近看浓,双立亭亭傲晚风。俗眼未应轻拣择,此君清致本来同。

明太祖朱元璋《咏雪竹》云:

雪压竹枝低,虽低不着泥。明朝红日出,依旧与云齐。

【诵读提示】朱元璋,濠州钟离(今安徽凤阳)人。1368—1398 年在位,年号洪武。明朝开国皇帝,史称明太祖。本诗没有对竹作外部形体的描摹,只描摹竹在大雪中挺直不屈的神态,赞它虽因“雪压”而暂时“枝低”,但“虽低不着泥”,绝不因恶劣环境的严酷压力而丧失最基本的品格操守。后两句又转过一层,坚信冰雪不会长久,“一朝红日出”,将会艳阳千里,顷刻间冰雪消融,那么,绿竹高耸,“依旧与天齐”,不失原来的高风亮节。诗中流溢着乐观情绪,充满了对未来的信心,造语浅显明白,率直中却寓有深意,气势不凡。

(清)郑板桥《咏竹》:

一节复一节,千枝攒万叶;我自不开花,免撩蜂与蝶。

《题画》诗:

我有胸中十万竿,一时飞作淋漓墨。为凤为龙上九天,染遍云霞看新绿。

又如《竹石》：

咬定青山不放松，立根原在破岩中。千磨万击还坚劲，任尔东西南北风。

（清）康有为有诗曰：

生挺凌云节，飘摇仍自持。朔风常凛冽，秋气不离披。
乱叶犹能劲，柔枝不受吹。只烦文与可，写照特淋漓。

4. 隐逸清逸、傲霜斗雪的菊

菊花艳于百花凋后，不与群芳争列，故历来被用来象征恬然自处、傲然不屈的高尚品格。

战国时期的屈原，在其政治抒情长诗《离骚》中，运用比兴寄托手法，以“夕餐秋菊之落英”来象征自己品格的芬芳高洁，借菊花来比喻自己对高尚人格的追求，于是菊花一开始出现在文人的作品中，便具有了人格的象征意义。

芳菊开林耀，青松冠岩列。怀此贞秀姿，卓为霜下杰。

（晋·陶渊明《和郭主簿》）

中国传统文人亦隐亦仕，喜好追求一种山水隐逸的情怀。陶渊明在中国历史上首创了摆脱污浊的政治环境、弃甲归田的隐逸形象。“不因彭泽休官去，未必黄花得许香”，而周敦颐的《爱莲说》中称道：“菊，花之隐逸者也。”菊花“三径就荒而犹存”的这种与世无争、隐逸退让的精神象征，亦成为诗人们所向往的精神生活与境界。

秋丛绕舍似陶家，遍绕篱边日渐斜。不是花中偏爱菊，此花开尽更无花。

（唐·元稹）

零落黄金蕊，虽枯不改香。深丛隐孤秀，犹得奉清觞。

（宋·梅尧臣《残菊》）

历代咏菊诗篇中，菊花大都被定位为不从流俗、不媚世好、卓然独立的君子品格象征。陆游有诗云：“菊花如端人，独立凌冰霜”，“高情守幽贞，大节凛介刚”。苏轼诗曰：“荷尽已无擎雨盖，菊残犹有傲霜枝。”明代诗人高启有《晚香轩》诗曰：“不畏风霜向晚欺，独开万卉已凋时。”此类以歌颂菊花来表达自己人格追求的诗歌不胜枚举。

黄巢《不第后赋菊》霸气清逸：

待到秋来九月八，我花开后百花杀。冲天香阵透长安，满城尽带黄金甲。

飒飒西风满院栽，蕊寒香冷蝶难来。他年我若为青帝，报与桃花一处开。

陈毅的《秋菊》风姿飒爽：

秋菊能傲霜，风霜重重恶。本性能耐寒，风霜其奈何！

两千多年以来，儒道两种人格精神一直影响着中国的士大夫，文人多怀有一种"穷则独善其身，达则兼济天下"的思想。尽管世事维艰，文人心中也有隐退的志愿，但是，那种达观乐天的胸襟，开朗进取的气质，使他们始终不肯放弃高远的目标，而菊花最足以体现这种人文性格。咏菊的诗人可以上溯到战国时代的屈原，而当晋代陶渊明深情地吟咏过菊花之后，千载以下，菊花更作为士人双重人格的象征而出现在诗中画里，那种冲和恬淡的疏散气质，与诗人经历了苦闷彷徨之后而获得的精神上的安详宁静相契合。因而对菊花的欣赏，俨然成为君子自得自乐、儒道双修的精神象征。

5. 伤离别、寓留思的报春使者"柳"

春秋时的柳下惠，原来不姓柳，因为很爱柳才改姓，于是他的后代都姓柳了；东晋陶渊明，特意在堂前栽了五棵柳树，自号"五柳先生"。杜甫有诗："侵陵雪色还萱草，漏泄春光有柳条。"杨柳是春天气息的预报员，因而自古以来，人们都喜爱杨柳，形成许多与柳有关的民间风俗和情趣盎然的柳文化。

北宋欧阳修曾在扬州平山堂掘土种植柳树，人称"欧公柳"；唐代文成公主在拉萨的大昭寺前栽植一柳树，后人名之为"唐柳"；明末清初的蒲松龄临泉卜居，泉边栽柳，便自称"柳泉居士"；清末名将左宗棠出征西北时，命令军队在河西走廊沿途种柳，长达数千里，人称"左公柳"。现代画家丰子恺曾将屋子取名为"小柳屋"；现代史学家陈寅恪也特别爱柳，他的书房叫"寒柳堂"，其著述编为《寒柳堂集》。

我国古代寒食节那天，家家门前有插柳枝的风俗。到宋代时，这种习俗更盛，不仅门前插柳枝，而且还在头上戴个柳条帽圈，坐着插满柳条的车子、轿子，到郊外踏青游春。至今，还有不少人在清明扫墓时把柳条插坟头上以示纪念。《武林旧事》记载："清明前后十日，城中仕女艳妆饰，金翠琛玉，接踵联肩，翩翩游赏，画船箫鼓，终日不绝。"踏青的一个重要内容是看柳，许多关于清明的诗词展现出这一文化习俗。宋人吴惟信《苏堤清明即事》诗云："梨花风起正清明，游子寻春半出城。日暮笙歌收拾去，万株杨柳属流莺。"

柳，作为文学作品中的"离别"意向，最早始于《诗经·小雅·采薇》："昔我往矣,杨柳依依,今我来思,雨雪霏霏。”这句诗开后世柳的离别意象之先河。此离别意象盛于魏晋南北朝时期,经唐宋的沉淀和凝固,成为这一时期文坛和现实生活中的一大奇葩。“柳”、“留”谐音,古人在送别之时,往往折柳相送,以表达依依惜别的深情,于是产生了“折柳赠别”和“折柳寄远”的风俗。“折柳”在诗文中为送别的同义语。古人赠柳,寓意有二:一是柳树易生速长,用它送友意味着无论漂泊何方都能枝繁叶茂,而纤柔细软的柳丝则象征着情意绵绵。二是柳与“留”谐音,折柳相赠有“挽留”之意。这一习俗始于汉而盛于唐,汉代就有《折杨柳》的曲子,以吹奏的形式表达惜别之情。

唐·许景先《折柳篇》诗有“折芳远寄相思曲,可惜容华难再持”,卢照邻《折杨柳》诗有“攀折将安寄,军中音信稀”,张九龄《折杨柳》诗有“纤纤折杨柳,持取寄情人”,张旭《柳》诗有“濯濯烟条拂地垂,城边楼畔结春思”,李贺《致酒行》诗有“家人折断门前柳”,唐彦谦《柳》诗有“春思春愁一万枝,远村遥岸寄相思”,等等,都是诗咏折柳寄远的事象,借此以表达对远方亲友的思念,祈盼早日归来。唐代西安的灞陵桥,是当时人们到全国各地去时离别长安的必经之地,而灞陵桥两边又是杨柳掩映,这儿就成了古人折柳送别的著名的地方,有了“灞桥折柳”的典故。孟郊有诗为证:

杨柳多短枝,短枝多别离。赠远屡攀折,柔条安得垂。青春有定节,离别无定时。但恐人别促,不愿来迟迟。莫言短枝条,中有长相思。朱颜与绿杨,并在别离期。楼上春风过,风前杨柳歌。枝疏缘别苦,曲怨为年多。花惊燕地云,叶映楚池波。谁堪别离此,征戍在交河。

“年年柳色,灞陵伤别”,后世就把“灞桥折柳”作为送别典故的出处。故温庭筠有“绿杨陌上多离别”的诗句。柳永在《雨霖铃》中以“今宵酒醒何处,杨柳岸,晓风残月”来表达别离的伤感之情。

历代诗人以柳入题,歌咏不绝。古代的《诗经》中所写的“杨柳依依”,早已成为人们吟咏的佳句。

“杨柳东风树,青青夹御河;近来攀折苦,应为别离多。”(王之涣《送别》)

“杨柳织别愁,千条万条丝。”(孟郊《古离别》)

“天下伤心处,劳劳送客亭。春风知别苦,不遣柳条青。”(李白《劳劳亭》)

“依依袅袅复青青,勾引春风无限情。白雪花繁空扑地,绿丝条弱不胜莺。”(白居易乐府诗《杨柳枝》)

“为近都门多送别,长条折尽减春风。”(白居易《青门柳》)

“留却一枝河畔柳，明朝犹有远行人。”（许浑《重别》）

“为报行人休尽折，半留相送半迎归。”（李商隐《离亭赋得折杨柳》）

“伤见路边杨柳春，一重折尽一重新。今年还折去年处，不送去年离别人。”（施肩吾《折柳枝》）

“驿路行人东复西，等闲攀折损芳枝；有生自是无根物，忍向东风赠别离。”（韩琦《新柳》）

“长亭送客兼迎雨，费尽春条赠别离。”（欧阳修《咏柳》）

“长条故惹行客，似牵衣待话，别情无极。”（周邦彦《六丑·落花》）

“河桥杨柳半无枝，多为行人赠别离。”（晏铎《咏柳》）

罗贯中也吟出下面的优美诗句：

“玉带桥边袅袅风，牧童横笛过桥东。夕阳返照桃花坞，柳絮飞来片片红。”

但是在咏柳的诗词中，把柳树的柔美形象描绘得最真切动人的，要数贺知章的《咏柳》：“碧玉妆成一树高，万条垂下绿丝绦；不知细叶谁裁出，二月春风似剪刀。”

6. 庄重肃穆、延年益寿的松柏

中国古人以松柏象征坚贞。松枝傲骨峥嵘，柏树庄重肃穆，且四季常青，历严冬而不衰。松柏的形象一直蕴含着、灌注着人的学识、修养、理想、情操在内。《论语》赞曰：岁寒然后知松柏之后凋也。松与竹、梅一起，素有“岁寒三友”之称。文艺作品中，常以松柏象征坚贞不屈的英雄气概。松柏文化，内涵丰富，源远流长。

《庄子·让王》有云：“大寒既至，霜雪既降，吾是以知松柏之茂也。”《庄子·德充符》有“受命于地，唯松柏独也正，在冬夏青青；受命于天，唯尧舜独也正，在万物之首”之语，将松柏与尧舜并称。

《荀子·大略》“岁不寒，无以知松柏。事不难，无以知君子”之句，亦将松柏与君子并列。

汉代的刘桢在《赠从弟》中这样赞美松柏：

亭亭山上松，瑟瑟谷中风。风声一何盛，松枝一何劲。
冰霜正惨凄，终岁常端正。岂不罹凝寒，松柏有本性。

南朝乐府民歌唱道：

渊冰厚三尺，素雪覆千里。我心如松柏，君情复何似。
果树结金兰，但看松柏林。经霜不坠地，岁寒无异心。

白居易在《和松树》中做出了这样的描摹：

亭亭山上松，一一生朝阳。森耸上参天，柯条百尺长。

……

岁暮满山雪，松色郁青苍。彼如君子心，秉操贯冰霜。

松树是植物王国的寿星，有“百木之长”之誉。松带给我们的不仅是物质财富，更可贵的是精神世界里的无穷价值。每当想到它的时候，一种豪迈壮烈之感不禁油然而生。

中国古代松柏文化的实质和内核，是对人格理想的追求和赞美。松树的品格特性，显示的内在美和形态美，鼓舞着人们对自己的品德做自我修养、对人格理想强烈追求。在千百年的历史长河中，松的崇高美好的品格特性和人对松怀有的人文观念，两者相互渗透、相互融合，不断地转化，造就了深厚的松柏文化。松柏成为中国作家艺术家永恒表现的题材，更成为中华民族理想人格的象征。

“琴棋书画剑、诗医茶酒花”式的高雅文化，体现了中华民族祥和宁静的心态，和博大深刻、性灵简朴的美德。在五千多年的文明发展中，中华民族形成了仁爱天下、团结统一、道法自然、自强不息的伟大民族精神。中国因此是“一个永不衰老的民族”，一个“像孩童一样过着心灵生活”的民族，也是一个“拥有了永葆青春的秘密”的民族。中华优秀传统文化是中华民族的精神命脉，是涵养社会主义核心价值观的重要源泉，也是我们在世界文化激荡中站稳脚跟的坚实根基。我们一定要结合新的时代，传承和弘扬中华优秀传统文化，传承和弘扬中华民族勤劳善良、刚健有为的文化精神。

第三章

诵读技巧

第一节　气出丹田

“气出丹田”是我国传统气功理论的一个概念。若是用自己的手指横着测量，大约在神阙穴正下方约三四指宽的部位，就是丹田穴。运丹田气，指的是一种“意念”，如果朗诵者在用气时能把控制呼吸的着力点，意守在“丹田”的位置，确能有放松上半身的发声器官的效果，使声音持久而有韧性。

经典诵读是情声气巧妙结合的有声语言的表达艺术。要诵出美感，字音就要发得圆润清楚，颗粒饱满，做到字字如珠玑弹动。首先我们要学会用气发声，掌握科学的有控制的胸腹联合呼吸法，用坚实的底气做支撑，这样才能形成“大珠小珠落玉盘”的优美艺术境界。

一、发音器官简介

呼吸器官的构造和机能呼吸系统是人类发声的发动机。人类呼吸器官有：鼻、口腔、咽、喉、气管、支气管和肺。发音器官决定着人类语言的特质，发音器官的每一个部位哪怕是极其精微的变化，都会发出不同的音色。

呼吸器官是构音系统，声音的原动力，喉头和声带是声波的扩音系统，共鸣腔体是各种不同语音的成字系统，咬字器官是吐字发声系统。声音的发出是与呼吸、发声、共鸣、咬字四个环节紧密相连的。肺部呼出的气息通过气管，振动了喉头内的声带，发出微弱的声音。这种声波经过咽腔、口腔、鼻腔等腔体共鸣得到了扩大和美化，再经过口腔、唇、齿、舌、牙、腭的协调动作，口音、鼻音、鼻化音等不同的声音就产生了,这就是吐字发声的简单原理。

呼吸的气流是制造声音的动力,锻炼呼吸是锻炼发声技能的第一步。俗话说得好,练声先练气。在我们平时的讲话中,由于气息不够,说出话来就上气不接下气,说话不连贯流利,说话久了就会累,这主要是没用上腹部的力量。下面简单介绍有控制的胸腹联合吸气法的口诀:气下沉、两肋开、小腹收、膈肌降,气息讲究一大片。呼气的过程:胸腔放松、肺部压缩、膈肌上升、小腹收紧,气流讲究一条线。这时气息线是明气,双向气流运动。吸气肌肉群与呼气肌肉群碰撞、抗争,是释放的感觉。理论的掌握要勤奋学习,技巧的提高要反复磨炼。

发声控制训练中,气息控制训练是学习发声中最重要的根本一环。

二、常用呼吸法简介

人在呼吸过程中有两组肌肉群在起作用,一组叫吸气肌肉群,另一组叫呼气肌肉群。呼吸控制究其实质就是这两组肌肉群相互拮抗、相互制约的结果,其外部表现为两肋与小腹的抗衡。日常谈话时的呼吸,吸气肌肉群与呼气肌肉群各司自己吸与呼的职能,彼此联系不多,而有控制的呼吸则要求这两组肌肉群协同动作。吸气肌肉群不仅在吸气过程中起作用,在呼气过程中仍然要继续保持一定的紧张度,与呼气肌肉群形成对抗的力量,以控制呼出气流的疾徐强弱。吸气的基本要领可概括为“气下沉,两肋开,小腹收”。吸气时,随着吸气肌肉群的收缩和横膈肌的下降,胸腔容积立体扩张(前后、左右、上下全面扩张)后,胸腔内部的气压打破了静止时的平衡,变得比体外的气压小了,口、鼻同时张开,沿着口鼻→咽→喉头→气管→支气管→肺泡的轴线,感觉到把气深深地注存在肺的底部,即约在上衣最下面一个纽扣的位置。

日常生活中,女性多采用胸式呼吸,男性多采用腹式呼吸的方法,这两种方法的缺点是吸气量少,不便控制,声音不能持久。所以我们诵读时必须采用科学的或者说艺术的发声方法,也就是采用有控制的胸腹式联合呼吸法,就是西欧传统唱法要求横膈膜扩张的腹式呼吸。这种呼吸方法的发音原则是:以情运气、以气托声、以声传情、声情并茂。优点是:吸气快,气量大,伸缩性强,气流均匀平稳,调节自如,理想的状态是做到“吸气一大片,呼气一条线”,掌握了这种呼吸方法,就为实现声音洪亮、圆润打下了坚实的基础。

1. 胸式呼吸

胸式呼吸又称“锁骨呼吸”“浅呼吸”,也有人戏称为“女式呼吸法”。胸式呼吸主要是靠肋骨呼吸运动实现的。吸气时,腹部无显著波动,横膈膜下降的幅度很小,对扩大胸腔几乎不起作用,只能动员起一部分比较软弱的胸腔肌肉,靠提起胸骨来扩大胸腔的容积。由于没有横膈膜的全力支持,肺腔也就不能得到充分的扩张,进气量很小,保证不了最大限度地将气息容入肺泡。呼气时,也只是将肌肉放松恢复到原状,吸气肌肉群在牵制呼气肌内群上几乎等于零。这种呼吸法的一个最明显的标志是抬肩。发音时不停顿的肩部紧张会导致胸腔的闷实和疲倦,使胸部产生"捆绑"的感觉,继而发展到颈部的紧张,加重喉头的负担。用这种呼吸法发出的声音缺乏坚实的根基,窄扁、轻飘,底气不足,持久力差,难以控制。

2. 腹式呼吸

腹式呼吸又叫"深呼吸",也有人戏称为"男士呼吸法",人在安静时的呼吸多为这种状态。运用这种呼吸法吸气时,胸廓不见有明显的活动,主要依赖膈肌的收缩与放松,膈肌上下移动时腹壁随之一瘪一突,进出气量不大。呼吸过程中,由于横膈肌的下落,迫使腹部内脏向前向下移动来扩大胸腔的上下径。与胸式呼吸比较,腹式呼吸的吸气量较大、较深沉些。吸气时腹部放松外凸是这种呼吸的显著标志。由于腹腔上部直接连着胸腔,因而当腹腔扩大时,胸腔下部也连带扩张,这完全是一种下意识的动作。一般来说,用腹式呼吸法呼吸时,胸肌没有积极地参与推动胸廓,争取不到胸部呼吸肌肉群的支持与配合,多半由横膈肌在下面单兵作战,形成的声音往往呈现出闷、暗、空的色彩,调节起来也比较困难。因而它也不是最科学、最实用的呼吸方法。腹式呼吸在人们日常谈话中很占优势,尤其男性采用偏多。男中音、低音演员就常以这种呼吸支撑中低音的发出,用这种方式唱高音就比较吃力了,尽管腹式呼吸比胸式呼吸的气势要强一些。

3. 胸腹联合呼吸

胸腹联合呼吸法,有人又叫它"胸膈呼吸法"。它是靠肋骨和横膈肌的协同动作实现的,可以认为是胸式呼吸和腹式呼吸的联合运用。发音时,胸腔借助吸气肌肉群的力量使肋骨提高、扩展,撑大了胸腔的前后径和左右径;横膈肌的收缩和下降又增大了胸容积的上下径,这就使得胸廓得以全方位的立体扩展,肺的容积也随之全面开张,气息的呼吸量最大、最强。胸腹联合呼吸建立了胸、膈、腹三者之间的关系,三点成一面,增强了呼吸的稳健感,便于调控;同时也容易形成坚实、明亮的音色,从而达到"以情运气、以气拖声、声情并茂"的艺术表达效果。因此是一种最为理想的呼吸方法。

三、胸腹联合呼吸法的要领

1. 胸腹联合呼吸法的基本状态

吸气开始时,吸气肌肉群收缩,横膈肌下降,小腹微收,胸腔肋骨同时向前后、左右、上下扩展,感觉到从口鼻吸入的气息沿着后背注入肺的下部,明显觉察后腰膨胀,腰带渐紧,小腹随着气息的渗入向丹田处收缩←→呼气时,吸气肌肉群仍在做功,小腹仍然收紧,牵制膈肌与两肋使其不致迅速回弹,呼气肌肉群发功时形成一种向上向外的冲力,与向下向内的保持力相矛盾、相对抗,当牵拉力量支撑到不足以对抗上冲力量时,整个吸气肌肉群且战且退,加之横膈肌的回升、胸廓和肋骨的内缩,小腹逐渐放松,慢慢地使气流经进来的通道从肺泡里挤放出去。至此,一次呼吸过程方告结束。

2. 呼气的基本要领

人类的声音绝大多数是在呼气过程中实现的,因此胸腹联合呼吸的精髓也主要体现在对呼气的控制上。呼气时,吸气肌肉群一开始不能有所松动,小腹仍保持原来的收缩状态以维持两肋的扩张;同时,呼气肌肉群做回弹式全面收缩。当这种收缩力超过扩张力时,两肋才缓缓回缩,膈肌慢慢上升,气息自肺部透出,小腹逐渐地放松。可见胸腹联合呼吸的呼气动作是在吸气肌肉群与呼气肌肉群相互对抗中完成的,换句话说就是:体验气息的“双向气流运动”。一种是向上向外的呼气运动,也可叫“明气”;另一种是向下向内的吸气运动,可称为“暗气”。前者是人体发声中气息运动的主要走向,后者是一种内在的保持力量,是人为地慢慢下放、徐徐下沉的感觉。两种力量各自向相反的方向伸展,相互联系中求统一,在相互拮抗中求平衡,并贯穿于发声过程的始终。因为向上呼出的动力总要大于向下保持的阻力,而且保持的力量始终处于且战且退的状态,因此这两种力量较量的结果形成了科学的气息运动,即气息向上、向外有控制地均匀施放。

3. 胸腹联合呼吸法的特征

科学的有控制的胸腹联合呼吸法要求达到以下五个方面的境界:一要有较持久的控制能力,二要保持较稳定的气息压力,三要呼气时间长,四要对气息的控制收纵自如,五要学会短时无声吸气,要能掌握“深、匀、通、活,稳定、持久、自如”的气息控制本领。

在实际诵读过程中,气息的作用不仅仅限于做发声的动力,它还是一种极重要的表达手段,气息是“情动于内”与“声发于外”的中间过渡环节,是情与声之间必经的桥梁。只有在“气随情动”的情况下,声音才能随情而变化。例如:气势汹汹、气息奄奄、气冲霄汉；有气无力、气急败坏、忍气吞声、气贯长虹、怒气冲天等等:这些成语涉及情感的复杂变化，如果用一种声音形式、一种气息状态去表达，那是不行的。从这个意义上讲，气息控制是由情及声、由内及外的贯穿性技巧。要想使声音能自如地表情达意，必须学会气息的控制与运用。

4. 胸腹式联合呼吸法练习

吸气：用鼻吸气，吸气后两肋扩大，横膈膜下降，上腹部、胸部、腰部要向外扩张，小腹微向内收小腹微收，同时腰部挺直。

呼气：用嘴呼气，呼气时要保持小腹不变，同时控制住腹部，让肺部的气缓慢、均匀地向外呼出。

A. 吸气

在做吸气练习时，保持良好的精神状态，肩胸放松是很重要的，要做到“兴奋从容两肋开，不觉吸气气自来”。可以通过以下方法体会：

①以衣襟中间的纽扣为标记，把气缓缓吸到最下面一颗纽扣的位置。

②坐在椅子的前沿，上身略向前倾，沿着后背将气缓缓吸入体内。这种方法排除了单纯的胸部用力吸气的可能，容易获得两肋打开的实际感觉。

③闻花香，远处飘来一股花香，闻一闻是什么花的味呢？此时，气会吸得深入、自然。用这种方法体会降膈和开肋。

④调整意念，觉得气是从全身的毛细孔吸入体内的。这会使你的两肋较充分地展开。

⑤抬起重物和“倒拔垂杨柳”。在抬起重物和“倒拔垂杨柳”时，总要深吸一口气，憋住一股劲儿。此时，腰部、腹部的感觉和胸腹联合呼吸时吸气最后一刻的感觉相近。

⑥“半打”哈欠。不张大嘴地打哈欠，进行最后一刻的感觉和胸腹联合呼吸吸气最后一刻的感觉相近。

⑦数数练习。用鼻深吸一口气，开始从1、2、3、4、5、6……往上数，数时要稳劲用力，速度也可先慢后快，嘴巴要用力，气流强度适中。数数练习的目的是锻炼控制气流的能力。

⑧吹纸条。找一长方形纸条，用手指捏住放在鼻子前。用胸腹式呼吸法深吸一口气，把嘴巴闭合，只留一小孔，轻轻地向外吐气并吹动纸条，尽量让气流缓慢、均匀地吹向纸条，男子最少保持1分钟左右，女子保持45秒左右，随着练习时间的增长，保持时间也会加长。

⑨喊人练习。以发音响亮的音节组成人名，如：“王兰”“张华”“田钢”等，由近

及远或由远及近地喊，声音渐强或渐弱，尽量将每一个音节的韵腹拉开拉长。喊人练习可以锻炼呼气肌肉群的调节能力，还可以使情、气、声较自然地结合起来。

B. 呼气

做呼气练习时心里应自然松弛，不能为了延长时间而憋气、紧喉。

用练习吸气的方法吸气至八成满——

①以叹气方法呼出，不带出任何语音，体会喉部如何放松。

②缓慢持续地发出“ai”的声音。

③均匀、缓慢地吹去桌面上的尘土；吹歪蜡烛火苗，使其既不直也不灭。

④发出纯净的、音高自然一致的“a”的延长音。

⑤以每秒两个的速度数数：1、2、3、4……

⑥数葫芦。清晰地发出“一口气数不了二十个葫芦，一个葫芦、两个葫芦、三个葫芦、四个葫芦……”

四、汉语“四声”的用气练习

就声音形成而言，汉语语势变化的基础是四声。因此，进行四声的气息控制练习是相当重要的。要领如下：

阴平高而平，可以“铺满地面”的感觉发音；

阳平取中而升，可以“下一层楼梯”的感觉发音；

上声先降而后升，降时要“托”住气，升时“上楼梯”；

去声调高而降到底，要“托住下楼梯”。

1. 同声韵夸张（音程长，声调全）

巴拔把爸搭答打大　非肥匪费　些鞋写泄　西席洗細出除椅处　汪王枉忘

2. 四声组合练习

①顺序组合——阴、阳、上、去

兵强马壮 阶级友爱 山穷水尽 山明水秀 山盟海誓 千锤百炼 飞檐走壁

风调雨顺 心怀叵测 心直口快 心明眼亮 瓜田李下 发凡起例 光明磊落

②逆序组合——去、上、阳、阴

逆水行舟 妙手回春 热火朝天 兔死狐悲 驷马难追 信以为真 背井离乡

四海为家 痛改前非 万古长青 万里长征 万马齐喑 物腐虫生 下笔成章

五、运用胸腹联合呼吸应注意的事项

1. 以情运气，情动气行。我们强化情的先导作用，唯有贯注了情感的气息才是“活”的气息，才是有生命力的气息。以情感的养成和抒发为契机来调节呼吸的运动方式，当是呼吸控制的高级阶段。经过长期有恒的、自觉的锻炼，把正确的感觉极熟练地变成下意识的条件反射，方能达到气随情走、情停气止的境界。这是呼吸训练中的首要原则。

2. 正确处理情与声的关系：以情带声，以声带情。艺术语言的发声是为了传情达意，声音只是表达内容的一种手段，声音应随内容变化，让听众忘记声音，而被内容陶醉。以情带声，以声传情：领会书面材料中的情，以情来带动声；声付出后要检验是否合情。

3. 开源节流，厚积薄发。“节流”，指呼气阶段。节流的意识应从呼吸训练伊始就自觉培养，在呼气过程中强化吸气肌肉群的“拉住”意识，小腹收紧。两大肌肉群的对抗应着重体验和感觉吸气肌肉群作用的发挥，吸气肌肉群强而有力才不至于使气流无序地、过多地流失和虚掷。“吸气一大片，呼气一条线”或许就是对“开源节流”这句话的最好注脚。

小腹是控制气息的钥匙。在有控制的呼吸过程中，由吸及呼，小腹应始终处于工作状态。有了小腹控制的气息才能称得上“丹田气”。所谓“拉住”，其“根”就在小腹的丹田处，丹田有节律地收缩，气息才有根，才能产生“拉”的力量，才能使气息成为气柱。可见，气息控制能力优劣高下的关键在于小腹肌调节得是否适度与灵活。训练中必须给小腹以足够的重视，强化“气走丹田”意识的培养。

一般的朗读或播音主持节目发声强度变化灵活，幅度中等，加上可以随时补气，气息用量比歌唱可少些，一般吸到六七成满即可，必要时也可吸到七八成，满则为患。气息太满不但会增加控制的难度，还容易导致气息和声音的僵化。吸气的从容适度也是呼吸训练的一个原则，并不是将气吸得越多越好。学会了调节和抢气、偷气技巧，吸个七八成气就足够用了。

4. 挺胸收腹、切忌耸肩。“要将气吸得深，就得把气提起来”，这是一种有害的观点。胸上部的第一对肋骨是一切动力的支点。生活语言发声它是不动的；只有在强力吸气时，由于吸气肌肉群的力量超出了通常吸气的力量，加之上颈部及脊上部肌肉群收缩的牵动，第一对肋骨才不得已略微提高，但这不是主动端肩引起的。如果不是这样，吸气时有意识地将双肩上举，那么第一对肋骨也会随之提高；这样就失去了它的支点作用，同时也限制了胸部的向外扩张，降低了吸气肌肉群的力量，吸入的气息也就感到松散无力。在训练呼吸时，两肩应始终保持自然下垂的状态，力争使之控制在一个固定的支点上。

5. 处理好双向气流运动。胸腹联合呼吸实际上有外现和内存的两种气流，

"明气"的运动趋向是向上、向外,是推动力量;"暗气"是另一种向下、向内的下坠感觉,是保持力量。气息控制的诀窍和精髓就是捕捉并稳固住这种气息运动中明、暗气的对抗感觉。从"丹田"到口鼻向上、向外的气流走向与从喉头间到后腰的向下、向内的气流走向,两者是对立存在的,综合起来就是一种人为的、有控制的、悠着劲儿、有弹性的、不断向前滚动的气息双向运动。

呼吸要有"流动感",一气呵成。气息的活力在于流动。流动着的气息好比声音的血液,随着情感的运动而变化,托出强弱疾徐、从容有节、活灵鲜跳的音流。气息灵动、舒活了才容易体会到一气呵成的感觉。这种感觉首先源于情感的贯穿,而气息的运动也是一个不容忽视的因素。发声时,气息自始至终都要处于有控制的状态下,也就是说,胸廓要始终像个"橡皮球",不能中途"泄气";即便在作品层次间大的顿歇处也不能放松,也须仍然保持工作状态以适应情感转换的需要,做到"招之即来,挥之即去",如果"招之不来,挥之不去",麻烦就大了。气息"停而不断",给人的印象才能是"一气呵成"。

6. 把握好气息的接续技巧。一个人呼吸控制得再好也不可能一口气将通篇作品读完。这就需要及时、适时地接换气息,使气息始终处于有余力的状态,这样工作起来才能从容不迫,不至于气喘吁吁或声嘶力竭。在句段行进中不露痕迹地快吸补气是一项必须具备的基本功。气息的接续主要是指补气和换气。换气是在大句段之间或某些特殊表达时普遍采用的方法,可以从容不迫地换上一口气,这应该说是比较容易做到的。补气主要是抢气或叫偷气,是一种有相当难度的技巧。一句话中,意思未完但气息已用得差不多了,这就需要及时、巧妙、无声地补进一些气息,以期持久地发挥动力作用。补气时,先控制小腹,胸廓如同富有弹性的橡皮球,口鼻张开产生补气的意识,然后,小腹一收,两肋同时张起,气息便自如地经口鼻得以补充,皮球则又重新鼓起,贴补中气之不足。补气的技巧一是在于补气意识的唤醒和养成,二是补气机能的训练和巩固。两者得兼方能驾轻就熟。

气息接续的一般原则是句首换气;换气、补气到位;换了就用;留有余地(吸七到八成满即可);无声吸气。

7. 综合性训练(呼吸训练)

A. 慢吸慢呼

①让吸气深呼气通畅的方法

首先立定站稳,或一只脚稍向前,双目平视前方,头正,双肩放松,用鼻子吸上一口新鲜空气。这时你似乎闻到了花的芳香,你会觉得肺的下部及腰部都充满了气息,感觉气息进入了你的丹田,保持几秒钟,然后再轻缓地呼出,随着呼出的气可练习轻喊“小红”，然后一声声呼唤渐渐远去。

②让吸气深呼气均匀的方法

“a”音延长：用慢吸、慢呼的动作，发单母音“a”的延长音。用自己最舒服的声音，声音逐渐由小到大，由低到高，由近到远，由弱到强。气息要通畅自如，下腭、舌根不要紧张，喉部要放松。让气流集中地打到硬腭前发出。

③让吸气深呼气灵活的方法，数数练习

慢吸后，气吸八成满，呼气时数数1、2、3、4、5……数的速度要慢，吐字要清楚，嘴上用力，不要紧张，不要憋气；发一个音马上闭住声门，不要跑气和换气；发音时喉放松、气要通，直至一口气数完，能数多少就数多少，逐渐增加。

④让气息均匀的方法

用一口气连续发六个单韵母，并努力保持音调和音强的恒定不变。

B. 快吸慢呼

①让吸气及深呼气通畅的方法

当我们看到一封使我们意想不到而高兴的信时，这时你会快而短促地吸一口气，并保持着气息。你喊了一声“啊”以后，还保持着吸气的状态，这样快速地吸气，正是艺术发声训练中经常要用的快吸慢呼。这个练习要经常做，以锻炼出延长呼气时间的“本领”。

巴　拔　把　罢　低　答　底　大

bā　ba　bǎ　ba　dī　da　dǐ　da

这个练习可反复多练习几次，可用快吸来练，也可用慢吸来练，字音要清楚准确；也可逐渐改变声音的高低、强弱、快慢并调节好气息。

②夸大上声练习，让气沉丹田

③让气通灵活的方法，换气练习(数枣)

a. 出东门，过大桥，大桥底下一树枣，拿着竿子去打枣儿，青的多红的少，一个枣儿、两个枣儿、三个枣儿……十个枣儿、九个枣儿、八个枣儿……

b. 操场上，飘国旗，看你能数多少面旗，一面旗、二面旗、三面旗、四面旗、五面旗、六面旗、七面旗、八面旗、九面旗、十面旗……

第二节 三腔共鸣

音波在腔体内和谐共振，产生共鸣，能起到美化声音、扩音的作用。作为一名教师或是专业朗诵人员，都要有一定的共鸣作为基础，以达到宽厚、圆润、明亮、集中的用声目的。

一、共鸣腔体简介

共鸣腔有胸腔、喉腔、咽腔、口腔、鼻腔等。发声时，我们的声音通过我们体内的各个共鸣腔体，引起共振，这就是共鸣。根据声音的高低来划分，有中音共鸣、高音共鸣和低音共鸣三种；根据声音特色和声区划分，又有头腔共鸣、口腔共鸣和胸腔共鸣的区别。一般情况下，中音共鸣就是口腔共鸣，主要是指上腭以下、胸腔以上各腔体的共鸣。高音共鸣主要是鼻腔共鸣，主要是指上腭以上的共鸣腔体的共鸣。低音共鸣主要指胸腔共鸣。低音共鸣过多，会使声音发闷，影响字音的清晰度；高音共鸣过多，声音会显得单薄漂浮。我们要根据诵读内容和情感的不同需要来灵活选择不同的共鸣方式。

当你在朗诵或者吟诵时，运用共鸣可以感到不费力、自然舒展。好的用声者用在声带上的能量只占整个用声能量的五分之一，剩下的都用在控制发音器官的形状与运动上。良好的共鸣可以减轻气流对声带的冲击，可以丰富改变音色。艺术语言发声大多采用以胸腔共鸣为基础，以口腔共鸣为主，在中声区用声，所以大家听起来，会感到清爽、明快、响亮。

在唱歌或者发一些高音时会用到鼻腔共鸣及头腔共鸣。那么我们朗诵采用的共鸣方式取决于作品的内容，如果属于轻缓的作品，可采用中声区朗诵；如果是跌宕起伏的作品，那就要根据作品的时度用上各种共鸣。

在产生共鸣的过程中，共鸣器官把发自声带的原声在音色上进行润饰，使声音圆润、优美。科学调节共鸣器官可以丰富或改变声音色彩，同时起到保护声带的作用，延长声带的寿命。

共鸣腔的打开与普通话基础发语音方法的训练及口部操都有很大的联系，尤其是声韵母的练习，对打开共鸣腔非常有帮助。当你做完以上的训练，并达到要求后，你的共鸣腔也会加大，并适度打开。好的共鸣效果必须要经过科学系统的锻炼，才能形成。

1. 唇的训练

“喷”，用力发[p]音，唇的中央三分之一处用力。

“咧”，双唇紧闭向前噘起，将嘴角用力向两边伸展。

“撇”，双唇紧闭向前噘起，然后分别向左、向右使劲。

“绕”，双唇紧闭向前噘起，由左向右或由右向左做360度转圈运动。

巩固练习：

(1)八百标兵奔北坡，北坡炮兵并排跑。炮兵怕把标兵碰，标兵怕碰炮兵炮。

(2)一平盆面，烙一平盆饼；饼平盆，盆平饼；饼碰盆，盆碰饼。

(3)吃葡萄不吐葡萄皮儿，不吃葡萄倒吐葡萄皮儿。

2. 舌的训练

“伸”，舌头伸出口腔，用力向下伸展，尝试能否舔到自己的下巴。

“刮”，舌尖抵住下齿背，上齿尖抵住舌面，用上门齿自里而外或是自外向里刮舌面。

“弹”，舌尖抵住上齿背。

“转”，舌头向里卷起，在口腔内部或由左向右，或由右向左，做360转圈运动。

“顶”，闭上双唇，用舌尖顶住左右内颊，左一下、右一下交替进行。

“立”，舌条两边缘向中间立起，在口腔内翻转90度运动。

巩固练习：你会炖我的炖冻豆腐，来炖我的炖冻豆腐；你不会炖我的炖冻豆腐，别胡炖乱炖炖坏了我的炖冻豆腐。

3. 口部体操

前辈的播音艺术家们在长期的语言实践中，总结了一套口部体操，可以帮助我们打开口腔(后槽牙)，发出坚实丰满的声音。

第一步：提颧肌。下巴先稍微往后收，上下槽牙张开，软腭上提挺起，颧肌自然向上提。

第二步：打牙关。下颚放松，嘴巴张开模仿张嘴咬苹果，这时能摸到耳朵后面的小窝。

第三步：挺软腭。模拟“半打哈欠”或“举杯痛饮”的状态，这时口腔直对着的后咽壁有“凉”的感觉。

第四步：松下巴。咬字的力量主要在口腔的上半部，下巴要松弛，千万不能有主动帮忙的感觉，否则会使舌根紧张，咽管变窄，口腔变扁，把字咬死。

具体训练时可以采用双唇用喷法(发P音)、舌尖用弹法(发T音)，要有意识集中一个点发，就像子弹从口腔里射出，击中某一个目标，音要从上腭打到硬腭前端,然后送出,发音时鼻腔要关闭(先用和捏住鼻子试几次,就感觉到了)。

二、三腔共鸣训练

1. 口腔共鸣训练

A. 一般用舌面音(j、q、x)与撮口呼相拼的音节做练习,如"选举、戏曲、序曲"。还可以用舌尖前音(z、c、s)与"ong"相拼的音节练习,如"宗、葱、松"发音时,颧肌提起,似兴奋地要唱的感觉,又似笑的感觉,但这个笑,不是咧嘴笑(咧嘴笑的口腔状态使嘴角紧,口腔扁,声音发哆,显得小气),此时口腔前上部有展宽感,鼻孔亦随之有些张大,唇齿相从而依,呈微笑状。

B. 用普通话语音里面的声母(b、p、d、t、g、k)与韵母(ai、an、ang)拼合练习,注意发双唇音声母时要满口保持紧张,发得响亮、集中,并结合你所练的丹田气。如:

b—a—ba　　p—a—pa　　b—ai—bai　　p—ai—pai　　b—an—ban　　p—an—pan

C. 发出响亮的词语练习

澎湃、冰雹、碰壁、玻璃、蓬勃、批判、拍打

百炼成钢、波澜壮阔、壁垒森严、翻江倒海

D. 发出象声词:吧哒哒、滴溜溜、咕隆隆、哗啦啦、刷啦啦等。

E. 合口音、撮口音的练习

乌鸦、花絮、挫折、快乐、吹捧、汪洋、虚假、宣纸、菊花、捐助、辽远。

综合练习:学语言,用语言,学好语言不费难。播音员学语言,话话亲切又自然,演员学语言,台词传得远。

2. 鼻腔共鸣训练

鼻腔共鸣是通过软腭来实现的,当软腭放松时,鼻腔通路打开,口腔的某些部位关闭,声音在鼻腔得到共鸣,如鼻辅音 m、n、ng 等。当鼻腔与口腔同时打开,产生的是鼻化元音。少量的鼻化元音可以增加音色的明亮,但过多的鼻化会造成"齉鼻",就会影响你的朗诵与播音。

A. 鼻腔共鸣训练

纯 a、i、u 音——加鼻腔共鸣的 a、i、u 音。

鼻辅音 + 口元音:ma—mi—mu,na—ni—nu

m 音哼唱,使硬腭之上鼻道中的气息振动和软腭的前部扯紧。

n 音哼唱,使软腭中部振动并扩大鼻咽腔。

ng 音哼唱,使软腭中部振动并扩大鼻咽腔。

词语练习:妈妈、大妈、光芒、中央、接纳、头脑

B. 解除鼻音训练

软腭上提,口腔后部声音的通道畅通无阻,就可以减掉,同时可以减轻喉音重的毛病。

发“吭”声练习:首先挺软腭,关闭鼻咽道,然后突然发出“吭”声。

手捏住鼻孔不出气,发“a”音。

串发六个元音:a—o—e—i—u—ü

鼻音重的,练声时,尽量少发带有 m、n 的声音。

3. 胸腔共鸣训练

胸腔的空间及共鸣能量大,发出声音有深度和宽度,声音听起来浑厚、宽广,会给听众一种庄严、深沉、真实、可信感。它是口腔共鸣不可缺少的基础。

A. “a”元音直上直下的滑动练习。或者用手按住胸口,发“a”音,发“ha”音,然后读海洋、遥远等词。

B. 夸大的上声练习:hǎo、bǎi、m、zǒu 等。

C. 读百炼成钢、翻江倒海等成语。

D. 小柳树、满地栽、金花谢、银花开。(反复练习)

4. 头腔共鸣

头腔共鸣需要一定的气势、一定的音高,在朗诵中很少使用这种共鸣,唱歌时用得多一些,但有时为了加强作品感情色彩时也会用到,这时声音高昂、明快、铿锵有力,会感到声音是从眉心发出的。用心发好“i”“a”的上滑音,仔细体会,想象就像练声乐的人发出的一样。

三、声音弹性要领

声音弹性即在自然的声音上逐步培养出一种富于色彩、有感染力的声音,使你的声音与作品融合,让声音能适应作品思想感情的变化,听众听起来声音伸缩性好、变化多。弹性的声音听起来舒服,不生硬,不直接,非常悦耳。

练习方法

1. 发 a、i、u 由低音往上滑动,然后再向下滑动练习。注意控制好窄口音“i”的口腔开度。加强气息控制,声音不能出现挤。

这样做可以扩展音域,加大音量,控制气息,练习时注意声音的高低、强弱、虚实、刚柔、厚薄、明暗的变化。

2. 发 a、i 混合绕音,螺旋式上绕、下绕练习。

3. 两人远距离对话练习，练习时随时改变距离。

A. 喂——小田——小田！　　B. 嗳——我在这儿！

A. 快——来——啊！　　B. 什么事——呀！

A. 咱们——去玩吧？　　B. 好——吧。

4. 用丹田气，夸张、加大声音运动幅度发以下音：

红旗飘，军号响，子弟兵，别故乡。路迢迢，秋风凉，敌重重，军情忙。

苗岭秀，旭日升，百鸟鸣，报新春。锣鼓响，秧歌起，黄河唱，长城喜。

手足情，同志心，飞捷报，传佳音。顶天地，志凌云，山城堡，军威振。

5. 选一些小品短文，用夸张感觉读出。

其实你在很久以前并不喜欢牡丹。因为它总被人作为富贵膜拜。后来你目睹了一次牡丹的落花，你相信所有的人都会为之感动：一阵清风徐来，娇艳鲜嫩的盛期牡丹忽然整朵整朵地坠落，铺散一地绚丽的花瓣。那花瓣落地时依然鲜艳夺目，如同一只奉上祭坛的大鸟脱落的羽毛，低吟着壮烈的悲歌离去。牡丹没有花谢花败之时，要么烁于枝头，要么归于泥土，它跨越萎顿和衰老，由青春而死亡，由美丽而消遁。它虽美却不吝惜生命，即使告别也要留给人最后一次惊心动魄的体味。（张抗抗《牡丹的拒绝》节选）

6. 注意词的轻重格式。一般字没有轻重，要严格按照读音来读，但读词时要注意轻重格式。

A. 双音节的格式

中重格式：读第二个字要比第一个重，如人民、大会、广播、刻苦。

重中格式：第一个字比第二个字重，如斗争、突然、柔和、责任。

重轻格式：第二个音短弱，即普通话的轻声词，如弟弟、去吧、拿来。

B. 三音节的格式

中中重：自来水、东方红、国务院。

中重轻：打拍子、小姑娘、捏起来。

重轻轻：飞起来、投进去、哗啦啦。

C. 四音节词的格式

中重中重：儿童广播、友谊第一、安居乐业、并驾齐驱。

中轻中重：高高兴兴、不好意思、拉拉扯扯、嘻嘻哈哈。

在朗诵中，如果你的词语格式掌握不好，就会出现语感失调、表达错误的现象。比如：和平饭店，重音应在最后一个“店”字，不能把“饭”重音，还有基本路线、招收对象、有力措施等等。

7. 金属音色练习

A. 模拟钟声敲响的感觉，咣～～～～～～～～～～～，逐渐收回，越来越小，直至声停，发出时注意距离，收回时收到胸低。或者发出假想回声练习：京东－－－－叮咚～～～～～～

B. 大声喊人练习：你好（远、重）～～～～你好（更远，次重）～～～～你好（最远，轻）

四、吐字归音训练

汉字音节的发出给人的听觉状态类似橄榄或是呈枣核儿状。汉字音节的发音过程是字头有力弹出，迅速带响字腹（韵腹中间饱满响亮），然后归音到位收好字尾，有头有尾。先是以声母、韵头为开端，以主要元音（韵腹）为核心，韵尾是收束，要干净利索，不拖泥带水。整个韵腹中，开口度最大、发音最响亮的那个元音是主要元音。整个韵母腹部的发音要饱满响亮，几个元音音素间滑动的过程要大，占的时间也长。一句话说出来时，一个个字音连在一起就像一颗颗饱满圆润的珠子从口中连贯吐出，给人一种“大珠小珠落玉盘”的感觉。

字头（声母＋韵头）：先找准发音部位，形成一种叼紧感，然后快速有力弹出，出音干净利落，这时气息要饱满，声音要结实有力。

字腹（主要元音）：拉开立起，气息均匀，音长适当，或窄韵宽发、或宽韵窄发、或前音后发、或后音前发、或圆音扁发、或扁音圆发，整体上给人一种圆润丰满的感觉。

字尾（元音 i/u/ù 或辅音 n/ng）：气息由强渐弱，动程趋向鲜明，归音到位。

综合训练：

A. 大雪整整下了一夜。今天早晨，天放晴了，太阳出来了。推开门一看，嗬！好大的雪啊！山川、河流、树木、房屋，全都罩上了一层厚厚的雪，万里江山，变成了粉妆玉砌的世界。落光了叶子的柳树上挂满了毛茸茸亮晶晶的银条儿；而那些冬夏常青的松树和柏树上，则挂满了蓬松松沉甸甸的雪球儿。一阵风吹来，树枝轻轻地摇晃，美丽的银条儿和雪球儿簌簌地落下来，玉屑似的雪末儿随风飘扬，映着清晨的阳光，显出一道道五光十色的彩虹。（峻青《第一场雪》节选）

B. 地球上是否真的存在“无底洞”？按说地球是圆的，由地壳、地幔和地核三层组成，真正的“无底洞”是不应存在的，我们所看到的各种山洞、裂口、裂缝，甚至火山口也都只是地壳浅部的一种现象。然而中国一些古籍却多次提到海外有个深奥莫测的无底洞。事实上地球上确实有这样一个“无底洞”。（节选自罗伯特·罗威尔《神秘的“无底洞”》）

第三节 内部技巧

朗读,是把诉诸视觉的文字语言转化为诉诸听觉的有声语言的艺术再创作活动,是一门自成体系的语言艺术。只要是能写成文字的,就是能读的,因此朗读具有广泛的活动领域和很高的实用价值,对于学习普通话、学习演讲和其他口语表达形式,也都有很重要的规范和借鉴意义。

朗读不是一般的照文念字,而是要表情达意。朗读是教师,也是大学生必须熟练掌握的基本功。对于外语课堂来说,朗读又是一个重要的必不可少的教学环节。

朗读技巧是在朗读活动中所运用的一切表达方法,是实现朗读目的的必要手段,是朗读时为了使声音清晰洪亮,为了增强语音的感染力,更恰当地传情达意而使用的一些技巧和方法。主要包括两部分:一是内部技巧;二是外部技巧。这一节主要探讨朗读的内部技巧。

一、形象感受和逻辑感受

(一)所谓形象感受,是指朗读者在作品形象性词语的刺激下,感受和再现客观世界的种种事物,使表现情、景、事、理、人的文字符号,在朗读者内心成为生动可感的形象,在内心跳动起来。如:枯藤老树昏鸦,小桥流水人家,古道西风瘦马。夕阳西下,断肠人在天涯。读之前朗诵者心里要出现诸如"枯藤""老树""鸦"等意象。

(二)所谓逻辑感受,是指朗读时,作品的概念、判断、推理、论证,以及全篇的思想发展脉络、层次、语句之间的内在联系在朗读者头脑中形成的总体感受。主要体现在两个方面:一是语言目的要明确,不能似是而非;二是语言脉络要清晰,不能模棱两可。朗读者要学会将作品中的主次、并列、转折、递进等"文路",在逻辑感受过程中转化为自己的思路,进而形成内心的"语流",以增强有声语言的征服力。这样,朗读就必须在有准备的情况下进行。

朗读的准备本身就是一项重要的过程。朗读的准备包括分析和理解作品、具体感受作品、了解对象、扫清文字障碍、对文章部分片断注上技巧符号等,以做朗读提示。其中分析理解作品、感受作品尤为重要。

二、确立诵读基调

朗读的准备主要包括以下方面，缺一不可。

(1)掌握作品的主题。主题就是作品的中心思想。归纳中心思想，有利于把握作品的精神实质。主题应归纳得明确、具体、有感染力。

(2)了解作品的背景。包括作品内容的历史背景、作品完成的写作背景和朗读者所处的朗读背景。分析时要紧密联系作品，注意针对性。抓主流，抓本质。

(3)分析作品结构层次。自然段是作品结构的基本单位。层次是作品的结构和布局。要从朗读出发对自然段做进一步的整理，这样有利于把握作品发展脉络。

整理的方法有归并和划分两种。归并是把内在联系比较紧的段落合为一个层次，或把内在联系比较紧的层次合为一个部分；划分是把一个自然段里的内容分成几个小层次。

层次的整理归并利于把握整体，划分利于体味局部。

(4)掌握作品的重点。作品中最集中、最典型地表现主题的地方；最得力、最生动地体现目的的地方；最凝聚、最浓厚地抒发感情的地方；最直接、最恰当地感染听众的地方，都是重点。

(5)明确朗读的目的。朗读目的指朗读一篇作品时在德、智、美三方面所要实现的社会意义和作用。明确、正确、富有感染力的目的，是贯串朗读全过程的一根红线，不可飘忽、失落。

(6)确定朗读作品的基调。基调是作品总的感情色彩和分量。基调是分析理解的结果，是思想感情与具体作品内容相融汇的结晶。基调是总体稳定和局部变化的统一。基调往往是复合的，如岳飞的《满江红》，是凝重的，也是豪放的。基调也应该是理解与表达的统一。

(7)具体感受作品，把握并处理好朗读的内部技巧：情景再现、内在语、对象感。为了使朗读更富有感情，朗诵者应该通过想象，具体感受作品。朗读感受是把思维引向情感的桥梁。通过它，我们把文字词语还原成了客观事物，把作者的笔下物变成了我们的心中物。

三、情景再现

情景再现是一种想象联想活动，特指艺术语言表达过程中，朗诵者或吟诵者调动思想感情，使诵读作品中的人物、事件、情节、场面、景物、情绪等脑海里不断浮现,形成连续活动的画面,并不断引发相应的态度、感情,使之处于运动状态。情景再现是播音学里的重要术语,也是艺术语言表达的一种重要手段。

"感之于外,受之于心。"这个过程我们称之为感受。在朗读中,词语的概念及其运动的刺激,引起我们对于客观事物的感知、体会,它包括眼、耳、鼻、舌、身方面对客观事物的感觉和时间、空间、运动方面的知觉。语词概念及其运动是客观外界各类事物(包括客体的心理变化、思维活动)的代替符号,它们对人产生间接的刺激。听众间接地接受这种刺激,也能引起心理感知运动,这就是人们常说的共鸣。

情景再现有四步:理清头绪、设身处地、触景生情、现身说法。

第一步:理清头绪。诵读时要清楚我们头脑里连续的活动画面开头是什么?接下去是怎么变化的?以后又怎样发展?结果是怎样的?哪里是横向扩展的?怎样扩展?详细到什么程度?那里是重点的特写镜头?哪里是远景?全景?哪个镜头大笔勾勒?哪个镜头工笔细描?这些在播音中要心中有数,不可走过场,也不可陷进去。

第二步:设身处地。要把作品里所叙述、描述的一切,作为亲身所见、亲耳所闻、亲身经历,进入具体的事件、场面中去,不能袖手旁观、闭目塞听。置身其中,并不是忘乎所以,而是处于情理之中。设身处地主要是获得现场感,产生"我就在"的感觉。

第三步:触景生情。当某种生活图景在脑海里浮现时,我们一定要做出积极的反应。稿件是写情于景的,我们就要触景生情。触景生情是情景再现的核心,播音中特别强调积极的反应,在毫无准备的情况下,一个具体的"景"的刺激,马上引起我们具体的"情",而又完全符合稿件的要求。这种极高的要求只有通过刻苦的训练才能达到。

第四步:现身说法。既然作品中的情景始终"我就在",那么,把这情景再现的过程转述出来,正是语言艺术表达者始而有意、继而实现的责任。只有头脑中再现了稿件中的情景,经过自己的消化吸收、加工制作,使听众产生某种情景的再现,从中受到感染,才算完成了自己的任务。例如,峻青《第一场雪》中的一个片段,诵读时要入境,建议用自己的视觉、听觉幻觉来体会雪。

雪纷纷扬扬,下得很大。开始还伴着一阵儿小雨,不久就只见大片大片的雪花,从彤云密布的天空中飘落下来。地面上一会儿就白了。冬天的山村,到了夜里就万籁俱静,只听见雪花簌簌的不断往下落,树木的枯枝被雪压断了,偶尔咯吱一声响。

四、内在语的把握

语句的弦外之音、味外之味就是我们所说的内在语，是指那些在作品中所不便表露、不能表露，或没有完全显露出的语句关系和语句本质，是指文学艺术作品中一些不能表露、不便表露或没有直接表露出来的，能体现作品主旨的意味深长的话语。

内在语是语句目的的集中体现。同一句话，语境不同，语句目的就不同，而内在语有助于在各种语境下准确把握这一句话的不同态度倾向和感情色彩，生动体现语句目的。进一步说，内在语是确定播音表达语气的依据。同一句话，内在语不同，表达的语气（包括内在的思想感情和外在的具体声音形式两方面）就会不同。

1. 内在语的作用：揭示语句本质和展示语言链条

语句本质是指句子在具体的语言环境中深层的内在含义和态度情感。

理解语句的思想内容可以做两方面分析：一是脱离语言环境来确定语句的基本意义，它只是句子的表层意义；二是结合语言环境来确定句子本来要表达的思想和实际意义，那么这就是句子深层的内在含义和态度情感，即语句本质。但语句的表层意义并非无足轻重，我们要结合上下文的语境来分析，从语句较宽泛的表层意义来锁定语句本质。也就是说，应该参照语句表层意义的线索来揭示语句本质，而揭示语句本质落实到表达上则可以引发出贴切的语气。

语言链条实际是指语句间的逻辑关系。揭示语言链条就是搞清句与句、段与段、层次与层次如何衔接成一个有机整体。特别是在文稿中那些文气不太贯通的地方，在段落层次需要做明显转换而又不好衔接的地方，或需要赋予语言以动作感形象感的地方，或在需要唤起受众注意、引发他们思考的地方，都可运用内在语来衔接、过渡、铺垫或转换，以帮助找到自然贴切的语气，造成一气呵成、浑然一体的效果。

2. 内在语的分类

内在语是承续语言链条的结节点。在语言链条逻辑关系不明显之处，或是在衔接转换的关联词省却之处，内在语可以打破语言本身符号性和概括性所带来的局限，帮助诵读者明确句子或小层次之间隐含的关联词，弄清语句之间的关系，使表达更准确，更具说服力。

（1）寓意性内在语是作品文字的“弦外之音”，是隐含在语句深层的内在含义，是结合上下文语境挖掘出来的语句本质和语句目的。

（2）关联性内在语就是指那些没有用文字表示出来的语句关系。具体地说，就是体现语句逻辑关系和语法意义的隐含性关联词,以及关联词短语。如:她打了一个寒颤,(虽然)风又掀起她的衣襟,(但是)这次她没有去拉。

(3)提示性内在语

提示性内在语用于语句段落层次之间,也是为了解决上下语气衔接的问题。与关联性内在语有所不同,它不是以关联词短语的形式出现,而且内容上也更丰富多彩。或设问呼应;或提醒关键;或表现情态;或展示过程;或感叹强调。如果说关联性内在语重在使语句逻辑关系更加严密,那么提示性内在语则更注重使表达语气富于灵动的活力。

(4)回味性内在语

回味性内在语常见有以下几种类型:寓意式回味;反问式回味;意境式回味;线索式回味。

(5)反语性内在语

反语性内在语直接体现了表层意义与深层内在含义的对立关系或对比关系。有对立型的、非对立型的、反问型的、双关型的等。

内在语是诵读者艺术语言表达个性的一个重要标志,因为它融入了诵读者独特的具体感受,带有明显的个性色彩和创造性。表述内在语的目的,是训练把握内在语的能力,使自己思想感情运动起来,而不是为表述而表述。内在语的把握应力求避免朦胧模糊,内在语的概括表述要精确可感,鲜明简洁,有说服力。

五、体现对象感

按照接受美学的观点,任何一个文本都隐含有无数个“空白”和“空缺”它期待着读者凭借各自的阅历、经验和知识储备进行修补完善。朗读作为一个双向的交流活动,除了强调朗读者本人的技巧、技能各方面能力的培养外,更不能忽视对接受者——受众的感知。因为交流活动的效果是要以接受者的具体所得来评价的。所以,对象感指的就是朗读者在朗读活动过程中内心对受众进行具体的设想,从感觉上把握受众的反应,时时与接受对象做到思想感情的交流与呼应这样的心理技巧,做到心有受众,且时时有受众。

朗诵学里所谓的“对象感”是指在朗诵准备时,在选文和表演形式上一定要考虑到观众的年龄文化等接受视野的差异。诵读表演时依据表达对象的不同要施以不同的感情态度。对象感可以时隐时现、时强时弱,但不同作品受众的对象感是不同的,甚至同一篇作品中因内容的变化或受众有变化使对象感发生相应的变化。比如对儿童的朗读和对成人的朗读就有所不同,对象是儿童,那么朗读者与小听众之间的交流就要频繁些，朗读要随时感觉到小听众的存在，表达时注重强调重音多，并且要给他们留下消化的时间。对象如果是成人，朗读就应该根据他们的接受水平而相应地调整变化。比如《最后一次讲演》的朗读中，当读到“凭什么要杀死李先生”时，对象感的设定是敌人、是躲在暗处的特务，这话是对他们的质问。而读到“李先生在昆明被暗杀是李先生留给昆明的光荣，也是昆明人民的光荣”时，对象感的设定应是所有饱含激情和坚定信念的爱国青年，这话既是对李先生的颂扬，又是激发爱国青年革命斗志的最有力的鞭策。

因此，一位很著名的朗诵家说：“朗诵就是——告诉”，“要时刻记住自己在对观众说。”朗诵不能仅仅是自我陶醉，一定要时时交流，和观众交流。

第四节 外部技巧

朗读是朗声读书，即运用普通话把书面语言清晰、响亮、富有感情地读出来，也就是朗读者在理解作品的基础上用自己的语音塑造形象，把文字作品转化为有声语言，变文字这个视觉形象为听觉形象的创作活动。朗读具有再创性和艺术性的特点。

朗读的外部技巧也就是朗读的基本技能技巧，包括顿连、重音、语气、节奏四个主要方面。

常用朗读符号及所表示的意义：

· 主要重音，读的时候要饱满有力。

. 次要重音，可拉长。

V 换气。

- 饱满有力。

〰 波音（颤音）读的时候声音放慢、放低。

▽ 顿音（短促有力，富有弹跳性）。

< 渐强，读的时候声音逐渐增大、增强。

> 渐弱，读的时候声音逐渐变小、减弱。

⌒ 连音，读的时候要连贯而迅速。表示比原标点符号停顿时间再长一些，可换气也可不换气，看具体情况而定，用在有标点符号的地方。

︽ 表示较长时间停顿，可换气。

︶ 表示缩短停顿时间，或不换气连起来读，不停顿。

⊔ 表示前后句子关系衔接紧密，中间停顿极短，划在该连的字行下面。

→ 表示平调，即句尾的音平而稳。一般用于陈述句，划在句尾。

| 表示把词或短语分开，停顿时间很短，不换气，常用在句中无标点处。

‖ 表示节拍（节奏），一般用于诗歌中，划在词后。

/ 短暂停顿。

// 较长时间的停顿，换气。

↗ 上扬音，表示由低平转为高昂。

↘ 下沉音，表示由高昂转为低平。

— 尾音拉长。

∧ 停顿号,不论有无标点符号均可用,停顿的时间稍稍加长。如用于有标点符号的地方,表示停顿时间再长些。例如:

王大娘听到声音,十分高兴,赶忙走了出来。她看到∧儿子有些奇怪,就对他说:“这是粮店的刘同志。”

依据语境,是“儿子”奇怪,应该在“看到”后面标一停顿符号。如果不标朗读停顿号,很容易在“儿子”后面停顿,就成了“王大娘”奇怪了,显然是不对的。

“∧”有时也标示间歇号,不论有无标点符号处都可使用。用于无标点符号处,表示间歇时间较长;用于有标点符号处,表示间歇时间更长些。例如《井冈翠竹》:

井冈山∧五百里林海里,最使人难忘的是毛竹。

在“井冈山”后略略一顿,目的是把人们带进作者所描绘的五百里林海之中;“最使人难忘的”后面做一较长时间的顿歇,“毛竹”两字用深沉、回味、抒情的语气送出,表达出对井冈山翠竹的深厚眷恋之情,用回味性停顿的方法,把听者带入过去,使其在停顿中受到感染。

⌒ 连接号,只用于有标点符号的地方,表示缩短停顿时间,连起来读。如《祝福》中的一段:

阿呀,⌒我的太太!您真是大户人家的太太的话。我们山里人,⌒小户人家,这算得什么?她有小叔子,⌒也得娶老婆,不嫁了她,那有这一注钱来做聘礼?她的婆婆倒是精明强干的女人呵,⌒很有打算,所以就将她嫁到山里去。

· 为主要重音,. 为次要重音。例如:桂林的山. 真奇·啊,桂林的山. 真秀·啊,桂林的山. 真险·啊。句中的“奇”“秀”“险”,是桂林山的特点,也是表现主题思想的重要词语。因此,这三个作为句子谓语的形容词,应并列为主要重音,“山”是次要重音。

“●”表示语法、感情的重音,打在相关字词下面。

“○”表示重音轻读,打在相关字词下面。

一、重音

朗读时句子中需要强调突出的重要的词或短语,甚至某个音节,叫重音。重音之重为“重要”之重,非“加重”之重。朗读的“重音”是语句重音,而非词重音(或轻重格式里的“重”)。词重音等是固定的,语句重音是不固定的。重音与朗读目的有密切的、直接的关系。

（一）重音的位置

1. 并列性重音。如：漓江的水真静啊，静得让你感觉不到它在流动；漓江的水真清啊，清得可以看见江底的沙石；漓江的水真绿啊，绿得仿佛那是一块无瑕的翡翠。

2. 对比性重音。如：燕子去了，有再来的时候；杨柳枯了，有再青的时候；桃花谢了，有再开的时候。

再如：要从我这里发洋财，你们想错了！

对比与并列的区别，在于对比性重音的含义，情感是相反或相对的。

3. 排比性重音。如：山朗润起来了，水涨起来了，太阳的脸红起来了。

4. 递进性重音。如：起先，这小家伙只在笼子四周活动，随后就在屋里飞来飞去。

5. 呼应性重音。

一种是问答式，如："人的正确思想是从哪里来的？是从天上掉下来的吗？不是。是自己头脑里固有的吗？不是。人的正确思想，只能从社会实践中来……"后面的三个回答，不仅对"哪里"的呼有明确的应，而且分别否定了客观唯心主义、主观唯心主义的代表性谬论，亮明了唯物主义一元论的坚定立场。这样确定重音，抓住了所问与所答的内在联系而不表面化，使作品论述层层深入。

一种是线索式。经常有作品中用相同句子反复出现来烘托气氛，这些句子就成了贯串全文的线索，如《西里西亚的纺织工人》中的"我们织，我们织！"。

一种是领起综合式，如《松树的风格》中先说"……希望青年同志能和松树一样，成长为具有松树风格，也就是共产主义风格的人"，然后分述见到松树"油然而生敬意的原因之一""更重要的原因""自然，松树的风格中还包含着乐观主义精神"等，再引入共产主义风格与松树的风格相观照，最后再重复"我希望每个人都能像松树一样具有坚强的意志和崇高的品质，我希望每个人都成为具有共产主义风格的人"的递进性重音。

6. 连续性重音。如："一定是饿坏了！"他想，连忙抢上一步，搂住那同志的肩膀，把那点青稞面递到那同志的嘴边说："同志，快吃点吧！"

7. 联珠性重音。如：竹叶烧了，还有竹枝；竹枝断了，还有竹鞭；竹鞭砍了，还有深埋在地下的竹根。

有时这种递进关系还表现在连词上，如：乌鸦看了狐狸一眼，还是不做声。

8. 转折性重音。如：我常想：杨柳婀娜多姿，可谓妩媚极了；桃李绚烂多彩，可谓鲜艳极了，但它们只是给人一种外表好看的印象，不能给人以力量。

9. 强调性重音。如:一曲完了,她激动地说:“弹得多纯熟啊！感情多深啊！……”

10. 比喻性重音。如:让你感到像是走进了连绵不断的画卷……

11. 反义性重音。如:其间耳闻目睹的所谓国家大事,算起来也很不少。

12. 拟声性重音。这类重音须注意形似和神似的关系与分寸。如:一连几天,雨总是哗哗地下着,快把人闷死了。

最后要强调是:重音出现的位置不是固定的而是灵活的,我们称之为灵活性重音。如:《松树的风格》第三段有两个“只要有一粒种子”,是强调“只要”还是强调“一粒”,可以灵活处理,以变化显活泼,以灵活破呆滞。

(二)重音的表达方法

有人曾把重音片面理解为“加重声音”,这是错误的。突出和强调一个词或词组,决不仅仅是靠加重声音,有多种方法可供我们使用。

1. 强弱法。也叫弱中强。是用声音的轻重、高低变化来强调重音的方法。例如:《小小的船》中有一句:“弯弯的月儿小小的船。”句中“月”和“船”都是强调重音,要不要均衡用力呢？不必。我们可以用音高来强调“月”,用加重来强调“船”,这样强调方法不单一,分量也有区别。

强中变弱。如:我忍住笑,轻轻走过去。

低中见高。如:他举起矛,向人夸口说:“我的矛锐利得很,不论是什么盾都戳得穿!”。

高中见低。如:长得矮才好呢。

2. 快慢法。用声音的急缓、长短、顿连等变化来强调重音的方法。例如“花落知多少”中的“多少”一词是重音之一,为了体现出诗人对雨后春晨的喜爱之情,我们可以适当放慢语流的速度,适当延长这两个字的声音,或者在每个字之间稍加顿挫。

3. 虚实法。通过声音的虚实变化来强调重音的方法。例如“春眠不觉晓”中的“不”字,是重音之一,但不能用生活中实实在在的否定语气来读,否则听起来生硬,破坏诗的和谐美。我们可适当采用实中转虚来强调这个重音,使之和“觉”形成鲜明的对比,表现出诗人见到的是春光明媚、鸟语花香的明朗景象。有些句子在朗读时还需要虚中转实的方法。如,“胸口呀莫这么厉害地跳”。

二、顿连

在有声语言的语流中,那些为表情达意所需要的声音的中断和休止是停顿;那些声音不中断、不休止,特别是书面文字上有标点符号而在朗读中却不需要中断、休止的地方就是连接。顿连是指朗读语流中声音的中断和延续,是停顿和连接的合称。停连是一个过程,这个过程依次是句逗——顿歇——停顿——停连。无论从朗读者还是从听众哪一方面来看,停连都是传达或接受作品时生理和心理的双重需要,其中心理需要起主导作用。

(一)顿连的位置。停连位置恰当才能取得良好的朗读效果,一般停连位置有如下几种形式:

1. 区分性顿连。这是对不按词语分隔、只有线性连写的汉字按语义进行创造性的划分和组合的停连类型,它使语义更清晰、更准确,不出现歧义和误解。如"刻/唐贤今人诗赋/于其上。(范仲淹《岳阳楼记》)

2. 呼应性顿连。指加强语句内在联系(如主谓关系、动宾关系等,尤其是长句子中"呼"和"应"距离较远时)的停连类型。如"她 | 十六岁上大学,⌒ 二十岁读研究生,⌒ 二十三岁参加工作"一句中,| 为停顿符号,⌒ 为连接符号,"他"为呼,"十六岁"等是应。

3. 并列性顿连。指在作品中属于同等位置、同等关系、同等样式的词语之间的停顿及各成分内部的连接。如:一切 | 都像 | 刚睡醒的样子,欣欣然 | 张开了眼。山 | 朗润起来了,水 | 涨起来了,太阳的脸 | 红起来了。

4. 分合性顿连。指为突出内容综合和分述关系而做的停连。如:"这些石刻狮子,有的 | 母子相抱,有的 | 交头接耳,有的 | 象倾听水声,千态万状,惟妙惟肖。"三个"有的"是分述,"千态万状""惟妙惟肖"是综合,中间的停顿是分合性的。

5. 强调性顿连。指为强调某一词语而在其前后安排的停顿和其他词语之间产生的连接。这其实是重音表达手段的一种。如:拂晓的时候,战斗●开始了。

6. 判断性顿连。指为表现思索和判断的内容、过程、状态等所做的停连。如:床前 | 明月光,疑是 | 地上霜。

7. 转换性顿连。指为表现内容的转折和反差所安排的停连,停顿时间一般较长。如:她丢下自己的小孙孙,把伤员背进了防空洞。当她再回去抢救小孙孙的时候,⌒房子 ‖ 已经 | 炸平了。

8. 生理性顿连。表现因生理变化而引起的停连,如哽咽、语噎、垂危时的叮咛,气喘吁吁的报告,人物的口吃等,可不拘标点,灵活处理,并注意神似,点到为止。如:他蓦地抽回手去,深深地吸了一口气,用尽所有的力气举起手来,直指着正北方向:"好,好 | 同志……你……你……你 | 把它 | 带给……"

9. 回味性顿连。让听众品味词语特殊含义的停连。如:年轻时读向秀的《思旧赋》,很怪他为什么刚开头却又煞了尾,现在 | 我明白了。

（二）顿连的一般性处理方法

对于出现在一句话说完的时候和出现在一句话还没有说完时，顿连的处理方法是不同的。

在一句话说完的时候，停顿要和句子的收势结合起来。这种收的具体形态有以下几类：

1. 急收。收音音节实在、简短、干脆利落，显出果断、急促、迅速。如：这以后的路，卢进勇走得特别快。^天黑的时候，他追上了后卫部队。

2. 缓收。收音舒缓、松弛，甚至可以字字延长，表现深厚隽永的情感。如：让你感到像是进了连绵不断的画卷，真是“舟行碧波上，人在画中游”^。

3. 强收。收音音节用力声大，一字千钧、坚定豪迈。如：我希望每个人都成为具有共产主义风格的人^。

4. 弱收。收音音节用力小些，平稳而安适。如：望晚/日照/城郭，汶水、徂徕/如画。（姚鼐《登泰山记》）

在一句话还没有说完时的句中出现了停连，既有上句的收，又有上句的起，具体形态有以下几类：

1. 停前扬收。停前音节上行，造成起伏和推进感。如：抬望眼，仰天长啸，^壮怀激烈。

2. 停前徐收。停前音节稍稍拖长，造成欲断还连的效果，使听者有所期待。如：记得楼前是一片园林，不是山。这到底是^什么幻景呢？

3. 停后缓起。停顿以后，后半句的开头音节慢慢出口。如“一口口的米酒千万句话，长江大河起浪花”一句中，“长江大河”缓缓送出，显出壮阔、旷远。

4. 停后突起。停后急吸气、急发声、快吐字。如“他下意识地把手插进裤袋里、^意外地，手指触到了一点黏黏的东西”一句中，“意外地”突起，显出突然性。

与停顿时间长短密切相关的，还有个连接的缓急问题。有停顿，但时间很短，即使有标点也稍顿即走。句子之间、段落之间也可酌情使用，造成积极行进、一往无前的紧张气氛和较强的动作感，这称为“停而紧连”。如：“团长一声令下：‘团旗！上！’我^跃出战壕，高举红旗，向敌人的阵地^冲上去。”有停顿，但在停顿的空隙里填上延长的音节、吸气声，也可屏息，与后面词语连为一体，产生一种震撼人心的深沉呼喊的效果，称为“停而缓连”。如“你的人民^世世代代想念你！想念你啊～～～，想念你，～～～想～～～念～～～你～～～”中，浪线即是前一音节韵尾的延长和气声填充的“缓连”，然后是一个短暂的停顿。

（三）常见的顿连方式有以下几种：

1. 落停。这种方式一般用在一个完整的意思讲完之后（回味性的话语除外）。它的特点是：（1）停顿时间较长。（2）停时声止气也尽（“气也尽”指话说完，感觉气息也正好用完，没有过多余存，与生理的停止呼吸不同）。例如：《瀑布》一诗中：“好像/叠叠的浪/涌上岸滩，又像/阵阵的风/吹过松林。”这两句诗的收尾用的就是落停的方式。

2. 扬停。这种方式一般用在句中无标点符号之处，或一个意思还未说完而中间又需要停顿的地方。它的特点是：（1）停顿时间较短（有时仅仅是一挫而已）。（2）停时声停气未尽（有时甚至虽停却不换气）。（3）停之前的声音稍上扬或是平拉开。例如《植物妈妈有办法》的第一节——

孩子/如果已经长大，（声停气未尽）
就得/告别妈妈，四海为家。（声音捎上扬）
牛马/有脚，鸟有/翅膀，（平直语调）
植物/靠的啥办法？（声音平拉开）

我愿意/是荒林，/
在河流的/两岸，/
对一阵阵的/狂风，/
勇敢地/作战……/
只要/我的爱人/
是/一只小鸟，/
在我的/稠密的/
树枝间/做窠，/鸣叫。

前四句应处理成落停，以表现男性意象对爱的坚韧刚强；后四句可以处理成扬停，声音轻柔，在“小鸟”“做窠”“鸣叫”之后可以有意将声音放慢，拖长，以表达男性意象对爱人无限温柔的呵护。在气息方面应处理成似断非断，声断气连，以表达诗人似水的柔情、无边的厚爱。另外，重音与停顿关系密切。重音有时需以拉长语音或前后顿挫的方式来体现，这本身也是停顿的表现形式。朗读时应注意处理好二者的关系。

三、语气语调

“语”是通过声音表现出来的“话语”，“气”是支撑声音表现出来的话语的“气息状态”。在朗读中,语气贯串于一句话的始终,在一句话里起作用,有语句的特殊性和具体性;同时,它还既有内在的思想感情,又有外在的声音气息的高低、强弱、快慢、虚实。这三方面构成了语气的基本内容,语气就是在朗读一句话时表现出一定思想感情的色彩和分量的语句的声音气息形式。

(一)语气的色彩

朗诵既要求声音和语言技巧结合,又要将真挚的情感外化。朗读中,诉诸于声音气息的具体语句的思想感情,有质和量的规定性。质就是“是什么”,称为语气的分量。应该从这两方面来认识和把握思想感情。因此,语气的色彩可分为多种类型:

1. 爱——气徐声柔造成温和感,口腔宽松,气息深长。如:多可爱的小生灵啊!

2. 憎——气足声硬,造成挤压感,口腔紧窄,气多阻塞,通常所说“咬牙切齿”就是类似状态。如:大黄蜂这贼最恶,常常落在蜜蜂窝洞口,专干坏事。

3. 喜——气满声高,有跳跃感,口腔积极轻快,气息顺畅。如:盼望着,盼望着,东风来了,春天的脚步近了。

4. 悲——气沉声缓,有迟滞感,口腔沉重,气息似渴。如:她死了,在旧年的大年夜冻死了。

5. 惧——气提声凝,有紧缩感,口如冰封,气像倒流。

6. 欲——气多声放,有伸张感,口敞开,气畅达,用来表达希望、思念、憧憬一类情感。如:暴风雨就要来了!

7. 急——气短声促,形成紧迫感,口腔积极,语速联珠。如:他忽然一起身,面对着全室的人,眼里不可抑制地涌出滚烫的泪水:“听! 炮声,解放军的炮声!”

8. 冷——气少声平,形成冷寂感,口腔松懒,气息微弱。如:哼! 不要做出那难看的样子吧,我确实一个铜板也没有……

9. 怒——气粗声重,有震动感,口腔如鼓,气息如椽。如:好个国民党政府的“友邦人士”,是些什么东西!

10. 疑——气细声粘,有踟蹰感,口腔欲松还紧,气息欲断还连。如:奇怪啊,怎么楼前凭空涌起那么多黑黝黝的小山,一重一重的,起伏不断?

各种色彩在实际运用中往往是互相交叉、重叠的,不可能是孤立、单一的,但在综合中又是有主次的。注意这种浓淡比例的调配。

(二)语气的分量

语气的分量要服从作品的整体布局和主次安排,要与作者和朗读者的态度直接联系起来。句子在全篇中的作用越大,分量当越重,反之则越轻。

语气运用的一般规律是:喜则气满声高,悲则气沉声缓,爱则气缓声柔,憎则气足声硬,急则气短声促,冷则气少声淡,惧则气提声抖,怒则气粗声重,疑则气细声粘,静则气舒声平。

(三)语气的类型及训练方法

字有字调,句有句调。我们通常称字调为声调,是指音节的高低升降。而句调我们则称为语调,是指语句的高低升降。句调是贯穿整个句干的,在句末音节上表现得特别明显。

语气(语调)即说话的腔调,是一句话里语音高低轻重的配置,是语言表达中的第二大要素,是语言表达的第二张“王牌”。它看起来很简单,但它的作用是巨大的,每个句子都有语调,恰当地运用语调,能有效地润色语言,促进思想沟通,使语言表达更加清晰明确,从而增强语言的表现力。因此,学会运用语调,对于提高语言表达能力是十分重要的。

一般情况之下,人的思想内容和感情态度有一种基本状态,并不会出现大的起伏,是在一种基本语调的基础上进行的。基本语调是在中音区进行的。那些表现高昂、激越、紧张、热烈、愤怒、仇恨等情绪的语调在高音区进行,而那种表现低沉、悲哀、凄凉、沉痛等情绪,一般在较低音区进行。这种划分是相当粗略的,事实上,语调起伏变化万千,很难找到完全相同的形式。

1. 语调的基本特征为波浪形。在符合语句内容的前提下,为避免单一语势的重复出现,形成固定腔调,我们要掌握以下几点要求:

(1)句头起点不宜相同。我们把语势的变化幅度假设为5度,那么,在你说的每句话的开头,起点高度不要一样。

(2)句腰波形不宜相同。不要连续使用同一种波形,如果不可避免,应根据语句的具体情况形成差别。

(3)句尾落点不宜相同。每句结束的落点最好不要在同一高度,而且停时声音的轻重缓疾也不宜相同。语流态势

2. 语调的分类及训练方法

在讲解语调训练方法之前,有必要弄清楚语调本身的一些特点。

朗读或说话时声音的高低变化,由音高决定。语气或语势变化主要有四种:

(1)平直调:语势平直舒缓,没有显著的高低升降变化。一般多用在叙述、说明或表示迟疑、思索、冷淡、追忆、悼念等的句子里。朗读时始终平直舒缓,没有显著的高低变化。

如:“有的人活着,他已经死了;有的人死了,他还活着。”“相声是一门语言艺术,讲究说、学、逗、唱。”

(2)扬升调,又叫高升调:用在疑问句、反诘句、短促的命令句,或者是表示愤怒、紧张、警告、号召的句子里使用。前低后高、语气上扬。如:这是勇敢的海燕,在闪电之间,在怒吼的大海上高傲地飞翔。这是胜利的预言家在叫喊:“让暴风雨来得更猛烈些吧!”

(3)降抑调:用在感叹句、祈使句或表示坚决、自信、赞扬、祝愿等感情的句子里。表达沉痛、悲愤的感情,一般也用这种语调。调子逐渐由高降低,末字低而短。如:我似乎看见我的妈妈站在小山坡上,手搭凉棚,在寻找着,凝视着,盼望儿女们归来。

(4)曲折调:语势有低——高——低的曲折变化,或末一两个音节音调曲折并拖长,用于表示特殊的感情,如讽刺、讥笑、夸张、强调、双关、特别惊异等句子里。朗读时由高而低后又高,把句子中某些特殊的音节特别加重加高或拖长,形成一种升降曲折的变化。如:那些海鸭呀,享受不了战斗生活的欢乐,轰隆隆的雷声就把它们吓坏了。

语调是由连贯语句的语声高低、节奏快慢以及轻重变化等构成的。正是这些语调的构成要素在语言的口语表达中和谐、有机地组在一起,才形成了人类语言优美动听的语声节律。

3. 语流态势

语流态势简称语势,指一个句子在思想感情运动状态下声音的态势,或者说,是有声语言的发展趋向。这中间,包括气息、声音、口腔状态三大部分。有声语言的表达是动态的,一个个字、一句句话从我们的口中流淌出来就形成了不断起伏的语流。思想感情的不断运动是语流曲折性的内在力量,口腔、气息、声音的丰富变化是语流曲折变化的关键。语流的曲折性和波浪式,是语气丰富变化的外部特征。我们用语势这个概念来说明语气声音形式的特点。

语流的曲折变化是丰富的,“语无定势”更说明了语势运用没有什么定律,但我们仍试图将语势的基本形态描述一下。为使大家对语势的曲折性能有直观的了解,为使我们能够在表达中自觉地运用它,使我们的语言更有变化,我们把有声语言的语势归纳为5种基本形态:

(1)波峰类。声音的发展态势是由低向高再向低行进,状如波峰。如:“世界上没有花的国家是没有的。”“花”就处于波峰的位置,句头、句尾的词略低。

(2)波谷类。声音由高向低再向高发展,即句头、句尾较高,句腰较低,状如波谷。如:乔治·华盛顿是美利坚合众国的第一任总统。

(3)上山类。声音由低向高发展,即句头最低,句尾最高,状如登山。不过,有时是步步高,有时是盘旋而上。如:让暴风雨来得更猛烈些吧!

(4)下山类。特点是句头最高,而后顺势而下,状如下山。应注意的是,它有时是直线而上,有时是呈蜿蜒曲折的态势。如:就在那年秋天,母亲离我们去了。

(5)半起类。特点是句头较低,而后呈上行趋势,行至中途,气提声止。由于没有行至最高点,所以称为半起。如:这到底是什么幻景呢?

四、节奏

生活中充满着节奏。它是使美的内容得以表现出来的一种外在形式。艺术的节奏,要比现实事物的节奏更为鲜明,更为完善,更符合人的审美心理节奏。诵读也有着显著的艺术属性,节奏是诵读技能的关键环节。

节奏是全篇的,它与作品的基调直接相关。把握节奏类型时,一要注意多数性(大多数句子的语气色彩、语势、语节),二要注意转换性(句与句、段与段、层与层是如何转换的)。比如大量的突转就造成紧张的节奏,大量的渐转就使节奏舒缓。如果说基调是一篇作品的“总的感情色彩和分量”,那么,节奏就是这“总的感情色彩,分量”的外化,即总的声音形式方面的呈现。掌握语气相互衔接的技巧,从而更加完整准确地表达出作品的内涵。

(一)节奏的类型

节奏首先是从声音形式的强弱、起伏、快慢等方面的变化来归类的。其次还要兼顾声音形式所体现的精神内涵特点。节奏类型主要分为六种:轻快型、凝重型、低沉型、高亢型、舒缓型、紧张型。这六种分类,主要是从声音形式的速度、力度和亮度方面的特点来划分的。各节奏类型的具体特点只是轮廓上的大体相似,并没有刻板划一的模式。

1. 轻快型。多扬少抑,声轻不着力,语流中顿挫少,且顿挫时间短暂,语速较快,轻巧明丽,有一定的跳跃感。全篇重点处的基本语气、基本转换,都比较轻快。朱自清的散文《春》、冯骥才的散文《珍珠鸟》就是典型的轻快节奏。

2. 凝重型。多抑少扬,多重少轻,音强而着力,色彩多浓重,语势较平稳,顿挫较多,且时间较长,语速偏慢。重点处的基本语气、基本转换都显得分量较重。景希珍的回忆录《在彭总身边》、王愿坚的小说《草地夜行》就是典型的凝重节奏。

3. 低沉型。声音偏暗偏沉,语势多为落潮类,句尾落点多显沉重,语速较缓。重点处的基本语气、基本转换多偏于沉缓。夏衍的报告文学《包身工》、史铁生的散文《秋天的怀念》就是典型的低沉节奏。

4. 高亢型。声多明亮高昂,语势多为起潮类,峰峰紧连,扬而更扬,势不可遏,语速偏快。重点处的基本语气、基本转换都带有昂扬积极的特点。袁鹰的散文《井冈翠竹》、高尔基的散文《海燕》是典型的高亢节奏。

5. 舒缓型。声多轻松明朗,略高但不着力,语势有跌宕但多轻柔舒展,语速徐缓。重点处的基本语气、基本转换都显得舒展徐缓。老舍的散文《济南的冬天》,以及散文《桂林山水》都是典型的舒缓节奏。

6. 紧张型。声音多扬少抑,多重少轻,语速快,气较促,顿挫短暂,语言密度大。重点处的基本语气、基本转换都较急促、紧张。闻一多的《最后一次讲演》、外国文学作品《麻雀》,都属于紧张节奏。

运用节奏时,一方面要掌握节奏的基本类型,另一方面也要注意节奏的丰富和变化。节奏的要素中包含着速度,但决不仅仅是指声音的时值关系。《辞海》在音乐的有关词条中指出:"音响运动的轻重缓急形式形成节奏","其中各音的时值和强弱不同形成节奏"。这里指出的声音节奏包括:轻重强弱、缓急时值。我国古代《乐记》上说:"节奏,谓或作或止,作则奏之,止则节之。"意思是说,断连顿挫是形成节奏的要素。郭沫若先生在论到诗的节奏时指出:"或者先抑而后扬,或者先扬而后抑,或者抑扬相间,这表现出来变成了诗的节奏。"郭沫若所说的"扬抑",显然不是声音的时值关系所能包容的,它们更多地反映着声音的"力"的关系。我们若对声音的节奏要素做一个抽象的概括,可以看出,其可比成分的变化运动主要反映在两个方面,即"时间的节奏"和"力的节奏"。这说明声音的节奏,是指声音各种可比成分有规律、有秩序地运动。朱光潜先生在谈到声音的节奏时指出:"有段落才可以有起伏,有起伏才可以见节奏。音波始终单调一律,无节奏。轻重相间见节奏。"

一篇作品的节奏类型之所以称"基本",就因为有变化和交叉、重叠与复合,以此形成节奏的丰富表现力和无穷魅力。在基本类型的基础上杂以其他类型时,有一个过渡改变的过程,就是节奏的转换。转换的基本方法有三个方面:欲扬先抑,欲抑先扬;欲快先慢,欲慢先快;欲轻先重,欲重先轻。这些方法本身又是复合的,如欲重先轻、欲轻先重,往往就是欲虚充实、欲实先虚。扬和抑的转换中融入了轻和重的成分。

(二)节奏的转换方法

流动和变化,是节奏技巧的特点,主导节奏的回环往复,离不开主导节奏与辅助节奏之间的转换承接。节奏基本转换形式,具体的转换承接技巧是运用节奏的关键所在。

1. 节奏的基本转换形式

声音的高低、轻重、疾徐三方面的对比组合关系，构成艺术语言节奏的基本转换形式。

(1)欲扬先抑，欲抑先扬；(2)欲快先慢，欲慢先快；(3)欲重先轻，欲轻先重。

以上几种基本的节奏转换形式，由于它们的概括性和抽象性，因而具有普遍性。在实际运用时，情况是多种多样的。有时用一种转换形式，更多的是两种或两种以上转换形式交织在一起综合运用。这样，才愈见节奏的立体性和丰富性。

2. 节奏转换的技巧

所谓转换技巧，主要是从转换的速度、幅度和向度(顺逆指向)来说的，即突转、渐转；大转、小转；顺转、逆转。

突转，是指节奏形式的转换速度快，一般在内容发生较大的、明显的变化时采用。

大转与突转有相类似的地方，不过，大转一般用在前后内容衔接不是那么紧凑之时。

逆转，主要是指内容色彩上反方向的转换，重在色彩的变化，而变化的幅度或速度，则视具体情况而定。

渐转，指节奏形式转换时采用缓转慢回的办法，经常在比较统一而略有变化的氛围中出现。

小转，指虽有转换，但幅度不大，主要是分寸尺度上的变化。

顺转，指感情色彩基本一致，从顺向关系的不同角度，不断积累、逐步深化感情的过程。

这些转换技巧，要视稿件的具体内容、具体的思想感情运动方向和状态，加以选择运用。同时，既可用单一转换技巧，也可两种以上转换技巧综合运用。

节奏是由一定的思想感情的波澜起伏所造成的、朗读全篇作品的过程中所显示的抑扬顿挫、轻重缓急的声音形式的回环往复。全篇作品是节奏的活动范围，思想感情的运动状态是节奏的动因，回环往复是节奏的本质。

3. 节奏的形态

节奏律动气象万千。回环往复的形态是由声音的相似造成的。在语流中，这种相似指的是语气的相似和转换的相似。语气的相似又是语气的色彩、分量和语势波形的相似。相似并非句句相似，而是重点句的相似，非重点句可以不同或相反。如岳飞的《满江红》中“仰天长啸，壮怀激烈”“白了少年头，空悲切”“靖康耻，犹未雪；臣子恨，何是灭”“待从头，收拾旧山河，朝天阙”等重点句子，都是悲、怒、欲诸种色彩的复合，是目眦尽裂、慷慨悲歌的重度分量，又都是波峰类的语势，大起然后大落，把一个封建社会的爱国者那种悲怆、苍凉、豪壮的内心世界剖露无遗，听来回肠荡气。转换的相似，指语流中句子之间、部分之间过渡、衔接的方式近似。如扬转抑、抑转扬、快转慢、慢转快、明转暗、暗转明、实转虚、虚转实等，如突转、大转、小转等。如《满江红》一词中句与句之间的转换就是明转暗、快转慢、扬转抑，以此造成悲壮凝重的基调。

第四章

红色经典诵读

当代著名女诗人珍尔在她《这个世界需要红色》一诗中这样写道：

假如有人问我，你最喜欢的颜色是什么？
我会毫不犹豫地大声回答：赤橙黄绿青蓝紫。
在这七彩缤纷的世界上，
我最喜爱的依然是红色！
……
1921 年从南湖的夜里驶出来的第一条船是红的；
1927 年在南昌打响的第一枪，那颗子弹是红的；
1945 年欢呼抗战胜利，那满街飘舞的旗帜是红的；
1949 年天安门广场上腾空而起的隆隆礼炮也是红的……
无数先烈用镰刀斧头开辟出的血路是红的；
那五颗金星闪亮的国旗，背景更是火红的……
忘记了红色，就意味着背叛啊，
没有红色，哪有我们今天红红火火、平平安安的日子？
所以，我们今天要为红色而大声疾呼：
今天的世界依然需要红色，需要爱的温度；
街头跌倒的老人需要好心人来扶起；
遭遇车祸的伤员需要过路人及时救护；
贫困地区的失学儿童需要爱心的援手；
灾区人民需要雪中送炭，哪怕是点点滴滴的帮助……
……
这个世界太需要红色的真诚、红色的温暖。

广义的红色经典具体是指1921年建党以来,以歌颂中国近现代民族革命和中国共产党领导的民主革命为主题,经过历史的检验和筛选,至今仍有思想价值和艺术价值的文化艺术作品,包括文学、影视、音乐及舞台剧等艺术形式。作为一种独特的文化资源,红色经典在我国革命战争和社会建设的各个历史时期都发挥了重要的作用。革命战争时期,发挥了团结人民、教育人民、打击敌人、消灭敌人的作用。新中国成立以后,红色经典又起到了对革命历史经典化,整合思想,统一人们的价值认同和树立新生共和国威信的作用。

狭义的红色经典始于2004年5月25日,国家广电总局发出《关于"红色经典"改编电视剧审查管理的通知》,对"红色经典"的含义进行了说明:"曾在全国引起较大反响的革命历史题材文学名著。"这是在国家机关文件中第一次正式使用"红色经典"这一概念。

红色经典记述了我国民族解放、民族独立和民族振兴的全部历史进程,记录了中国共产党的成长史和我国人民自强不息的奋斗史,见证了中华民族近现代的发展史。红色经典的诵读有利于人们树立中国特色社会主义的理想信念;有利于人们树立和践行社会主义荣辱观;有利于培养人们以爱国主义为核心的民族精神;可以丰富大学生的精神文化生活。

红色经典反映了中华民族优秀儿女为建构现代民族国家而舍生忘死、前仆后继、顽强奋斗的大义之举;红色经典所倡导和弘扬的爱国主义、集体主义、理想主义、奉献精神等思想观念能够引领和规约着人们的价值取向和思维方式;红色经典帮助人们树立正确的人生观、世界观和价值观,让迷失于物欲中的人们不再沉沦和迷惘,能够正确地处理各种利益关系,正确地对待人生。

红色经典涵盖了我国民族解放、民族独立和民族振兴的全部进程,是我国文化产业的重要组成部分,是建设社会主义先进文化的重要途径。"红色经典"中蕴含着丰富的人文精神内涵,包含着热爱祖国、服务人民、崇尚科学、辛勤劳动、团结互助、诚实守信、遵纪守法、艰苦奋斗等道德品质。今天我们在大学校园里开展红色经典诵读活动,丰富"红色经典"的传播渠道,充分挖掘和传播"红色经典"所包含的人文精神内涵和道德品质,有利于丰富人们的精神文化生活,有利于教育人们树立和践行以"八荣八耻"为主要内容的社会主义荣辱观。"红色经典"所反映出来的价值取向为社会主义核心价值体系建设提供了丰富的资源。

改革开放以来,随着社会信息系统的日益开放,人们的价值观念和审美取向都发生了变化,人们的价值观呈现出多元化的趋势,拜金主义、享乐主义和极端个人主义滋生,从而使整个社会呈现出情感浮躁、精神困顿、信仰缺失、道德淡化的现状。社会发展进程中出现了很多亟待解决的问题,例如价值观的选择和重塑等等。当代受众对"红色经典"的价值缺乏必要的了解,所以我们必须用革命传统也就是红色经典文化来引领社会风潮,促进整个社会的健康发展。大学生作为社会上最富有朝气、创造性和生命力的一个特殊的群体,他们是未来社会的中坚力量,是民族的希望、祖国的未来,应该加强红色经典的诵读。

红色经典源于真实的生活而又高于生活,承载着无穷的精神价值,具有催人向上的引导力。这种精神力量是我们勇往直前、建设美丽新中国的力量之源,更是当前构建社会主义核心价值体系弥足珍贵的软实力。诵读时要体现出不畏艰险、勇往直前、保家卫国的英雄主义、爱国主义与集体主义的勇气与精神。

一、艰难的国运与雄健的国民

历史的道路,不全是平坦的,有时走到艰难险阻的境界,这是全靠雄健的精神才能够冲过去的。

一条浩浩荡荡的长江大河,有时流到很宽阔的境界,平原无际,一泻万里。有时流到很逼狭的境界,两岸丛山叠岭,绝壁断崖,江河流于其间,回环曲折,极其险峻。民族生命的进程,其经历亦复如是。

人类在历史上的生活正如旅行一样。旅途上的征人所经过的地方,有时是坦荡平原,有时是崎岖险路。老于旅途的人,走到平坦的地方,固是高高兴兴地向前走,走到崎岖的境界,愈是奇趣横生,觉得在此奇绝壮绝的境界,愈能感到一种冒险的美趣。

中华民族现在所逢的史路,是一段崎岖险阻的道路。在这一段道路上,实在亦有一种奇绝壮绝的景致,使我们经过这段道路的人,感到一种壮美的趣味。但这种壮美的趣味,没有雄健的精神是不能够感觉到的。

我们的扬子江、黄河,可以代表我们的民族的精神,扬子江及黄河遇见沙漠、遇见山峡都是浩浩荡荡地往前流过去,以成其浊流滚滚、一泻万里的魄势。目前的艰难境界,哪能阻抑我们民族生命的前进?我们应该拿出雄健的精神,高唱着进行的曲调,在这悲壮歌声中,走过这崎岖险阻的道路。要知在艰难的国运中建造国家,亦是人生最有趣味的事……

(李大钊)

【诵读提示】这篇文中选自《李大钊选集》,原载于 1923 年 12 月 20 日《新民国》第一卷第二号。当时的中华民族正如"大病初愈的病人",千疮百孔,步履维艰。那些民族精神不健全的人、怯弱的人、脆弱的人和奴颜婢膝的人,有的离开,有的退隐,或化敌为友,为虎作伥,或畏惧斗争,遁迹而去。大多数正直的有爱国心的人们,则在黑暗中徘徊,苦于看不到光明,精神不振,在十字路口徘徊观望。在这种“艰难的国运”面前,是临阵脱逃,垂头丧气,悲观失望,彷徨苦闷,还是正视现实,挺起胸膛,振奋民族精神?在这篇文章中,李大钊告诉人们,不要为面前的困难吓倒,有困难,但更有希望;与困难作斗争,趣味无穷。振奋起雄健的民族精神,在严重的历史关头,在艰难曲折的道路上,树立起冲破险阻的必胜信心,企望动员更多的人,投身于救国救民的伟大事业,使救国的事业变成全民的事业。希望动员更多的人投身于救国救民的伟大事业,使救国的事业变成全民的事业。

李大钊不仅是伟大的马克思主义者,也是一位学者和诗人。他的诗文被鲁迅誉为“革命史上的丰碑”。李大钊的小品散文,浑厚古朴,刚健扎实,这也正是他“诚实、谦和”,“有些儒雅”,“有些朴质,有些凡俗”(鲁迅《〈守常全集〉题记》)的精神气质的表现。他的小品散文有一种惊世骇俗、气冲霄汉的神韵,正是他进行推翻旧世界的不懈努力的洪迈精神的反映。中国革命史上,正是有了李大钊这样的“至情之人”,才作得出闪耀着马克思主义光辉的“至情之文”。诵读时应该用雄健的语调,展现作者忧国忧民的赤子之心及坚强豪迈的情感。

二、我的“自白”书

任脚下响着沉重的铁镣,
任你把皮鞭举得高高,
我不需要什么“自白”,
哪怕胸口对着带血的刺刀!

人,不能低下高贵的头,
只有怕死鬼才乞求“自由”;
毒刑拷打算得了什么?
死亡也无法叫我开口!

对着死亡我放声大笑,
魔鬼的宫殿在笑声中动摇;
这就是我——一个共产党员的“自白”,
高唱凯歌埋葬蒋家王朝!

(陈然)

【诵读提示】这是陈然同志被捕以后在特务们逼迫他写自白书时写的。这首诗既是一个共产党员崇高内心世界的真实写照，又是对蒋家王朝必然灭亡的庄严宣判。全诗感情真挚，充满了激情，充分表现了先烈坚定的革命信念和大义凛然的革命气节。我们在朗诵这首诗的时候，要表现出作者坚贞不屈、视死如归的英雄气概和对敌人极端蔑视的口气，语调要高昂有力。

第一节，两个“任”字表现了革命先烈不怕敌人毒刑拷打的坚强意志，要读得重些：“不需要”三个字的语气是坚定的。“哪怕胸口对着带血的刺刀！”这个反问句，表示强调肯定的语气，“血”字的尾音要稍微拖长，并且往下降，表现出对敌人残酷屠杀的轻蔑。

第二节，“人”和“怕死鬼”形成对比，要读得稍重：“自白”的尾音要拖长，表示出是所谓的自白的意思。“毒刑拷打算得了什么！”一句要读出反问的语气。

第三节是全诗的高潮，朗诵时要感情奔放，语调昂扬，要表现出共产党人誓与敌人斗争到底的英雄气概和坚信革命必胜的乐观主义精神。

三、囚歌

为人进出的门紧锁着，
为狗爬出的洞敞开着，
一个声音高叫着：
爬出来吧，给你自由！

我渴望自由，
但我深深地知道——
人的身躯怎能从狗洞子里爬出！

我希望有一天，
地下的烈火，
将我连这活棺材一齐烧掉，
我应该在烈火与热血中得到永生！

（叶挺）

【诵读提示】叶挺是广东惠阳人。第一次国内革命战争时期，曾任国民革命军独立团团长。1927 年先后参加南昌起义和广州起义。抗战时任新四军军长。1941 年皖南事变时被国民党非法逮捕。1946 年 3 月 4 日，在中共中央的坚决要求下获得自由,4 月 8 日自重庆飞返延安,途中飞机失事遇难。

《囚歌》是叶挺同志被囚禁在重庆歌乐山渣滓洞集中营时,用铅笔写在牢房墙壁上的一首革命励志诗,这是诗人高尚情操的真实流露。作者以直白的口吻将大无畏的精神脱口倾泻而出,明白晓畅,通俗易懂。让读者情不自禁地为诗中的那股凛然正气而震撼感慨,为诗人的高尚人格而肃然起敬。诵读时感情要炽烈,气势要豪迈,意境表达要清晰完整。

四、梅岭三章

一九三六年冬,梅山被围,余伤病伏丛莽间二十余日,虑不得脱,得诗三首留衣底,旋围解。

断头今日意如何? 创业艰难百战多。此去泉台招旧部,旌旗十万斩阎罗。

南国烽烟正十年,此头须向国门悬。死后诸君多努力,捷报飞来当纸钱。

投身革命即为家,血雨腥风应有涯。取义成仁今日事,人间遍种自由花。

(陈毅)

【诵读提示】组诗《梅岭三章》是陈毅同志的代表作,写于一九三六年冬,这组诗表现了陈毅同志对党和人民的赤诚之心和对于共产主义事业的无限忠诚,字字句句闪烁出了共产党人的革命气节、大无畏英雄主义和革命者的乐观主义精神,是中国共产党老一代革命家的"正气歌"。诵读时要用慷慨激昂的语调体现出老一辈革命家气吞山河的革命英雄主义和乐观主义精神,激发大学生用革命战争时代那股干劲,那股拼命精神,在中华民族复兴征程中奋勇前进!

五、沁园春·雪

北国风光,千里冰封,万里雪飘。
望长城内外,惟余莽莽;
大河上下,顿失滔滔。
山舞银蛇,原驰蜡象,欲与天公试比高。
须晴日,看红装素裹,分外妖娆。

江山如此多娇,引无数英雄竞折腰。
惜秦皇汉武,略输文采;
唐宗宋祖,稍逊风骚。

一代天骄，成吉思汗，只识弯弓射大雕。
俱往矣，数风流人物，还看今朝。

（毛泽东）

【诵读提示】这首词写于1936年2月。毛泽东率长征部队胜利到达陕北之后，领导全党展开反抗日本帝国主义侵略的伟大斗争。在陕北清涧县，毛泽东曾于一场大雪之后攀登到海拔千米、白雪覆盖的塬上视察地形，欣赏“北国风光”，过后写下了这首词，上片描写北国雪景，展现祖国山河的壮丽；下片由祖国山河的壮丽引出英雄人物，纵论历代英雄，抒发诗人的抱负。

这首词因雪而得、以雪冠名，却并非为雪所作，而是在借雪言志，寓意深远、哲理精辟，是中国词坛杰出的咏雪抒怀之作。诵读时应以真挚的情感描摹出雄伟壮阔而又妖娆美好的祖国江山画面，用奔放的感情展示毛泽东主席豪迈的胸怀和壮美雄浑的意境。语气语调要，注意停顿。语气上扬而又要起伏多变，语速要舒缓，重音要突出，体现出一代伟人的沉稳大气与豪迈。

第五章

中外现代诗歌经典诵读

优秀的现代诗歌经典具有重要的审美教育功能,现代诗歌经典诵读的主要目标是以人为本,关注学生情感的发展,介绍并倡导“观摩——诵读——品味——体验”的诵读欣赏模式,少分析讲解,多朗读感悟;用声音技巧体现诗歌的绚丽风格及优美意象。我们注重从语言技法、滋味、情感、哲理、美感等角度教会大学生读品味现代诗歌经典,让学生掌握现代诗歌分行、音乐性、意象、意境等特征,体会现代诗歌的生命律动以及抒情主人公的人格魅力。让学生受到美的熏陶,培养自觉的审美意识和高尚的审美情趣,培养审美感知和审美创造的能力。

五四时期,白话文运动的兴起和语言环境的转变促生了中国现代诗。作为白话文的一种文学表达形式,现代诗在具备传统诗歌的一些审美特征,如韵律、意象之外,形式上有一定的创新:

1. 打破了传统诗歌的格律要求,形式更为自由,韵可押可不押,律也随诗人意愿随意变化。

2. 表现手法上,心理变化的表现形式更为直接,也更加多样。

3. 内容上,与现代社会及现代精神相契合,更多关注自我、物质生活,涌现大量关注时代变革、反映社会变化的诗歌作品;价值更加多元,符合现代人阅读习惯,更易于传播。

但是,由于过于追求自由与创新,很多一般水准的现代诗歌也体现出以下负面审美特征:作品用词随意,失去了韵律美,导致精神及情感表达不准确;更有粗制滥造、意象单薄、立意层次下降的低劣之作。所以我们提倡诵读优秀的经典的现代诗。

(一)现代诗的形式类别

1. 自由诗

自由诗是近代欧美新发展起来的一种诗体。它不受格律限制,无固定格式,注重自然的、内在的节奏,押大致相近的韵或不押韵,字数、行数、句式、音调都比较自由,语言比较通俗。美国诗人惠特曼是欧美自由诗的创始人,《草叶集》是他的主要诗集。我国"五四"以来也流行这种诗体。

2. 韵脚诗

泛指每一行诗的结尾均须押韵,诗读起来朗朗上口,如同歌谣。

3. 散文诗

散文诗是兼有散文和诗的特点的一种文学体裁。作品中有诗的意境和激情,常常富有哲理,注重自然的节奏感和音乐美,篇幅短小,像散文一样不分行,不押韵。如鲁迅的《野草》。

(二)现代诗的艺术特征

表现形式自由;内涵相对开放;意象经营重于修辞;有高度的概括性、鲜明的形象性、浓烈的抒情性以及和谐的音乐性,形式上分行排列。优秀的现代诗抒情言志,意境深邃,语言精练,音韵和谐,感染力强。其突出特点表现在以下几个方面:

1. 立意深

诗的语言是凝练、含蓄的,短短的一句诗,往往概括很多内容,包含很深的意思;诗的语言又是跳跃性的,在词句与节段之间,往往蕴藏着丰富的思想。我们读诗,首先要领会和理解作者所要表达的思想感情。如:

我所以能和人民亲近,
是因为我曾用我的歌,
唤起人们的善,
在这残酷的世纪,
我歌颂过自由,
并为那些没落了的人们,
祈求过怜悯同情。

(普希金《纪念碑》)

诗中表露了诗人的志向和情操——对沙皇统治的蔑视和痛恨,对平民百姓的真挚感情,立意高远。我们读时,要读出诗人充溢心头的愤怒和同情,这样就读出了诗的灵魂。

2. 意境美

意境是诗的核心。诗的意境,就是诗人强烈的思想感情(意)和生动的客观事物(境)相契合,在艺术表现中所创造的那种可感可信、情景交融、神形兼备的艺术境界。有可能诗人所描写的景象是现实生活中所没有的,这就要求我们启发学生的联想,展开丰富的想象,想象出诗中的一切情景,在头脑中构成有声有色的画面。如徐志摩的《再别康桥》写的是淡淡的离愁别绪,带有一丝对康桥美景的沉醉,带有一丝对母校眷恋的深情。

轻轻的我走了,正如我轻轻的来;我轻轻的招手,作别西天的云彩。

这整节诗比较轻柔,但轻柔之中依然有强调部分。三个"轻轻"虽然属于这节诗中重点强调的部分,但根据诗歌意境来看,不能重读。朗读时可以做这样的处理:语速放缓慢,声音稍微拉长。这样,诗的优美意境和韵味便出来了。

3. 音乐美

诗歌的音乐美主要表现在三个方面:

(1)押韵

诗歌一般都有韵脚——有规律地在一定间隔的诗行末尾,重复出现同韵母的音节。韵脚在诗里有规律地重复出现,就在声音上形成一种回环往复,形成遥相呼应的、和谐动听的音乐美。对于韵脚,在朗读时要有意识地突出一下,或稍稍重读,或稍稍延长,点到为止。现以毛泽东的《七律·长征》为例——

红军/不怕/远征难,(平)
万水/千山/只等闲。(平)
五岭/逶迤/腾细浪,(仄)
乌蒙/磅礴/走泥丸。(平)
金沙/水拍/云崖暖,(仄)
大渡/桥横/铁索寒。(平)
更喜/岷山/千里雪,(仄)
三军/过后/尽开颜。(平)

这首格律诗押"言前辙",上下诗句平仄相对。其中三、四、五、六几句把词意相近、相反的词并列运用,即为对仗,读来整齐优美。

但我们在朗读时,也不能把语调拘泥在两字一停、三字一顿的格式中,应该注意运用语调的变化与跳跃式镜头之间的空白连接起来,使之成为一个完整的整体。特别是诗的起伏、转折、高潮处应衔接得当,给人以完整、清晰的画面。

(2)语调的升降

各个诗行的语调,取决于诗行内容及语意的表达,服从于诗行与诗行间的组

织关系,体现出高低升降的不同。诗歌里的语调变化,比一般文章的语调变化要明显些。请读郭小川(青纱帐——甘蔗林》片断:

看见了甘蔗林/,我怎能不想起青纱帐!
北方的青纱帐啊/,你至今还这样令人神往;
想起了青纱帐/,我怎能不迷恋甘蔗林的风光!
南方的甘蔗林哪/,你竟如此翻动战士的衷肠。

(3)鲜明的节奏

诗行的节奏又叫节拍,但与音乐的节拍不完全相同,它是音节的舒缓和拖延,把诗句分为若干相等的节拍群,并有规律地回复或再现。自由体诗的节拍只要求大体整齐,读来上口动听即可。仍以《青纱帐——甘蔗林》为例:

北方的——青纱帐哟,常常满怀——凛冽的——白霜;
南方的——甘蔗林呢,只有——大气的——芬芳!
北方的——青纱帐哟,常常充溢——炮火的——寒光;
南方的——甘蔗林呢,只有——朝雾的——苍茫!

"——"表示音节的延续。

革命烈士夏明翰的诗,更是"言志明心"。比如《就义诗》:

砍头/不要紧,只要/主义真。杀了/夏明翰,还有/后来人。

诗人有着坚定的信仰,把为共产主义而死看作是崇高的归宿。我们要读出这首诗的凛然正气和高风亮节,读出激励千百万革命者前仆后继、浴血奋战的精神。这样激昂慷慨的诗句,不正是对学生进行爱国主义教育极好的素材吗?

怎样才算是有充沛的感情呢?

有人认为,感情充沛就是高声大气,其实不然,感情本身是多种多样的。挚爱和憎恨、悲哀和喜悦、焦急和冷漠,等等,不同的感情在声音表现形式上是不一样的。同一类感情往往也有程度上的差异,也可以采用不同的表达方式从声音上体现出来。这里要把握住两个要点:(1)深入钻研作品,品味诗人在字里行间所流动的感情,并被感染、被激动;(2)运用有控制的胸腹联合呼吸法,在以声传情时不瘟不火,不逊不过。这样朗读者作为诗的代言人,就能以富有艺术魅力的声音去燃烧听众,让他们与你同歌同诵。

（三）现代诗的朗读技巧

朗读是一种阅读理解的二度创作，遵循的是阅读理解的一般规律：由读顺到读懂再到读进。

1. 读顺。首先就是通读，读顺溜，消灭生字生词，分段分节，确定意群。

2. 读懂。就是理解文章的主题思想，就是作者用文字表达的中心思想和情感。有些作品的主题思想很隐蔽，不能一下子就看得出来，需要多看多读多想，如果不确定，就找一些专门的介绍。比如《中国，我的钥匙丢了》，似乎是写一个孩子把挂在胸前的家的钥匙遗失后的焦虑，但实际是用了一种象征性的写法，表示对那个动乱的年代中失去了的真善美的一种强烈的焦虑和回归的渴望。还有《雨巷》，看似作者在表达对一个“丁香般的姑娘”的希冀，其实，“丁香”是他心中一种美和理想的象征，通篇表达了遭遇了挫折的年轻人如雨雾般的迷茫、惆怅和失落的心态，他的中心思想就是：我仍然希望，但希望在哪里？

3. 读进。就是进入作者营造的情感空间和思想空间里。情感基调就是作品的基本的情感色彩，如欣喜、快乐、幸福、温馨、愤怒、震惊、诧异、无聊、慨叹、冷静、平静、冷漠、忧郁、悲伤、痛苦、沮丧、寂寞、伤感、惆怅、踌躇、茫然、失落、渴望、爱恋、怀念、留恋、流连等。我们常用颜色表示情感特征，朗诵时可以这样处理：红色——象征着热烈、奔放、向上；粉色——象征着温馨、浪漫；蓝色——象征着一种静谧、浪漫和舒缓、宽广和宽容；紫色——代表着一种多彩的浪漫典雅神秘、伤感；白色——代表着纯洁无瑕、朴实无华、恬静淡栝；灰色——代表着一种抑郁的、颓废的、低调的情绪；霓虹般变幻——代表着一种跳跃的、躁动的、不定的心情。

一、爱在身边

当晨曦染红了大海时，
我想起了你；
当月夜穿透了流泉时，
我又想起了你。

每当遥远的路上，扬起来沙尘，
我看到了你；
深沉的夜里，流浪者在歧路上忧虑时，
我也看到了你。

浪起来了,深沉的涛声里,
我听到了你;
万籁俱静,在我常去倾听大自然的幽林中,
我也听到了你。

我就在你的身旁,尽管你似乎在那遥远之处。
你离我是这样的近!
太阳落山了,一会儿群星就会向我闪烁。
噢,你要是也在那儿,该多好啊!

(歌德)

【诵读提示】歌德是18世纪中叶到19世纪初德国和欧洲最重要的作家、诗人,他一生跨两个世纪,作品充满了狂飙突进运动的反叛精神和浓郁的浪漫主义色彩。晚年的许多抒情诗中闪烁着唯物主义、乐观主义思想的光芒,在当时消极浪漫主义文学风行一时的德国文坛上独放异彩。这首小诗,也可以看成是诗人对爱人的思念。这种思念与爱细致入微,存活在生活中的每一处景色里,和生命的每一次呼吸中。诗人凭借着丰富的想象力将时空链接,创造出第三次元,将自己与爱人放置在这个只容得下他俩的世界,结语道出真挚的心声。

二、致凯恩

常记得那个美妙的瞬间,
你翩然出现在我的眼前。
仿佛倏忽即逝的幻影,
仿佛圣洁的美丽天仙。
当我忍受着喧嚣的困扰,
当我饱尝那绝望的忧患。
你甜润的声音在耳旁回荡,
你俏丽的面容令我梦绕情牵。
岁月如流,狂飙似的激情,
驱散了往日的那些梦幻。
忘怀了你那甜润的声音,
忘却了你那娇美的容颜。
囚禁在荒凉黑暗的地方,

我曾经默默地度日如年。
没有神性,没有灵感,
没有眼泪、生命和爱恋。
灵魂现在开始苏醒了,
你又出现在我的眼前。
仿佛倏忽即逝的幻影,
仿佛圣洁的美丽天仙。
我的心儿啊,欢喜如狂,
只因那一切又徐徐重现。
有了神性,有了灵感,
有了生命、眼泪和爱恋。

（普希金）

【诵读提示】普希金(1799—1837),俄国伟大的诗人、小说家,19 世纪俄国浪漫主义文学主要代表,同时也是现实主义文学的奠基人,现代标准俄语的创始人,被誉为“俄国文学之父”、“俄国诗歌的太阳”。他诸体皆擅,创立了俄罗斯民族文学和文学语言,在诗歌、小说、戏剧乃至童话等文学各个领域都给俄罗斯文学提供了典范,被高尔基誉为“一切开端的开端”。

普希金在意外的欢欣之中写下了这首被誉为“爱情诗卓绝的典范”的作品。他没有描绘凯恩外形的美丽,而是突出了她的美给诗人带来的神奇的精神动力。这首诗后来由著名作曲家格林卡谱成歌曲,成为俄国最有名的一首歌。她是作者生命和灵感的源泉,使诗人悒郁、枯涩的心灵重新得到滋润与苏醒。诵读时要用欣喜愉悦充满梦幻般的声音塑造出凯恩像水晶般透明、像白雪般洁白的超凡脱俗的形象。

三、当你老了

当你老了,头发花白,睡意沉沉,倦坐在炉边。
取下这本书来,慢慢读着,追梦当年的眼神。
你那柔美的神采与深幽的晕影,多少人爱过你昙花一现的身影,
爱过你的美貌,以虚伪或真情。

惟独一人曾爱你那朝圣者的心,爱你哀戚的脸上岁月的留痕。
在炉边低眉弯腰,忧戚沉思,喃喃而语。

爱情是怎样逝去，又怎样步上群山，
怎样在繁星之间藏住了脸。

（威廉·巴特勒·叶芝）

【诵读提示】威廉·巴特勒·叶芝(1865—1939)，亦译“叶慈”“耶茨”，爱尔兰诗人、剧作家和散文家，著名的神秘主义者，是“爱尔兰文艺复兴运动”的领袖，也是艾比剧院的创建者之一。他把他的一生贡献给了爱尔兰文学复兴运动，贡献给了诗歌、戏剧，也贡献给了与茅德·冈的爱情。

自古多情空余恨，只有一个人爱你那朝圣者的灵魂，爱你衰老了的脸上痛苦的皱纹，表达了对美丽的女演员茅德·冈一生不懈的追求，走上了漫长的爱情苦旅，直到生命为她燃尽的最后一刻。可见，叶芝是在用整个生命，用朝圣者的灵魂，去追求他心目中永恒的爱情，让爱情达到如此神圣无比的境界。

这首诗是让人感动了一个多世纪的爱情绝唱。这种爱情，让诗人感情上痛苦一生，但激活了诗人心灵深处的激情，让他的灵魂得到了升华。朗诵时，要从容深邃，用低沉而又极有张力的嗓音，舒缓、深挚、细腻、含蓄的语气，处理好声音的弹性变化，将爱和时间、爱情及灵魂都糅合一起，并把它们伸向宇宙星辰，带我们进入无限空间，精确演绎作者极其澎湃的感情，深深触动听众的心怀。

四、假如生活欺骗了你

假如生活欺骗了你，
不要悲伤，不要心急！
忧郁的日子将会过去；
相信吧，快乐的日子将会来临。
心儿永远向往着未来；
现在却常是忧郁。
一切都是瞬息，
一切都将会过去；
而那过去了的，
就会成为亲切的怀恋。

（普希金）

【诵读提示】普希金是时代的宠儿,也是时代的旗帜。他作为民族意识的体现者,反映了俄罗斯人民要求民族尊严、国家独立、社会进步的愿望和心声。普希金对俄罗斯本国作家影响巨大,在这一点上没有任何其他国家的诗人能与之相比。

这首诗写于普希金被沙皇流放的日子里,是以赠诗的形式写在他的邻居奥希泊娃的女儿叶甫勃拉克西亚·尼古拉耶夫娜·伏里夫纪念册上的。那时俄国革命正如火如荼,诗人却被迫与世隔绝。在这样的处境下,诗人却没有丧失希望与斗志,他热爱生活,执着地追求理解,相信光明必来,正义必胜。

五、远方

那天是如此辽远
辽远地展着翅膀
即使爱是静止的
静止着让记忆流淌
你背起自己小小的行囊
你走进别人无法企及的远方
你在风口遥望彼岸的紫丁香
你在田野拣拾古老的忧伤
我知道那是你心的方向
拥有这份怀念,
这雪地上的炉火
就会有一次欢畅的流浪
于是整整一个雨季
我守着阳光
守着越冬的麦田
将那段闪亮的日子
轻轻弹唱

（安德鲁·怀斯）

【诵读提示】安德鲁·怀斯,当代重要的新写实主义画家,一生向往美国乡村田园的现实生活,是美国20世纪最伟大的画家之一。这首小诗就像是一幅优美的画面,有着深远的意境和淡淡的忧思,弥漫着乡土的深情与怀思。作者巧妙运用象征和隐喻手法,将人物和背景完美融合,体现出高度的造型能力和浓郁的美国乡村情调。

六、色彩

生命是张没价值的白纸,
自从绿给了我发展,
红给了我热情,
黄教我以忠义,
蓝教我以高洁,
粉红赐我以希望,
灰白赠我以悲哀;
再完成这帧彩图,
黑还要加我以死。
从此以后,
我便溺爱于我的生命,
因为我爱他的色彩。

(闻一多)

【诵读提示】闻一多,湖北浠水人。他出身“世家望族,书香门第”,自幼喜读古典诗词,爱好美术,著有诗集《红烛》《死水》,诗论《新诗格律》及学术著作《唐诗杂论》《楚辞校补》等。他是现代新格律诗体的倡导者和卓有成效的实践者。主张新诗应该讲求“音乐的美”(音节)、“绘画的美”(词藻)与“建筑的美”(节的匀称和句的整齐),认为诗人“戴着脚镣跳舞才跳得痛快,跳得好”。他的诗作充满着深沉、炽热的爱国主义激情,表现了五四反帝的时代精神。艺术上风格独特,感情奔放,形式整饬,语言绚丽精练,想象新奇丰富,具有很强的艺术感染力。《色彩》是一首富有哲理的小诗,是闻一多对生命意义的探求。诗人在三重关系中思考人生的意义:生命与色彩、色彩与意义、生命与意义。诗人通过大胆想象,赋予颜色以各种象征意义,从而揭示色彩的价值,说明生命便是色彩的结合,表达了对七彩生命的热爱之情。诗的感情基调热烈、奔放。诗的主题也自然显露出来:热爱生活,重视生命价值!

七、偶然

我是天空里的一片云，
偶尔投影在你的波心——
你不必讶异，
更无须欢喜——
在转瞬间消灭了踪影。

你我相逢在黑夜的海上，
你有你的，我有我的，方向；
你记得也好，
最好你忘掉，
在这交会时互放的光亮！

（徐志摩）

【诵读提示】徐志摩，浙江海宁人，中国著名新月派现代诗人，“浪漫主义诗人”，散文家。

中外诗史上，一部洋洋洒洒上千行的长诗可以随似水流年埋没于无情的历史沉积中，而有些玲珑的短诗，却能够经历史年代之久而独放异彩。《偶然》这首两段十行的小诗，极富艺术魅力，在现代诗歌长廊中，堪称别具一格之作。诵读时要把握以下艺术特征：

1. 音步分明、韵脚和谐、委婉从容。全诗两节，上下节格律对称。每一节的第一句，第二句，第五句都是用三个音步组成。如“偶尔投影在你的波心”“在这交会时互放的光亮”，每节的第三、第四句则都是两音步构成，如“你不必讶异”“你记得也好，最好你忘掉”，在音步的安排处理上显然严谨中不乏洒脱，较长的音步与较短的音步相间，读起来纡徐从容、委婉顿挫而朗朗上口。

2. 充满着随时可以爆发的能量和“张力”。诗歌内部存在张弛有致的好几种“张力”结构，这种“张力”结构在“肌质”与“构架”之间、“意象”与“意象”之间，多方面存在着。“偶然”是一个完全抽象化的时间副词，作者在这虚化的抽象的标题下，写了两件较实在的事情，一是天空里的云偶尔投影在水里的波心，二是“你”“我”（都是象征性的意象）相逢在海上。徐志摩把“偶然”这样一个极为抽象的时间副词形象化，置入象征性的结构，充满情趣哲理，不但珠润玉圆，朗朗上口而且余味无穷，意溢于言外。再次，诗歌文本内部的张力结构匀称有致。“你/我”就是一对"二项对立";两个完全相异、背道而驰的意向——"你有你的"和"我有我的"恰恰统一、包孕在同一个句子里,归结在同样的字眼——"方向"上。人生总有这样一些"偶然"的"相逢"和"交会",而这"交会时互放的光亮",必将成为永难忘怀的记忆而长伴人生。

八、你是人间四月天——一句爱的赞颂

我说你是人间的四月天;
笑响点亮了四面风;轻灵
在春的光艳中交舞着变。
你是四月早天里的云烟,
黄昏吹着风的软,星子在
无意中闪,细雨点洒在花前。
那轻,那娉婷你是,鲜妍
百花的冠冕你戴着,你是
天真,庄严,你是夜夜的月圆。
雪化后那片鹅黄,你像;新鲜
初放芽的绿,你是;柔嫩喜悦
水光浮动着你梦期待中白莲。
你是一树一树的花开,是燕
在梁间呢喃,——你是爱,是暖,
是希望,你是人间的四月天!

(林徽因)

【诵读提示】林徽因为中国第一位女性建筑学家,同时也被胡适誉为中国一代才女。这首诗发表于1934年的《学文》上,具体写作时间不详。是女作家为儿子梁从诫的出生而作,以表达心中对儿子的希望和儿子出生带来的喜悦。因为这首诗确实是一篇极为优秀的作品,它的价值不需要任何外在的东西来支撑。所以在诗人逝世的时候,金岳霖等好友们共同给诗人题了这样的一副挽联:"一身诗意千寻瀑,万古人间四月天。"

这首诗的魅力和优秀并不仅仅在于意境的优美和内容的纯净,还在于形式的纯熟和语言的华美。诗中采用重重叠叠的比喻,意象美丽而丝毫无雕饰之嫌,反而愈加衬出诗中的意境和纯净——在华美的修饰中更见清新自然的感情流露在

形式上，诗歌采用新月诗派的诗美原则：讲求格律的和谐、语言的雕塑美和音律的乐感。这首诗可以说是这一原则的完美体现，词语的跳跃和韵律的和谐几乎达到了极致。

九、道路

道路，这巨人投映的影子
如同熠熠生光的犁铧
于阔然无垠的原野持续不停地耕耘
纵横驰骋于伟岸而深厚的大地
汗滴和汗滴孪生的苦难——走过了道路
坚韧和坚韧萌发的丰硕——诞生于道路
道路，永远默然存在于无声
联结起村庄与都市
龙的国土从东方跃升
从南到北两万五千里的漫长
矗立起了一个民族崇高的形象
微笑如冉冉旭日，升起美丽
道路，日夜不停地走向广阔原野
走——向——心——灵

（查结联）

【诵读提示】查结联，1985 年毕业于安徽师范大学中文系，是 20 世纪 80 年代江南诗社大学生诗人的代表。毕业后从事新闻出版管理工作，同时笔耕不辍。《时光渡口》是查结联在《赠你一片蓝天》出版之后的又一部个人诗歌作品集。作者将多年体验生活的所见所闻、所思所感，凝练成 200 多首诗篇，分为《交叉立体》《生命之河》《话说爱情》《回归村庄》《如歌散板》五个板块。作者通过这些诗篇，礼赞生命，歌颂爱情，抒发浓浓的亲情和淡淡的乡愁，体现了一个有文化追求的知识分子对祖国未来的美好祝愿和宏大抱负。《道路》这首小诗意饱满，内涵丰富，意蕴悠长。

第六章

中外小品美文诵读

小品美文是作者对人生宇宙的品味参悟,以及个人情感格调及趣味性灵的表现。诵读经典美文,掌握其写作内容的广泛性、自我的写真性、表达的自由性,以及叙事言情明理轻描淡写、小中见大的写作手法,可以促使学生关心当代文化生活,尊重多样文化,吸取人类优秀文化的营养,陶冶高尚情操,增强文化底蕴,领悟人生的真谛,弘扬和培育民族精神,全面提升审美鉴别能力,全面提高学生综合素质。

2014 年习近平在联合国教科文组织总部的演讲中指出:

没有文明的继承和发展,没有文化的弘扬和繁荣,就没有中国梦的实现……每一种文明都延续着一个国家和民族的精神血脉,既需要薪火相传、代代守护,更需要与时俱进、勇于创新。中国人民在实现中国梦的进程中,将按照时代的新进步,推动中华文明创造性转化和创新性发展,激活其生命力,把跨越时空、超越国度、富有永恒魅力、具有当代价值的文化精神弘扬起来,让收藏在博物馆里的文物、陈列在广阔大地上的遗产、书写在古籍里的文字都活起来,让中华文明同世界各国人民创造的丰富多彩的文明一道,为人类提供正确的精神指引和强大的精神动力。

后来,习近平主席在文艺座谈会上的重要讲话中又指出:

追求真善美,是文化和艺术的永恒价值。艺术的最高境界就是让人动心,让人们的灵魂经受洗礼,让人们发现自然的美、生活的美、心灵的美。我们要通过文艺作品传递真善美,传递向上向善的价值观,引导人们增强道德判断力和道德荣誉感,向往和追求讲道德、尊道德、守道德的生活。只要中华民族一代接着一代追求真善美的道德境界,我们的民族就永远健康向上、永远充满希望。

(一)"美文"需要"美读"

朗读是一种语言艺术,具有感人魅力,也是一种传统的行之有效的语文教学方法,可以激发美的情趣,增强美的感受,唤起美的联想。汉语重声韵之连绵,因此词语便有双声、叠韵、全重叠、交错重叠等组合形式。汉字有四声之别,因此就有声调之抑扬,非朗读不足以体会到文章的铿锵之声、音乐之美。

鲁迅先生早年在他的《汉文学史纲》第一篇《自文字至文章》中指出:"口诵耳听其音,目察其形,心通其意,三识并用,一字之功乃全。其在文章……遂具三美:意美以感心,一也;音美以感耳,二也;形美以感目,三也。"

叶圣陶先生更是推崇语言教学的"美读"。他认为:说理的文章大概只需论理地读,叙事叙情的文章最好还要"美读"。所谓美读,就是把作者的情感在读的时候传达出来。这无非如孟子所说的"以意逆志",设身处地,激昂处还他个激昂,委婉处还他个委婉,诸如此类。"美读",是眼、口、耳、身等多种感官全面活动的过程,特别有利于感知课文语言艺术的形象美。叶老曾说:"所谓美读,就是指把作者的情感在读的时候传达出来……美读得其法,不但了解作者说些什么,而且与作者的心灵相感通了,无论兴味方面,或受用方面都有莫大的收获。"

"读"是"思"的凭借,是"悟"的前提。"读"是"说"的储备,是"写"的基础。所以,学生流利地朗读课文,有利于领悟遣词造句之妙,学习布局谋篇之法,能使人物形象栩栩如生,使故事情节更见波澜起伏,使思想主题更见显豁。我们的教学要通过流利朗读,以声带情,尊重人性,珍视学生的独特性。

赵丽宏《致文学》里说,阅读文学作品,是一种文化的积累,一种知识的积累,一种智慧的积累,一种感情的积累。大量地阅读优秀的文学作品,不仅能增长人的知识,也能丰富人的感情。如果对文学一无所知,而想成为有文化有修养的现代文明人,那是不可想象的。

冯骥才在《大度读人》里说:一个人就是一本书。读人,比读其他文字写成的书更难。读人,最重要的是读懂怎样为人。读人,是为了要做一个真正的人。读人时,要学会宽容,学会大度,由此才能读到一些有益于自己的东西,才能读出高尚,才能读出快乐,才能读出幸福。

由上可见,美读是出声读的最高境界,不仅讲究声音语言技巧,讲究真挚的情感,更是重点突出了情感融入,是活化文本的生命之气,是一种艺术的审美境界。

(二)"美文"怎样"美读"

"美读"是朗读的表情化和艺术化,是带有审美性质的朗读,能使学生产生丰富的想象和联想,再造出读物中的情景,以利于学生创造潜能的释放。美读教学,既是提高朗读技能的过程,又是有效发展学生创造力的过程。

散文多是作者对人生宇宙的品味参悟,以及个人情感格调及趣味性灵的表现。诵读中外经典散文,第一步是掌握散文文体特征,以及叙事言情明理轻描淡写、小中见大的写作手法,然后提示诵读技巧:用声音体现并区分不同美文的风格类型:平淡自然、奔放洒脱、平和细腻、淡雅含蓄、坦诚幽默、宽厚睿智等。可以促使学生关心当代文化生活,尊重多样文化,吸取人类优秀文化的营养。对于阅读课文,只要做些具体的朗读指导,就可放手让学生自己朗读,不必花费很多时间去讲解、分析。久而久之,学生形成了一定的朗读能力。

古今中外的经典是人类知识的结晶、智慧的源泉,蕴藏着人类几千年来灿烂的文明与智慧的宝藏。经典作品的营养价值正如人体必需的微量元素,也正如流行的缓释胶囊,必须坚持天天坚持、月月坚持、年年坚持,它的功效才能慢慢体现出来。经典诵读是一个长期作用于人类心灵的高雅艺术行动,不能性急,也不能操之过急。

第一步要经历一个从易到难的过程。必须由浅入深,一遍遍地诵读,难点才能慢慢地理解消化,正如古人云:书读百遍,其义自见。其次还要注意局部和全局的关系问题,当你诵读某一个局部时可能读不懂,而当你将整篇诵读完了之后,再接着一遍遍地反复诵读,重新站在全局的高度再来看局部,难点也就迎刃而解了。宋儒理学的代表人物陆九渊在他的《陆象山语录》中这样说道:读书切戒在慌忙,涵泳工夫兴味长;未晓不妨权放过,切身须要急思量。诵读经典作品要平平缓缓地细心涵泳,读不懂的地方,不妨暂时先放过去,等到上下文都读过之后,或是日后重新阅读时,慢慢地就会领悟了。陆九渊的涵泳法符合诵读规律。采用涵泳法读书,不仅能从书中吸取知识的营养,而且还可陶冶自己的性情。

第二步是边读边思考边"理解"。"理解"一词,最早见于元朝末年编纂的《宋史》"心通理解",是指从内心上明白、从道理上了解。理解,从字面来看,就是理性地思考和解读;从认知层面上讲,认识得越全面,了解得越透彻,理解得就越深刻,使我们对人、对客观事物有更准确的把握。我们要把一首诗或一篇散文诵读好,首先要做到"理解"两字,也就是要准确把握作品的内容,理解作品的深刻内涵。这是诵读情感调动必须解决的第一个问题。认知心理学家布鲁纳认为:"知识的获得是一个主动的过程,学习者不应是信息的被动接受者,而应该是知识获取过程的主动参与者。"熟读成诵,既是语言的积淀,更是在与先哲前贤对话,其可汲取的营养是极其丰富而全面的:既有语言运用的艺术,又有思想的启蒙、人格的熏陶。

第三步是深思熟虑、“切身感受”。感受,就是表达者接受作品符号的刺激所引起的内心反映。表达者的创作过程,不是简单地由文字到声音单从词义上解释“感受”二字。由此可见,感受是指由于作者本人的感觉器官受到周围各种现象(如颜色、形态、音响、味道、光滑、粗糙、冷暖等)的刺激所产生的一种与之相适应的思维和情感活动。感受在写作过程中的作用过程,是文字——生活——声音的过程。表达者必须被文字符号唤醒,透过文字感受生活,让作品中的人、事、景物在脑子里成为活生生的东西,有如临其境、如见其人、如闻其声的感觉。通俗地说,脑子里要像过电影。这是诵读情感调动必须解决的第二个问题。

第四步是感同心悟、“披文入情”。动情就是要把感情调动起来,产生喜爱的感情。在分析作品的时候,不仅要注意理解、感受,而且更重要的是注意情感体验。“感人心者,莫先乎情。”(白居易)情是灵魂、是统帅,情动于衷而形于声。有声语言是以情感为依托的,是为表达情感服务的。离开了情感,声音就失去了依托,失去了灵魂,就谈不上表达了。

不少人在诵读的时候,仅仅满足于表层文字的读或诵,或仅仅是在见字出声地读或诵。有的人仅凭着自己声音的优势,而忽略了对文本主题的把握,如理解、感受、动情;包括外在表达技巧——重音、停顿、连贯、语速、节奏等的灵活运用,所以总达不到感人的境界,但当他们全身心地投入作品中去,把情感从心底里叹出来而不是说出来时,他们终于动情了,他们开始打动自己,随之也就打动了听众。所以,诵读中的情感二字是最重要的,但并不是说其他技巧都不重要,它们是相辅相成的,没有理解,谈不上感受,没有感受,就谈不上感情。

(三)“美文美读”的具体要求

诵读能力的高低体现语文能力(造句、表达)的高低;高质量的诵读,对于提高语文水平大有帮助。情动于内,声发于外。情是内涵、声是形式。情感是内在的,声音是为传递情感而萌发的。诵读时声调高低起伏、抑扬顿挫地出声诵读,有助于深入理解文章,体会文章思想感情,更有助于记忆净化段落内容。“美文美读”的具体要求体现在以下四个方面:

1. 准确规范、清晰流畅。

2. 圆润集中、朴实明朗。吐字要玉润珠圆,声音要润泽不干涩。声音不散、字音不瘪。

3. 刚柔并济、虚实结合。发音吐字要有韧性、弹性,能刚能柔、有虚有实。由于性格、性别不同,男生偏刚健,女生偏柔美,诵读时可根据自己的具体情况对具体的文本进行恰当处理。

4. 色彩丰富、变化自如。人的感情不断变化,声音色彩也会在不断变化的感情中发生相应变化,声音色彩表现越丰富、细致,就越有表现力。

(四)正确处理情、气、声三者之间的关系

1. 以情运气,以气带声。领会书面文字材料中的情感特征,用自己真挚的情感来带动声音。酝酿饱满充沛的气息才是美文美读的基础。这对刚刚学习诵读的人来说是个原则性问题,如果掌握了它并能灵活运用,就会事倍功半。

2. 宛转悠扬、以声传情。声音只是表达内容的一种手段。诵读美文的真正目的是为了传情达意。声音应随内容变化,让听众忘记声音,而被内容陶醉,才能收到美文美读的良好效果。

3. 字正腔圆、声情并茂。饱满有力的声音发出后要检验基调是否符合作品情境。多样的表现手法体现在你对文章的意义、感情要有比较深刻的理解。具体要求是:巧妙地顿连,读出作者的思想感情;适度的变化,读出不同的语调(较高要求);前后对比照应,体现语言内在的逻辑性(句子之间的内在联系)。

4. 朗读时的感情、态度、语气和节奏要因文而异、因语而异。

记叙文:因事明理,以事感人,具体、细致,语气自然,节奏感强。

说明文:语速适当,语调舒缓,关键性的说明语句语音要清晰。

议论文:把握文章内在的逻辑关系,把概念、判断和推理融会贯通,并以切身的感受、鲜明的态度,用直言不讳、具有逻辑力量的有声语言表达出来。

诗歌:分清格律诗和自由诗。

文言文:一般要平稳、舒缓、从容和深沉。

注意:汉语重意合,句中各成分之间或句子之间的结合多依靠语义的连贯,少用连接词,所以句法结构形式短小精悍。

(五)“美文美读”的境界

审美的最终意义,就在于使人的情感得到陶冶,思想得到深化,从而使身心得到和谐发展,精神境界得到升华,自身得到美化,从而理解美之所在,创造美的世界,因而在教学中,要充分挖掘教材中的美育特征,激发学生诵读美、创造美。创造美是欣赏者以自己的生活经验、评价再次观照审美对象,从而获得浓厚的情感享受。美读课文中,学生能体会文章中的人物形象、精神品格,体会作者表达的思想感情,有利于塑造学生健全的人格,培养学生的创新精神。

美读的教学方式是建立在学生自发审美的基础之上的。自发审美,是学生的天性,例如教师范读美文时,全体学生都能凝神谛听,绝无旁骛。但此时的美感又是朦胧的——确切地说,就是心知其美而口不能言,只可称为“美感的萌动”,还有待于发展和提高。教师要把审美气氛保持到底,就必须在充分运用诵读这个手段的同时,注意启发学生的想象和思考,或恰当地予以点拨,使学生既时时感到自己处在文章境界之中,又能跳出来从审美的角度观察这个能使自己陶醉其中的境界。至于文言课文,疏通文义固不可少,但方式有别于平时,应重在意会,并善于将语句的诠释跟鉴赏结合起来。

语文教师是语文的形象:说话读书要声情并茂、字正腔圆;面部表情生动要笑而生乐、乐而不俗;或怒而激昂,有节有制;或伤而低回,决不虚幻。所以语文教师应努力提高审美修养,努力探索语文教学中渗透美育的途径和方法,以"情境"激趣为前提,以"心境"愉悦为条件,以"语境"传情为目的,从而实现"美文美读,悟情悟境"的完美统一,读出课文的语言美、内容美、生活美、意境美、艺术美。只要从学生和教材的实际出发,重视美育的渗透,就能让学生在理解课文内容的同时,逐步提高自己的审美能力,练就一双发现美的慧眼。

一、青春

青春不是年华,而是心境;青春不是桃面、丹唇、柔膝,而是深沉的意志、恢宏的想象、炽热的恋情;青春是生命的深泉在涌流。

青春气贯长虹,勇锐盖过怯弱,进取压倒苟安。如此锐气,二十后生而有之,六旬男子则更多见。年岁有加,并非垂老,理想丢弃,方堕暮年。

岁月悠悠,衰微只及肌肤;热忱抛却,颓废必致灵魂。忧烦,惶恐,丧失自信,定使心灵扭曲,意气如灰。

无论年届花甲,拟或二八芳龄,心中皆有生命之欢乐,奇迹之诱惑,孩童般天真久盛不衰。人人心中皆有一台天线,只要你从天上人间接受美好、希望、欢乐、勇气和力量的信号,你就青春永驻,风华常存。

一旦天线下降,锐气便被冰雪覆盖,玩世不恭、自暴自弃油然而生,即使年方二十,实已垂垂老矣;然则只要树起天线,捕捉乐观信号,你就有望在八十高龄告别尘寰时仍觉年轻。

（塞缪尔·厄尔曼）

【诵读提示】塞缪尔·厄尔曼,美国作家1840年生于德国,儿时随家人移居美利坚,参加过南北战争,之后定居伯明翰,经营五金杂货,年逾七十开始写作。他的散文《青春》因麦克阿瑟将军的喜爱而出名,著作有散文《青春》等。

二战期间,太平洋战争打得正酣,麦克阿瑟将军常常从繁忙中抬起头,注视着挂在墙上的镜框，镜框里正是篇文章，塞缪尔·厄尔曼的《青春》。后来，日本人在东京《青春》——塞缪尔·厄尔曼的美军总部发现了它，《青春》便开始在日本流传。

1988年，日本数百名流聚会东京，纪念厄尔曼的这篇文章。松下公司元老松下幸之助感慨地说："20年来，《青春》与我朝夕相伴，它是我的座右铭。"

欧洲一位政界名宿也极力推荐："无论男女老幼，要想活得风光，就得拜读《青春》。"

二、花之歌

我是大自然的话语，大自然说出来，又收回去，把它藏在心间，然后又说一遍……

我是星星，从苍穹坠落在绿茵中。

我是诸元素之女：冬将我孕育；春使我开放；夏让我成长；秋令我昏昏睡去。

我是亲友之间交往的礼品；我是婚礼的冠冕；我是生者赠予死者最后的祭献。

清早，我同晨风一道将光明欢迎；傍晚，我又与群马一起为它送行。

我在原野上摇曳，使原野风光更加旖旎；我在清风中呼吸，使清风芬芳馥郁。我微睡时，黑夜星空的千万颗亮晶晶的眼睛对我察看；我醒来时，白昼的那只硕大的独眼向我凝视。

我饮着朝露酿成的琼浆；听着小鸟的鸣转，歌唱；我婆娑起舞，芳草为我鼓掌。我总是仰望高空，对光明心驰神往；我从不顾影自怜，也不孤芳自赏。而这些哲理，人类并未完全领悟。

（纪伯伦）

【诵读提示】纪·哈·纪伯伦是美籍黎巴嫩阿拉伯作家。被称为"艺术天才""黎巴嫩文坛骄子"，是阿拉伯文学的主要奠基人，20世纪阿拉伯新文学道路的开拓者之一。其主要作品有《泪与笑》《先知》《沙与沫》等，蕴含了丰富的社会性和东方精神，不以情节为重，旨在抒发丰富的情感。纪伯伦、鲁迅和泰戈尔一样是近代东方文学走向世界的先驱。

《花之歌》是纪伯伦的散文诗集《泪与笑》中的一首，诗人用花的语言来叙述大自然的话语，文中尽显"纪伯伦风格"中的轻柔、凝练、隽秀与清新。诗人通过花语的清新流露，构建了一幅大自然活生生的图画。图画中有诗意的浪漫，也有现实的真实，如"我是诸元素之女：冬将我孕育；春使我开花；夏让我成长；秋令我昏昏睡去”,写出了花的成长与芬芳。而“我是亲友之间交往的礼品;我是婚礼的冠冕;我是生者赠予死者最后的祭献”就袒露出了花的凋谢命运,都说纪伯伦的诗有着哲理寓意深邃,从这就可以看出,诗人是用诗意的叙述和思考的敏锐来书写人生的。人生有开花就有结果,诗人看到这两点的同时,特别赞赏前者,末尾两节写出了花的积极乐观态度,诗人用辨证的眼光来看待生命,这就是诗人的真正意图。“我在原野上摇曳,使原野的风光更加旖旎;我在清风中呼吸,使清风更加芬芳馥郁。”“我总是仰望高空,对光明心驰神往;我从不顾影自怜,也不孤芳自赏。”体现了诗人的伟大理想。这首散文诗表意是写花,但真正是写人,诗人正是利用花这种大自然的语言,来寄托自己的情操,同时也号召我们要“仰望高空,对光明心驰神往;不顾影自怜,也不孤芳自赏”。读了这首散文诗,我们是否在大自然的话语中找到了自己的影子呢?

三、金色花

假如我变成了一朵金色花,为了好玩,长在树的高枝上,笑嘻嘻地在空中摇摆,又在新叶上跳舞,妈妈,你会认识我吗?

你要是叫道:“孩子,你在哪里呀?”我暗暗地在那里匿笑,却一声儿不响。

我要悄悄地开放花瓣儿,看着你工作。

当你沐浴后,湿发披在两肩,穿过金色花的林阴,走到做祷告的小庭院时,你会嗅到这花香,却不知道这香气是从我身上来的。

当你吃过午饭,坐在窗前读《罗摩衍那》,那棵树的阴影落在你的头发与膝上时,我便要将我小小的影子投在你的书页上,正投在你所读的地方。

但是你会猜得出这就是你孩子的小小影子吗?

当你黄昏时拿了灯到牛棚里去,我便要突然地再落到地上来,又成了你的孩子,求你讲故事给我听。

“你到哪里去了,你这坏孩子?”

“我不告诉你,妈妈。”这就是你同我那时所要说的话了。

(泰戈尔)

【诵读提示】拉宾德拉纳特·泰戈尔(1861—1941),印度作家、诗人、社会活动家。其创作反映了印度人民在帝国主义和封建制度压迫下要求改变自己命运的强烈愿望,充满爱国主义和民主主义精神,同时具有很高的艺术价值,深受人民群众喜爱。一生共写有50多部诗集、12部中长篇小说、100多篇短篇小说、20多部剧本及大量文学、哲学、政治论著。主要诗集有《吉檀迦利》《新月集》《飞鸟集》《生辰集》等。另有长篇小说《沉船》《戈拉》《两姐妹》等以及剧作和散文作品。1913 年,他成为第一位获得诺贝尔文学奖的亚洲人。

《金色花》篇幅短小,而意蕴丰赡,是泰戈尔散文诗集《新月集》中的代表作。写的是一个假想——"假如我变成了一朵金色花"(首句),由此生发想象——一个神奇的儿童与他母亲"捉迷藏",构成一幅耐人寻味的画面,表现家庭之爱,表现人类天性的美好与圣洁。善良、善意,是母子两人性格表现的主旋律,而"我"的"诡谲"与母亲的"受骗"则与主旋律"不和谐",产生一些微妙的变化,创造出浓浓的意趣。

诵读时要在脑海里展现一幅儿童嬉戏的画面。画面的中心人物是"我"——一个机灵可爱的孩子。"我"突发奇想,变成一朵金色花,一天时间里与妈妈三次嬉戏。用童真的语气表现对母亲的感情。塑造小主人公"我"天真活泼、机灵"诡谲"的性格。另外还得用沉静的、虔诚的语气塑造母亲善良、慈爱的性格。

四、生命　生命

有一年夏天的下午,我一连在山上割了几小时柴草,最后决定坐下来弄点吃的。我坐在一根圆木上,拿出一块三明治,眺望那美丽的山野和清澈的湖水。

要不是一只围着我嗡嗡直转的蜜蜂,我的闲暇心情不会被打扰的。那是一只普普通通的,但却能使野餐者感到厌烦的蜜蜂。不用说,我立即将它赶走了。

蜜蜂一点儿也没有被吓住,它很快飞了回来,又围着我嗡嗡直叫。哟,这下我可失去了耐心。我一下将它拍打在地,随后一脚踩入沙土里。

没过多久,那一堆沙土鼓了起来。我不由地吃了一惊,这个受到我报复的小东西顽强地抖着翅膀出现了。我毫不犹豫地站立起来,又一次把它踩入沙土里。

我再一次坐下来吃晚餐,几分钟以后,我发现脚边的那堆沙土又动了起来。一只受了伤,但还没有死的蜜蜂虚弱地从沙土里钻了出来。

重新出现的蜜蜂引起我的内疚和关注,我弯下身子察看它的伤势。它右翅还比较完整,但主翅却皱得像一团纸。然而,它仍然慢慢地一上一下抖动着翅膀,仿佛在估测自己的伤势。它又开始梳理那沾满沙的胸部和腹部。

这蜜蜂很快就把目标集中在皱折的左翅上。它伸出腿来,飞快地捋着翅膀。每捋一次,它就拍打几下翅膀,似乎在估量自己的飞翔能力。哦,这可怜的瘸手瘸脚的小东西,以为自己还能飞起来!

我垂下双手,跪在地上,以便能更清晰地观察它那注定是徒劳的努力。我凑近看了看,心中想到,这蜜蜂想必完了——它肯定完了。作为一个飞行员,我对翅膀太了解了。

然而,蜜蜂毫不理会我对它的判断。它继续整理着翅膀,并似乎慢慢恢复了力量。它振翅的速度加快了。那薄纱似的,因褶皱而不灵活的翅膀现在几乎已被抚平。

蜜蜂终于感到自己已恢复了力量,可以试着飞一飞了。随着一声嗡嗡的声音,它离开了困住了它的地面,从沙地上飞了起来,但还没能飞三英寸远。这小生灵摔得那么可怜,它在地上挣扎着。然而,接下来是更有力地捋翅和扑翅。

蜜蜂再一次飞起来,这一次飞出了六英寸远,最后撞在一个小土堆上。很显然,这蜜蜂已经能够起飞,但还没能恢复控制方向的能力,正如一个飞行员在摸索一架陌生飞机的特性;它遭受了一次又一次的失败。每一次坠落后,它都努力去纠正那新发现的失误。

蜜蜂又飞起来了,这一次它飞过了几个沙堆,笔直地向一棵树飞去。它仔细地避开树身,控制着飞行,然后慢慢飞向明镜似的湖面,仿佛去欣赏自己的英姿。当这蜜蜂消失后,我才发现,自己还跪在地上,已跪了好久好久。

(克伦·沃森)

【诵读提示】这篇短文是赞美生命的伟大和顽强!作者详细描写了一个遭受人类两次伤害的蜜蜂,竟然还能坚强地活下来的奇迹。蜜蜂在它短暂的生命中留下了辉煌的一刻,给它的生命增添了光彩。作者被蜜蜂不屈不挠追求生存的精神和顽强的生命力震撼而生敬意。作者告诫人类,要具备顽强的奋斗力,同时也要珍爱生命。

一只小小的蜜蜂也懂得生命只有一次、不可重来的理蕴,它那珍惜生命的精神值得我们学习,值得我们赞叹。

五、花未眠

我常常不可思议地思考一些微不足道的问题。昨日一来到热海的旅馆,旅馆的人拿来了与壁龛里的花不同的海棠花。我太劳顿,早早就入睡了。凌晨四点醒来,发现海棠花未眠。

发现花未眠,我大吃一惊。有葫芦花和夜来香,也有牵牛花和合欢花,这些花差不多都是昼夜绽放的。花在夜间是不眠的。这是众所周知的事。可我仿佛才明白过来。凌晨四点凝视海棠花,更觉得它美极了。它盛放,含有一种哀伤的美。

花未眠这众所周知的事，忽然成了新发现花的机缘。自然的美是无限的。人感受到的美却是有限的，正因为人感受美的能力是有限的，所以说人感受到的美是有限的，自然的美是无限的。至少人的一生中感受到的美是有限的，是很有限的，这是我的实际感受，也是我的感叹。人感受美的能力，既不是与时代同步前进，也不是伴随年龄而增长。凌晨四点的海棠花，应该说也是难能可贵的。如果说，一朵花很美，那么我有时就会不由地自语道：要活下去！

……美是邂逅所得，是亲近所得。这是需要反复陶冶的。比如惟一一件的古美术作品，成了美的启迪，成了美的开光，这种情况确是很多。所以说，一朵花也是好的。

我之所以发现花未眠，大概也是我独自住在旅馆里，凌晨四时就醒来的缘故吧。

（川端康成）

【诵读提示】川端康成（1899—1972），日本新感觉派作家，著名小说家。新感觉派衰落后，参加新兴艺术派和新心理主义文学运动。幼年父母双亡，童年亲人作古，少年生活忧郁，身世飘零。川端康成是一个从人类社会逃向自然，并且深深感受到自然之美的人，被誉为“日本传统的现代探索者”，他的思想饱含着浓厚的日本文学美学的传统。“物哀”是日本传统文学的审美情趣，它指日本文学常借自然界的风花雪月哀叹人生的盛衰无常。“雪月花时最怀友”，从自然之美中获得一种生命的感动，把自然之美与生命之情融合在一起，使日本文学始终带着一种浓浓的凄美与感伤的情调。夜间盛放的海棠花蕴涵着的浓厚的生命孤独感、短暂感、悲剧感、虚无感便形成一种美，一种哀伤的美，这是川端康成文学的审美基调，也是日本文学的审美基调：物哀之美。《花未眠》借用了不少禅宗术语来写美感，如“邂逅”“亲近”“机缘”“开光”等。“美是邂逅所得，是亲近所得”是文章的中心思想，邂逅与亲近正体现了禅宗重直觉感悟的思维特征。邂逅是不期而遇，是意料之外的相遇与相知，对美的感受往往是不期而遇的，是突然的启迪与领悟。亲近指走进自然、融入自然、物我一体的禅的体验方式，也是获得美感的方式。

作者对未眠之花的解读，不是平铺直叙，而是跌宕有致的。形断意连的结构形式，体现出一种独特的散文的美。散文句与句之间的语义衔接的“断层”，体现出语义上的跳跃性，使文章形成言少意丰、含蓄蕴藉的特点。作者在看似闲情雅趣、赏心乐事中，抒发了一份浪漫的情怀，只要你能静听花开的声音，就能达到精神敞开的境界。

六、人生的乐趣

我们只有知道一个国家人民生活的乐趣，才会真正了解这个国家。正如我们只有知道一个人怎样利用闲暇时光，才会真正了解这个人一样。只有当一个人歇下他手头不得不干的事情，开始做他喜欢做的事情时，他的个性才会显露出来。只有当社会与公务的压力消失，金钱、名誉和野心的刺激离去，精神可以随心所欲地游荡之时，我们才会看到一个内在的人，看到他真正的自我。生活是艰苦的，政治是肮脏的，商业是卑鄙的，因而，通过一个人的社会生活状况去判断一个人，通常是不公平的。

……

古代的中国人是有他们自己的情趣的。我们可以从漂亮的古书装帧、精美的信笺、古老的瓷器、伟大的绘画和一切未受现代影响的古玩中看到这些情趣的痕迹。人们在抚玩着漂亮的旧书、欣赏着文人的信笺时，不可能看不到古代的中国人对优雅、和谐和悦目色彩的鉴赏力……

古代的亲切和蔼在中国人的小品文中得到了极好的反映。小品文是中国人精神的产品，闲暇生活的乐趣是其永恒的主题。小品文的题材包括品茗的艺术，图章的刻制及其工艺和石质的欣赏，盆花的栽培，还有如何照料兰花，泛舟湖上，攀登名山，拜谒古代美人的坟墓，月下赋诗，以及在高山上欣赏暴风雨——其风格总是那么悠闲、亲切而文雅，其诚挚谦逊犹如与密友在炉边交谈，其形散神聚犹如隐士的衣着，其笔锋犀利而笔调柔和，犹如陈年老酒。

（林语堂）

【诵读提示】林语堂(1895—1976)，中国文学家、语言学家。福建漳州龙溪人，林语堂是福建平和的一个重要文化符号，或者说是一张文化名片，曾任北京大学英文系主任、厦门大学文学院院长、联合国教科文组织美术与文学主任等职，1940年和1950年两度获得诺贝尔文学奖的提名。

生活中缺少了那么点悠然的韵律，失去了一个可以充分展示“内在的人”和“真正的自我”的舞台。这是现代生活的缺陷和现代人的苦恼。功利主义的狂潮，冲垮了人文情愫，淹没了人的精神家园。找回“自我”，开辟精神空间，强固人际情感的链条，这是现代人面临的一大课题。林语堂的这篇散文告诫我们，要掌握生活的艺术。诵读时要展示古老文明中典雅的人文主义精神以及中国致力于进步时的青春奋发精神。

七、庄子:在我们无路可走的时候

当一种美,美得让我们无所适从时,我们就会意识到自身的局限。“山阴道上,目不暇接”之时,我们不就能体验到我们渺小的心智与有限的感官无福消受这天赐的过多福祉吗?读庄子,我们也往往被庄子拨弄得手足无措,有时只好手之舞之,足之蹈之。除此,我们还有什么方式来表达我们内心的感动?这位“天仙才子”他幻化无方,意出尘外,鬼话连篇,奇怪迭出。他总在一些地方吓着我们,而等我们惊魂甫定,便会发现:呈现在我们面前的,是朝暾夕月,落崖惊风。我们的视界为之一开,我们的俗情为之一扫。同时,他永远有着我们不懂的地方,山重水复,柳暗花明;永远有着我们不曾涉及的境界,仰之弥高,钻之弥坚。“造化钟神秀”,造化把何等样的神秀聚焦在这个“槁项黄馘”的哲人身上啊!

“庄子钓于濮水。楚王使大夫二人往先焉。曰:‘愿以境内累矣。’”

……“庄子持竿不顾。”

好一个“不顾”!濮水的清波吸引了他,他无暇回头看身后的权势。他那么不经意地推掉了在俗人看来千载难逢的发达机遇。他把这看成了无聊的打扰。如果他学许由,他该跳进濮水洗洗他干皱的耳朵了。大约怕惊走了在鱼钩边游荡试探的鱼,他没有这么做。从而也没有让这两位风尘仆仆的大夫太难堪。他只问了两位衣着锦绣的大夫一个似乎毫不相关的问题:楚国水田里的乌龟,它们是愿意到楚王那里,让楚王用精致的竹箱装着它,用丝绸的巾饰覆盖它,珍藏在宗庙里,用死来换取“留骨而贵”呢,还是愿意拖着尾巴在泥水里自由自在地活着?二位大夫此时倒很有一点正常人的心智,回答说:“宁愿拖着尾巴在泥水中活着。”

庄子曰:“往矣,吾将曳尾于涂中。”

……在一个文化屈从权势的传统中,庄子是一棵孤独的树,是一棵孤独地在深夜看守心灵月亮的树。当我们大都在黑夜里昧昧昏睡时,月亮为什么没有丢失?就是因为有了这样一两棵在清风夜唳的夜中独自看守月亮的树。

一轮孤月之下一株孤独的树,这是一种不可企及的妩媚。

一部《庄子》,一言以蔽之,就是对人类的怜悯!庄子似因无情而坚强,实则因最多情而最虚弱!庄子是人类最脆弱的心灵,最温柔的心灵,最敏感因而也最易受到伤害的心灵……

(鲍鹏山)

【诵读提示】这是当代著名学者鲍鹏山对于庄子的历史意义及当代意义展开

讨论的一篇散文。鲍鹏山，男，1963 年 3 月 1 日出生于安徽省六安市，民革成员。1981 年 9 月至 1985 年 7 月就读于安徽师范大学中文系，毕业后申请支边，至青海教育学院（今青海师范大学）中文系任教。现为上海电视大学中文系教授，硕士生导师，中国作家协会会员。长期从事中国古代文化和文学研究，出版《寂寞圣哲》《论语新读》《天纵圣贤》《彀中英雄》《绝地生灵》《先秦诸子十二讲》《说孔子》《中国文学史品读》等十余部著作。

参考书目

[1]朱自清. 经典常谈[M]. 上海:三联书店,1982 年版.

[2]朱永新. 中国新教育[M]. 北京:中国人民大学出版社,2012 年 1 月版.

[3]徐雁主编. 全民阅读参考读本[M]. 深圳:海天出版社 2011 年 11 月版.

[4]徐雁. 中华经典与民族文化传承[J]. 南京:钟山风雨. 2011 年 04 期.

[5]赵敏俐主编徐健顺副主编《论语》[M]. 北京:中华书局,2014 年 8 月第 1 版.

[6]赵敏俐主编、徐健顺副主编《三字经》[M]. 北京:中华书局,2014 年 8 月第 1 版.

[7]赵敏俐主编、徐健顺副主编《千字文》[M]. 北京:中华书局,2014 年 8 月第 1 版.

[8]赵敏俐主编、徐健顺副主编《弟子规》[M]. 北京:中华书局,2014 年 8 月第 1 版.

[9]赵敏俐主编、徐健顺副主编《大学·中庸》[M]. 北京:中华书局,2014 年 8 月第 1 版.

[10]韩德民. 读经与立身之本[J]. 北京:《博览群书》2002 年第 7 期.

[11]徐健顺著. 吟诵教程[M]. http://wenku. baidu. com/link.

[12]徐健顺. 声音的意义[M]. http://blog. sina. com. cn/s/blog_9eb68ca201014ofc. html.

[13]王福生. 诗歌朗诵艺术[M]. 中国广播电视出版社 2008 年 10 月版.

[14]王群、赵兵. 朗诵艺术创造[M]. 上海:格致出版社、上海人民出版社,2008 年 4 月版.

[15]孙潜. 文学作品的朗诵[M]. 北京:中国青年出版社出版 1956 年 10 月版.

[16]曹文轩. 美文朗读[M]. 北京:北京大学出版社,2009 年 5 月版.

[17]赵稀方."名著重印"与新时期人道主义[J]. 武汉:外国文学研究,2000 年第 2 期.

[18]中华国学网. http://www. guoxuechina. net.

[19]古诗词网. http://www. gushiwen. org.

[20]张炜. 元代散曲"三句鼎足对"的审美意蕴[J]. 安徽农业大学学报. 2011,5.

[21]张炜. 美在和谐[A]. 安徽日报 2003 年 9 月 5 号 C1 教师节专版.

[22]张炜. 培训小学语文教师的两点做法[J]. 安徽师范教育,1998 年 2 月.

[23]张炜、陈亮."新教育"与"新阅读"——《中国新教育》推介[J]. 图书馆杂志. 2011. 12.

[24]张炜、徐卫．阅读推广、文化使命与知识传播——以《全民阅读参考读本》迎接“2012”世界读书日[J]．图书馆杂志．2012.04.

[25]张炜．创设语言艺术活动课 提高学生口语表达能力[J]．合肥:安徽教育学刊,1997 年第 4 期．

[26]张炜、鲁冰莹．苏轼与西湖文化的东方审美情调[J]．太原:名作欣赏,2013 年第 8 期．

[27]张炜、袁卫民主编．普通话教程[M]．吉林:吉林大学出版社,2015 年 4 月版．

[28]陈少松．古诗词文吟诵研究[M]．北京:社会科学文献出版社,2002 年 12 月版．

[29]黄智鹏．你一生应诵读的 50 篇散文经典[M]．北京:北京图书馆出版社,2006 年 8 月版．

[30]徐雁．书爱众香薰:全民阅读推广的时代使命[J]．上海:图书馆杂志 2011 年 11 期．

[31]李浙红主编、张炜副主编．演讲与口才[M]．中国建筑工业出版社,2014 年 10 月版．

[32]吴斌卡．论诵读教学的层次[N]．

[33]陈亚琼．中学文言文诵读教学策略研究．

[34]中国文明网 http://www.wenming.cn

[35]诚敬仁文化 http://www.cjrwh.com

[36]传统文化信息网:http://www.cjrwh.com

[37]鲍鹏山．先秦诸子十二讲[M]．上海科学技术文献出版社,2007 年 8 月版．

[38]诗词爱好者的家园:http://www.52shici.com/cipu.

[39]蒋同林、周元琳．字正腔圆,能说会道——普通话口语交际[M]．北京:人民教育出版社,2006 年 7 月．

[40]崔达送．教师口语(高等院校文科教材)[M]．上海:华东师范大学出版社,1994 年 7 月．

[41]蒋同林、崔达送．教师语言纲要[M]．北京:华语教学出版社,2001 年 4 月．

[42]朱鸿召．图说延安[M]．西安:陕西人民美术出版社,2016 年 1 月．

[43]胡传志．《唐宋诗举要》与桐城派诗学[J]．南京:古典文学知识,2010 年第 4 期．

[44]胡传志．穿越现代,走近经典——现代生活对文学经典的遮蔽及其对策[J]．北京:中国大学教学,2010 年第 11 期．

[45]胡传志．豪放词四论[J]．芜湖:安徽师范大学学报,1999 年第 4 期．

[46]胡传志．〈诗经〉兴象原型例探[J]．南京:文学研究,第 4 辑．

[47]周元琳．汉语世界,“人”气正旺[J]．北京:语文建设,2000 年第 5 期．

[48]韩德民为中国文化之“道”的重建而努力[J]．北京:国际儒学研究,第 8 辑．

[49]赵稀方．庄子与中国启蒙文学源流》[J]．南京:南京大学学报,1997 年第 4 期．